●葛城連山を背にした畝傍山，耳成山（桜井市檜原坂から）

●飛鳥古都と多武峰を望む（明日香村甘樫丘から）

●吉野川，夢のわだ落ち口（吉野町宮滝）

●秋色の東大寺大仏殿（大仏池付近）

Heibonsha Library

［改訂新版］万葉の旅　上　大和

平凡社ライブラリー

Heibonsha Library

〔改訂新版〕

万葉の旅

上

大和

犬養孝

平凡社

本著作は一九六四年七月、社会思想社より刊行された『万葉の旅　上』（現代教養文庫）を改訂、加筆したものです。

目次

飛鳥・藤原京　66

宇陀　136

はしがき

わたくしたちは、時代をはなれて生きられないように、風土からもはなれることはできない。万葉の歌にしても同じで、より正しい、より生きた理解のためには、あたうかぎり時代をむかしにひきもどして見ると同時に、歌の生まれた風土におきなおして見なければならない。万葉の風土は、大和を中心としてほとんど日本全国におよんでいる。しかも万葉の故地は、古美術や古社寺のように目に見える人間の造作物をなにものこしていない。あるものは山河・草木・江海、あるいは、近ごろのように人為的に形をかえてゆく景観である。目に見えないだけに、かえって生き生きと、そこに定着している古代の心をよみがえらせることができる。

わたくしは万葉の故地にどれほど脚をはこんだかわからない。雨の日に、雪に、快晴に、時に応じて趣きを異にした姿を見せてくれる。それぞれの歴史社会的な条件を背負った作者が、異なった風土におかれてかもす抒情のあり方は、ゆくたびに新たな理解をもたらしてくれるようである。万葉の歌がどれほど深々と風土のなかに息づいているかをしみじみ思うのである。

万葉の故地のなかには、人為的に破壊され消滅に瀕しているところもあるし、利用されてかえって破壊に向っているところもある。それに、日ごとにちぢまってゆく近代の距離感は、人馬の歩行か人力の小船による以外に旅のできなかった日の、古代の抒情を体感しにくくさせている。事実、田舎道でさえ歩く人はなくなったし、峠はどこも草ぼうぼうである。万葉故地の実状は、いま明らかにしておかないかぎり、風土とからみあう抒情の実相さえ還元しにくくなるのではなかろうか。それでもまだ、川瀬の音、岸うつ波は変らないし、尾花散る田や磯《いそ》廻《み》する海鵜《うみう》の群は変らない。古代の抒情はまだまだ千古のひびきをひそませている。

この『万葉の旅』には、上巻に大和一国、中巻に大和周辺諸国・東海・東国、下巻に山陽・四国・九州・山陰・北陸をおさめた。わたくしは読者のみなさまといっしょに万葉全国の旅に旅立とうと思う。万葉の旅が、たんに懐古であったり、見学であったりするならば、読者のみなさまも魅力を失われることであろう。一見、目には見えないが、わたくしたちの日本のことばで造形された古代の抒情が、時代と風土とのからみあいのなかで、野に山に海にいまもいきづいている実相をたしかめ得て、あらたなる生の糧として清新によみがえり得るところに意味があるのではなかろうか。

本書の後半には、各巻とも、『万葉集』に出る全地名の簡単な解説と、その地名の出る歌の『国歌大観』の番号をすべてかかげた。下巻には万葉全地名の総索引を付した。その他の参考とともに、旅を終えて、万葉の風土への、そしてまた『万葉集』への、理解と親しみを深めていただければ幸いである。本書の写真はすべてわたくしの知友・学生の皆さんのご協力による。原稿の浄書・校正・索引の整理もまた同じである。出版社の諸氏には一方ならぬお世話になった。『万葉の旅』三巻をまとめ得たことに無上の喜びを感じていることを記して、ご協力の方々への謝意に代えたい。

昭和三九年七月

犬養　孝

大和のはじめに

『万葉集』に出てくる地名は、なんといっても大和がいちばん多いから、大和だけで一巻にまとめた。所在のはっきりしないところもあるから正確な数は出せないが、題詞・歌・左註などすべてを延べて地名をかぞえれば大和だけで約九〇〇になる。大和はもちろんいまの奈良県だが近年は市町村合併がはげしく、その区画もずいぶんと変っている。万葉などの場合には旧制の方がわかりやすい点も多いが、まぎらわしくなるので、本書ではすべて新制により、よみにくい地名にはなるべくルビをつけた。万葉所出の地名では奈良市が最高で約二五〇（延べて。以下同じ）、ついで高市郡明日香《あすか》村と吉野郡がそれぞれ約一三五、桜井市と磯城《しき》郡と橿原市とが七〇前後となる。旅の本文の地方別は、なるべく接近した区域と時代との両方を考えあわせながら、初瀬・桜井、山の辺の道、飛鳥・藤原京、飛鳥西方部・宇陀、葛城・宇智、吉野、平野南部、奈良、生駒・竜田の地方にわけた。順次、書物による旅をつづけていただいたら幸いである。

実地に旅する場合には、時間をかければきりのないところだが、おおよそはこの地方別によって歩かれたらよい。だいたい一つずつまとまった地方になっているが、二上山方面と巨勢《こせ》・まつち山（葛城宇智）、奈良東郊と北郊（奈良）、生駒方面と竜田山（生駒竜田）などはわけなければならない。また全地名の解説によって適宜プランが立てられる。旅はなるべく歩くにこしたことはない。本文に関するかぎり地図は全部掲載してある。

なお、万葉の歌と主題のわきの作者名のふりがなは、もとのかなづかいにしてある。

万葉風土の展望 (一)

一

『万葉集』二〇巻の中には四千五百余首の歌がある。その中で地名の出てくる数は、歌の題詞・歌・その左註などをこめて、全部延べてかぞえると約二九〇〇ほどの多数である。これを「三笠山」「三笠の山」のように同じ場所でも呼び方のちがうものは別々にして、同じ呼び名の地名をすべて一つとしてかぞえれば、約千二百余となる。このようにたくさんの地名が『万葉集』の中にあるということは、『万葉集』がそれだけ広い風土的地盤に結びついていることの証拠でもある。

もともと、歌の中の地名は、歌としての美の構造にかかわるものであり、その上、『万葉集』は後の時代の歌集にくらべて、実地の風土と生活的にまた体験的にかかわりあう場合がたいへん多いから、その地理についての調査の必要なことはいうまでもない。『万葉集』の地理の研究は、むかしの歌枕名寄の類からはじめて、近世の鹿持雅澄《かもちまさずみ》の『万葉名処考』などの解説を経て、昭和の初年ごろからは、実地踏査にもとづく研究がすこぶるさかんになって、こんにちにいたっている。

しかし、地理の研究が深められるとともに、歌としてその心情をあらわす美の構造に、地名やその実地の風土がどうかかわっているか、歌としての造形を成り立たせるその関連のあり方が考えられなければならない。これは、歴史社会的なかかわりあいとも深くからみあうものであって、これらを通して、作家の資質や、時代によるかかわりあい方のちがいもわかってくるし、万葉美の本質も明らかになってくる。

万葉の故地は、美作《みまさか》・伯耆《ほうき》・隠岐《おき》・出羽《でわ》および北海道をのぞいて、ほとんど全国にわたっており、万葉の歌は、まさに全国の風土的地盤の上に立ってひらいた古代人間の抒情の花ともいうことができる。わたくしたちは、歌をできるかぎりこれらの風土的地盤にひきもどし、時代をむかしにもどして、言葉による歌の造形の、構造の上の関連を明らかにしなければならない。こうしてはじめて万葉の歌が、書物としての『万葉集』からひとたび解きはなたれて、全国各地の風土とむすびついた生き生きとした生態をとりもどしてくるのではなかろうか。

二

万葉の故地を、それぞれの地理風土にもどしてわけてみると、およそ六つのかたまりと、三つのつながりとにまとめられる。

第一は大和（奈良県）のひとかたまりで、地名はおよそ三〇〇（同じ呼び名の地名は一回としてかぞえる。以下同じ）をかぞえる。総地名数一二〇〇の四分の一にあたる多数である。大和は大和朝廷出発の地であるし、万葉の全期にわたって飛鳥・藤原・平城と律令国家の建設・発展・爛熟を通じての帝都の所在地であるから、これだけのあつまりを見るのは当然である。それに他の地方は、多かれすくなかれ、この中央の影響下にあるもので、大和が源泉となって、他の地方のかたまりの風土的なかかわりあいに、いわば栄養の補給とその規制とをあたえているようなものであって、このことは地方の歌の風土的関連を考える上でたいせつなかぎとなるものである。

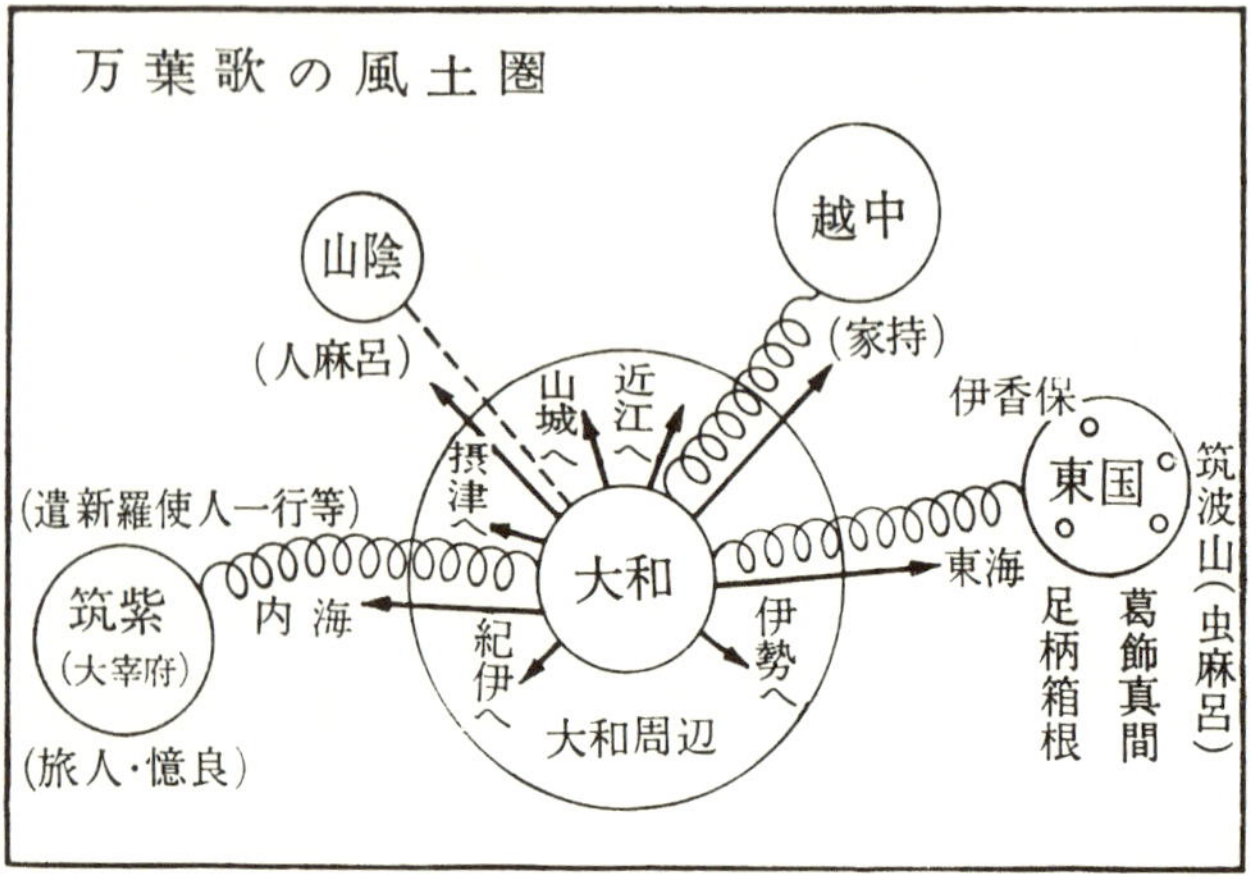

第二のかたまりは、大和周辺の諸国であって、国名でいえば、摂津・河内・和泉・紀伊・伊賀・伊勢・志摩・山城・丹波・丹後・近江《おうみ》など、それに美濃・播磨《はりま》の一部もこれにはいる。地名数三〇〇を越え、総地名数の約四分の一にあたるのは、中央大和にもっとも近い周辺として、当然のことといえる。

第三のかたまりは、山陰の石見《いわみ》を中心とする一団である。これは石見に赴任していた柿本人麻呂によるものを中心に出雲《いずも》・因幡《いなば》がはいる。ほとんど中央から派遣された国府の官人らによるもので地名数は約二〇のわずかだが、中央との地理的なつながりをもたない孤立特異の存在である。

第四のかたまりは、筑紫で、九州全土がこれにあたり、地名数は一〇〇を越える。もちろん、中央の影響の下にあるが、筑前の大宰府を中心に、その影響下の地も見られ、大伴旅人《おおとものたびと》・山上憶良《やまのうえのおくら》を中心に、その他大陸派遣など、諸官人によるものが、その大部分を占めている。

第五のかたまりは、越中で、中央から派遣の大伴家持によるものを中心に、地名数およそ六〇、それに越中の影響下として能登や加賀がはいる。

第六のかたまりは、東国で、東歌《あずまうた》の諸国・防人《さきもり》出身の諸国だけでも、約一五〇近い地名をかぞえる。東歌の採録にしても防人召集にしても、中央の影響下でないものはないが、中央から派遣された高橋虫麻呂や山部赤人らによるものを除いては、土に即した自然発生的な要素が多く、六つのかたまりの中では、いちばん異色がある。

次に三つのつながりは、一つは中央大和と筑紫とをむすぶもので、播磨・淡路以西、山陽・四国にかけての、いわば内海連接線（地名約一〇〇）、一つは中央大和と越中をむすぶもので、若狭・越前以北の、いわば北陸連接線（地名約二〇）、一つは中央大和と東国をむすぶもので、尾張《おわり》以東の、いわば東海連接線（駿河《するが》までで地名約五〇）であって、前のかたまりとかさなるところもあるが、大部分は中央の影響下に、その往還のつながりとなるところである。

万葉の故地の土地分布とその風土圏の鳥瞰図をつくれば、右のようになる。六つのかたまりと三つのつながりとは、それぞれの風土的地盤とむすびついて、それぞれ特異な風土的な関連を示している。

本書では、上巻には大和を、中巻には大和周辺諸国と東海・東国、下巻には内海・筑紫・山陰・越中・北陸のつながりを入れてある。

三

大和のひとかたまりは、地名総数前記のように約三〇〇だが、延総数にすれば約九〇〇となる。風土圏の中では最多数で、万葉二〇巻のうち、五・十四・十五・十八から二十までの巻々を除けば、どの巻でも大和がいちばん多い。これを地方別にすれば、初瀬・桜井、山の辺の道方面、飛鳥・藤原京方面、宇陀、葛城《かつらぎ》・宇智、吉野、大和平野南部、奈良、生駒・竜田の各地方にわかれ、吉野郡の南部の山地を除いてはほとんど万葉の故地で充満する観がある。初瀬・桜井、山の辺の道なによりも大和が帝都の地であっただけに、大和の定住者による歌をほとんどその大部分としている。こんにち飛鳥をおとずれる人は、あの「有名な」飛鳥川が、どこの田舎にでもある小川にすぎないのに驚き、また飛鳥地方が丘陵の起伏の多いせまくるしいところなのをあやしむ。わたくしたちが机上で想像したのとは異なって、この実状こそ飛鳥万葉風土の実相を語るものであって、律令国家へのあゆみの規模も苦難も、このせまい山川のすみずみに刻まれており、なによりも定住者の心で、日常目にふれる山川の風土に対したものにすぎないことを考えなければならない。そこにこそ、地理風土に対する文芸の意識とは別に、日常の生活心情とからみあった風土的関連の実相がある。これは民謡的なものだけでなく、知識教養人の歌にもいえることで、後のわたくしたちが歌枕化して考える気持を除くときに、彼らの、風土とのあたたかい密接なかかわりあいを理解できるのである。

飛鳥から大和三山の間の藤原京に都が移って、律令国家の機構ができあがるころから、さらに平城京に移ってその爛熟期をむかえるころになると、宮廷周辺の人たちには、時がたつにつれて都人意識とともに文芸意識がさかんになり、地理風土に対しても、文芸としての意識的な対し方がなされるようになり、地名は歌によって歌われる対象となって、時には名所化した美的なうけとり方さえ見られるようになる。平城京をとりまく山川の四季の景観は、やがてこうした心の姿勢にかっこうの舞台となってくる。

同じ定住の国の中ではあっても、こんにちのように交通機関の発達した時代とはちがうからひとたびちがった地方に出かけるときには、そこに旅ごころが出てくる。たとえば持統天皇の三十数回も行幸のあった吉野にしても、従駕の官人の心情のなかには、理由はいろいろあってても、清い山川への限りないあこがれがあったといってよく、

泊瀬女《はつせめ》が　造る木綿花《ゆふはな》　み吉野の　滝の水沫《みなわ》に　咲きにけらずや　（巻六―九一二）

み吉野の　象山《きさやま》のまの　木末《こぬれ》には　ここだも騒《さわ》く　鳥の声かも　（巻六―九二四）

にしても、この旅ごころのたのしさの心おどりをよそにしては、「み吉野の滝」や「み吉野の象山《きさやま》」の地名の表出にひそむ作者の心情の在りどころは理解できなくなる。

大和平野はまわりをすっかり青垣山にかこまれているから、山にかかる雲や霞をよむことが多く、それに帝都の位置がいずれも東方の山ぎわに片よっているから、しぜん月の出がおそく、

倉椅《くらはし》の　山を高みか　夜隠《よごも》りに　出で来《く》る月の　片待ち難《がた》き　（巻九―一七六三）

猟高《かりたか》の　高円山《たかまとやま》を　高みかも　出で来《く》る月の　遅く照るらむ　（巻六―九八一）

のように、月の出を待ち望む歌が多い。こんにちのように夜の明るい時代とはことなるから、月を待ち望む心は、障壁となる山に向けられて、ほとんど第一・二句に山名を出して訴えるようであり、ひとたび月が出れば、月光は、恋人の家の庭をもぬれ通し、長いあいだ国原のすみずみまで照らしつづけて、そのはては西の山の端の「二上《ふたがみ》に隠らふ月」（巻十一―二六六八）を惜しむのである。

国原の定住地のまわりがすべて山にかこまれていることは、紅葉期にはしぜん山の木々のもみじすることが多いから、飛鳥の神奈備《かむなび》・南淵山、三輪・初瀬、春日・三笠・高円《たかまど》の山々、生駒・竜田や二上・葛城の連嶺のもみじがよまれることになる。もみじの歌で地名をともなうものは、対馬の竹敷《たかしき》の浦の歌やその他わずかをのぞいては、ほとんどが大和のかたまりの中に見

られるのは注目される。「散る」「散るを惜しむ」「時雨に散る」「色づく」「もみち初む」「手折る」「衣を染めむ」など各種の風情が、定住地の安定感を背後において、多くうたわれている観がある。それでも旅に出て、大和河内の国境線上に立てば、

大坂を　我が越え来《く》れば　二上《ふたがみ》に　黄葉《もみちば》流る　しぐれ降りつつ　(巻十―二一八五)

のように、動的な空間把握によって、こまかな心情のゆらぎをうたっている。地名をともなったもみじの歌が、大和のかたまりの中にのみとくに多いことは、大和が中央であり、そこに居住するものの安定感があることのほかに、大和のもみじのとくに美しいことにもよるところがあろう。こんにちとは樹質も異にしていようが、こんにちもなおまわりの山々は黄に紅に橙色に目のさめるような美観である。東国のやわらかい黒土に根をはって茂りに茂る大樹とはちがって、木々の下草までもみじして、

天雲《あまくも》に　雁そ鳴くなる　高円《たかまと》の　萩の下葉は　もみちあへむかも　(巻二十―四二九六)

秋されば　置く白露に　我が門《かど》の　浅茅《あさぢ》が末葉《うらば》　色付きにけり　(巻十―二一八六)

のように、草もみじの美観をも呈する。東国の伊香保などで見るように全山紅葉して一陣の風に谷に吹きためられるような荒さはないが、近畿一帯のやわらかい微妙な気候の変化は、もみじもすこしずつの変化の妙を見せて、平野をとりまく山々に見るような、樹の根元まで黄にもみじした下草の美しさや、黄味を帯びた橙色のもみじで全山をおおう樹木、紅くもみじする樹樹も、濃淡織りまぜて、「霹靂《かむとけ》の日かをる空」(巻十三―三二二三)の日など、音のない秋のしずけさの極致を示すのである。万葉の「もみじ」の用字の中で、一字一音式のものを除いて、黄系統の用字八八例中、七六例までが「黄葉」を用いているのも偶然ではないし、大和に「もみじ」の集中する理由の一半もこの風土的な特色にあるのであろう。

　また、地名をともなうほととぎすの歌の大半が、大和のかたまりのなかに見られるのも、多く、後期の宮廷をめぐる大和都人士の風尚の趣向のさせるところといえよう。

　中央大和から他の地方へ、行幸、遊覧、赴任など多くの旅が行なわれているが、この中央の原動力から発したものが、他の地方の風土とかかわりあってかもすあらたな風土的関連の特色については、次々巻を追って展望してゆきたい。

大和

●水落遺跡付近より香久山（右），耳成山（左）を望む。

初瀬・桜井

『万葉集』をひらくと、いちばんはじめに、泊瀬朝倉宮《はつせのあさくら》に皇居のあった雄略天皇の作と伝える求婚の歌がある。わたくしたちの大和万葉の旅も、この『万葉集』のスタートのところからはじめてゆきたい。近畿日本鉄道(以下近鉄とよぶ)の大阪線が八木駅をでると、やがて東方に秀麗な三輪山とその南側の鳥見山《とみ》や朝倉の山々との間の渓谷が眼に入るが、ものの一〇分もたたぬうちに、電車はこの渓谷を抜けて宇陀《うだ》の高原へと出てしまう。この渓谷こそ、大和の平野のどこからもそれと指ざせる谷あいの地形で、北と南の山地のあいだを泊瀬《はつせ》川(今、長谷川)が流れ、いかにも山にかこまれてこもった一区劃をなして、万葉の当時、隠口《こもりく》の初瀬《はつせ》とか初瀬《はつせ》小国《をくに》とよばれて、万葉人からしたしまれ、一種のエキゾティックの感さえもいだかれていたところである。左の地図の地域は、近ごろまで三輪町・城島《しきしま》村・朝倉村・初瀬《はせ》町・桜井町・多武《とうの》峰《みね》村とわかれてすべて磯城《しき》郡に属していたが、こんにちは三輪(大三輪町となる)を除いて、ほかはすべて桜井市に入った。『万葉集』所出の地名は、歌と題詞と左註を全部延べてかぞえて、桜井市だけで約七五にも達する。こんにちは渓谷の奥の長谷の観音と、桜井の南の多武峰だけが、観光地として知られているが、わたくしたちは、しばらく近代の交通機関をすて、万葉人の心にかえって、初瀬川沿いに、いわゆる〝豊初瀬道《とよはつせぢ》〟をたどったり、桜井から南へ、倉橋川の奥のしずかな谷間に入りこんで、今もなお、かの山この川べりにひっそりと、しかも生き生きとのこる古代人の心情と造形のあとを、よみがえらせていってみよう。

＊磯城郡大三輪町は昭和38年，桜井市と合併，桜井市三輪となり，桜井市だけで延143，磯城郡は3の地名にかぞえられる。

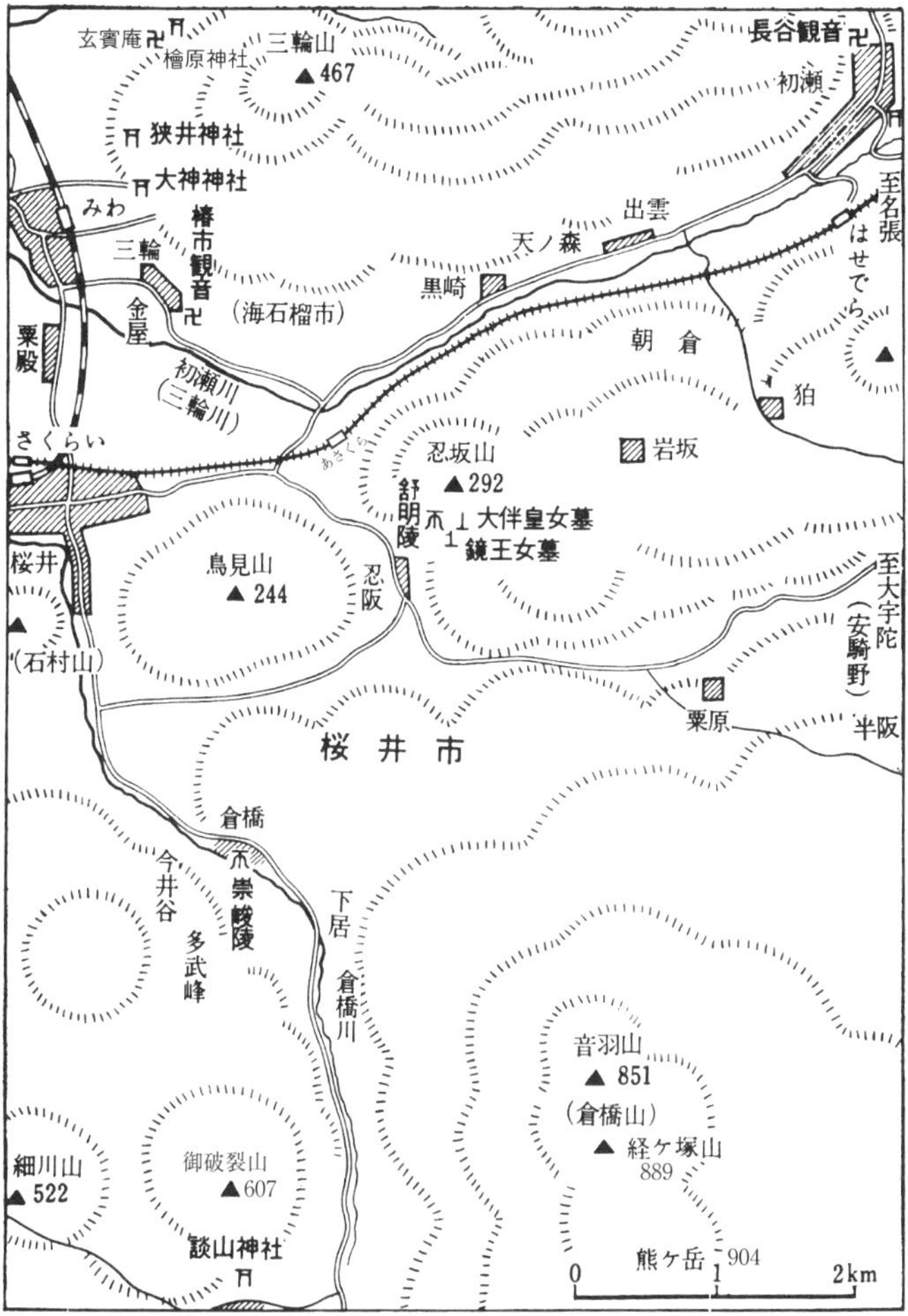
玄賓庵
檜原神社
三輪山
467
長谷観音
初瀬
狭井神社
大神神社
みわ
出雲
天ノ森
至名張
はせでら
三輪
檜市観音
黒崎
(海石榴市)
金屋
栗殿
朝倉
初瀬川
(三輪川)
泊
さくらい
忍坂山
岩坂
292
舒明陵
大伴皇女墓
鏡王女墓
桜井
鳥見山
244
忍阪
至大宇陀
(安騎野)
(石村山)
栗原
半阪
桜井市
倉橋
今井谷
崇峻陵
下居
多武峰
倉橋川
音羽山
851
(倉橋山)
経ケ塚山
889
細川山
522
御破裂山
607
談山神社
熊ケ岳
904
0
1
2km

●初瀬・桜井地図

泊瀬朝倉宮

籠《こ》もよ　み籠《こ》持ち　ふくしもよ　みぶくし持ち　この岡に　菜採《なつ》ます児　家告《の》らせ
名告《なの》らさね　そらみつ　大和の国は　押《お》しなべて　我れこそ居《を》れ　しきなべて
我れこそいませ　我れこそば　告らめ　家をも名をも
——雄略天皇——（巻一―一）

近鉄の朝倉駅から、東北に約一キロ、旧街道の家並をぬけ、初瀬川に沿いながらゆくと、大字黒崎（もと朝倉村の中）のはずれに出る。そこの小字天ノ森に雄略天皇の泊瀬朝倉宮址と伝えているところがある。もっとも近ごろは、土地の人も天ノ森の名を知るものはすくなく、うっかりたずねれば「わしかていたことないのでしりまへん」と答えられるばかりである。そこは、黒崎の白山比咩《ひめ》神社のさらに東方山腹の、たいらで、もと松山だったのを戦後、栗や柿の畑にひらいたところ、字もうすれた「伝称地」の標木もすっかり栗の木の中にかくれてしまっている。南方の岩坂にも伝称地があって、こんにち雄略天皇の皇居の址など、ここと定められることではないが、天ノ森の丘に立てば、隠口の初瀬の谷なかとはいっても、西方は明るくひらけ、遠く葛城の連嶺から、畝傍・香久二山を配した大和国原を見はるかし、この歌のいぶきを思うにはかっこうのところである。

時は春、所は国原の見渡されるおそらくはこのあたりの丘、籠を持ちへらを持つ若菜つみの野の乙女に、名をたずねて求婚の情を示す、とらわれぬ人間真情の律動は、春風とともに、よみがえってきて、万葉開幕の象徴の感さえおぼえさせられる。もちろん、作者は雄略天皇と伝えるだけであって、もともと求婚の民謡風のものが、五世紀後半の英雄的君主の物語とからみあって、伝誦発展をとげ、宮廷の大歌として、舞いなど伴ってのこされたものであろう。

この歌は，原文のよみ方に諸説があって定まらない。今，上記の訓による。

●天ノ森の朝倉宮伝称地より三山地方を望む。

隠口の初瀬

こもりくの　泊瀬小国《はつせをぐに》に　よばひせす　我が天皇《すめろき》よ　奥床《おくとこ》に　母は寝《い》ねたり　外床《とどこ》に　父は寝ねたり　起き立たば　母知りぬべし　出でて行かば　父知りぬべし　ぬばたまの　夜《よ》は明け行きぬ　ここだくも　思ふごとならぬ　隠《こも》り夫《づま》かも——作者未詳——（巻十三—三三一二）

古代の妻問いの習俗、男は初瀬川の石をふんで思う女の家の戸口に立ち、不安と焦燥の思いに、女が早く戸をあけてくれるのを待つ。家の中の女は奥の寝床の母に気をかね、戸口の寝床の父に気をかね、ままならぬ逢う瀬をなげく。これは男の問歌に対する女の答歌である。古代初瀬の谷の農村生活のいぶきを、また女の吐息すらもさながらに聞く思いである。いまは谷の奥どまり、観音のある初瀬の町は繁華な家並が立ちならび、舗装された新国道を自動車がひっきりなしに往復しているが、小さな軽便鉄道の走る閑村だったのもついこのあいだのことのように思われ、いまでも山あいの農家の厚い戸などを見れば、初瀬小国の妻問の夜もほうふつとうかびあがってくる。奥床には母、外床には父の古代農村生活に深々と根をおろした妻問の夜はみんなの体験するところだけに、おそらくは舞いなど伴ったうたいものとしてながく伝誦されたものであろう。しかもこの歌では求婚者が「よばひせす　我が天皇《すめろき》よ」となって、古代の英雄君主〝はつせのすめろき〟の物語に転化する過程を語っていておもしろい。

大和の中央平野部（国中《くんなか》）からひっこんで、三方を山にかこまれた渓谷は、文化からも隔絶され、異色のある古風な相聞歌が多くのこされ、いっぽう古代の埋葬地でもあって、土民にはよきやすらぎの別天地であり、国中の人々や、伊勢東国往還の旅の人には、エキゾチシズムの心情をそそられたらしく、「こもりくの」の枕詞には、そのたたえ心が宿されているようである。

『万葉』中，地名「はつせ」の名は延べて38例，うち「こもりくの」を冠するもの19例。

●長谷寺駅西方より，初瀬川と初瀬の町を。

初瀬川

泊瀬川《はつせがは》　流るる水脈《みを》の　瀬を早み　ゐで越す波の　音の清《きよ》けく　（巻七―一一〇八）

――作者未詳――

「隠口《こもりく》の初瀬」といっても、けっして南北の山々のきりせまった陰気な深い谷ではない。山はいずれも三〇〇メートル前後の低い里山で、生産に適しているし、谷あいには相当の平地をのこして、日をいっぱいうけた明るい渓谷である。初瀬川は長谷寺の東北奥、小夫《おうぶ》・白木（ともに桜井市）に発して、初瀬から谷あいを西流し、三輪山の南麓をめぐって平野に出ている。むかしは水量も多く下流には水運の便もあったようだが（巻一―七九、遷都の歌）、いまはきれいなのは三輪あたりまでで、以下はにごった溝川の感が深い。初瀬の谷を別天地にさせるのも、低い里山と清らかな水流をよそにしたものではない。「初瀬小国《はつせをぐに》」を成り立たせるのもこの山と水のたたずまいのゆえである。古代生活のみならず、いまも土地の人の日々の生活と密着している姿が見られる。初瀬川沿いの道が〝豊泊瀬道《とよはつせぢ》〟（豊は美称）として、伊勢・東国への要路であってみれば旅の人にもまた親しまれた川筋である。流れる水脈の瀬の早さ、いぜきを越す浪音の清さは、いまも千古のままに見られて、

泊瀬川　白木綿花《しらゆふばな》に　落ち激《たぎ》つ　瀬をさやけみと　見に来《こ》し我れを　（巻七―一一〇七）

など、「泊瀬川」「泊瀬の川」の歌は計一三首も数えられる。

初瀬川が、谷の入口で、三諸《みもろ》の神、三輪山の南麓をめぐるあたりでは、三輪《みわ》川ともいわれていた。

夕《ゆふ》去らず　かはづ鳴くなる　三輪川の　清き瀬の音を　聞かくし良しも　（巻十―二二二二）

「はつせ」の語義は，船の泊つ瀬，果つ瀬，埋葬地，初の瀬の意など諸説がある。

●初瀬川，出雲付近にて。

忍坂の山

こもりくの　泊瀬《はつせ》の山　青旗《あをはた》の　忍坂《おさか》の山は　走《はし》り出《で》の　宜《よろ》しき山の　出《い》で立《たち》の　くはしき山ぞ　あたらしき　山の　荒れまく惜しも

——作者未詳——（巻十三—三三三一）

こころみに、三輪山の南側、金屋（大三輪町）付近の初瀬川（三輪川）のほとりに立ってみたとしよう。初瀬の谷をかこむ山々はみな当時の「泊瀬の山」である。「忍坂《おさか》の山」（現桜井市忍《おっ》阪《さか》）もその一つ。渓谷の南の入口に青々と木を茂らせて、まるで青旗のなびくようにこんもりと尾を引いている。ちょうど、人が谷の奥から走り出てきて、すっくとそこに立ったような、すばらしい山、「ああ、この美しく立派な山が、荒れてゆくのは惜しいなあ」。それは、そのままこんにちの実感でもある。「走り出の」「出で立の」を「家からすぐ出たところ」の意に解する説もあるが、渓谷の地形をバックに忍坂の山の山容を見れば、日ごろ親しい郷土の山への讃歎を、人の姿態、しかも女人が思う人を待って走り出、出で立つ生活図を反映したかたちで、たたえる心情も、じかにわかるような気がする。これと同類の歌が、『日本書紀』に「隠口の泊瀬の山は　出で立ちの　よろしき山　走《わし》り出の　よろしき山の　隠口の　泊瀬の山は　あやにうら麗《くは》し　あやにうら麗《くは》し」（雄略紀）とある。してみると、ともにやはり山ぼめの民謡として、伝誦変形をとげていったものであろう。忍坂山付近も古墳墓多く、『万葉集』中、この歌が挽歌の中に分類されていることを思えば、山ぼめのうたいものが、そのまま挽歌として転用されてゆく過程も思われる。

わたくしたちは、これから、初瀬川の橋を渡って、そのかみの磯城島《しきしま》の野、いまは稲田を横ぎり、忍坂山の裏の山ぶところに、古墳墓をおとずれてみよう。

昭和９年，初瀬川上流，大字笠の横枕山林から古代の集団墓地が発見された。＊金屋は現在，桜井市。忍坂山は現在の外鎌山のこと。

●中央，忍坂山。金屋付近初瀬川畔より。

鏡王女墓

秋山の　木《こ》の下隠《がく》り　行《ゆ》く水の　我れこそ益《ま》さめ　思《おも》ほすよりは

（巻二—九二）

——鏡王女《かがみのおほきみ》——

桜井の町から鳥見《とみ》山裾を東行して、初瀬路との別れ道から一・三キロの東南、忍阪《おつさか》の村落から東へ山あいにゆくと、舒明天皇押坂内陵がある。陵前のせまい山あいを抜けると、四方、山にかこまれた山ぶところのまん中に、いかにも古墳らしくこんもり松の茂った墓がある。鏡王女押坂墓である。鏡王女は額田《ぬかた》王の姉といわれるが、たしかなことはわからない。藤原鎌足の正室となった人で、奈良の興福寺の開基は鎌足病気の時のこの人の発願によるという。

鎌足と結婚する前（いつごろか不明）、天智天皇との歌の贈答があり、これはその答歌である。墓所は、忍坂山の南西麓の小盆地のまん中、ちょうど相撲の土俵のようで、こぢんまりとひそまりかえり、わずかに松籟をひびかせている趣きである。しみ入るようにしずかな秋の山の木の下に見えかくれして流れてゆく水の水かさの増すように、わたくしの方こそいっそう深くお思いしているという歌の、清く、つつましく、ひそやかな気持の人にはまことにふさわしく、人ひとりいない山ぶところの、松風の音の中にも「秋山の木の下隠り行く水」の声がきこえてきそうである。

戦後ま近のこと、お隣の舒明天皇陵はきれいに掃き浄《きよ》められているのに、このお墓は草ぼうぼうに荒れていた。見れば、談山神社保存会の所有になっている。わたくしは、しばらく草をぬいてみたが、とうていおいつくことではない。一三〇〇年がここに眠っていると思いながら、ふと松の木を数えてみると、一九本あった。

鏡王女墓の北側の傾斜には，欽明天皇の皇女，大伴皇女の墓がある。

●鏡王女押坂墓。南側より。（昭和36年）

倉椅川

梯立《はしたて》の　倉椅川《くらはしがは》の　石《いし》の橋はも　男《を》盛《ざか》りに　我が渡してし　石《いし》の橋はも

——柿本人麻呂歌集——（巻七―一二八三）

桜井駅前から多武峰行のバスで大字倉橋まで一〇分ほど、忍阪《おつさか》からここまで、四キロの丘陵越の道もある。倉橋には崇峻天皇倉橋岡の陵があり、その南側を流れる川が倉橋川である。道は南へ、下居《おりい》・百市《もものいち》・八《や》井内《いない》と倉橋川に沿うて爪先のぼりとなって、八井内で多武峰への道と別れ、さらに南すれば鹿路《ろくろ》を経て、吉野越の山道細峠へとつづいている。倉橋川はこの鹿路南方の山中に発して、桜井の西で、忍阪からくる粟原《おうばら》川をあわせ、寺川となる川である。倉橋・下居から上方は、初瀬の谷とはちがって、ゆくほどに山のせまった谷川となり、「石《いは》の橋」（飛石）の実景は、清流の間、どこにでも展開している。

青春のころ通いなれた「石《いは》の橋」は、今いずこ。老年の今、ふたたびかえらぬ日の回想に、ふと吐息する人は、かならずしも遠いむかしのことではなく、ひんやりした川沿いの山かげにきせるをくわえる今の老爺の吐息でもあろう。この歌は、五七七・五七七の旋頭歌《せどうか》で、もともとうたいものの歌体であり、民謡風のものであって、多少、人麻呂の手が加わっているかもしれないにしても、人麻呂によって書き留めておかれた歌と見るべきであろう。「人麻呂歌集」には人麻呂の自作と思われるもののほかに、他の作者名の記されたものや女の作も含まれていて、民謡風のものが多くみられる。この歌など、多感な青春の日への回想と思慕が、郷土の風物とむすびついて、うたいあげられた民謡ではなかろうか。

「人麻呂歌集」には総歌数約380首の中，旋頭歌35首がある。＊「石の橋」を旧版は「いはのはし」と読んだ。

●倉橋川。桜井市下居付近にて。

倉椅山

梯立《はしたて》の　倉椅山に　立てる白雲　見まく欲《ほ》り　我《あ》がするなへに　立てる白雲
——柿本人麻呂歌集——（巻七—一二八二）

桜井の町から桜井高校のわきを北へ、もとの城島《しきしま》村の田んぼを横切って、初瀬川のほとりに出たあたりで、南をふりかえって見ると、前景に低い鳥見《とみ》山をおいて、その後方左右に大きな山塊が望まれる。東側が音羽山になり、西側が多武峰《とうのみね》になり、二つの山塊の切れ目が倉橋川の谷になる。この歌の倉椅山は、いっぱんには音羽山のことといわれ、また、大字倉橋の南の多武峯の一峯ともいわれ、両山塊をこめていうとする説もあるが、音羽山の方をいうものではなかろうか。青々と、このあたりでは、いちばん高く（八五一メートル）大きい音羽山の上に、白雲ののっている景を見るたびに、わたくしにはすなおにこの歌がうかんできて、「見まく欲《ほ》り我がするなへに」（見たいとわたしが思うとちょうど同時に）立っている白雲に千数百年の時の流れも忘れてしまう。五七七・五七七の律動にのって、単純に山の白雲へのあこがれがうたわれているようだが、民謡としては、すきな女人が寓されているのかもしれない。見ようとする対象が、山なのか雲なのか、寓意があるのかないのかのいろいろの説のあるのも忘れて、雲の動きに見とれ、速総別《はやぶさわけ》王と女鳥《めどり》王とが手に手を取っての逃避行を思ったり、あの山のうしろ（東）が、宇陀の安騎野《あきの》だなと思ったりする。

倉橋の　山を高みか　夜隠《ごも》りに　出で来《く》る月の　光乏《とも》しき　——間人《はしひと》大浦——（巻三—二九〇）

藤原京方面から見ると、音羽山は、多武峯の上に稜線を見せていて、月の出のおそいのを、「倉橋の山を高みか」と、うったえる気持もわかるような気がする。

「梯立の」は，倉にかかる枕詞。「夜隠り」は，夜おそくの意。＊城島村は現在の桜井市慈恩寺付近。

●音羽山。旧，城島（しきしま）村より。(昭和36年)

山の辺の道

山の辺の道は、三輪山の南西麓、今の磯城郡大三輪町金屋付近にはじまって、北の奈良方面まで、大和平野の東側の山裾を、聚落から聚落へと、山の畝尾のままに、うねうねとまがりくねりながら、自然にできあがった古代の道である。金屋から大神《おおみわ》神社・狭井《さい》川・檜原・巻向《まきむく》・山辺道上《やまのべのみちのうえ》陵（景行陵）・山辺道勾岡上《まがりのおかのうえ》陵（崇神陵）・柳本・朝和を経て、今の天理市の石上布留《いそのかみふる》をすぎ奈良の高円《たかまど》山西麓につづく道である。もともと平野が低湿地であったらしい大昔から、この山辺に沿うて人々の住まいついていたことは出土品によってもわかるから、山の辺の道は歴史と共に古いといってよい。原始の信仰をのこす三輪山の裾からはじまって、今の天理市にかけての山裾の一帯は〝神武天皇〟の歴史は知らず、仏教文化渡来以前、大陸の文化の頻繁な流入を見ないまえの、大和朝廷形成のふるさとにあたり、古墳も北へゆくほどまさに累々《るいるい》とかさなって、古代の香に満ち満ちているところである。時代と共に道は平野にうつって廃絶していったが、それでも朝和のあたりまではわずかに山の辺の古道の痕跡をたどることができる。

さきごろまでは、この山沿いは、北へ磯城郡・山辺郡・添上《そえかみ》郡・奈良市とつづいていたが、こんにちは巻向までが磯城郡で、柳本から北は天理市・奈良市とかわった。『万葉集』にでる地名は、すべて延べて数えて、磯城郡に約七五、天理市に約三〇となる。

三輪の大神神社の隆盛は別として、いわゆる観光からは完全にとりのこされているだけに、じかに古代の、そしてまた万葉のいぶきのよみとれるような山裾の野道だ。

＊昭和38年，磯城郡大三輪町金屋は桜井市金屋に，大三輪町巻向も桜井市巻向となった。その結果，『万葉集』の桜井市の地名は延143，磯城郡は３となった。

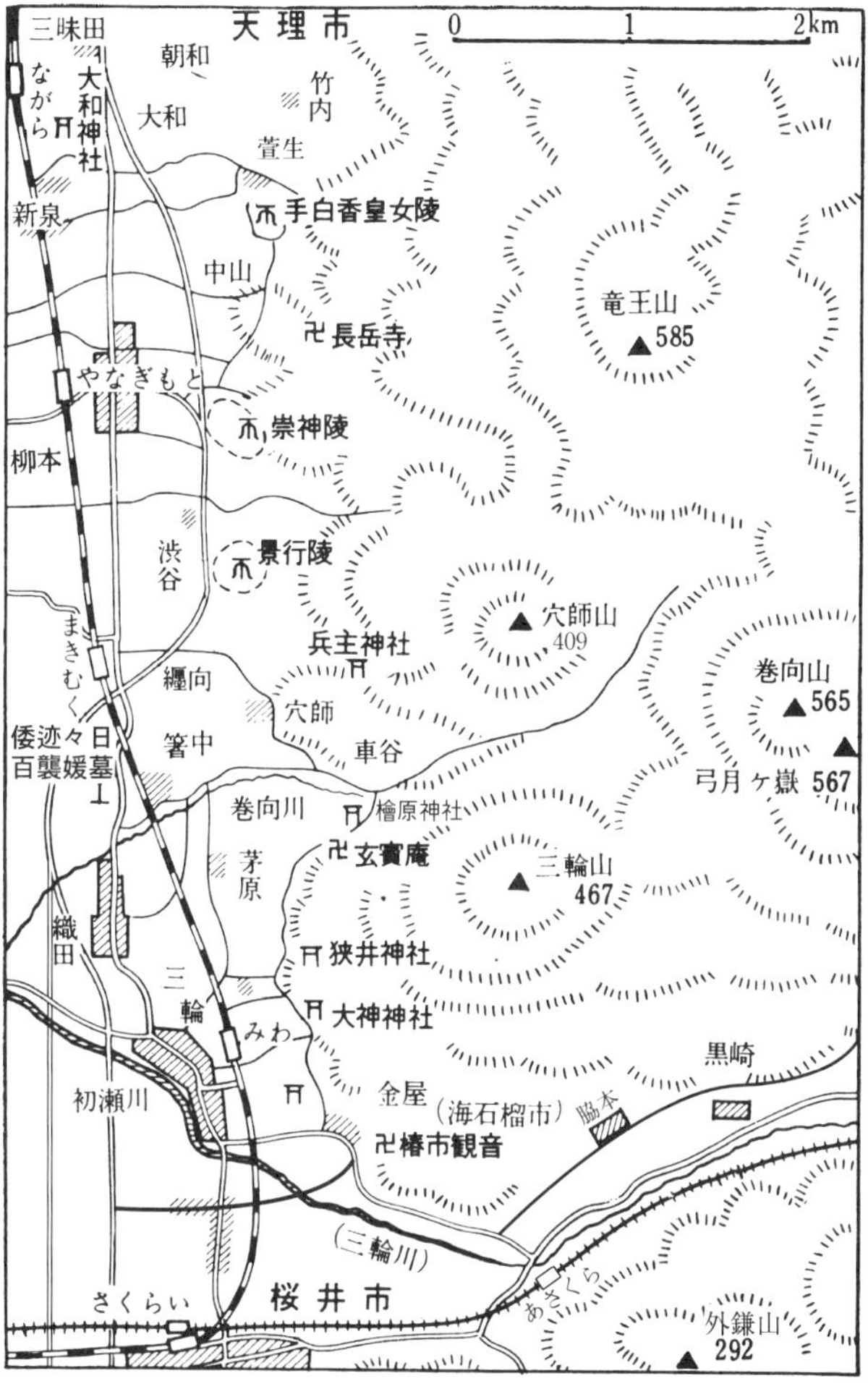
天理市
0 1 2km
三昧田
朝和
竹内
ながら
大和神社
大和
萱生
新泉
手白香皇女陵
中山
長岳寺
竜王山
585
やなぎもと
崇神陵
柳本
渋谷
景行陵
穴師山
409
まきむく
兵主神社
纒向
巻向山
565
穴師
車谷
倭迹々日百襲媛墓
箸中
弓月ヶ嶽 567
巻向川
檜原神社
玄賓庵
茅原
三輪山
467
織田
狭井神社
三輪
大神神社
みわ
黒崎
初瀬川
金屋
(海石榴市)
脇本
椿市観音
(三輪川)
さくらい
桜井市
あさくら
外鎌山
292

●山の辺の道地図

三輪山

三輪山を　然《しか》も隠すか　雲だにも　心《こころ》あらなも　隠さふべしや
（巻一―一八）
――額田王《ぬかたのおほきみ》――

初瀬の谷の北側の入口に、こんもりと茂ってなだらかな尾裾をひいた山が三輪山である。端麗そのものの山容は大和平野のどこからも、それと指ざせる。西麓の大神《おおみわ》神社のご神体として古来いつきまつられているが、神社ができる（崇神八年と伝える）よりも前から、大和中の、原始的な民間信仰を集めていた山で、こんにち杉檜をまじえて大半は赤松の純林におおわれた山中には、古代のまつりの場《にわ》、磐境《いわさか》の岩石が頂上までに三段にわかれて無数にのこり、しかもなお、どれにも饌米などあげてある実況におどろく。自然霊力崇拝のむかしから大物主《おおものぬし》神を主神とする大神神社にいたり、こんにちもなお、大和一の宮として崇敬隆昌をきわめている実況を見れば、古代万葉人が、この山にどんなに畏怖と崇拝の念をいだいていたかが、わかる。

天智天皇の六年（六六七）、飛鳥から近江大津に遷都のころに、天皇のもとに向わねばならぬ額田王が、奈良山からふるさとの大和をふりかえって、三輪山への郷愁を纏綿《てんめん》とうたいあげた長歌（巻一―一七）はあまりにも有名だが、これはその反歌である。雲のかかる三輪山に「あのようにも隠すのか、せめて雲だけでも思いやりがあってほしい、それをあんなにも隠すことがあるだろうか」と訴える気持は、作者はもちろん、大和をはなれるみんなの気持でもあって、古代大和人の心に深く根ざした三輪山の神性をはなれては考えられぬところである。

「三諸《みもろ》の神の帯ばせる初瀬川」の堤から、わたくしたちは、田んぼを横切って、大三輪町金屋の村にはいってみよう。歌垣《うたがき》できこえた海石榴市《つばいち》はこのあたりになる。

この歌の作者については，天智・天武・井戸王などの作とする諸説がある。＊大三輪町金屋は，現桜井市金屋。

●三輪山。初瀬川畔より。麓の村落は金屋。

海石榴市

紫は　灰さすものそ　椿市《つばきち》の　八十《やそ》の衢《ちまた》に　逢へる児《こ》や誰《たれ》
たらちねの　母が呼ぶ名を　申さめど　道《みち》行き人を　誰と知りてか

——作者未詳——（巻十二—三一〇一・三一〇二）

大三輪町金屋は、いまでこそ、わびしい村にすぎないが、古代には北からの山の辺の道、東からの初瀬道、飛鳥からの磐余《いわれ》の道・山田の道、それに西、二上山裾の大坂越からの道がここで一つにあつまって、四通八達、まさに「八十《やそ》の衢《ちまた》」となっていた。したがって、ここに古代物品交易の市《いち》ができ、椿の街路樹を植えて、海石榴市といわれていた。三諸《みもろ》の神（三輪山）の麓《ふもと》ではあり、人のあつまりやすいところだけに、ここに、春秋の季節に、青年男女があつまって、たがいに恋の歌をかけあわせて、結婚の機会をつくる歌垣《うたがき》が行なわれた。武烈天皇が皇太子のとき平群鮪《へぐりのしび》と影媛《かげひめ》を争った物語（『書紀』）も、この「海石榴《つば》市巷《いちのちまた》」であった。この歌も、おそらくここの歌垣でうたわれた民謡であって、古代では女性に名をきくのは、求婚の心をあらわすことを知れば、前の歌は男の問歌であり、後の歌は、女がいちおう拒んだ答歌である。

金屋と初瀬川の間の、いま田畑の広場など、恋のうた声のさざめかれたところでもあろう。のちに長谷詣でがさかんになってからも、『枕草子』に「市はつば市……」とあるように、繁華をきわめ、明治のはじめまで伊勢まいりの旅人ににぎわったところだが、いま村中の小祠に「椿市《つばいち》観音」「つば市谷」の名をのこすのみで、家並のうしろの旧街道も、忘れ去られている。

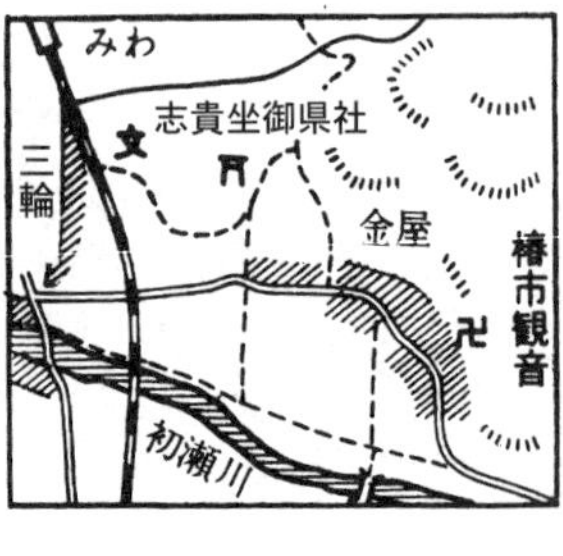

「紫は……そ」は椿を導く序。紫草からとる染汁には椿の灰を加えるのがよいから。＊大三輪町金屋は，現桜井市金屋。『万葉集』の原文では「海石榴市」だが，今回は「椿市」に改めた。

●金屋の村と，路傍にのこる石標。

三輪の神杉

味酒《うまさけ》を　三輪の祝《はふり》が　斎《いは》ふ杉　手触《てふ》れし罪か　君に逢ひ難《がた》き

（巻四―七一二）
――丹波大女娘子《たにはのおほめをとめ》――

金屋の家並の一角に「三輪大明神これよりちかみち、ならえ」の、かたむいた石の道しるべがある。そこをはいれば、家の裏側からじきに細い畝尾をめぐる山の辺の道となる。道の傍の小森、志貴御県《しきのみあがたにいます》坐神社の境内には「崇神天皇磯城瑞籬宮址《しきのみずがき》」の標柱が林の中に立っている。山の辺の細道は、葉もれ日の森をくぐり、谷にそい、山鳩の声をきき、うねうねと山裾をめぐるしずかな道で、三輪明神の拝殿に出るまでの間、「はつせ、いせへ」の道しるべものこっていて、旅の人の往還の姿を思わせる。

こんにち見る、「うまさけを（枕詞）三輪の祝《はふり》（神官）」がいつきまつる老杉は、拝殿の前に、亭々《ていてい》と茂っていて、空洞の中には神蛇（巳《みい》さん）がいますという。わたくしはまだ巳さんを見たことはないが、信仰はたいへんさかんである。大物主《おほものぬし》神をまつるといえば、もののしく、山の霊力の象徴のような巳さんをまつるといえば、記紀に見える有名な三輪山神婚説話も思われて、古来の民間信仰の根深い実態を見るようである。いとしい人に逢えないのは、神木の老杉に手をふれでもした罰かとなげくこの歌を、神へのけいべつ感や諧謔《かいぎゃく》としてとく説もあるが、いまの人なら荘厳がそのままこっけいに通じることはあっても、三輪の神の信仰のあり方を思えば、かえって神への畏怖の中に親近感もある古代生活を反映するものではなかろうか。

ここから北に、道は醸酒の神の活日《いくひ》社や鎮花祭《はなしずめ》できこえた狭井《さい》神社の前をすぎて、神厳な森からはなれ、狭井川ほとりの、展望のよい台地に出る。

神酒をもとミワといったので「味酒三輪」とつづけた。「を」は詠歎の助詞。

●三輪の神杉。大神神社拝殿の前。

大和三山

香具山《かぐやま》は　畝傍《うねび》ををしと　耳梨《みみなし》と　相争《あひあらそ》ひき　神代より　かくにあるらし
古《いにしへ》も　然《しか》にあれこそ　うつせみも　妻を　争ふらしき

——中大兄皇子《なかのおほえ》——　（巻一—一三）

狭《さ》井《い》川、といってもひとまたぎの小流だが、このほとりの台地は、戦前、神武天皇の皇后イスケヨリヒメの生誕の地というわけで、「狭井河上旧蹟顕彰碑」の大きな碑が立てられ、いま台地の果樹や畑のあいだ、草ぼうぼうの中にのこされている。ここからの南北にかけての大和平野の眺望はまことにすばらしく、〝大和は国のまほろば〟の歌を、そのまま実感することができる。南西を望むと、左の写真のように、遠くに葛城（右）、金剛（左）の連嶺を配し、その前に右から耳成・畝傍・香久と三山が、ちょうど同じくらいの間をおいてならんでいる。大和の中でも、ちょうどこのくらいの間隔で、三山をカメラにおさめられるところはそう多くはない。

この歌は、中大兄皇子（のちの天智天皇）が、三山の妻争の伝説によせてみずからの感懐をうたったもので、三山妻争のことは『播磨風土記』にも出ている。おそらく、斉明天皇の七年（六六一）一月、新羅征討のおり、播磨でよんだものであろう。作者みずからのうつせみの恋の苦悩なしには考えられない歌だ。「ををしと」は原文「雄男志等」とあって、「雄々《をを》し」か「を愛《を》し」か両説があり、三山いずれが男山か女山か、こんにちまで諸説いろいろで定まるところがない。

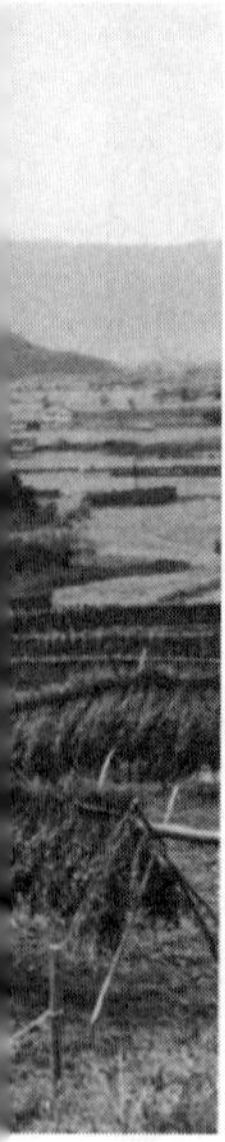

允恭紀に新羅の弔使が畝傍，耳成を「うねめはや，みみはや」と訛って讃えた話がある。

●大和三山。左より天香久山，畝傍山，耳成山。

せっかくの好風を前にして、こちたき議論をするよりも、かわいい山、なつかしい山の形を網膜にうつしておいて、あとでゆっくり考えてみるのがよかろう。藤原京はあの三山のまっただ中にあった。見ていると、悠久の時がたったようでもあるし、ついこのあいだのことのようにも思われてくる。

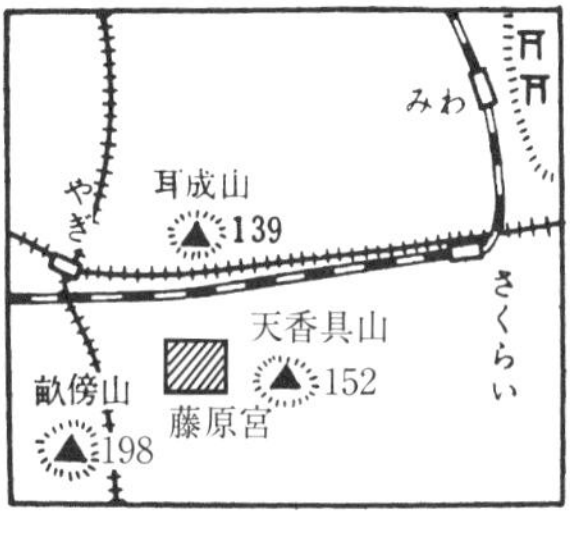

山の辺の道

古《いにしへ》に　ありけむ人も　我がごとか　三輪の檜原《ひばら》に　かざし折りけむ
——柿本人麻呂歌集——（巻七—一一一八）

三輪山の北西麓の細道をのぼりくだりして玄賓庵をすぎ、山麓の小丘をひとつ越えれば檜原社の址に出る。左の写真はその中途のところで、ふりかえると、耳成山や畝傍山が平野の薄霞の中に小島のように浮んでいる。山の辺の道は、こうしてうねりくねりしながら北へ向っているが、山辺道上陵《みちのうえ》（景行陵）、山辺道勾岡上陵《まがりのおかのうえ》（崇神陵）などの名ののこるところは別として、北へゆくほど、おおむねそれらしいところを辿るのみとなり、山田のあぜにかわり、村の小路と化し、行方知れずになっている。それだけに、世にとりのこされたような静かさがあり、おおかたは平野の西日をうけて明るく、思いがけないところに三山のどれかが見えていたりして、小道の雑草まで、遠い古代にいろどられてしまう。檜原に越えるこの小丘のあたりから、巻向川をはさんで車谷方面にかけては、おそらく美しい檜原の林相が見られたものであろう。

この歌の作歌の事情ははっきりしないが、三輪の檜原の檜を手折って山かずらとして頭にかざすのも、三輪の神への信仰を背景にしたものであろう。檜葉をかざす作者（おそらくは人麻呂）の眼にも三山のどれかが映っていただろうし、悠久な時の流れがふっと作者の脳裡をかすめた瞬間の感動が、自分と同じしぐさをしたであろういにしえ人への回想となったものと思われる。わたくしたちがこの道をゆくと、よく刈草をいっぱい背負った村の人とすれちがうが、草のすれる音が消えてしまったあとの道には、「古にありけむ人」もそしてまた「これから」の人も、といった感慨が思わずものこったりする。山の辺の道は、そんなところだ。

この付近，猪が多く，玄賓庵の下の田など一晩のうちに根こそぎ荒されている。＊檜原社址に大神神社の摂社として三輪独得の三つ鳥居が復元された。ご神体は三輪山。

●山の辺の道。檜原付近にて。

三輪の檜原

行《ゆ》く川の　過ぎにし人の　手折《たを》らねば　うらぶれ立てり
三輪の檜原は
（巻七―一一一九）
――柿本人麻呂歌集――

檜原社のところは、後方、三輪山の裾が檜原山となってご神体となり、前方に社殿が近世のころまであったらしいが、現在、赤松林の檜原山の前に、元禄の銘のある石灯籠二基をのこすだけで、前方が広場となっている。崇神朝に、天照大神の霊を宮中からうつしてまつったという笠縫邑《かさぬいのむら》の伝称地とされるが、明らかではない。広場の前はずっと蜜柑《みかん》畑がつづいて、西方にヤマトトトヒモモソヒメの墓といわれる箸墓の巨大な前方後円墳が、小山のようにこんもりとしている。東すれば、じきに巻向川となる。川を越えれば、巻向の車谷《くるまだに》で、おそらく川をはさんでゆたかな檜の林相が見られたのだろう。

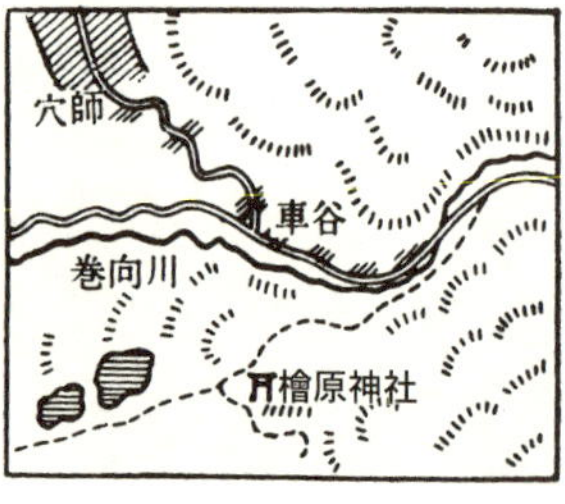

「行く川の過ぎにし」というとき、巻向の山川の流れが考えられていたであろう。その流れすぎるように死んでいってしまった人、事情がわからないからいろいろ想像説が立てられているが、作者にとってはきわめて愛着のよせられていた人にちがいない。それなればこそ、林相美しい檜原さえ、しょんぼりと気力を失った姿としかうつらないのだ。しかも三輪の檜原につきない回想がよせられているようだ。いま、広場に、ほんの数株だけ、檜があって、草刈の人にさえめったにあわない静かさだから、「うらぶれ立てり　三輪の檜原は」は、そのまま、いまの実感でもある。見あげると檜の葉末に、「時」が流れているようにさえ思われる。

箸墓のぬしは，孝霊天皇の皇女。これを邪馬台国のヒミコの墓に擬する説もある。＊檜原神社は大神神社によって整備され，万葉歌碑も付近に多い。

●檜原社のあと。笠縫邑伝称地。(昭和35年)

穴師の山

巻向《まきむく》の　痛足《あなし》の山に　雲居つつ　雨は降れども　濡《ぬ》れつつそ来《こ》し　（巻十二―三一二六）

――作者未詳――

檜原社址から三輪山のすそをすこし東へまわると、目の前に穴師《あなし》山の支峯があらわれ、車谷《くるまだに》の村落が、山裾に埋もれるようにこぢんまりとしている。ほどなく道は巻向川をわたる。せんかんとたぎち流れる小さな山川だ。車谷から穴師にかけてが穴師の里で、さきごろまでは磯城《しき》郡纏向《まきむく》村大字穴師といわれたが、いまは大三輪町の大字となっている。「痛足の山」は、この穴師の里東方の山地で、主峯は四一五メートル、三輪山とは巻向川をへだてているし、巻向の主峯とも谷をはさんでいる。車谷は、よにもひっそりした小村で、巻向川の川音と、いまもめずらしく水車の音がことりことりひびいているようなところだ。

山の上の雲のうごきを見上げつつ、降りはじめた小雨にぬれて、山裾の村里の恋人の門口にきてみれば、女の方から、

ひさかたの　雨の降る日を　我が門《かど》に　蓑笠《みのかさ》着ずて　来《け》る人や誰《たれ》　（巻十二―三一二五）

などと、その人とわかって喜んでいながら、他人行儀に、「どなた」などといわれてみれば、雨中の通い路を恩にもきせたくなるといった歌だ。民謡風の問答の歌である。いま穴師の山は中腹から下の方は、たいがい蜜柑畑となって、ときどきはさみの音などきこえ、それに水車の音がまじっていると、いまも、この歌がそっくりこの里のなかにおさまりそうな気さえしてくる。

穴師から一キロほど東へ山ぶところにはいると、途中の蜜柑畑の中の伝景行天皇纏向日代《ひしろ》宮址をすぎ、穴師兵主《ひょうず》神社に達するが、ここからの平野の展望はなんとものどかなところだ。

穴師の名は，採鉱に従事する部民から起るかとする説がある。＊昭和38年，大三輪町穴師は桜井市に編入。

●穴師山の一峯。山裾の村は車谷。

巻向の川音

ぬばたまの　夜さり来《く》れば　巻向《まきむく》の　川音《かはおと》高しも　あらしかも早《と》き　（巻七—一一〇一）

——柿本人麻呂歌集——

こんにち、巻向山と称する山は、三輪山と穴師《あなし》山との間の東方にそびえる山（五六五メートル）で、巻向川は、三輪山と巻向山、穴師山と巻向山の間の渓流をあつめて、穴師車谷の村落をすぎ、箸中を経て、大三輪の南西で初瀬川に合している。穴師川は巻向川が穴師の里をすぎるあたりをいう。箸中あたりまでは、ときに岩間をたぎち流れ、ときにすみとおり流れする里川で、穴師付近では右岸に沿って家居が見られ、村人の日常生活とゆたかに結びついた小川である。『万葉集』中、「人麻呂歌集」に出ている歌で、巻向・穴師・三輪の檜原・弓月が岳の地名の見えるものは一五首を数える。これらが人麻呂の作かどうかに問題はあるが、まず人麻呂の作と見ることのできるものであろう。そうすれば、人麻呂が住んでいたとも、通う妻がいたところとも考えられ、一五の歌をひとつひとつあとづければ、人間人麻呂のいぶきをこの地の山川によみがえらせることができ、小説的なイメージさえできあがってくる。この歌にしても、妻のところにでも泊まった時か、深々とした夜が刻々にふけてゆくころ、家の裏の川音の急に高くなってきたのを耳にして、山から吹きおろす風のはやさを思い、夜のしじまのなかへ、深く心をしずめてゆく瞬間がほうふつとしてくる。いまの穴師の川べりに住む人にも同じ感慨にひそかなわびしさをおぼえるものもあるかも知れない。しかし、夜があければ、晴々としたなつかしい里川。白壁の家の裏の「巻向の山辺とよみてゆく水」の上をおおうように、白梅が、いまを盛りと香っていたことがあった。

箸中から穴師にかけて三輪素麺を作る家が多く，家の裏などに白々と干されている。

●巻向川。穴師の里にて。

弓月が岳

あしひきの　山川《やまがは》の瀬の　響《な》るなへに　弓月《ゆつき》が岳《たけ》に　雲立ち渡る　（巻七―一〇八八）

――柿本人麻呂歌集――

弓月が岳は、いまの巻向《まきむく》山の最高峯（五六七メートル）といわれる。車谷から巻向川の山川《やまがわ》（山中の川）の瀬に沿うて、三輪山の東北麓を登りつめ、そこから北へ巻向山にかかれば達する。初瀬谷の黒崎・出雲の間からいっきに登れば近いが、三輪・巻向の檜原の景観を思うのには、車谷からはいる方がよい。五六五メートルの山頂とは尾根づたいに約三〇〇メートルの間一帯に雑木山で、頂上に立てばまったく峨々たる山なみである。この歌の場合は、登ったわけではなく、穴師から見てのことだから、二つの山頂のいずれと定めることなく、この巻向山の高峯をさしていったものであろう。もっとも、弓月が岳については、いろいろな説があって、穴師の里付近の川からは山頂は見えないから、穴師山頂上の西部と見る説もある。もともと巻向山は東に奥まっているから車谷からは三輪山の裾にかくれてしまう。しかし巻向川からは終始見えないものかどうか、わたくしは、山川の瀬に沿うて車谷から箸中の口もとまでふりかえりふりかえり辿ってみたところ、車谷から西方、川の屈曲のぐあいで二、三カ所みごとに見えるところがある。写真もその一つだ。してみると、川瀬の高鳴るとともに、ふと見あげれば、この弓月が岳に雲の立ち渡る山河生動の瞬間は、いまも現前するわけで、大自然の変動を前にした作者の、ダイナミックな気韻の生動を、如実につかむことができる。

「みもろの　その山なみに　子らが手を　巻向山は　継《つ》ぎのよろしも」（巻七―一〇九三）になると、平野の方にすこしはなれないかぎり、継ぎのよろしき姿勢は得られない。

●中央，弓月が岳と巻向川。左は穴師の山。
なんども足をはこんだが，雲立ち渡る実景はうつせなかった。これは朝もやのころ。

引手の山

衾道《ふすまぢ》を　引手《ひきで》の山に　妹を置きて　山路を行けば　生けりともなし　（巻二―二一二）

――柿本人麻呂――

景行・崇神陵をすぎて、山の辺の道は、長岳寺付近から中山町・萱生《かよう》町（もと、山辺郡朝和村、いま、天理市）と、竜王山の西麓を北にのびていたらしい。竜王山（五八五メートル）は穴師山の北につづく山塊で、これが「引手の山」であろうといわれている。中山・萱生付近一帯は、萱生千塚でもきこえているように古墳が累々としていて、ちょっと小高いところにあがってみれば、まったく壮観といってもよい。その中で、ひときわ大きく、こんもりと松樹におおわれた前方後円墳（写真中央）が、仁賢天皇皇女、手白香《たしらか》皇女の衾田《ふすまだ》墓である。中山町小字西殿塚にあたる。この歌の「衾道を」は枕詞説と地名説があるが、地名説によれば「を」は詠歎の助詞、衾道は衾田墓付近と考えられる。墓の付近の丘陵をゆく道などをいうものではなかろうか。この歌は、人麻呂が亡妻をこの地に葬って、山路を帰ってくるときの、生きた心地もしないわびしさをうたったものである。人麻呂が亡妻をかなしむ私的な挽歌の一聯（巻二―二〇七～二一六）の中にある歌で、前後の妻は同一かどうかその他いろいろ問題が多い。なお、或本歌（巻二―二一三）の歌詞によれば、この歌の妻は、火葬にしたらしく、火葬は文武天皇四年（七〇〇）道昭という人を火葬にしたのがはじめだといわれる（『続日本紀』）。

萱生から西にくだると街道に沿うて大和《おおやまと》神社がある。大和の地主神であって山上憶良の好去好来歌（巻五―八九四）の「倭《やまと》の大国霊《おほくにみたま》」である。また、その西南方、新泉《にいずみ》は「穂積《はづみ》」（巻十三―三二三〇）かといわれ、西北の長柄《ながら》にかけては「長屋原《ながやのはら》」（巻一―七八の題詞）かといわれる。

磯城郡柳本町・山辺郡朝和村・同丹波市町は天理市に入る。

●竜王山。手前は大和神社の裏の溜池。

石上布留

石上《いそのかみ》　布留《ふる》の神杉《かむすぎ》　神《かむ》さぶる　恋をも我《あれ》は　さらにするかも

――柿本人麻呂歌集――　（巻十一―二四一七）

石上《いそのかみ》は、天理市の石上神宮付近から西方一帯にかけてひろく称した名で、布留は神宮付近、いまも天理市布留町の名がある。近鉄天理駅から東へ二キロ、布留川にかかった布留大橋、といっても朽ちた小橋にすぎないが、そこを渡ると、急に市内の雑沓からはなれて、しーんとした布留山裾の神域にはいる。町なかの人の群にくらべて、ここには人ひとりの姿も見えず、古代がそのまま眠っているようなところだ。老杉はもう数えるほどしかないが、それでもはき浄められた、木洩れ日の神域は、簡素に、神厳に、神さびた趣きである。霊剣布都《ふつ》の御魂《みたま》をまつるのにふさわしい。もともと古代大和朝廷の武器庫にもあたるようなところで、物部氏の奉仕するところ、大和朝廷の故地にも近く、由緒深い信仰の地として老杉はとくにきこえていたものであろう。その老杉のように神さび年老いての恋をいまさらにする自嘲の見られる歌だ。『万葉集』の中で、「石上」「布留」の名のでてくる歌計一五首、そのうち「石上布留」とつづくもの計一〇首もあることを思えば、この地によせる畏怖と懐古の心ひかれもわかるし、その大半が恋歌であることも神への無視や軽蔑ではなくて、生活の中にしみこんだしたしみがさせるわざであろう。この歌なども民謡としてうたわれていたであろうことは、次の類歌のあるのを見てもわかる。

石上　布留の神杉　神《かむ》びにし　我《あれ》やさらさら　恋にあひにける

（巻十―一九二七）

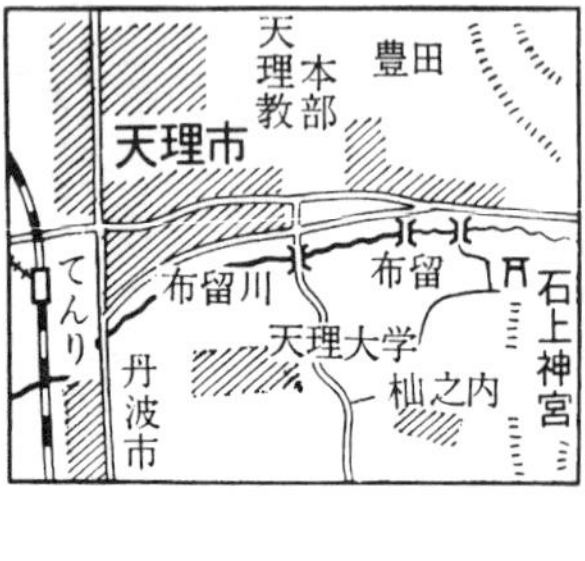

「石上布留」は次第に歌枕化し，「いそのかみ」は「ふる」の枕詞に化してゆく。

●石上神宮。社前の出雲健雄神社より。

布留川

石上《いそのかみ》　布留《ふる》の高橋　高々《たかたか》に　妹が待つらむ　夜そふけにける

（巻十二―二九九七）

――作者未詳――

石上神宮の北側の布留川に沿うて東方の山中へ県道（もとの布留街道）が、都介《つげ》の高原から名張へと通じている。布留川は、この東方山中の藤井・仁興《にごう》・長滝（みな天理市）に発して途中、桃尾山南の布留滝の小流をあわせ、天理市街地を横切って末は初瀬川に流れている。山川の清流も、こんにち、布留大橋付近から末は次第にドブ川に化している。布留の高橋は、布留川のどこにかかっていた橋かわからないが、神宮付近の、ちょうど写真のような谷のところにかけられた高橋として、きこえていたものであろう。これを神宮の神庫にかけた高階《たかはし》（高梯）であるとする説もあるが、やはり布留川の橋ではなかろうか。こんにち神宮付近では、上流から翠橋・布留大橋・わらく橋・養徳橋がかけられている。写真は高橋めいたわらく橋をうつした。橋上からは布留山がこんもりとま近に見える。布留の高橋が高いように高々と背のびして、あの女《ひと》は待っているだろうに、夜はふけてしまったという、女のところに通う夜の、男の気持をうたったものである。これも前節でのべたように、この付近での民謡ででもあろう。神宮の付近は、すぐ近くの市街のさわがしさとは、うってかわった静寂境で、「布留の山なる杉群」（巻三―四二二）も、「布留山の瑞垣《みづがき》」（巻四―五〇一）なども、また社前を東へ翠橋の方にあるくと、彼岸花の咲くあぜ道のほとりの「布留の早稲田《わさだ》」（巻七―一三五三など）も、古代が今にいきづいているような田舎である。布留川をさかのぼって、うねりくねりと、川音をききながら、布留滝へ向う山道もすばらしい。

写真の遠景は桃尾山の西の支脈にあたる。＊今日，布留大橋，わらく（和楽）橋もコンクリート橋となり，石上神宮の東北に高橋めいた「布留の高橋」がかかる。

●布留川の橋。わらく橋。

人麻呂塚

草枕　旅の宿りに　誰《た》が夫《つま》か　国忘れたる　家待たまくに

——柿本人麻呂——（巻三—四二六）

香具山のほとりにあった行きだおれの死人を見て、「どこの誰の夫か、帰るべき故国も忘れてたおれているのは。家人はさぞ待っているだろうのに」と、人麻呂が哀悼をそそいだ歌である。その人麻呂もまた後年石見（島根県）に客死して、「自分の死をも知らないで妻はさぞ帰りを待っていることだろう」と、わが身におそってきた運命をうたっている（巻二—二二三）。

人麻呂の墓は諸国にあり、大和にも天理市櫟本《いちのもと》と北葛城郡新庄《しんじょう》町と二カ所あって、たしかなことはわからない。櫟本でバスを下りるとそこに和《わ》爾《に》下《した》神社の鳥居があり、そこから東へ一五〇メートルほどゆくと左側に柿本寺址と人麻呂塚がある。大きな礎石が二、三、路傍の草の中にころがっている。人麻呂塚は一メートルほどの盛土の小塚で、平安末に藤原清輔がここにきて墓標をたてたのを、享保年間再興したのが小塚の傍の歌塚の碑である。文字は後西天皇の皇女宝鏡尼の筆という。いま、すぐ前の田は埋められて、「天理市立ひとまろ児童遊園地」になっているのも功徳であろうか。歌塚のすぐ東の小山に式内和《わ》爾《に》下《した》神社（治道《はるみち》宮）があって、柿本氏と同族の春日・和爾・櫟井・布留臣らの祖神天押足彦命《あめのおしたらしひこ》をまつっている。田んぼの北方に和爾の村落をのぞむとき、このあたりこそ柿本氏の郷里であることが思われておもしろい。新庄の柿本神社にも墓（宝暦建碑）があり付近に柿本《かきのもと》の小字《こあざ》の村がある。

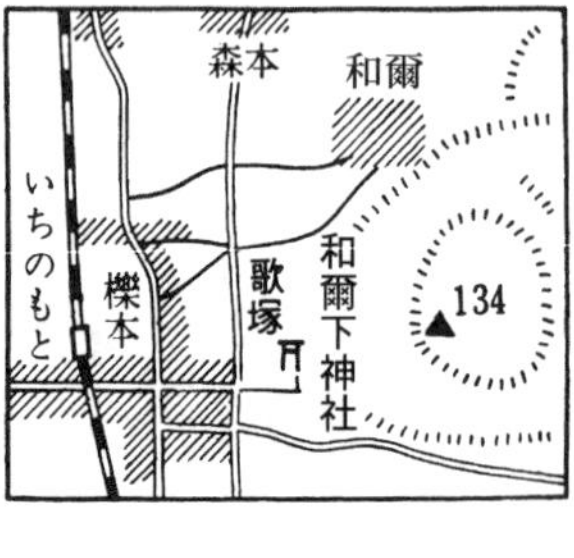

和爾下神社の森は幽邃，山上の本殿は国宝。付近は現在のところまだ田園風景。＊北葛城郡新庄町は平成16年，葛城市新庄となった。

●人麻呂歌塚。上は天理市櫟本，下は葛城市新庄の柿本神社内。

飛鳥・藤原京

誰しも、大和の万葉のあとをたずねようとすれば、歩を飛鳥・藤原京の地方にはこぶ。『万葉集』の中で、奈良県に出てくる地名の延総数、約九〇〇、その中の約四分ノ一は、この一帯に散在している。その上、いうまでもなく、古代文化の中心地として、この国のふるさとというのにふさわしい。こころみに、飛鳥川のほとりの甘樫丘《あまかしのおか》の山頂に立てば、ぐるりをとりまく、見わたす小丘陵の起伏と平野のひとにぎりの山野は、大和朝廷の長い世紀をかけた大化の改新（六四五）前夜までのうごきと、改新後の律令国家完成への歩みを一望のうちに感じさせ、さながら古代史の集約のようである。伝えによれば、応神朝に阿知使主《あちのおみ》ら一族は、一七県《あがた》の民をつれて大陸から帰化し、南方の檜隈《ひのくま》地方に定住したといわれ、その後も多くの帰化漢人によって、先進大陸文明の流入を見、これらを利用することのできた大和朝廷が、したがってまた、帰化漢人の監理者でもある蘇我氏が大きな勢力となりえたのも当然のことである。しかも大化の改新の思想の中心もまた帰化の留学生である。六世紀欽明朝以来の仏教文化、七世紀推古朝以来の文字文化の流通を思えば、大和朝廷が山の辺の道地方の故地をはなれ、この地方に関係を深めるようになってから、まったく大陸文化の影響下に、この国の文化は未開蒙昧より文明開化への歩みをつづけたといってよい。その主舞台となったのが、この飛鳥地方である。

大化の改新後、一時、都を難波《なにわ》や近江にうつしたことはあるが、壬申の乱（六七二）が終ってからは、天武天皇の飛鳥浄御原《あすかのきよみはら》宮（天武崩御後も持統八年まで）、ついで持統・文武・元明三天皇による三山の間の大都藤原京（六九四〜七一〇）と、律令国家完成への歩みをつづけ、文武天皇大宝元年（七〇一）には、大宝律令の実施を見、天皇の絶対権のまれに見る強大をほこることのできたのも、この飛鳥・藤原の舞台である。甘樫丘上、ひとにぎりの展望のうちに、万葉歌の密集するのも当然のことである。『万葉集』には、大化の改新以前の古い作者のものも伝誦としてわずかにあるが、大半は七世紀前半舒明天皇以後のもので、それも壬申の乱ごろまでの第一期のものは少なく、大部分は第二期以後のものであって、この地方の歌にもとくに、この飛鳥・藤原京期のものが多い。まさに、ひと足ごとに、宮廷貴族グループの歌や庶民のあいだの歌など、野に山に川に、古代の心のひびきを探ることができる。

いっぱんに広くは、藤原京方面をも飛鳥の中に入れる場合もあるが、ここでは旅の道順によって、飛鳥・藤原京・飛鳥西方部の三つにわけてみようと思う。この範囲は、かつては、大半が高市郡《たかいち》、一部は磯城郡《しき》となっていたが、こんにちは高市郡の明日香村・高取町、橿原市《かしはら》、一部は桜井市となっている。もとの高市郡は、飛鳥村が阪合・高市二村を合併して明日香村と改め広くなり、越智岡村は高取町に併合、その他の村はすべて橿原市にはいった。

こんにち、飛鳥古都めぐりがたいへん流行して、あのしずかな故地に、観光バスが土けむりをあげ、時には列車のようにならんでいるが、混雑するのは飛鳥大仏と石舞台ぐらいのようだから、わたくしたちはなるべく砂塵をさけて小道をたどり、一見なんでもない景観の中にもいきづく古代の心をさぐるとしよう。わたくしたちの忘れてはならないことは、いっぱんにけっして珍しさゆえにうたわれたものではなく、定住者の心においてうたわれていることである。

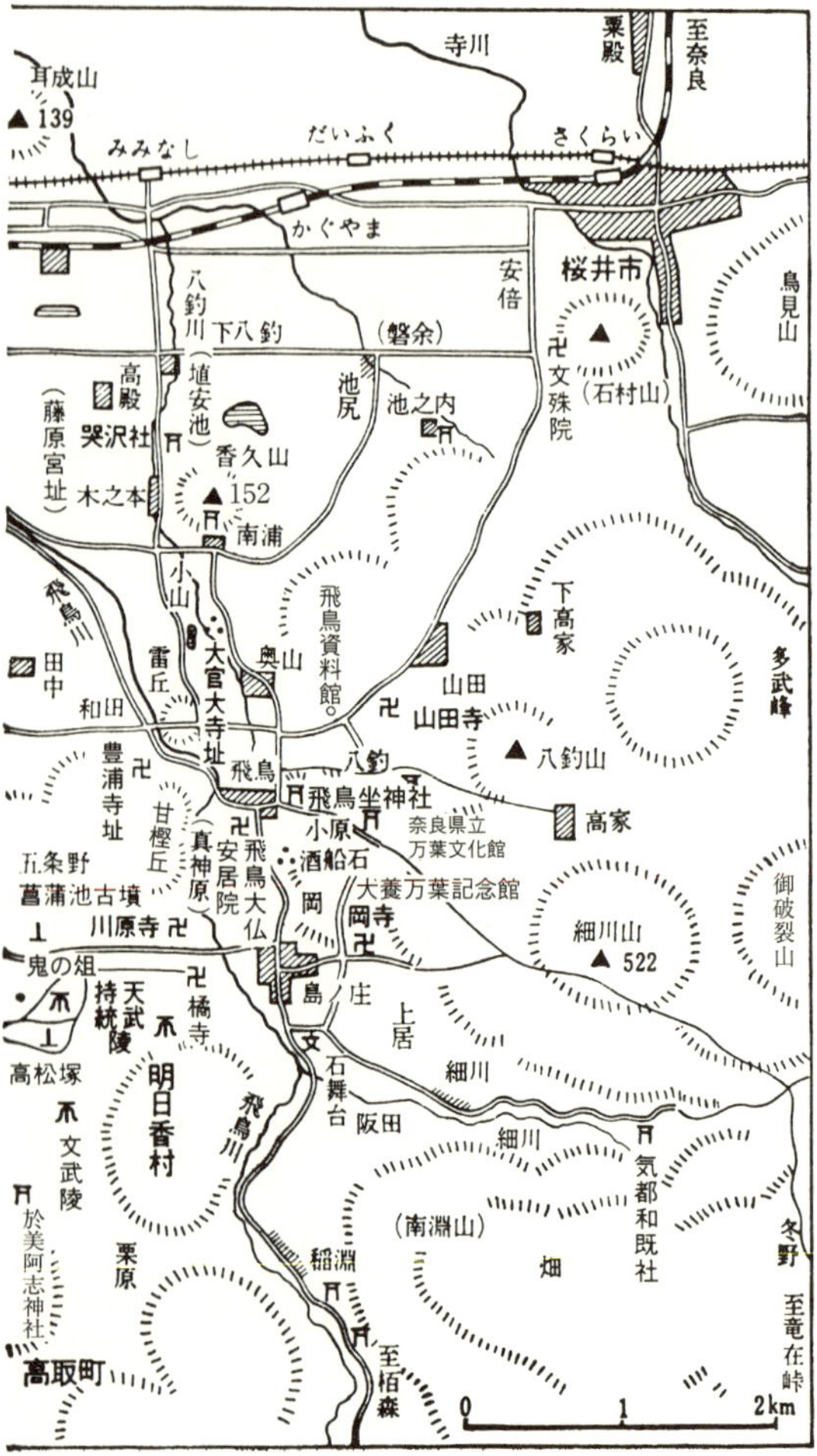
耳成山
139
みみなし
だいふく
寺川
さくらい
粟殿
至奈良
かぐやま
桜井市
安倍
八釣川
下八釣
(磐余)
鳥見山
高殿
(藤原宮址)
(埴安池)
池尻
池之内
文殊院
(石村山)
哭沢社
香久山
152
木之本
南浦
飛鳥川
小山
飛鳥資料館
下高家
田中
雷丘
大官大寺址
奥山
山田
多武峰
和田
山田寺
八釣山
豊浦寺址
飛鳥
八釣
飛鳥坐神社
高家
甘樫丘
(真神原)
小原
奈良県立
万葉文化館
五条野
安居院
飛鳥大仏
酒船石
御破裂山
菖蒲池古墳
岡
大養万葉記念館
川原寺
岡寺
細川山
522
鬼の俎
橘寺
島
庄
天武持統陵
上居
高松塚
明日香村
石舞台
細川
阪田
細川
文武陵
気都和既社
於美阿志神社
栗原
(南淵山)
稲淵
畑
冬野
至竜在峠
高取町
至栢森
0
1
2km

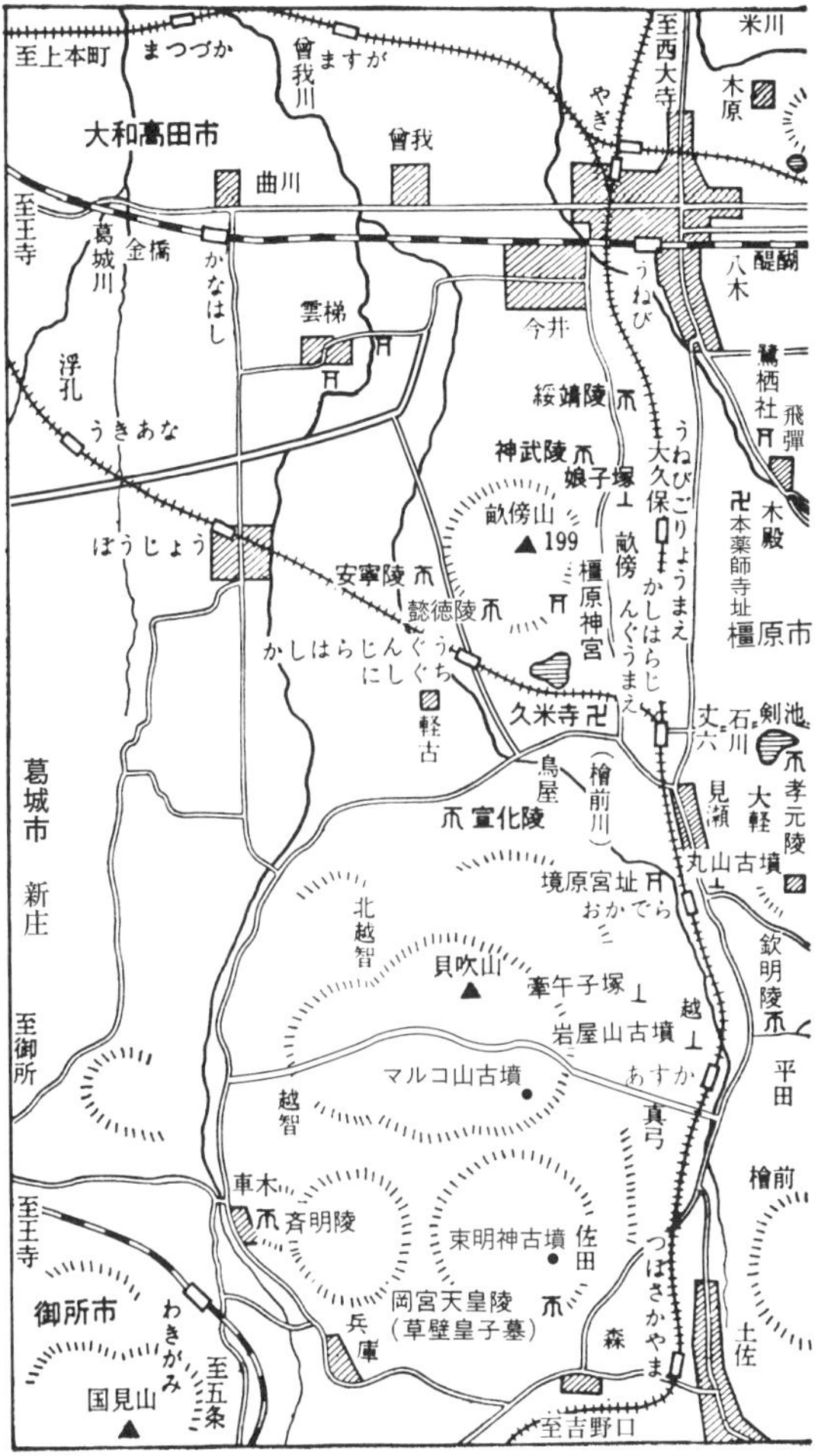

●飛鳥・藤原京・飛鳥西方部地図。

剣の池

み佩《は》かしを　剣《つるぎ》の池の　蓮葉《はちすば》に　溜《た》まれる水の　行《ゆ》くへなみ
我がする時に　逢ふべしと　逢ひたる君を　な寝《い》ねそと　母聞《き》
こせども　我が心《こころ》　清隅《きよすみ》の池の　池の底　我れは忘れじ　直《ただ》に
逢ふまでに
——作者未詳——（巻十三—三二八九）

橿原神宮駅前東口から東に〇・五キロほどゆくと、右手に大きな池がある。剣の池である。池に影をうつしている小山は、孝元天皇剣池島上《しまのうえ》陵で、池は応神朝につくられ、舒明朝七年七月と皇極朝三年六月に一茎二花の瑞蓮を見たという（『書紀』）。池の西南に石川の村落があり、蘇我馬子の石川精舎もあったといわれるから、この池など蘇我氏の生産力の一つの源となったものであろう。皇極朝の蓮の瑞兆は翌年大化の改新によってあだ花に終ってしまったわけだ。〝池の蓮の葉にたまっている水が行方もないように途方にくれている時に、逢おうといって逢って下さったあなたと、共寝をしてはいけないと母は申しますが、私の心は清隅の池の底のように深くあなたを思って忘れないでしょう。じかにお逢いするまでは〟という女心の歌で、民謡風のものである。「み佩かしを」は枕詞。「清隅の池」は、奈良市高樋《たかひ》町とも、大和郡山市旧東大寺領清澄庄ともいわれるが所在不明である。たんに清くすんでいる池の意かも知れない。剣の池は、明治に灌漑のため拡張修理して、その記念碑が、北西隅の堤の上にある。まことに静かな池で、西側の堤に立つと、遠くに多武峰と音羽山の尾根、近くに甘樫《あまがし》丘が望まれ、池に蓮は一つもないが、かいつむりが、すうっと水あとをのこしている。

石川の光明寺に伝馬子塚あり。一茎二花の蓮は金沢駅前の寺で見た。天然記念物。

●剣の池。右手の小山は孝元天皇陵。(昭和36年)

軽

天飛《あまと》ぶや　軽《かる》の路《みち》は　我妹子《わぎもこ》が　里にしあれば　ねもころに　見まく欲《ほ》しけど
止まず行かば　人目を多み　まねく行かば　人知りぬべみ……　我が恋ふる
千重《ちへ》の一重《ひとへ》も　慰もる　心《こころ》もありやと　我妹子が　止まず出で見し　軽の市に
我が立ち聞けば　玉《たま》だすき　畝傍《うねび》の山に　鳴く鳥の　声も聞こえず　玉桙《たまほこ》の　道行き人も
一人だに　似てし行かねば　すべをなみ　妹が名呼《よ》びて　袖そ振りつる

——柿本人麻呂——（巻二—二〇七）

軽といえば、人麻呂の軽にいた妻の死をなげく悲痛な歌を思うことであろう。人目をしのんで通う軽の女のところにたびたびも行きかねて恋いこがれているうちに、訃報《ふほう》を得てどうにもたまらず軽の市にきてみると、畝傍山の鳥の声も聞えず、女の姿もまったくなく、仕方なしに彼女の名をよんで袖を振ったという歌。なにかとくに秘さねばならぬ人であったらしく、その人の幻影をいだいて軽の市をさまよう姿も浮んでくる。その軽は、いま畝傍山の東南、大軽（橿原市）に名をとどめ、大軽の台地から、下《しも》つ道の街道に沿う見瀬《みせ》、近鉄岡寺駅方面にもおよんでいたらしく、大陸文化を背景にした物々交易の市《いち》として古くから栄え、天武朝、藤原京ごろにも聚落をなしていたようである。近年、自動車の新道もでき、見瀬の町も次第に近代化されてきて、古代軽市の幻想もいだきかねるが、石川から田んぼ伝いに西南の小森をめざしてくると、そこは大軽の小字北垣内《きたがいと》春日社のところで、孝元天皇軽島豊明《かるのしまのとよのあきら》宮址の石標があり、森の中の現法輪寺は軽寺の址であって、新道のさわがしさをよそに、古代軽の片鱗をさぐることができる。また南方の巨大な丸山古墳の前方部に立てば、軽地域の全貌が見おろされる。

岡寺駅西側に軽境原宮址（孝元），南西に軽曲峡（まがりお）宮址（懿徳）がある。

●軽寺の森。右手，春日の小社と宮址の石標。

檜隈川

さ檜隈《ひのくま》　檜隈川《ひのくまがは》の　瀬を早み　君が手取らば　言寄《ことよ》せむかも
（巻七―一一〇九）

――作者未詳――

近鉄岡寺駅から東に橘寺にゆく道の南方一帯の丘陵の起伏するところが、ひろく檜隈《ひのくま》といわれた。いま明日香村大字檜前《ひのくま》がある。応神朝阿知使主《あちのおみ》以来の帰化漢人の住みついたところで、その後、時を追ってふえて、奈良朝末宝亀の頃には一〇中八、九まで帰化人となり、大きな勢力をにぎっていたようである。大字檜前の東の森に阿知使主をまつる於美阿志《おみあし》神社や檜隈寺の址がある。そこはまた宣化天皇檜隈廬入野《いおりの》宮址とも伝える。古代には一帯に檜林が多かったものであろう。わたくしたちは、岡寺駅から南にいって、檜隈坂合陵（欽明）の前の丘の吉備姫《きびのひめ》王《みこ》（皇極・孝徳両帝の生母）檜隈墓に大化の改新前後をしのび、檜隈の山野にはいろう。飛鳥の中心部が、観光の人と砂塵にまみれはじめたこのごろは、このひっそりした山野に「あすか」はうつったような気さえする。檜隈川は、南方高取山に発して檜前の村の西をすぎ、近鉄線に沿うてやがて畝傍山の西をまわり、雲梯《うなて》で曾我川に注ぐ小川である。岡寺駅や飛鳥駅の傍では護岸工事がほどこされ、きたないドブ川と化して幻滅を感じるのみだ。檜前にはいれば、どこの田舎にもありそうなのんびりした小川となり、この山野の古代の農村生活も思われてくる。むかしもあまり瀬が早かったとも思われないが、恋する女にとっては、瀬が早くて流されそうだから、あなたのお手をにぎったら、うわさをたてられるかしらと、甘美にもいってみたいのだ。交通のはげしい道路から、ひょっと村にはいりこめば、若い男女の姿も川の面に映るようで、こんな歌のうたわれる民謡的な世界がわかるような気がする。

「さ檜隈」の「さ」は接頭語。同語をかさねて枕詞のように用いたもの。

●檜隈川。中央於美阿志神社の森，右は檜前。
檜隈川は，現高取川の下流域。

檜隈大内陵

やすみしし　我が大君の　夕されば　見《め》したまふらし　明け来れば　問ひたまふらし
神岡《かみをか》の　山の黄葉《もみち》を　今日もかも　問ひたまはまし　明日もかも　見《め》したまはまし
その山を　振り放《さ》け見つつ　夕されば　あやにかなしみ　明け来れば　うらさび暮し
あらたへの　衣の袖は　乾《ふ》る時もなし

――持統天皇――（巻二―一五九）

わたくしたちは、檜前の於《お》美《み》阿《あ》志《し》神社の森から、野道、丘道づたいに文武天皇陵を通っていってもよいが、わかりやすくゆけば、岡寺駅から東へ橘寺への道をゆくと、中ほどで道の右側の檜前側に、こんもりとよく茂ったまるい小山を望む。これが天武・持統両天皇の合葬陵、檜《ひの》隈大内《くまのおおち》陵である。飛鳥駅から、古墳の断片の鬼の俎板《まないた》・鬼の厠《かわや》をすぎて、果樹園の丘づたいに陵の横にでる道もたのしい。岡寺駅からの道の、陵へまがる手前の左手の丘には、家形石棺の蓋のうらが朱の乾漆になっているので名高い菖蒲池《しょうぶいけ》の古墳もある。

この陵が直接に万葉の歌にうたわれているわけではないが、両天皇の存在は、万葉の歌を理解する上でもっとも重要な方といってよい。天武天皇は、舒明天皇と宝《たから》皇女（皇極天皇）との間に、中大兄皇子（天智天皇）を兄に持って、大海人《おおあま》皇子として生まれ、中大兄、藤原鎌足らによる大化の改新の事業も体験し、斉明天皇（皇極重祚）の三年（六五七）には、中大兄と蘇我倉山田石川麻呂の娘の遠智《おち》娘との間にできた鸕野讃良《うののささら》皇女（のちの持統天皇）を妃とし、兄天智天皇の近江大津宮の晩年（六七一）には、皇太子となっていたが身を辞して、妃ともども吉野にこもり、翌壬申年（六七二）六月には、吉野を進発して、壬申の乱となり、近江朝の弘文天皇（天智皇子の大友皇子）をやぶって、飛鳥浄御原《きよみはら》宮に即位した。天武天皇の浄御原宮での一四年間は、一路、律令体制をととのえ、天皇の絶対権を確立していった時代といってよい。天皇は朱鳥元年（六八六）九月九日崩御され、長い日月にわたっての荘厳な葬儀が行なわれた。鸕野皇女は、天武天皇の二年に皇后となり、天皇崩御後、称制してみずから政治をとり、その三年四月、皇子の草壁皇子の死去によって、四年即位して持統天皇となられた。持統天皇の八年（六九四）一二月には、浄御原宮から三山の間の藤原宮に遷都があって、藤原宮は、元明天皇の和銅三年（七一〇）三月まで、一六年間つづく。持統天皇の一一年目には、皇位を皇孫（草壁皇子の子）軽《かる》皇子に伝えて文武天皇の代となり、譲位後五年目の大宝二年（七〇二）三月になくなられ、はじめて火葬が行なわれて大内陵に合葬された。天皇の一代は、夫天武のあとをついで、天皇の絶対権のもっともひいでた安泰期をつくりあげ、やがて大宝律令の制定（七〇一）を見、名実ともに律令国家の完成をみるのである。万葉第二期、飛鳥・藤原京の宮廷貴族グループの歌のひびきにもこの間の時代の気運を思わなければならない。のみならず、天武・持統以後、万葉の最後までの天皇が、すべて天武の皇統につながることを思えば、万葉の貴族和歌の側からだけいっても、天武の存在がどんなに大きいかがわかる。たとえば、文武のあと、元明天皇は文武の母、元正天皇は文武の姉、聖武天皇は文武の子、孝謙天皇は聖武の子、淳仁天皇は天武の孫（天武皇子舎人《とねり》皇子の子）というように、終りには皇権は衰えても奈良朝の最後光仁天皇（天智の孫）のでるまで、すべて天武の皇統につながるものである。

いま、大内陵の前に立てば、そうそうとひびく松のひびきにも、大化以来の時の流れが、また万葉歌風の変遷が、ひとつの陵をめぐって、一瞬にして廻転する思いがある。壬申の乱の時だけをとらえても野越え山越え苦労をともにしてきた一対の夫婦。天武の事業の背後に、深沈大器量の人と伝えられる皇后の力が大きかったといわれているのも、もっともである。

この歌は、夫天武の崩御のおり、殯宮《あらき》(かりのとむらい)での妻持統の挽歌である。背の君たる天皇が朝夕にごらんになるだろう飛鳥の神岡《かみおか》(後述)のもみじを、もし御在世なら、今日も明日もおたずねになるだろうに、その山を、いまひとりで朝夕にながめねばならぬ悲しさ、とりとめなさ、ああ、衣の袖はかわくこともないという、幽明境を異にした中から、切々と、夫君への思慕の想いをうったえた歌である。

大内陵の所在は、明日香村大字野口小字王之墓で、ひところは荒墓となっていて野口荒墓といわれていたという。南面していて、檜前の山野から高取山をのぞむ位置にある。中世に、文暦二年(一二三五)三月二〇日盗掘にあったことは藤原定家の『明月記』や『高山寺《こうざん》文書』にくわしい。それらによれば、石室はいまいう大理石で、天武の御棺の蓋は木材で朱塗、御棺の床は金銅厚さ五分、御棺の中は、白骨相つらなり、白髪がなおのこり、御脛骨の長さ一尺六寸、肘長一尺四寸とある。火葬にされた持統天皇の御骨は銀筥におさめられていたという。

檜前に陵墓の多いことも帰化漢人との関連によるところがあろう。もとの高市郡内の古墳は陵墓は別として、奈良全県の半分に近い約九〇〇を数えるという。わたくしたちはこれから文武天皇陵にむかうが、大内陵の南、大字平田の東方の山を越えて飛鳥川上流稲淵にでる道も、途中、山上から、東西北を見おろし、三山もみごとに視野におさめられて、せまい天地にうごめいた歴史の流れをじかに集約することができる。もちろん人ひとりにもあわない。

歌中の「やすみしし」は「わが大君」の枕詞。「あらたへの」は「衣」の枕詞。

●檜隈大内陵。南方より。

文武天皇陵

み吉野の　山のあらしの　寒けくに　はたや今夜《こよひ》も　我《あ》がひとり寝む　（巻一―七四）

――文武天皇か――

この歌は、題詞によって文武天皇が吉野宮に行幸の時の歌であることはわかるが、作者は誰かわからない。ただ左註に「右一首、或云、天皇御製歌」とあるので、これによれば文武天皇の作となる。天皇の吉野行幸は、『続日本紀』によると、大宝元年二月と同二年七月とが見えるがどちらの時かわからない。『懐風藻』には漢詩三首をのせている。歌はこの一首のほかにはない。文武天皇（軽《かる》皇子）は、天武と持統の間に生まれた草壁皇子の子で、母は阿閉《あべ》皇女、天智の子で、のちの元明天皇であり、姉はのちの元正天皇である。草壁皇子がはやく亡くなられたので、持統天皇はこの孫皇子に期待をかけておられた。持統一一年（六九七）一五歳の時、位をつぎ在位一一年、慶雲四年（七〇七）に二五歳で亡くなられた。『続日本紀』によると、「天皇、天の縦《ゆるせ》る寛仁、慍《いかり》を色にあらわさず、博く経史に渉《わた》り、もっとも射芸を善くしたまふ」とある。在位中、大宝元年（七〇一）に大宝律令の制定があって、藤原京の最盛時をもたらした。在位前には、宇陀の安騎野《あきのの》に亡父追慕の旅があって、人麻呂が名歌をのこす機縁となった。藤原不比等《ふひと》の娘の宮子を夫人として、のちに聖武天皇となる首《おびと》皇子を生み、のちの奈良朝史、したがってまた万葉貴族和歌史の形成に深い関係をもってくることは忘れることができない。

文武天皇檜隈安古山《あこのやま》陵は、檜前《ひのくま》の於美阿志《おみあし》神社の森と、大内陵との中間にあたり、明日香村大字栗原小字塚穴の田畑の間のこぢんまりした小円墳にすぎないが、山陵をとりまく木々のしずけさの中には、つきない歴史のページがたたまれている。

歌中の「あらし」は荒い風。「はたや」は「もしかすると」の意。

●文武天皇陵。南面より。

川原寺

生死《いきしに》の　二つの海を　厭《いと》はしみ　潮干《しほひ》の山を　偲《しの》ひつるかも　（巻十六―三八四九）
世間《よのなか》の　繁き仮廬《かりほ》に　住み住みて　至らむ国の　たづき知らずも　（巻十六―三八五〇）

――作者未詳――

右の歌二首は、河原寺の仏堂の裏《うち》に、倭琴《やまとこと》の面にあり。

檜前から岡寺道の県道にひきかえして、真正面に細川山をのぞみながら東に進むと、左側に白壁の土塀の美しい川原寺に出る。ここまでくればもう飛鳥の中心にはいったことになる。いまは真言宗弘福《ぐふく》寺で、小さい寺にすぎないが、寺内には創建当時の瑪瑙《めのう》の礎石二五箇があり、それに寺の前には先年発掘の際の、廻廊址の一部や、また東塔の土壇にはたくさんの礎石をのこして、むかしの盛大をしのばせている。創建は敏達朝とも斉明朝ともいわれ、また孝徳紀に「川原寺」も見え、諸説があって定まらないが、天武・持統両朝には寺田も多く隆盛をほこっていたようである。その川原寺の仏堂のうちの倭琴の面にしるされてあった二首の仏教歌が万葉にのこされているのもおもしろい。その頃の僧侶の手ずさみであろうか。天武一五年（六八六）四月、新羅の客をもてなすために川原寺の伎楽を筑紫におくったという記事が『書紀』にあるから、この寺に伎楽団がおかれていて、楽器なども多かったのであろう。寺地は明日香村大字川原。東塔址の礎石に腰かければ、一望青田の真神の原から、飛鳥の村、甘樫丘、遠く香久山ものぞまれる。すぐ田んぼの向うには飛鳥川が流れているから、斉明天皇の川原宮もこのあたりであろう。川原寺と同所と見る説もある。先年、川向うの田の発掘によって飛鳥板蓋宮《いたぶき》址かと思われるものが出た。六四五年六月一二日、さみだれの日のクーデターもそこに見るようである。

歌中の「潮干の山」「至らむ国」はともに生死を解脱した極楽浄土をさす。＊瑪瑙は大理石のこと。「川向うの田の発掘」地は，伝承飛鳥板蓋宮跡として石敷き，井戸遺構が復元整備されている。

●川原寺。礎石は東塔址。（寺の周辺整備前）

橘寺

橘の　寺の長屋に　わが率宿《ゐね》し　うなゐ放《はな》りは　髪上げつらむか　（巻十六―三八二二）
――作者未詳――

飛鳥の春が、見わたすかぎりのれんげの赤にいろどられ、菜の花の黄にかおっていたのも昔話になりそうである。この一、二年れんげは影をひそめてきた。化学肥料ができたためという。菜の花はまだ前ほどではないが美しい。川原寺と橘寺のあいだの県道には観光バスの駐車場ができた。大通りはとても歩いてはいられない。飛鳥も時代の流れに変貌をとげてゆくらしい。

橘寺の所在は明日香村大字橘で、もと用明天皇の別宮、聖徳太子誕生の地と伝え、太子がここで勝曼経を講じ終ったとき奇瑞があらわれたので、そこに寺をたてたというが、創建ははっきりしない。江戸初期には草堂一宇のみに衰頽《すいたい》していたのを、江戸末、篤志家の力によって、現在の復興を見たという。いま東門からはいってすぐ左側の塔心礎によってのみ、わずかにそのかみの七堂伽藍をしのぶことができる。さかんな日には、寺に棟長屋があって、こっそり歌のような場面の展開することもあったのだろう。あのおかっぱさんの少女は、髪をあげて、すっかりおとなになったかしら。いかめしい飛鳥寺院の一隅にこんな場面のあるのも世の実相であろうか。題詞に「古歌に曰く」とあるのを見れば、これまたうたいもののようである。『書紀』によれば、天武九年（六八〇）四月に、橘寺の尼房から失火して一〇房を焼いたという。

橘寺の境内に、二面石、寺の西方の畑の中に亀石と称する、こんにちからは不可思議な石造物がある。農村の庶民にとっては、寺院よりも、もっと生活にむすびついた信仰的なつながりのあったものではなかろうか。

「うなゐ」は髪を切って頸に垂らした形。「放り」は束ねないで放っている髪。

●菜の花の向うの橘寺北面。

明日香川

明日香川《あすかがは》　瀬々《せぜ》に玉藻は　生《お》ひたれど　しがらみあれば　なびきあへなくに

——作者未詳——（巻七—一三八〇）

飛鳥川といえば、淵瀬常ならぬ川としてあまりにもきこえ、誰でもあこがれをいだく。さてきてみれば、どこにでもある田舎の里川、大字飛鳥から下流は近ごろドブ川にさえ化してがっかりしてしまう。ところがそれでよいので、名所でもなんでもない、この川筋を中心に定住した万葉人たちが、朝夕見なれた親しい里川に、抒情の場をもとめたにすぎない。源は竜門・高取の山塊に発して栢森《かやのもり》・稲淵の谷あいをくだり、祝戸《いわいど》で多武峰からくる冬野川（細川）をあわせ、飛鳥の中心部から藤原京をななめによこぎって、寺川と曾我川の間を北流、大和川にそそぐ川である。飛鳥の人たち、飛鳥文化もつまりはこの川筋にたよったものだ。上流に住まった帰化人らの伐木を禁じて水源をたもとうとしたこともある。いちど雨が降れば、「水ゆきまさり」「水脈《みを》早み」の「高川」となるし、ふだんは「上つ瀬」「下つ瀬」「早き瀬」「七瀬」「瀬々」の玉藻や千鳥や河鹿《かじか》の清流となり、「石橋《いははし》」（飛び石）を渡って妻のもとにも通い、「しがらみ」（杭をうって竹や枝をからませたダム）をかけて灌漑に便する。まったく一日として飛鳥びとに欠くことのできない川だ。この歌にしても、しがらみのために川藻のなびきあわない実景を日々の生活のなかによく見ていればこそ、恋のしがらみのなげきも、その実景にのりかかってうたわれるわけである。だから、しがらみがとれさえすれば、

明日香川　瀬々の玉藻の　うちなびく　情《こころ》は妹に　寄りにけるかも　（巻十三—三二六七）

となって、みずからの風土のなかにしみこんだ歌が、土地の人の間にうたわれるのだ。

明日香川（18），明日香の川（7），計25の歌がある。うち21は「明日香」の用字。

●飛鳥川。橘寺からおりた岡寺への旧道の橋。

島の宮

東《ひむがし》の　多芸《たぎ》の御門《みかど》に　さもらへど　昨日も今日も　召す言《こと》もなし
（巻二―一八四）
――日並皇子宮《ひなみしのみこのみや》の舎人《とねり》――

このごろ飛鳥めぐりで主題のひとつともなっている石舞台古墳は、戦後、推定復原工事が行なわれて、周壕がつくられ土盛りもされた。古代への想像の余地をなくしてしまった感がある。蘇我馬子の桃原墓かともいわれるが明らかでない。石舞台から見おろす大字島庄《しまのしょう》一帯の村落のところが、草壁皇子（天武と持統のあいだに生まれた）の島の宮の址らしい。「橘の島の宮」（巻二―一七九）ともあるから、飛鳥川を越えて橘寺の近くまでおよんでいたとも、橘の名がこのあたりをまでふくめていたともいわれる。すべてたしかなことはわからない。石舞台の下方の高市小学校のところには小字イケダ、ナルミなどいう名もあったという。もと、島ノ大臣といわれた馬子の庭園が、のちに宮廷のご料地となり、そこに島の宮がいとなまれたのであろう。歌に「上《うへ》の池」「勾《まがり》の池」とあるから、飛鳥川か細川か別の渓水かが庭にひきいれられていたものであろう。草壁皇子は天武一〇年に皇太子となり、日並《ひなみし》皇子として将来を期待されていたが、ついに即位の時なく、持統三年（六八九）四月に二八歳で亡くなられた。盛大な殯宮の儀が佐田の岡（後述）に行なわれ、『万葉集』の中に人麻呂の長大な挽歌や舎人らのかなしみの歌二三首がのこされている。この二三首にも人麻呂作のにおいがあるとみられている。池のための水の落ち口に東の御門があったらしく、そこに伺候しても、主なき宮の、どうしようもないわびしさをうたっている。いまは環境がかわってしまって、島の宮はこの辺であったかと思うだけ。かわらないのは、飛鳥川のゆく水ばかりだ。

「日並」は日（天皇）と並んで天の下をしろしめす義で，摂政ともいうべき意。近年，島の宮址の発掘がすすめられている。＊石舞台古墳周辺から多くの遺構が発掘されている。

●飛鳥川，島の宮址付近。左は島ノ庄，右は橘。

南淵山

御食向《みけむ》かふ　南淵山《みなぶちやま》の　巌《いはほ》には　降りしはだれか　消え残りたる

（巻九―一七〇九）

――柿本人麻呂歌集――

石舞台から南を見ると、細川をへだてて山の中途に鞍作《くらつくり》の坂田金剛寺址のある阪田の村の白壁がかたまり、その後方の山塊が東方の冬野の方へと、ちょうど屛風のようにつらなっている。これが南淵山である。この山の西裾を飛鳥川（これからさきは南淵川）に沿うてまわると大字稲《いな》淵《ぶち》の村に出る。稲淵の村はずれ、川に沿うた小丘の上に南淵請安の墓がある。南淵山の山裾一帯は帰化漢人のたいへんに多かったところで、天武五年（六七六）、かれらの伐木を禁じて飛鳥川の水源をまもろうとしたことは前にしるした。いま山は植林でまだらはげの緑につつまれ、岩石の露出したところはみえないが、当時、伐木などで巌の露出したところがあったのかもしれない。大和の平地はめったに雪の降らないところ、それだけにたまに降ればめずらしく、しかも二、三寸とつもらないうちに、たいていはとけてしまう。ところが南淵のはざまなどにゆくといまでも消えのこる実景を見る。巌のところにだけはだれの雪（ぱらぱらと散りつもった雪）がひときわ白く消えのこっている景は、この辺の人なればこそかくべつの心ひかれなのだ。そのことを思ってこの歌を見れば、まだ冬枯れたままの南淵山の山なみ、その中の巌に焦点をすえて、ふれるはだれの白へのおどろきを、単純にしかも鮮明にうち出してみせた作者（人麻呂か）の心のひびきも伝わってくる。この付近が谷の奥まで段々のみごとな水田となっているのを見ると、帰化人らの農耕の名残かとさえ思われてくる。川沿いの道はまことに閑静で、栢森《かやのもり》から奥は吉野越の山道となる。古代飛鳥のふところ深く、はいりこんだようなところだ。

「御食向ふ」は枕詞。御食（みけ）としての蜷（みな）の意でつづくか。諸説がある。

●春雪の南淵山。島の宮址付近より。

細川

ふさ手折《たを》り　多武《たむ》の山霧　繁みかも　細川の瀬に　波騒きける

（巻九―一七〇四）

――柿本人麻呂歌集――

島庄《しまのしょう》から石舞台の前の道を、上居《じょうご》・細川・上《かみ》（みな明日香村）の村をへて多武峰《とうのみね》までは一時間ぐらいで登れる。この多武峰から発して道に沿って流れ、祝戸《いわいど》で飛鳥川にそそぐ小さな川が細川（いま冬野川）である。細川の東北の山、多武峰の西の支脈になっているのが細川山で南淵山とは奥では山つづきとなるが、しもではあいだに細川の渓谷をつくっている。誰も人のいないときだったら石舞台に立っていると南下方の竹やぶの中から細川の川瀬の音がきこえてくる。ちょっと上手《かみて》で雨でも降れば、たちまち川音がはげしくなるような山川だ。この歌の「ふさ手折り」には原文の訓釈にいろいろ説があったが、ふさふさと手折ってたわめる意で多武《たむ》にかかる枕詞とするのにおちついたといえよう。「多武の山」は多武峰のことである。細川の瀬音が急に高まって川波が立ちさわいでいる。おやっと思って見あげると多武峰の方はすっかり山霧につつまれて、霧はぐんぐん谷の下方にくだってくるようだ。そんな自然の変化の瞬間に、不安なきき耳をたてたような歌だ。いまも、細川沿いに登ってゆくときなど、同じ思いになるときがある。この渓谷にはたいへん古墳が多く、細川の北峯などおびただしい荒墳がある。春の頃など川瀬の音をききながらの、この登りはまことにたのしい。思わないところにいまを盛りの桃の花を見つけたりする。また、多武峰から細川山を通って飛鳥にでる山道は、飛鳥藤原の全貌を見おろしながらくだるわけで、時のながれと、人のいとなみと、さまざまの思いはつきない。わたくしたちは、岡寺道の前をすぎて、真神《まかみ》の原へと出てみよう。

石舞台東南の都塚古墳は背をかがめてやっとはいる古墳，石棺もそのままにある。
＊旧版は「波の騒ける」と表記。

●細川の流れ。後方は多武峰方面。

真神の原

大口の　真神《まかみ》の原に　降る雪は　いたくな降りそ　家もあらなくに　（巻八—一六三六）

——舎人娘子《とねりのをとめ》——

こんにち飛鳥めぐりといえば、まず飛鳥大仏安居院《あんご》をおとずれる。ここばかりは四季を問わずせまい寺地も満員となるほどだ。止利仏師作と伝える釈迦金銅座像は補修のひどいものではあるが、顔面などにはわずかに推古仏のおもかげが見られる。仏法元興の地として法興寺・元《がん》興《ごう》寺・飛鳥寺のあとで、元興寺は養老二年平城左京三条七坊に移建されて「ならのあすか」（巻六—九九二）とも称され、いま奈良市芝新屋町に塔址をのこしている。移建といっても寺は建久七年（一一九六）雷火によって全焼するまで、のこされていたようで、近年の発掘調査によって、その全容が明らかになった。一時は露坐の仏となっていたのを、近世末大坂の篤志家によって、いまの仮堂が建てられた。むかしあったこの寺の槻の木の下は、中大兄・鎌足の打《まり》毬《うち》のところと伝え、壬申の乱の大和における故地でもある。「真神の原」は崇峻元年（五八八）紀に「懐《こぼちテ》二飛鳥衣縫造《きぬぬいのみやつこがおやこのは》祖樹葉之家《ヲ》一、始《メ》レ作《リ》二法興寺《ヲ》一。此地名《ヲツク》二飛鳥真神原《ト》一」とあるように、この寺を中心とした一帯で、寺の北西から南方一帯におよぶ平野である。遠く檜隈方面にまでおよぶと見る説もある。もともと「真神《まかみ》」は狼の意で「大口の」の枕詞もついた。作者は伝未詳であるが、大宝二年（七〇二）の歌（巻一—六一）もあり、作者のころには、寥々とした原野になっていたのであろうか。こんにち寺から南方は見わたす田畑となっている。わたくしはここで吹雪の中を歩いたことがある。このあたりでは雪は長い時間とはつづかないが、ここでも前後左右も見えなくなって、ただ雪の中をあぜ道めあてに歩くような時もあるのだ。

写真遠景。中央橘寺，左方南淵山，右の森は板蓋神社。左家の近くに飛鳥板蓋宮址。

●真神の原。安居院西方，俗伝入鹿首塚より南を。(昭和37年)

飛鳥古都

采女《うねめ》の　袖吹き返す　明日香風　都を遠み　いたづらに吹く
——志貴皇子《しきのみこ》——（巻一—五一）

左の写真は、飛鳥川のほとりの甘樫丘《あまがしのおか》の山頂（一四七メートル）に立って、東方を展望したところで、まさに飛鳥の中心部にあたる。手前の村は明日香村大字飛鳥で、天武・持統の飛鳥浄御原宮は左の田畑から西の飛鳥小学校付近にわたってあった。家並の右方に、写真には見えないが、飛鳥寺の安居院がある。中央の森は鳥形山で、飛鳥の神奈備《かむなび》（神の森）として、天長六年（八二九、平安初）、雷《いかずち》丘（後述）から遷坐した飛鳥坐神社である。鳥形山を右に廻る道を少し登ると大原である。左手いちばん遠景に見える山は、音羽山であり、その手前（右手）の山は多武峰、左手から裾を見せているのが八釣《やつり》山である。八釣川は八釣山の山裾から大字八釣をすぎて鳥形山の左側にでてくる小川である。多武峰山塊の中腹に白く見える村（中央山腹）は高家《たいえ》（桜井市）である。これらの景観は飛鳥の万葉人が朝夕目にしていたところだ。この歌の作者志貴皇子は天智天皇の皇子（詳細は「田原西陵」参照）。いまはバスと観光の人たちの往来で、「いたづらに吹く」実感も一見、もとめかねるようだが、それでも大字飛鳥の北側の田畑に立てば、遠く香久山、耳成山を望んで、七一〇年までの藤原宮も思われ、古都に立った志貴皇子の、幻影にうかぶ女官らの袖吹きかえすイメージも、おりからの飛鳥の風にうかばないものではないし、志貴皇子の古都への回想と思慕は、そのままわたくしたちの心ともなる。

甘樫丘山頂へは飛鳥川甘樫橋付近から茂みの間を登る小道がある。展望はすばらしい。
＊今日，旧飛鳥小学校の南から漏刻遺跡が発掘され，一帯を水落遺跡という。浄御原宮は板蓋宮の上層遺構とされる。

●飛鳥東方の展望。甘樫丘山頂より。

大原

我が里に　大雪降れり　大原の　古りにし里に　降らまくは後《のち》
──天武天皇──　（巻二─一〇三）

我が岡の　おかみに言ひて　降らしめし　雪の砕《くだ》けし　そこに散りけむ
──藤原夫人──　（巻二─一〇四）

前の歌は、天武天皇が藤原夫人に贈ったもの、後の歌は夫人の答歌である。「夫人」は後宮につかえる人で、わかりやすくいえば天皇の奥さんである。天皇の奥さんは、皇后のほか、令制によれば妃二人、夫人三人、嬪四人ということになっている。皇后と妃はふつうは皇族にかぎる。天武天皇には多くおられたが、藤原鎌足のむすめも氷上娘（姉）と五百重娘《いおえのいらつめ》（妹）とが夫人となっている。ここはのちに新田部皇子を生み、大原大刀自《おおとじ》といわれた五百重娘のようである。この歌など、実地を知れば、宮廷の飛鳥生活がわかるだけでなく、この歌のおもしろみもはっきりしてくる。大原は明日香村大字小原《おうばら》の地で、浄御原宮址から一キロとはなれていない。飛鳥坐神社の右横をのぼった台地で、安居院《あんご》からは真東に見える丘である。藤原氏の本拠の地で丘陵の森に鎌足の生母大伴夫人墓があり、その上の大原神社の付近は鎌足誕生の地と伝える。五百重娘が里に帰っていた時のことであろう。浄御原宮で天皇は大した雪でもないのを大雪といってみせて、「古ぼけてしまった大原の里に降るのは後だろうよ」とからかえば、「うちの雨雪の神様にいいつけて降らさせた雪のとばっちりがそこに散ったのでしょうよ」としっぺがえしをする。おおらかさとこまかさの妙もあるが、事実は同じ雪の、ごく近くの間のうたいあいであればこそ、ユーモアにみちた心と心とがあざやかに浮彫りにされてくるのだ。

大原神社後方の竹やぶに俗伝鎌足産湯の井戸があったが，近年うまってしまった。＊埋まってしまった井戸は復元され，犬養揮毫の歌碑が社前に建つ。

●大原の里。中央の森が大伴夫人墓，後方多武峰。

高家

ぬばたまの　夜霧は立ちぬ　衣手の　高屋《たかや》の上に　たなびくまでに
（巻九―一七〇六）
――舎人皇子《とねりのみこ》――

飛鳥坐神社の北側に出てきている八釣《やつり》川のそばの道を東にとって、二キロ余のぼると、多武峰の中腹の高家《たいえ》（桜井市）にいたる。道は大字八釣、顕宗天皇近《ちかつ》飛鳥八釣宮址をすぎて、八釣山の南裾をのぼっていく。「八釣川水底絶えずゆく水」の音をときどきききながらゆくと、山あいの高原状の地勢の奥に傾斜をうまくつかって数十軒の家がかたまっている。それが高家の村だ。二五〇メートル前後の高地の山腹にあるから、白壁の家のかたまりは飛鳥からもよく見える。めったに土地の人にもあわないようなしずかな山道、ふりかえると飛鳥がだんだん下にひろがってゆく。高家から八釣山の東側のはざまを北へ、下高家・安倍へと下る道もよい。飛鳥がだんだんにぎやかになるこのごろは、かえってこういう山道の方に古代のひびきがきけそうである。この歌の「高屋」は、高殿と見る説もあり、地名説にもいろいろあるが、折口信夫博士（『辞典』）・澤瀉《おもだか》久孝博士（『奈良文化』第六号）はこの地と見ておられ、最近は澤瀉博士は多少の疑問をもっておられる（『注釈』第九）。飛鳥からながめ、藤原京からのぞみ、実地に山中を歩いてみたりした上からは、この山腹高原地がいちばんふさわしいように思える。「ぬばたまの」「衣手の」はともに枕詞で、主題は単純だが、飛鳥か藤原での平地の夕方、ふと見あげると山腹の高屋にすうっと夜霧のたなびいている景観は、飛鳥人のいつも体験するところだし、そのときのおどろきが、実景を簡潔につかまえた上で、夜霧のようにすうっととどこおるところなく律動化されている。

舎人皇子は天武天皇の皇子。母は新田部皇女（天智の皇女）。『日本書紀』編纂の総裁。

●高家の村。八釣からの道を高家に近づいて。

飛鳥浄御原宮

大君は　神にしませば　赤駒の　腹這《はらば》ふ田居を　都と成しつ

（巻十九―四二六〇）
――大伴御行《おほとものみゆき》――

いま大字飛鳥の西北部、飛鳥川にかけた甘樫橋《あまがし》のほとりに飛鳥小学校があるが、この校地一帯から東方にかけての地が、飛鳥浄御原宮《あすかのきよみはら》の址である。もと冬野川北側の大字上居《じょうご》に擬せられたこともあったが、喜田貞吉博士の研究（『帝都』）によってこの地に定まったといってよい。天武天皇と持統天皇八年まで、計二三年間の宮都である。『書紀』によれば、宮中諸殿、政治諸施設のととのったこれまでに見ない規模の大きいものであったらしい。二十数年前、この一帯から石葺《いしふき》が発見された。いま、小学校の北側が学童の花壇になっていて、その北側に、地下二尺ほどのところの石葺の一部をのこして、標柱をたてている。地は真神の原の一部にあたり、東方に八釣《やつり》山、遠く三輪山を望み、真北の香久山との間には広大な田畑がひろがり、西北ま近くに大字雷《いかずち》の小丘があって、眺望がたいへんよい。いまここに立てば、飛鳥風が寥々《ぴょうびょう》と田畑を吹くのみであるが、六七二年の六月二四日、大海人皇子が吉野を進発して、七月二三日、近江朝を潰滅させるにいたる壬申の動乱もうかび、その年一二月、衆望をになって浄御原宮をひらき、天武・持統にかけての天皇権の未曾有の発展を見たことも思われ、歴史の流れの上からも、万葉第二期の貴族和歌の展開の上からも、感慨深いものがある。この歌の題詞には「壬申年之乱平定以後歌」とあって、作者は壬申の乱に戦功のあった人、「大君は神にしませば」の語が、このときにはじまるわけもわかってくる。時うつってこんにちはふたたび、「赤駒」ならぬ耕耘機のはらばう田んぼとなり、オルガンにあわせた小学生の明るい歌声がきこえてくる。

岡本宮（舒明），後岡本宮（斉明）の宮地は浄御原宮の北方にあったといわれる。＊今日，飛鳥小学校も移転，浄御原宮址の標柱は取りはずされ，水落遺跡，石神遺跡と呼ばれる(96頁参照)。

●浄御原宮址。手前はその石葺。遠景香久山。

雷丘

大君は　神にしませば　天雲《あまくも》の　雷《いかづち》の上に　廬《いほ》りせるかも

——柿本人麻呂——　（巻三—二三五）

浄御原宮の宮址から西北ま近のところに、北から西南にかけてのきわめて低い丘があり、北と西南とは雑木や竹やぶなどでこんもり茂り、まん中の低いところには大字雷《いかずち》の民家がかたまっている。民家は中央を切りひらいてたてられたものであろう。ここが雷　丘《いかづちのおか》といわれている。飛鳥川はこの丘の南から西裾をめぐって北流している。いま鳥形山にある飛鳥坐神社は天長六年（八二九）以前は、この丘にあったようで、飛鳥の神奈備《かむなび》山・神岡《かみおか》というのも、この小丘をさすものであろう。もっとも、飛鳥の神奈備や神岡を、川をへだてて南側の甘樫丘と見る説もある。また雷丘を甘樫丘と見る説も多く、そのほか、飛鳥川上流の稲淵のトチガ淵上方の南淵《みなぶち》山の一峯と見る説（北島葭江氏）もあって定まらない。「大君は神にしませば」の語が、前述のように、壬申の乱後の、天皇権の伸長と、時代気運の中に生まれたものであり、この歌の題詞に「天皇　雷丘に御遊《いでま》しし時」の作歌とあって、天皇は、天武・持統・文武のうちおそらくは持統天皇と思われ、その天皇が、雷丘にいおりをされるのを、天雲の中に鳴りとどろく雷の上にさえいおりをしておいでになると表現することによって、天皇への絶対的な礼讃の思いをあらわしたものである。歌の心の大きさから、実地をみるまでは、雷丘はよほど大きな山と幻想しがちであるが、どこにでもある取るにたらない小丘を見てこれが雷丘かとおどろいてしまう。しかしそれでよいので、小丘をもこのように表現するところに、時代気運を背負った人麻呂の心のうねりが見とれるのではなかろうか。小丘という点では別に疑う理由とならない。

「雄略紀」と『日本霊異記』とに雷の地名伝説がある。雷丘をぬけて豊浦に出るのもよい。

●雷丘。人家は大字雷。水落遺跡付近より。

行き回る丘

明日香川　行き回《み》る丘の　秋萩は　今日降る雨に　散りか過ぎなむ

（巻八―一五五七）

――丹比国人《たぢひのくにひと》――

この歌の題詞には「故郷の豊浦《とゆら》寺の尼の私房にして宴《うたげ》する歌」とある。豊浦寺は明日香村大字豊浦にあった尼寺で、推古天皇豊浦宮のあとにできた寺である。欽明朝に蘇我稲目が邸宅を寺とした向原《むくはら》精舎のあったところと伝える。いま、豊浦に太子山向原寺があって、門前に礎石数個をならべ「豊浦寺址」の碑をたてており、寺の南には物部尾輿《もののべのおこし》らが仏像を投じた難波の堀江と称する小池をのこし、すこし南にはなれた民家の中に「推古天皇豊浦宮址」の碑をたてているが、正しい寺址ははっきりしない。作者の丹比国人は平城京のころの人、飛鳥の古都にきての宴である。豊浦は甘樫丘の下の台地で雷丘とは飛鳥川をへだてて向かいあっている。飛鳥川が甘樫丘からはなれて雷丘の裾を南から西にかけてめぐり流れるところである。豊浦からはどこからでもすぐま近に雷丘が見える。古都の秋をしのんで尼の私室に宴をして、おりからの秋雨にぬれる雷丘の萩を思いやったものであろう。こんにちもその風情がなくもないが、飛鳥川はこのあたりからだんだんよごれてきて、豊浦付近の民家では、輸入した貝に加工して、ボタンやネックレスをつくる家が多く、道のわきに貝くずが積まれ、加工機械の音がごとごとと聞えるようなところだ。飛鳥の古都もこうしてあらたに変貌してゆく。

「行き回る丘」は、原文「逝廻丘」で、ふるく「ユキキノヲカ」とよみ、地名とされたこともあり、また「行き廻《た》む丘」ともよまれたが、これは有坂秀世博士の考証によって、「廻」は「めぐる」意の上一段活用の動詞「廻《み》る」とみて、「ユキミルヲカ」とよまれるようになった。

向原寺のうしろに允恭朝のときの盟神探湯（くがたち）で知られた甘樫坐神社がある。
＊向原寺境内から昭和60年，６世紀末～７世紀初めの石敷を伴う掘立柱建物を発掘。豊浦宮跡とみなされる。

●豊浦側から見た雷丘と飛鳥川。右手甘樫丘。

甘樫丘より㈠

明日香川　川淀去らず　立つ霧の　思ひ過ぐべき　恋にあらなくに

——山部赤人——　（巻三—三二五）

飛鳥京・藤原京をいちばん近くから一目に展望できるところは、甘樫丘《あまがし》の最高峰一四七メートルの地点におよぶものはない。甘樫橋のきわから山裾に沿ってちょっと西にはいると植林をわけて登る小道があり、西面豊浦《とゆら》の側から果樹畑のあいだを登る小道もある。草ぼうぼうの山道をかきわけていくとすぐ頂にでる。飛鳥藤原の故地はすべて眼下になるし、それをとりまく大和の山々もひとつひとつ指ざせる。左の写真は頂から北側を望んだところで、足下に豊浦の一部の民家、道路に沿うて飛鳥川、つづいて大字雷《いかずち》の民家を間にはさんだ雷丘の全貌、遠く右手に香久山、左手に耳成山が見える。浄御原宮址は写真には見えないが、手前の民家と川をはさんですぐ右手になる。藤原宮址は耳成山の南側の平地にあたる。飛鳥藤原の歴史の動きを一目におさめられるようなところだ。雷丘・神岡・飛鳥の神奈備については異説もあって、この甘樫丘に擬するものもあることは前にも述べたが、写真で全貌の見える大字雷の丘陵をいうものと思われる。山部赤人は平城京から古都を慕って神岡（雷丘）にあがり、古都への讃美と思慕の思いを長歌及び反歌一首にあらわした。まことにコムポジションのととのった美しい歌である。これはその反歌である。赤人には天武・持統のむかしがひとしおにしのばれているのであろう。飛鳥川の霧のように消えてなくなるような古都への思慕ではないのだという赤人の眼には、川淀に立つ川霧にさえも古都への夢が託されていたのであろう。わたくしは山を下って麓の貝細工の工場にまよいこみ、古都の夢が一瞬に現実に立ちかえったことがある。

「川淀去らず」の意は「川淀を離れずに」また「川淀ごとに」の両説がある。
近年，国営公園となって整備された。

●甘樫丘より北方への展望。

甘樫丘より㈡

玉だすき　畝傍《うねび》の山の　橿原《かしはら》の　ひじりの御代《みよ》ゆ　生《あ》れましし　神のことごと
つがの木の　いや継《つ》ぎ継ぎに　天《あめ》の下《した》　知らしめししを……　（巻一―二九）

——柿本人麻呂——

甘樫《あまがし》丘の上は、なん時間いてもつきないようなところだ。わたくしたちは眼を西北に転じてみよう。すると左の写真のような景観が眼にはいる。大きな池は灌漑用の和田の池だ。その右は和田の村。和田の池の上にもう一つ見える池は孝元天皇の御陵の剣の池だ。そのむこうは昔の軽の地にあたる。畝傍山は長く尾をひいてなんと秀麗な山容をなしていることだろう。畝傍山の左肩に、葛城連嶺のつづき二上《ふたかみ》山の雄岳（右）と雌岳（左）が見える。悲劇の人、大津皇子の墓は雄岳の山頂にある。このあたりの人が難波や河内に出るのには二上山の裾の大坂越をしていった。橿原は、畝傍山の東南麓、今の畝傍町にあたる。もっともこんにちはひろい橿原市となって和田からむこうはすべて橿原市内である。畝傍山の東北麓には近世後に整備された神武天皇陵、畝傍町には明治二二年創建の橿原神宮がある。人麻呂が近江の荒都をいたむ歌の冒頭の「橿原のひじりの御代」は神武天皇の時代の意である。人麻呂のころには記紀にあるとおりに、第一代の天皇としてかたく信じられていたのであろう。岡からみれば、まったくこの狭い天地の中に、大和朝廷の発展も、大陸文化の移入も、馬子も、中大兄も、軽の妻のもとにかよう人麻呂も、畝傍・軽をへて紀路に向う旅の人も、悲喜こもごもの声々は、みんなふくまれていたわけだ。時うつってすべては忘れさられたように、こんにちの生活の声々が野にみちている。わたくしたちはこれから藤原京址に歩をふみいれてむかしの歌声を探ってゆこう。

畝傍山右方の平野は藤原京の域内となる。

●甘樫丘より西北方の展望。

天の香久山

ひさかたの　天《あめ》の香具山《かぐやま》　この夕《ゆふへ》　霞たなびく　春立つらしも

——柿本人麻呂歌集——（巻十—一八一二）

香久山は、畝傍山や耳成山が平野の中にぽっかりと孤立しているのとはちがって、多武峯の山つづきの端山が、西北でぐっと低くなって、そのまた端山が平野になだらかにつき出たような位置にある。だから三山の中でここだけはゆったりと横にふしたような形だ。こういう地形のところが古代には神のまつりの場所となっていたらしい。この山の上で祭器がつくられ、榊《さかき》を祭場にすえ、山の鹿の骨を焼いて卜占が行なわれた。天から天降ってきた山と信じられて「天降《あも》りつく」の枕詞がついたり、記紀の神話にあるように高天原の話に昇華したりするのも、古くからこの山によせる古代大和人の、神聖と畏敬とまた親愛の気持がさせるわざともいえる。

古の　事は知らぬを　我見ても　久しくなりぬ　天の香具山　（巻七—一〇九六）

の歌など、「天《あめ》」の香久山によせる、郷土の万葉人たちの実感であったであろう。三山の妻争やいろいろの伝説がこの山をめぐって伝わり、『万葉集』中、三山の中ではいちばん多くの歌（畝傍三、耳成六、香久山一三）がのこされているのも古代のこのあたりの人々の敬慕のしるしといわねばならない。こんにち、南麓の南浦には天岩戸神社が、北麓の北浦には天香山《あまのかぐやま》神社がのこされ、平和な農村生活と深くむすびついている実景をみると、山をめぐる古代民話の実態も探れるような気がする。春立つ夕の霞の景さえ、遠いむかしのことではなくなってくる。

山の高さは一五二メートル、いま頂まで木がよく茂っていて眺望はない。さきごろまで磯城郡香久山村領であったが、いま大半は橿原市に、東部は桜井市にわかれている。

天上の山が二分してその一つが大和に天降り，香久山になったと『伊予風土記』にある。
＊香久山は，現在国土地理院の地図では天香久山と表記する。

●浄御原宮址より見た香久山の夕かすみ。

磐余の池

百伝《ももづた》ふ　磐余《いはれ》の池に　鳴く鴨を　今日のみ見てや　雲隠りなむ
——大津皇子——　（巻三—四一六）

飛鳥から桜井方面に出るのには、北東の旧山田寺址のある丘陵を越える〝山田の道〟によるか、香久山の東側の低い丘を越える道、おそらくは〝磐余の道〟によるかである。もっとも磐余の名はこんにちのこらないから地域をはっきりしがたいが、香久山の北東、旧安倍村（現、桜井市内）一帯の丘陵と平地をいうものであろう。磐余の名は記紀にたびたび見えるところで、香久山の東の丘道を越えた池之内（桜井市）にはこんもり茂った森の稚桜《わかざくら》神社に磐余稚桜宮（神功皇后・履中）址を伝え、付近に磐余玉穂宮（継体）址、磐余池辺双槻《なみつき》宮（用明）址も伝え、西方の池尻（橿原市）の御厨子神社には磐余甕栗《みかぐり》宮（清寧）址を伝えている。池之内から池尻にゆく間など、凹地の湿田で磐余の池のなごりを思わせている。磐余の池は履中紀に見える人工池で、いまの田は後年の干拓によるといわれる。池尻西南の山麓にある大池は、水位も高く灌漑用のもので池のなごりではない。朱鳥元年（六八六）一〇月三日、大津皇子（「二上山」参照）が謀叛ということで死刑に処せられるとき磐余の池の堤で涙を流してよんだというこの歌の哀韻は、いまの寂しい村の湿田の方がいっそう身にしみるものがある。「百伝ふ」は枕詞。二四歳の生を終る日の心の窓に、池の鴨は、そして大和の風物は、どんなに深くきざみこめられたであろうか。妃の山辺皇女は髪をふりみだしはだしになって刑場に走り、皇子の死に殉じたという。

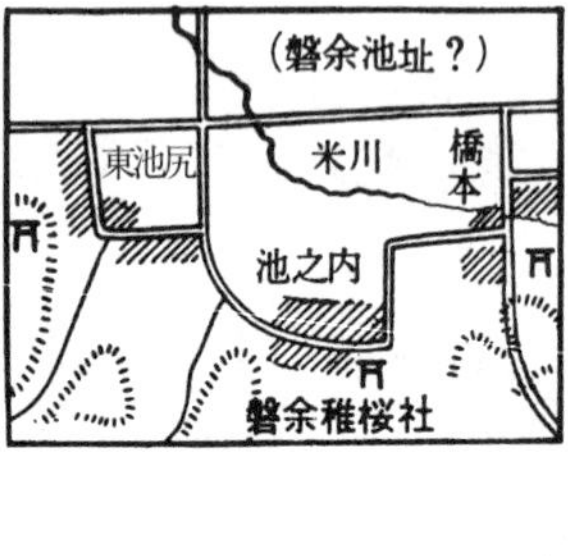

『懐風藻』に皇子の臨終の詩がある。「金烏臨西舎　鼓声催短命　泉路無賓主　此夕離家向」。

●伝磐余稚桜宮址の稚桜神社の森。西面より。

埴安の池

埴安《はにやす》の　池の堤の　隠《こも》り沼《ぬ》の　行《ゆ》くへを知らに　舎人《とねり》は惑《まと》ふ

（巻二―二〇一）

――柿本人麻呂――

浄御原宮址から田畑のあいだを北へ、天武天皇のころの大官大寺址の石標をすぎると、やがて香久山南麓の南浦の村にはいる。ここから山裾を西へ、天岩戸神社の前を通ってゆくと、香久山の中腹へとまわり登る道がある。左の写真は中腹からの展望で、三山の間の藤原京は一望のうちとなる。遠くは耳成山、中央の森は哭沢《なきさわ》の森である。埴安の池は当時、南浦のあたりから、山の西をめぐって、哭沢の森との間の田んぼのところにもたたえ、さらに山の北の方におよんでいた。西浦・上の岸・北浦などの小字をたどればだいたいの見当がつく。舒明天皇の国見の歌に「海原はかまめ立ち立つ」とうたわれた池のおもかげはいまはまったくない。この北西側の裾あたりに高市皇子の香久山の宮があったらしい。高市皇子は天武天皇と胸形君徳善《むなかたのきみとくぜ》のむすめ尼子娘との間にできた皇子で、壬申の乱に近江進攻の総指揮をとった人、持統朝には太政大臣になっていたが、持統一〇年（六九六）の七月になくなった。皇子の殯《あらき》宮の儀式のときに人麻呂は、『万葉集』の中でいちばん長い長歌をよんで悼《いた》んだが、この歌はその反歌の一つである。堤の内側にしーんと淀《よど》みに淀んだ池水は、見つめれば見つめるほど、あてのない憂愁をさそいだし、自分も含めて舎人《とねり》らみんなの途方にくれた気持そのままに思われたのだ。連綿と「の」の音をつみ重ねてゆく律動は一段一段と思いを深めてゆく、と思っていると、あたたかい光をうけて下の畑ではたらく人影がちらつき、木之本《きのもと》の道をオートバイが爆音高々と走っていったりする。池の址は、いまはなにも知らない、すべて明るい田畑なのだ。

「隠り沼」は水の流れ口のない淀んだ沼。

●埴安の池の址。天香久山中腹より。

哭沢の神社

哭沢《なきさわ》の　神社《もり》に神酒《みわ》据《す》ゑ　祈れども　我が大君は　高日《たかひ》知らしぬ

——檜隈女王《ひのくまのおほきみ》——　（巻二―二〇二）

すぐ前にもしるした高市皇子のなくなったときの人麻呂の挽歌のあとに、「或書反歌一首」として、この歌があげられ、その左註に、『類聚歌林』（山上憶良が編んだ類聚の歌集）には、檜隈女王が泣沢神社を怨んだ歌だとある。下の句には人麻呂のにおいがないではないが、もともとは、檜隈女王の歌かもしれない。檜隈女王は伝未詳だが、高市皇子の後宮か子かであろう。おみきをお供えして祈ったけれど、とうとう高市皇子はお亡くなりになってしまったと、歎き怨む歌である。その哭沢《なきさわ》神社は前の写真に見るように、香久山とは埴安《はにやす》の池をへだてて池畔にあったもので、こんにちもこんもり茂った田舎のお宮の森といった感じである。『古事記』によればイザナギノミコトが、イザナミノミコトの死を悲しんで泣いた時の、涙になりませる神で、香久山の畝尾の木の本にます泣沢女《なきさわめ》神だという。高天原の話がはじめて地上の一小地に降りてきたところで、古代の葬儀における泣女のことも思われ、香久山麓の古代生活とともにある民話の断片を見るようでおもしろい。いまも大字木之本（橿原市）に属して畝尾都《うねおのつ》多本《たもと》神社という。さきごろまでは、昼も日の射さないほど小暗い森の茂みで、小杜の前にドングリがいっぱい散っているようなところだったが、このごろ木を伐ってすっかりすけてしまったのは惜しい。御神体は浅く埋った井戸で、雑草が生え木々がおちこんでいて小暗い中では背筋に寒気をおぼえるほどだ。もともと埴安の池の水神ということになるのだろう。ひと足、森から出た田畑は、かつては「松風に池浪立ちて」「漕ぐ人なし」の捨小舟も見られたのであろう。

ここから健埴安（たけはにやす）神社に通じる小道の傍の泥田は池の昔をしのばせる。

＊神社の南側に「香山」と記した黒書土器を出土した藤原京の左京六条三坊の遺構がある。奈良文化財研究所飛鳥藤原宮跡発掘調査部展示室が平成元年に開館。

●あかるくなった哭沢神社。

耳成の池

無耳《みみなし》の　池し恨めし　我妹子《わぎもこ》が　来つつ潜《かづ》かば　水は涸《か》れなむ
（巻十六―三七八八）
――作者未詳――

三山の一つの耳成山は近鉄の八木駅と耳成駅の中間北側に、緑の鉢を伏せたように見える。畝傍山とともにもと火山による形成という。三山の中ではいちばん北にあたり、またいちばん低い（一三九メートル）。哭沢《なきさわ》の森の前をまっすぐ北に約二キロ、耳成駅に出る道もある。

耳成の池は、近世までは西麓の木原（橿原市）にその址があったといわれる。いま、山の南側、近鉄の線路との間に池があるが、これは灌漑用の後のものらしい。しかし、山全体がしずかに影をうつした池畔に立てば、鬘児《かずらこ》の妻争伝説を思うことができる。鬘児は三人の男に思われてなげきのあまり耳成の池に身を投じた。あとにのこった男のよんだ歌の一つというのがこの歌である。鬘児がやってきて池にとびこんだら、水はかれて命を助けてくれればよかったのに、恨めしい。それはこの伝説に共鳴し同情するみんなの心でもあったろう。『万葉集』の中には鬘児伝説や三山妻争のほかに葛飾の真間《まま》の手児奈《てこな》、蘆屋の菟原処女《うないおとめ》、桜児の妻争伝説がある。桜児は二人の男に思われて林の中で頸をくくって死んだ。その墓と伝えるものが、畝傍御陵前駅の西北大久保（橿原市）の民家の中に、娘子《おとめ》塚としてのこされている。もちろんいつたえにすぎないが、こうした物語がまことしやかに伝えられるのも、生活の反映というだけでなく日々の庶民生活の心のはけばともいうものであろう。池のみぎわでくわやかまを洗っている人たちを見ていると、こうした伝説が、池にちなんだ郷土の財産として、ほこらしげに語られた日が思われてくる。

耳成山の中腹に式内耳成山口神社がある。木が茂って山頂の眺望はあまりきかない。

●耳成山の影をうつす溜池。

藤原宮

藤原の　大宮仕《つか》へ　生《あ》れつくや　娘子《をとめ》がともは　ともしきろかも

——作者未詳——（巻一—五三）

近鉄の八木駅と耳成駅の間の南方、ちょうど耳成山のま南一・五キロほどのところにある鴨公《かもきみ》小学校の運動場の南に接して、木のよく茂った土壇がある。ここが藤原宮の大極殿の址である。持統天皇八年（六九四）一二月浄御原宮からここに移って、文武天皇をへて、元明天皇和銅三年（七一〇）まで一六年間、唐の長安の都に模したはじめての大都城藤原京が営まれた。宮址についていろいろの説があったが、昭和一〇年前後と近年の発掘調査によって朝堂院諸施設のあとはすべて明らかとなり、ここに定まったといってよい。三山のほぼ中央、広々とした平野を前にしたかっこうの位置で、はじめ藤井の井泉があったところから「藤井が原」とよばれ、やがて「藤原」と称されて、この井泉をよりどころにして、藤原宮がいとなまれたのであろう。この井泉に中心をおいて宮の永遠をことほぎたたえた歌（巻一—五二）の反歌がこの歌である。水をくむのは古代から女性の仕事であって、宮仕えの若やかな采女《うねめ》たちが嬉々として立ちうごく井泉の実景をとらえ、今後とこしえに生まれついで奉仕するであろう采女たちへの羨望をうたうことによって、宮ぼめの心をあらわしたものである。井泉のあとはこんにちわからない。斎藤茂吉が井泉をもとめて、東南の高殿小字メクロに三つの井を推定されたが、近ごろ人が見にくるので埋められてしまった。いまは土壇の南方は見わたす稲田と化している。

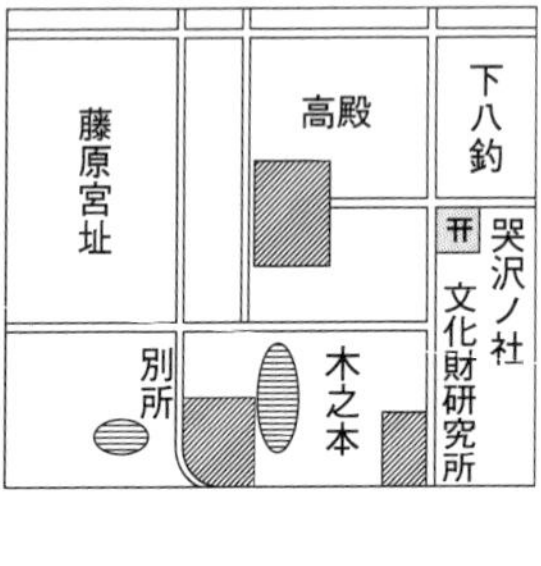

鴨公小学校に宮址発掘品が陳列されている。茂吉の調査は『柿本人麻呂雑纂編』に所収。昭和49年，校舎は橿原市縄手町にうつされた。＊哭沢ノ社は畝尾都多本神社のこと。

●藤原宮大極殿址の森。南方より。

春過ぎて

春過ぎて　夏来《きた》るらし　白《しろ》たへの　衣干したり　天《あめ》の香具山《かぐやま》

（巻一―二八）

――持統天皇――

かりに藤原宮大極殿址の土壇の草むらに立って、南面するとしよう。西に長い裾をひいた畝傍山から真弓佐田の丘陵がつづき、そのうしろに二上・葛城・金剛と葛城の連嶺がかすんでいる。東に多武峯・音羽山の山なみをうしろにして、青々とま近に香久山が横たわっている。南は広々とした田畑のはて、甘樫丘・飛鳥の丘陵のむこうに吉野と境する山々が連なっている。

見ていると、壬申の乱以来の時代の動脈がじかに伝わってくるようである。天武・持統、飛鳥に二二年、藤原宮にいたって、律令国家としての歩みはいよいよみのり、持統の二年半をへて、文武の五年目（七〇二）には大宝律令の実施をみた。天皇の権威はいやが上にもあがり、未曾有の安定期をむかえて、持統のごとき、吉野に三十数回、紀伊・伊勢・三河への旅をも楽しまれる。万葉の貴族和歌も、人麻呂らの雄渾なしらべを得て、最盛期をむかえる。いまは雑草生いしげる土壇も、この広大な景観の中には、みごと時代の宮廷のいぶきをよみがえらせるものがある。この歌が藤原遷都の前か後か説があるが、こころみに、東南高殿の村のうしろに強い日射しをうけて緑あざやかに横たわる香久山を望む時、二句で切り、四句で切り、どっしりと地名をすえて、白妙の衣にこまかな季節の推移をうったえる女帝らしい、しかも悠揚せまらないひびきには、こうした時代気運と景観とが、ぴったりとうらづけられていることを、思わないではいられないだろう。青畑のあいだから雲雀があがる。あぜ道づたいに高殿の村の迷路をぬけて、香久山の中腹から、藤原京域を展望するのもよい。

藤原宮は平城遷都の翌年焼亡した。条坊制のあとは田畑のあいだにたどることができる。

●大極殿址より香久山をのぞむ。

この瑞山

……畝傍《うねび》の　この瑞山《みづやま》は　日の緯《よこ》の　大き御門《みかど》に　瑞山と　山さびいます……

——作者未詳——（巻一—五二）

藤原宮の造営には役民歌（巻一—五〇）によると、近江の田上山《たなかみ》（大津市東南部）の良材を宇治川に流し、木津川から筏にくんでさかのぼらせ、木津から大和にはこんだらしい。多くの役民が「家忘れ身もたな知らず」「鴨じもの水に浮きゐて」労役奉仕したものだ。こうしてできあがった藤原宮の永遠をことほぐ歌が「藤原宮の御井の歌」である。作者はわからないが、人麻呂のにおいを考える人もある。歌は、持統天皇が、埴安の堤に立ってごらんになると、と序をおいて、東には香久山が、西には畝傍山が、北には耳成山がよく茂って神々しく立ち、南には吉野の山が雲の彼方に遠くあると、まわりの景観をのべ、かくて山々にかこまれた御所の井泉の永遠を祝うものだ。大極殿址から西を見ると、畝傍山は、いまも青々と木の茂ったいかにもみずみずしい秀麗な山容で、当時はこれが西の御門に対していた。大宝律令は、律令国家完成のしるしでもあるが、またそのころから次第に崩壊のきざしが見えてくることも歴史の語るところである。山の神、水の神に守られたはずの藤原宮も一六年で終りをつげ、のみならず翌年には焼けてしまった。大極殿の雑草は時の流れの抗しがたいことを告げてくれる。

わたくしの見た畝傍山だけでも、世相のうつりをみごと告げてくれる。学生のころは誰でものぼれる楽しい山、頂上に茶店もあった。やがて神山となり登ったら不敬にあたる。戦後は、山中のあちこちで燃料の木を折る音、車でさえももちはこんで、山はすっかりすけてしまった。こんにちはじめて山はほっとひといきついて、瑞山のひそけさにかえりつつある。

「日の緯」は西の意。橿原市畝傍には大和歴史館があって参考になることが多い。＊大和歴史館は奈良県立橿原考古学研究所附属博物館となった。

●大極殿址から見た畝傍山，後方は葛城の連嶺。

真弓の岡

よそに見し　真弓《まゆみ》の岡も　君ませば　常《とこ》つ御門《みかど》と　侍宿《とのゐ》するかも　（巻二―一七四）

――日並皇子《ひなみしのみこ》の舎人《とねり》ら――

藤原宮址から田んぼを横ぎって西南の鷺巣《さぎす》の森をぬけ、もうドブ川になった飛鳥川を渡って木殿《きどの》に本薬師寺の礎石をたずね、橿原神宮前駅にもどる。ここから歩をあらためて近鉄飛鳥駅におりたとしよう。駅のほとりを流れる小川は檜隈《ひのくま》川で、東方一帯は檜隈の地である。駅から西南一帯にかけての低い丘陵は真弓の岡である。大字真弓は高市郡阪合村であったが近年明日香村にはいった。持統三年四月、飛鳥の島の宮でなくなった草壁皇子（天武の皇子、母は持統）の葬列は、島の宮を出て檜隈をすぎこの真弓の岡へとつづいたものであろう。

皇子は壬申の乱にも父母と行をともにし、天武一〇年（六八一）には皇太子となって、天武崩御後、なくなるまで摂政役をつとめておられたから日並《ひなみし》皇子（天皇と並んで世を治める意）といわれた。皇子は皇位にはつかなかったが、奈良朝末までの皇統の大部分は皇子に発するから、しぜん重きをなして、淳仁天皇の天平宝字二年（七五八）には、島の宮が飛鳥の岡のほとりにあったのにちなんで、岡宮《おかのみや》天皇の尊号が追贈された。天武・持統の間は皇室の儀式の荘厳化が行なわれたときだっただけに、皇子のなくなったおりには盛大な長期にわたる葬儀が行なわれた。人麻呂が長大な挽歌をのこし、舎人らが悲しんでよんだという二三首の短歌がある。この歌もその一つで、陵墓は真弓の岡の南のはずれ、佐田（後述）にあったから、いままでなんの関係もないと思っていた真弓の岡も、君のいらっしゃることだから、いつまでも変らぬ御殿として、宿直《とのい》することだと、思いがけないこととなった悲しみをうったえているのだ。

岡の道は迷いやすいが見当をつけてゆくと，いつのまにか墓所の前に出る。

●真弓の岡の一部。大字真弓の東南より。

佐田の岡

朝日照る　佐田《さだ》の岡辺《をかへ》に　群れ居つつ　我が泣く涙　止む時もなし　（巻二―一七七）

――日並皇子《ひなみしのみこ》の舎人《とねり》ら――

明日香村大字真弓の村の南方から真弓の岡にはいって、丘の上の畑道をうねうねと西南にゆくと佐田（高市郡高取町）の村に出る。もとは越智《おち》岡村佐田といわれた。このあたりの丘が佐田の岡である。その民家の南に草壁皇子の墓がある。墓には岡宮《おかのみや》天皇真弓丘陵《まゆみのおか》とあって、こんにちは高取町森に属している。真弓からずっと丘つづきであるから、この辺まで真弓の岡とよばれ佐田の岡はその部分名なのであろう。ここで殯宮《あらき》の儀が行なわれたものと思われる。殯宮の儀は本葬までのあいだかりに棺を新宮におさめてまつる儀で、もとは死者の魂の蘇生を期するものであろうが、だんだん死者の霊を弔う儀式にかわってきた。人麻呂の歌も、舎人らの二三首の歌も、そうした時のかなしみの歌であろう。舎人らの歌にも人麻呂の制作を考える説もある。島の宮から檜隈、真弓、佐田へのコースは、長期にわたって奉仕の舎人らの往来があったことが、二三首の歌から推察される。いま、墓の森につづいて牛頭《ごず》天王社の森となっているから、木がみっちり茂って小暗いが、墓の前は、下の平地の森の民家を見とおせる傾斜になって南面しているので、日をいっぱいうけて開いた感じだ。侍宿《とのい》に奉仕した群れいる舎人らの眼には、丘辺に照りはじめる朝日にも、うつろなそぐわないまぶしさをおぼえて、涙を増すばかりであったろう。いま、陵守のゆきとどいた掃除に浄められた墓前の傾斜には、菜の花が咲き蝶がとびかい、「このごろは若い者はみな働きに出て、村はわしら年寄ばかりだ、菜種ももう大して役には立たないが」などとつぶやいて畑仕事をしている老爺の姿が見られたりする。

墓は壺坂山駅から２キロほどだが飛鳥駅から丘づたいの方がはるかに心たのしい。＊岡宮天皇陵の南250メートル，高取町佐田の春日神社境内から昭和60年発掘された八角形墳，凝灰岩を積みあげた束明神古墳を草壁皇子墓とする可能性が高い。

●岡宮天皇真弓丘陵。

越智野

しきたへの　袖交《か》へし君　玉垂《たまだれ》の　越智野《をちの》過ぎ行く　またも逢はめやも　（巻二―一九五）

――柿本人麻呂――

真弓佐田の丘陵の西方直線距離三キロぐらいのところまでは一帯に低い丘陵がつづいている。岡宮天皇陵の南方森から薩摩、兵庫、車木《くるまぎ》と丘の裾をめぐって丘陵の西側に出ると、越智《おち》の村がある。これらの村は前には越智岡村であったが、いまはすべて高取町となっている。車木には斉明天皇越智崗上陵《おちのおかのうえ》がある。越智の北東丘陵地には北越智（いま橿原市）がある。この北越智、越智、車木などを中心として低い丘陵地と西の曾我川流域にわたる山野が越智野であろう。

この歌の前にある長歌（一九四）の題詞には「柿本朝臣人麻呂献ル二泊瀬部皇女忍坂部皇子一歌一首并短歌」とあって、これはその反歌である。題詞のままでははっきりしないので、こんにちまで脱字説やよけいな文字がまぎれているのではないかなどと諸説がある。この歌の左註に「右、或本曰、葬ル二河島皇子ヲ越智野ニ一之時、献ル二泊瀬部皇女ニ一歌也」とあるのも、題詞に不審があったため付けられたものであろう。泊瀬部皇女と忍坂部皇子はともに天武の子（母はともに宍人《ししひと》櫰媛娘《のかちひめ》）である。左註を参照すれば夫君の河島皇子（天智の子）がなくなったとき、未亡人となった泊瀬部皇女とその兄の忍坂部皇子にたてまつったこととなる。この反歌はあとにのこった皇女の気持でよまれたものであろう。袖をかわして共に寝た皇子の君は越智野を過ぎ去っておかくれになった。またとお逢いすることがあろうか、というなげきの歌である。河島皇子は持統五年（六九一）九月に亡くなった。墓はこんにち明らかでないが、しずかな越智野の山野は、悲しい葬列と皇女のなげきを語るがごとくである。

「しきたへの」は袖の枕詞。「玉垂の」は玉を一緒につらぬいて垂れる意からヲ（緒）の枕詞。

●越智野。斉明陵より西南を。下の村は車木。

斉明天皇陵

今城《いまき》なる　小丘《をむれ》が上《うへ》に　雲だにも　著《しる》くし立たば　何か歎かむ

——斉明天皇——　（斉明紀）

斉明天皇越智崗上陵《おちのおかのうえ》は、高取町車木《くるまぎ》の民家のうしろにある小字天皇山の丘陵の山頂にある。木のみっちり茂った岡で、麓から頂上まで屈折した石段がつづき、中腹の茂みに大田皇女の墓がある。大田皇女は、天智と遠智娘（蘇我倉山田石川麻呂の女）との間に生まれ、後、天武に嫁して大伯皇女と大津皇子を生んだ人である。頂上の斉明天皇は、舒明皇后で天皇崩後、皇極天皇となり、六四五年大化改新とともに位を弟の軽《かる》皇子孝徳天皇にゆずり、孝徳崩後には、重祚して斉明天皇となった。天皇の七年（六六一）新羅征討のおり、筑前朝倉宮に亡くなった。中大兄皇子、間人《はしひと》皇女、大海人皇子の母である。孝徳皇后となった間人皇女も天智六年（六六七）ここに合葬されている。また、大田皇女の弟で、斉明四年（六五八）に八歳で亡くなった唖の建《たける》王もここに合葬されている。こうしてみれば、大化から壬申前後にかけての多艱多事な時代を生んだ根源はこの一丘陵に眠っているようで、人っ子ひとりいない石段を登っていると、松風の音にもそのかみの声々が集約されてうめくような感じがある。

はやくに母を失った大田、鸕野《うの》両皇女、建王の三人は祖母斉明のひとしおいつくしむところであった。わけて唖だけに絶大な愛をそそいでいた建王が斉明四年五月亡くなった時には、「万歳千秋《よろづよ》の後には、かならず朕《わ》が陵に合はせ葬《はふ》れ」とみことのりして、この歌ほか二首をよんで悲しまれたと伝える。「今城《いまき》なる小丘《をむれ》」は所在諸説があるが、この丘の頂をさすものではなかろうか。せめて雲だけでもはっきり立つならばと不幸な孫王の幻をもとめる趣きである。

斉明陵はＪＲ掖上（わきがみ）駅から北東１キロ余，近鉄市尾駅から北西２キロ余。

●斉明天皇越智崗上陵。間人皇女，建王合葬。

宇陀

宇陀《うだ》の地方（宇陀郡）は、吉野郡の北東に接する山また山の広大な地域で、東辺はすべて、三重県（伊賀・伊勢）と境している。熊野から吉野をへて宇陀にはいったという神武天皇の伝説にまつわる伝称地はおおむね郡の西部であって、同じく西部の宇陀川流域一帯の大宇陀町、菟田野《うたの》町にわたる高原性の丘陵地帯は、古く狩猟地として知られ、「推古紀」にも「薬猟於菟田野」と見え、万葉のころにもたびたび狩猟が行なわれたようである。また、大和中央部から伊賀・伊勢にむかう交通路でもあった。壬申の乱のとき、六七二年六月二四日、吉野を進発した大海人《おおあま》皇子の一行が「菟田吾城《うだのあき》」（今の大宇陀町）にいたり、甘羅《かむら》村、大野（室生《むろう》村）をすぎ伊賀に入った記事は『書紀』にくわしい。こんにち、吉野・榛原《はいばら》間のバス路線、榛原・名張《なばり》間の近鉄大阪線に乗れば、郡の西部の地形の大要を展望することができる。万葉所出の地名は、ほとんどこの西部にかぎられ、地名数、延べて八のわずかではあるが、人麻呂が軽皇子（のちの文武天皇）にしたがって、宇陀の安騎野《あきのの》に来たときの歌（後出）はたいへん名高い。「大和の宇陀の真赤土《まはに》」と歌（巻七―一三七六）にあるように、この地方は辰砂をふくんだ赤土が多く、赤埴《あかばね》（榛原町）などの地名もあり、大沢（菟田野町）には水銀鉱山がある。大宇陀あたりでも赤土の畑に大根の白がにょきりと出ているところ、「宇陀の真赤土《まはに》」はまさにこれだと思われる。「大和の室原《むろふ》の毛桃《けもも》」（巻十一―二八三四）の室原《むろふ》は室生《むろう》かどうかはっきりしない。室生寺は観光名所となっているが、わたくしたちは、宇陀の万葉の野山に歩をはこんで見よう。

＊菟田野町大沢の水銀鉱山は，鉱毒問題や採算が合わないことから，昭和49年廃山になった。平成18年１月，宇陀郡大宇陀町，菟田野町，榛原町，室生村は宇陀市となり，宇陀郡東部の曽爾村と御杖村が残った。

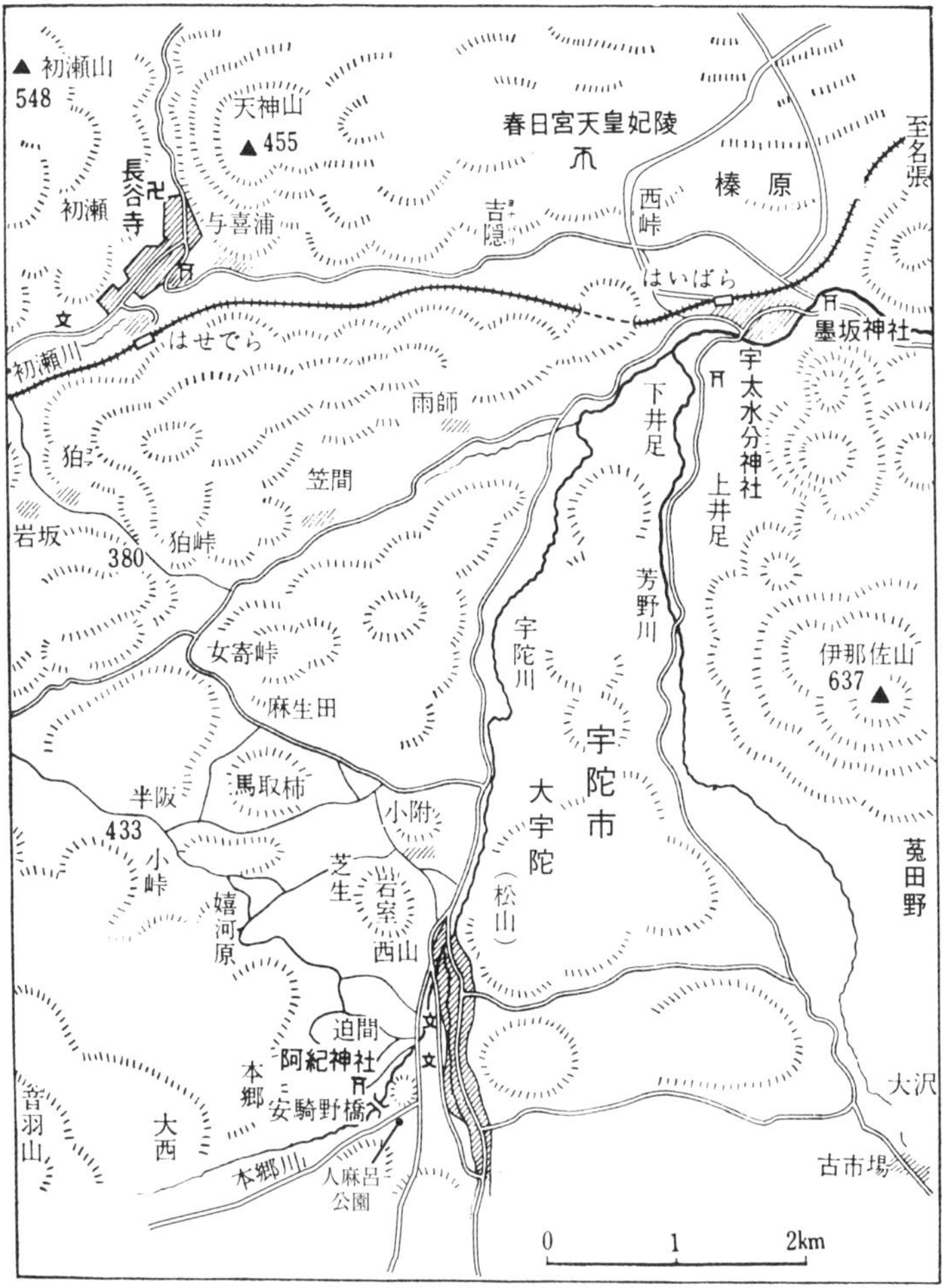
初瀬山
548
天神山
455
春日宮天皇妃陵
至名張
長谷寺
初瀬
与喜浦
吉隠《よなばり》
西峠
榛原
はいばら
墨坂神社
はせでら
初瀬川
宇太水分神社
下井足
上井足
雨師
狛
笠間
岩坂
380
狛峠
芳野川
宇陀川
女寄峠
伊那佐山
637
麻生田
宇陀市
馬取柿
半阪
433
大宇陀
小附
小峠
芝生
岩室
西山
（松山）
嬉河原
菟田野
迫間
阿紀神社
本郷
安騎野橋
大沢
音羽山
大西
本郷川
人麻呂公園
古市場
0
1
2km

●宇陀安騎野地図

吉隠

但馬皇女《たぢまのひめみこ》の薨《こう》じて後に、穂積皇子《ほづみのみこ》、冬の日雪の降るに、御墓を 遥かに望み、
悲傷流涕して作らす御歌一首

降る雪は あはにな降りそ 吉隠《よなばり》の 猪養《ゐかひ》の岡の 寒からまくに （巻二―二〇三）

吉隠は、近鉄の長谷寺《はせでら》駅と榛原《はいばら》駅の中間で、いま桜井市に属しているが、もとは宇陀郡の中であった。初瀬の与喜浦《よきうら》から北と南の山あいのだらだら登りの峠道を、東へ二キロ余りいったところで、伊賀・伊勢への街道筋にあたり、電車の窓からも見える村落である。猪養《ゐかい》の岡はそのどこにあたるかこんにち不明だが、『大和志』には「在二吉隠村上方一山多二楓樹一」とある。吉隠東北方高殿《たかどの》の山腹に志貴《しき》皇子妃の吉隠陵があるので、その付近に考える人もある。

この歌は、天武天皇の異母兄妹の間の悲恋にまつわる歌で、但馬皇女（母は鎌足の女《むすめ》氷上娘）は、壬申の乱に大功のあった高市皇子（母は胸形君徳善《むなかたのきみとくぜ》の女尼子娘《むすめあまこ》）の妃となっていたらしくその間に、穂積皇子（母は蘇我赤兄《あかえ》の女大蕤娘《おおぬ》）とひそかに思い交わるなかとなって、

秋の田の 穂向《ほむき》の寄れる 片寄りに 君に寄りなな 言痛《こちた》くありとも （巻二―一一四）
人言《ひとごと》を 繁み言痛《こちた》み 己《おの》が世に いまだ渡らぬ 朝川渡る （巻二―一一六）

などの哀切一途な恋情の歌をのこしている。その後、高市皇子は持統一〇年（六九六）に薨じ、但馬皇女もそれから一二年後の和銅元年（七〇八）に薨じた。若き日のすべては冥界に帰し去ったいま、その人の墓の上にさんさんと降りつもる雪を望見して、「ひどく降ってくれるなよ。猪養の岡も寒かろうに」と、かつての悲しい慕情を、回想の涙のうちにあたためいつくしんでいるような歌である。宇陀の峠道の雪はすべて白一色につもるばかりだ。

金沢本以外の諸本には，「塞為巻爾」とあって，「せきなさまくに」その他諸訓がある。
＊志貴皇子妃の吉隠陵は現桜井市吉隠。

●吉隠の登り道。南側から。

墨坂

君が家に　わが住坂《すみさか》の　家道《いへぢ》をも　吾は忘れじ　命死なずは

——柿本人麻呂の妻——　（巻四—五〇四）

吉隠《よなばり》から東へ一キロ余りで、角柄《つのがら》（桜井市）をへて西峠（宇陀郡榛原《はいばら》町）に出る。近鉄榛原駅から西北〇・七キロほどのところで、ここが神武天皇大和平定の伝説にある、賊の八十梟帥《やそたける》が炭火を置いたという伝称地の墨坂である。大和中央部と伊勢とを結ぶ要路で、こんにちも新道を自動車の往還がしきりだが、新道に沿って旧道がきれぎれにのこっており、いまは写真のように旧道に菜や豆の畑ができたりしてひっそりとしている。もっと古い旧道もところどころにおもかげをとどめている。いま榛原町萩原の宇陀川畔にある宇陀墨坂神社は、中世ごろまではこの西峠の天王山にあったといわれる。

歌の中の「住坂」を地名と見ない説、またこの地には限らないとする説もあるが、「君が家にわが」までは「すみ」をひき出すための序で、「住坂」はこの墨坂をいうものであろう。墨坂が東西交通の要路としてきこえ、これを越えれば、吉隠から隠口《こもりく》の初瀬へとくだることを思えば、旅に出ているであろう人麻呂の妻が、墨坂の名に君とともに住む思いをかけて、「命が無事であるかぎりは、すみ坂の家道をも、私は忘れますまい」と、うったえる気持もわかるような気がする。もっとも、「君」は「吾」、「我」は「君」の誤と見る説、男の立場からうたった一民謡ではないかとする説、題詞の「人麻呂妻」を疑う説などあって、問題の多い歌だが、題詞をそのままに、文字の誤を考えないかぎりは、右のようにとらなければなるまい。物音ひとつしない旧道などを歩いているとわたくしにはこの歌はやはりここに定着しているように思われる。

西峠の南側旧道に沿う民家のうしろに古道に沿って墨坂の碑がたてられている。＊西峠のそばに宇陀市榛原萩原の新しい住宅地が広がるが，墨坂神社は宇陀市榛原萩原字天野にある。

●西峠の旧道。

真木立つ荒山路

軽皇子《かるのみこ》、安騎野《あきの》に宿る時に、柿本朝臣人麻呂が作る歌

やすみしし　我が大君《おほきみ》　高照らす　日の皇子　神《かむ》ながら　神《かむ》さびせすと　太敷《ふとし》かす
都《みやこ》を置きて　こもりくの　泊瀬《はつせ》の山は　真木《まき》立つ　荒き山路を　岩《いは》が根　禁樹《さへき》押しなべ
坂鳥の　朝越えまして　玉かぎる　夕さり来れば　み雪降る　安騎《あき》の大野に　はたすすき
小竹《しの》を押しなべ　草枕　旅宿りせす　古思《いにしへ》ひて　（巻一―四五）

短歌（四首、以下に掲出）

草壁皇子（日並《ひなみし》皇子、「島の宮」参照）は、母持統天皇の三年四月に亡くなられた。この歌はその後に草壁皇子の遺児軽皇子（「文武天皇陵」参照）が、宇陀の安騎野《あきの》に狩に行かれたときお供をした人麻呂の作である。草壁皇子は生前、同じ宇陀に狩に出られた（巻二―一九一）。軽皇子の安騎野行は、けっしてただの狩猟ではなくて、「古思《いにしへ》ひて」ともあるように、父君追慕の狩の旅である。時は、巻一の配列の順序から考えて、持統六年（六九二）の春以後、その年の冬のころと推定される。橿原市畝傍の大和歴史館には、画家中山正実氏のこの安騎野行の壁画があるが、氏は詳しい考証をされて持統六年一一月一七日（太陽暦一二月三一日）と推定された。おそらくは有明の月もあるそのころであろう。そうすれば、都は飛鳥浄御原宮の時代で、帝権はいや栄えに栄えゆくときであり、軽皇子はまだ一〇歳の少年である。時代の宮廷の事情と気運を身につけた人麻呂が、こうした条件の中においての作歌であることを思わなければならない。

狩猟地の安騎野は、大宇陀町を中心に宇陀川流域一帯の丘陵性の山野の地である。こんにち

短歌（反歌）の４首は連作になっている。これを絶句の起承転結にたとえる人もある。「坂鳥の」は「朝越え」の枕詞。「玉かぎる」は「夕」の枕詞。＊大和歴史館は，現橿原考古学研究所附属博物館のこと。壁画は宇陀市大宇陀の中央公民館に移設された。

近鉄榛原《はいばら》駅から大宇陀行のバスに乗って南下すれば、宇陀川沿いの小平野と左右の丘陵の起伏が眼に入り、やがて大宇陀町に着く。市街地から西に一キロ、大宇陀町大宇迫間《はざま》には式内阿紀神社があり、社のそばの高天の森の円丘は、倭姫命が一時天照大神の霊鏡を奉祀した宇太の阿《あ》貴《き》宮のところと伝えている。このあたりの山野がその中心地であろう。飛鳥からいえば、ちょうど、音羽山の山塊の東のまうしろにあたる。

飛鳥から安騎野へ一行がどの道を通ったかは、こんにちからとうていこと定めることはできないが、四つのコースが考えられる。一つは音羽山をじかに越えるもの、二は忍阪《おつさか》（桜井市）から粟原《おうばら》を経て半阪《はんさか》または女寄《めより》峠を越えるもの、三は、吉隠《よなばり》・西峠を越えてこんにちのように榛原を廻るもの、四は初瀬の谷の出雲から岩坂、狛《こま》の山あいにはいり狛峠（三八〇メートル）をへて安騎野に入るものである。歌詞に「……太敷《ふとし》かす　都《みやこ》を置きて　こもりくの　泊瀬《はつせ》の山は　真木立つ　荒き山路を　岩《いは》が根　禁樹《さへき》押しなべ……」（立派にお住まいの都をあとにして、泊瀬の山は檜・杉・槙などの生い立ち荒涼とした山道だが、その道の岩根やじゃまになる木を押しなびかせて……）とあるのによれば、隠口の初瀬をゆく三か四の道に限定され、近道があるのに三の榛原まわりのようなたいへんな遠廻りをするはずがないとすれば、四がもっとも順当のようにわたくしには思われる。飛鳥から出雲までは平坦な道で、こんにち狛峠道の山あいは、峠の近くまでせまい谷にみごとな段田がつくられ、やっと一本の細道が峠に通じている。はじめてのとき農夫に道をきいたら、電車で榛原にゆきバスで行けと教えてくれた。峠の付近（写真参照）はいまも真木立つ荒山道の実感そのままである。峠を越えれば、あとはおおむね平坦で、高原状の大宇陀の山野にだらだらと入りこむ地勢である。狛峠を越えるあたりはこんにち村の人たちも通るものもなく、蜘蛛の糸をはらい、鎌で草をおとしながら登っていった。

歌は、「やすみしし　我が大君《おほきみ》　高照らす　日の皇子」であられる軽皇子様が、神として神らしい振舞をなさるとて、飛鳥京をあとに、苦心の山道の道行をして、坂鳥の朝越えるように朝越えられて夕方には、雪の降る高原の安騎野に到着され、穂に出たすすきや篠竹をおしなびかせて、草枕の旅の宿りをなさる、これもみんな亡き父君の昔をお偲びしてだ、という心である。人麻呂個人の心ではなくて、なによりも軽皇子その人の心になりかわっており、同時に、人麻呂をもふくめた旅の一行すべての心でもあるわけである。道中の苦労のひとつひとつにも、雪の大野の草枕のふるまいにも、追慕の思いはしみとおっている。反歌の第一は、

安騎《あき》の野に　宿《やど》る旅人　うちなびき　眠《い》も寝《ぬ》らめやも　古思《いにしへ》ふに　（巻一―四六）

安騎野の草枕の旅寝では、みんな輾転反側《てんてんはんそく》、くつろいで寝ようにも寝られないでいる。結句の「古思ふに」は、上の四句にしみとおってゆくだけでなく、長歌の最後の「古思ひて」にもぴったりと応じあって、安騎野行の歌の底に流れる主想をはっきりさせている。

大宇陀の町は、近年どんどん発展してきて、宇陀川べりの平野にも丘陵の裾にも新しい家が立ち並んできたが、阿紀神社の境内はまだひっそりとした小森で、杉檜の大木が立ち並び、境内の朽ちた能舞台の上には枯葉が舞いおち、摂社にお供えした米粒を栗鼠《りす》が両手で、こちこちと喰む姿も見ることができる。寒々と幽暗な趣き、古代はまだどこかに眠っているようだ。神社の前の安騎野橋の下の本郷川の流れもまだすすきとおっていて枯葉を浮べている。

●狛峠の道。

安騎野㈠

ま草《くさ》刈る　荒野にはあれど　黄葉《もみちば》の　過ぎにし君の
形見《かたみ》とそ来《こ》し　（巻一―四七）

阿紀神社の東南、すぐ前の丘にのぼり、民家のあいだをぬけると芋や大根の畑の台地に出る。台地のなかほどに、佐佐木信綱博士筆の「東《ひむがし》の野にかぎろひの……」の歌の碑が立っている。たいへん眺望のよいところで、北側の宇陀川べりの小平野と南側にわずかの平野をのこすほかは、四周見わたすかぎり丘陵の起伏つづきの山また山で、ことに西方は、音羽山・経ケ塚山の高峯となっていて、見るからに蕭条とした大景である。安騎野・阿騎の大野は、けっしていわゆる広野ではなくて、こうした高原丘陵性の山野である。まさに「ま草刈る」荒野である。

この荒涼たる山野をもいとわずあえてやって来たのも、もみじの散るように亡くなられてしまった草壁皇子の形見と思ってこそだ、というのである。寝るに寝られない草枕の床には、おりからの冷い山風に枯葉の吹き散る音もさえざえとして、在りし日の回想に、旅の人の眼はさえてゆくばかりであったろう。

こうして、眠られぬ夜の、夜明けの待遠しさ。黎明にむかう山野は、まだまっくらで、冷え冷えと凍てつき、吹きすさぶ寒風のなかに有明の月は白く冴えて、悽愴の感のひときわみなぎるとき、暁を告げる最初のほの白い光が東方の空に見えはじめて来たときの気持はどうだろう。すすきや篠竹のそよぎさえ身にしみてつめたく凄くきこえたことであろう。

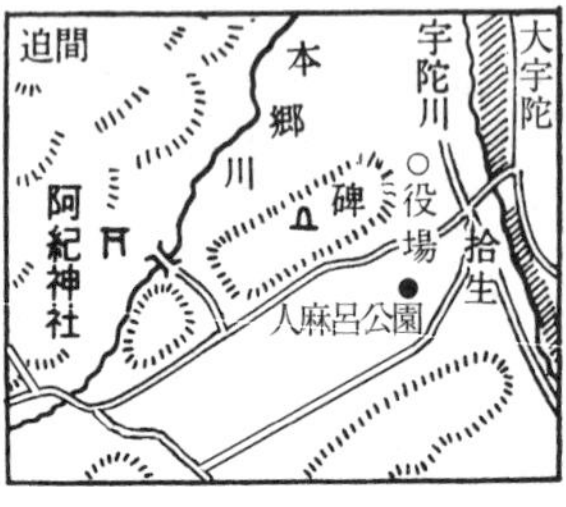

「ま草」の「ま」は美称の接頭語。「黄葉の」は「過ぎ」の枕詞。

●安騎野の岡。歌碑より東方を望む。
＊安騎野の岡はかぎひろの丘万葉公園となり，平成７年中庄遺跡から飛鳥・藤原時代の柱列などが発掘され，人麻呂公園が造られた。

安騎野（二）

東《ひむがし》の　野にかぎろひの　立つ見えて　かへり見すれば　月傾《かたぶ》きぬ　（巻一―四八）

この歌は、山野の草枕での回想に夜を徹してしまった荒涼と寒気と悽愴の黎明の感慨として理解されなければならない。よくこの歌の評釈に蕪村の「菜の花や月は東に日は西に」があげられているが、季節と時刻を異にしているだけでなく、うたわれている世界も、環境もまったく別物である。人は人麻呂のしらべの雄渾・雄大をいい、大平原の夜明けの壮観を思いおこしがちだが、雄渾ではあっても、事実は、このような事情のなかでの山野の夜明けであって、それだけに凄みも増し、東方の薄明るい光と、西方のまだ黒々とした中の薄暗い月光とのコンポジションは、かえって作者の感慨を拡大させ、遠くはるかに深々としみとおらせてゆくものがある。写真は、撮影者が昭和三六年一二月二三日に大宇陀町に一泊し、翌朝午前三時半起床、寒風すさぶ歌碑付近に立って西に傾く一七日の月をのぞみながら、刻々に移りゆく景観をうつした中から、午前六時三〇分、「かぎろひの立つ見え」た瞬間をとらえたものである。

こうして狩場の夜は明け、狩に出かける時刻がやってくれば、草壁皇子御在世の日の、颯爽と馬を並べたお姿は、在りし日そのままにほうふつとおどり出るように感じられてくる。

日並《ひなみし》の　皇子《みこ》の尊《みこと》の　馬並《な》めて　み狩立たしし　時は来向《きむ》かふ　（巻一―四九）

上の二句もたんに草壁皇子のことを示しただけでなく、「の」の音を三度かさねてゆく律動の中に、追慕の情のすすみゆきと、幻影のあらわれてくるたかまりとが託されている。この「時」を季節の意に解する説もあるが、連作の中においてみるとき、時刻の意の自然さにつきたいと思う。〝安騎野の冬〟の一連は、数少ない宇陀の万葉の中で、珠玉のドラマのようである。

古く東野炎立所見而（アヅマノノケブリノタテルトコロミテ）とよまれたが現在の訓を得たのは契沖・賀茂真淵の功績による。

●安騎野の黎明。(1961.12.24. 午前 6.30)

葛城・宇智

葛城《かつらぎ》・宇智の地方に、北は大和川、南はほぼ吉野川（紀ノ川）にいたる、大和と河内（大阪府）・紀伊（和歌山県）との国境線をなす主として葛城連峯の東側の地である。もとの郡名でいえば、北葛城郡・南葛城郡・宇智郡にあたるが、こんにちでは北葛城郡・大和高田市・御所《ごせ》市・五條市の地である。葛城連峯は主峯金剛山（一一二五メートル）を中心に南北に連亙《れんこう》し、その東麓一帯の地には、伝説時代の大和朝廷とのゆかりのある地も多く、武内宿禰の後といわれる葛城氏や、その傍系たる巨勢《こせ》氏の本拠もあって、はやくから渡来文化の吸収もさかんであり、政治経済の基礎もひらかれて、のちの万葉の時代の大和中央文化発展へのひとつの源となるところでもあった。また、旧宇智郡の山野は狩猟地ともなり、紀和交通の要路ともなっていた。しかし、大和中央とはなれているだけに、万葉にでてくる土地は、わりとすくなく、延べてかぞえて、ほぼ北葛城郡に一七、御所市に一五、五條市に一五ほどである。

ここでは北葛城郡のうち大和高田市以北のところは「平野南部」の項に入れて、二上山から南へ五條市にかけての万葉故地をあちこちたずねることとする。飛鳥藤原の中央部から河内・難波への通路は大坂越によったが、その大坂越は、二上山の南側の竹内《たけのうち》峠越・岩屋峠越、北側の穴虫峠越・関屋越のいずれによったかは、こんにちにわかに定められない。

大坂を　我が越え来《く》れば　二上《ふたがみ》に　黄葉《もみちば》流る　時雨《しぐれ》降りつつ　（巻十―二一八五）

などは、大坂越をする旅の人の属目《しよくもく》の心であったろう。

＊北葛城郡香芝町は平成３年香芝市に。北葛城郡のうち當麻町と新庄町は平成17年に葛城市となり，北葛城郡には広陵町・河合町など北部の４町が残る。北葛城郡の地名は11，葛城市５，香芝市１と数えられる。

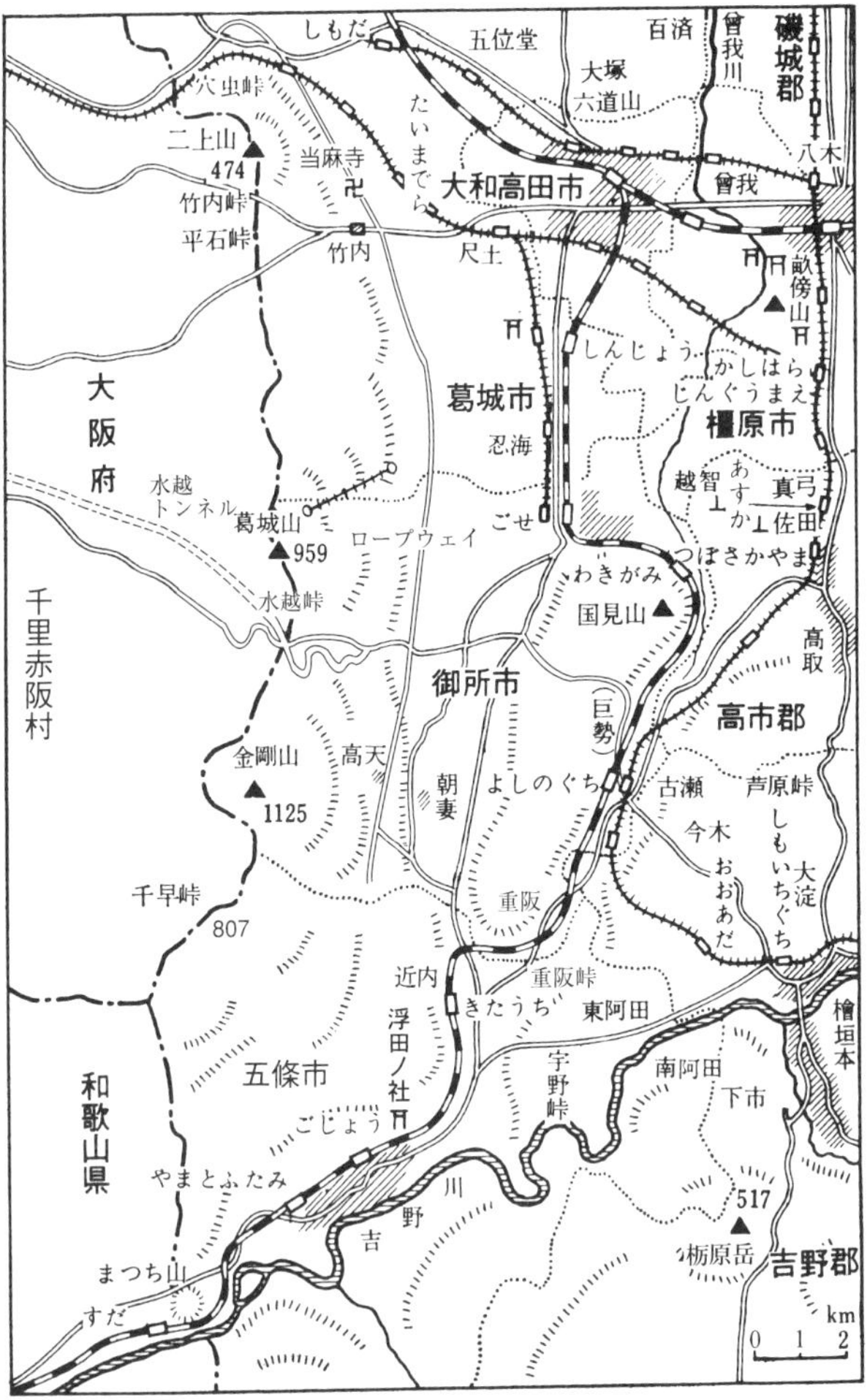
しもだ
五位堂
百済
曾我川
磯城郡
大塚
六道山
穴虫峠
二上山
474
当麻寺
たいまでら
大和高田市
八木
曾我
竹内峠
平石峠
竹内
尺土
畝傍山
しんじょう
かしはら
じんぐうまえ
葛城市
橿原市
大阪府
忍海
水越
トンネル
葛城山
959
ごせ
越智
あすか
真弓
佐田
ロープウェイ
つぼさかやま
わきがみ
国見山
水越峠
千里赤阪村
高取
御所市
(巨勢)
高市郡
金剛山
1125
高天
朝妻
よしのぐち
古瀬
芦原峠
今木
しもいちぐち
おおあだ
大淀
千早峠
807
重阪
近内
重阪峠
きたうち
東阿田
浮田ノ杜
檜垣本
五條市
宇野峠
南阿田
下市
和歌山県
ごじょう
やまとふたみ
吉野川
517
栃原岳
吉野郡
まつち山
すだ
km
0 1 2

●葛城宇智地図

二上山

大津皇子の屍《かばね》を葛城《かづらき》の二上山《ふたがみやま》に移し葬《はふ》る時に、大来皇女《おほくのひめみこ》の
哀傷して作らす歌二首（一首は後述）

うつそみの　人なる我や　明日よりは　二上山《ふたがみやま》を
弟《いろせ》と我が見む　（巻二―一六五）

二上山はいまニジョウサンとよばれる山で、葛城の連峯の北につらなり、「葛城《かづらき》の二上山」といわれるように、古くは葛城の山のうちであった。奈良県と大阪府との境にまたがり、北の雄岳（五一七メートル）と南の雌岳（四七四メートル）の双峯からなっているから、その雄偉な山容は、大和平野からも大阪平野からも朝夕に眺められ、古く大和人に親しまれ、神聖視されてきた山だが、万葉では大津皇子の悲劇にまつわる山としてきこえている。

大津皇子は天武天皇の皇子（母は天智の子大田皇女で持統天皇の姉）で、持統紀や『懐風藻』によれば、堂々たる体格で、弁舌に長じ、教養高く、文武にすぐれ、度量も大きく人望をあつめていた人で、漢詩をよくし、天智から特に愛されていた。一〇歳の時には壬申の乱に天武方として参画している。天武一二年にははじめて朝政をきいたが、天武一五年（朱鳥元年、六八六）九月九日天武崩御のころに、新羅僧行心の骨相の見立てにしたがって謀叛を企てた。事は親友河島皇子（天智の子）の密告により一〇月二日発覚し、翌日死罪に処せられた（「磐余《いはれ》の池」参照）。時に二四歳である。この歌は殯宮《あらき》から二上山頂に葬ったとき、姉の大伯《おおく》皇女が、幽明境を異にしたいま、明日からは二上山を弟と思って見ようと、なげかれた歌である。

歌の初二句は「生きの身の人間である私はまあ」の意。「いろせ」は同母の兄弟の意。

●二上山の残照。右が雄岳，左は雌岳。

馬酔木

磯の上《うへ》に　生《お》ふる馬酔木《あしび》を　手折《たを》らめど　見すべき君が　ありといはなくに
（巻二—一六六）

大津皇子の姉の大来《おおく》皇女は大伯《おおく》皇女とも書く。斉明七年（六六一）一月、新羅征討のおり、一行の船がいまの岡山県の邑久《おく》郡の海に来た時生まれた皇女で、弟の大津皇子とは二歳の年長である。母の大田皇女ははやくに亡くなったから姉弟の情はたいへん深かったらしい。天武二年（六七三）伊勢神宮に奉仕する斎宮《さいぐう》となって翌三年赴任、事件当時は二六歳だった。大津皇子が事件の前にひそかに伊勢の姉のところに会いにいって、別れたあとの皇女の歌（巻二—一〇五・一〇六、中巻参照）は弟を思う哀切の情にみちみちている。天武崩御とともに斎宮は解任となって弟が死に処せられたのちの一一月一六日帰京した。

神風《かむかぜ》の　伊勢の国にも　あらましを　なにしか来けむ　君もあらなくに（巻二—一六三）
見まく欲《ほ》り　我がする君も　あらなくに　なにしか来けむ　馬疲るるに（巻二—一六四）

の二歌は、そのおりの、あきらめきれぬなげきを訴えたものである。

大津皇子の死は、おそらくは草壁皇子（母は持統、「島の宮」参照）の競争相手としての大津を抹殺しようとする持統天皇側のたくらみであったと思われる。その間の事情は大伯皇女の胸のうちにも深く察せられていたのではなかろうか。それは、すぐ前の二歌のくやしい心にも、二上山を弟と見ようとするあきらめにも、また「池などの岩のほとりの可憐清楚《かれんせいそ》なあしびの花を手折って弟に見せようと思うけれど、お見せしようとするその人は、もうこの世にいるとは誰もいわないことだ」とあきらめきれぬくやしさを訴える気持の底にもあるような気がする。

あしびは馬酔木（あせび），石楠科灌木，春初白花をつける。奈良春日野に多い。異説もある。

●馬酔木の花。春日野にて。

大津皇子墓

あしひきの　山のしづくに　妹待つと　我立ち濡《ぬ》れぬ　山のしづくに

——大津皇子——（巻二—一〇七）

二上山の雄岳の頂上に大津皇子の墓がある。墓のところからは河内平野も大和平野も一望のもとで、眺望はすばらしい。なぜこんな山頂に葬ったか、畏怖のためか敬遠のためかわからない。しかし青春有為の人の、いまもやすまらぬ魂のしずまるところとしてはかえってふさわしいように思われる。こんもりとしげった幽暗な山頂の墓所は、釈迢空の『死者の書』をよまないでも、颯々《さつさつ》の風に身の毛のよだつような感がある。

事件の前のいつごろかは定められないが、石川郎女《いらつめ》を恋して待ちあぐんだときの歌がこれである。山の木々からおちるしずくを「山のしづく」といったところに深々と身にせまる夜の闇も思われるではないか。二句目と五句目に同じ句をくりかえす律動によって、恋人によせる愛情はひたむきに波のように集中化されて、何とも清純なひびきをかなでている。しかも、ついにひそかに結んだのを、津守連通《つもりのむらじとおる》のうらないによって暴露されたとき、

大舟の　津守《つもり》が占《うら》に　告《の》らむとは　まさしに知りて　我が二人寝《ね》し　（巻二—一〇九）

と、津守のうらないなど物ともせず、堂々とうち出すところ、青年大津の人となりをあらわし得てあまりがない。この歌の題詞にある「石川女郎」を別人と見る説もあるが、これは同一人であろう。しかも、この女性が草壁皇子の愛人でもあった（巻二—一一〇）ことを思えば、どこまで複雑な事情がひそんでいるのかと思わせられる。火花のように青春をちらしてしまった大津皇子の墓前に、なにも知らぬ日の愛恋一途の慕情の歌をあらためて手向けておこう。

近鉄，上ノ太子駅から河内の磯長，山田を経て二上山に登り当麻寺に下る道はたのしい。

●大津皇子墓，雄岳の頂上。

葛城山

春楊《はるやなぎ》　葛城山《かづらきやま》に　立つ雲の　立ちても居《ゐ》ても　妹をしそ思ふ　（巻十一―二四五三）

――柿本人麻呂歌集――

葛城山《かづらき》は、奈良県と大阪府の境に屏風のように高くつらなっている葛城《かつらぎ》連山の総称であって南の金剛山（一一二五メートル）を主峯とし、水越峠《みずこし》をはさんで北に現在の葛城山（九五九メートル）、さらに北に二上山とつづいている。奈良県側は断層崖をなしてけわしい壁のようで、大和平野のほとんどどこからも見える高山のつづきだけに、古来一種の神秘感をもってのぞまれ、雄略紀にあるように一言主神《ひとことぬしのかみ》の伝説や役《えん》の行者の伝説にきこえ、後代まで信仰の浄地とされていた。万葉人の朝夕に、おそれられも、また、親しまれもした山である。

この歌の「春楊《はるやなぎ》」は春の楊を輪にしてかずらにするところから葛城《かづらき》山の枕詞にしている。葛城連山に白雲があとからあとから立つ実景は大和平野の人たちがいつも目にしていたところであろう。立ってもすわっても恋人のことが思われるのは、恋する誰しもの情感である。それをかれらがいつも見ている葛城連山に立つ雲にかけてうたった民謡風の歌である。こうした情感は誰にも共通のところだから、場所が龍田《たつた》山にうつれば、つぎのようにもうたわれるわけだ。

秋されば　雁飛び越ゆる　龍田《たつた》山　立ちても居ても　君をしそ思ふ　（巻十―二二九四）

葛城の連山は大和にいる人からばかりでなく、大和からはなれて、内海を遠く船出してゆく人にとっては、明石海峡まではは、はるかに望まれるなつかしい故郷の山でもあって、筑紫に下る船上の丹比笠麻呂《たじひのかさまろ》によっては、「……家のあたり　我が立ち見れば　青旗《あをはた》の　葛城山《かづらき》に　たなびける　白雲隠る　天《あま》さがる　鄙《ひな》の国辺に……」（巻四―五〇九）ともうたわれるのだ。

この歌は原文「春楊　葛山　発雲　立座　妹念」で『万葉集』中いちばん字数がすくない。

●葛城山。大田皇女越智丘の墓から。

巨勢山

巨勢山《こせやま》の　つらつら椿　つらつらに　見つつ偲《しの》はな
巨勢《こせ》の春野を　（巻一―五四）

——坂門人足《さかとのひとたり》——

巨勢《こせ》は御所《ごせ》市古瀬《こせ》、わかりやすくいえば、近鉄線とJR和歌山線とが合する吉野口駅付近を中心として、南北にわたる重阪《へえさか》川（曾我川源流）の峡谷一帯の地である。峡谷の東西はむかし帰化漢人の多かったところで、また巨勢氏の本拠であり、当時の氏寺の巨勢寺址が古瀬小字大日《だいにち》、電車と鉄道との合するところにある。せまい峡谷だが、当時から紀伊や吉野への交通路にあたる。いま駅の西方の二九五メートルの、俗称高社《たかやしろ》の山を巨勢山といっているが、歌の巨勢山は峡谷東西の山地をさしたものであろう。椿のような暖地性植物の生育に適したところらしく、今もヤブツバキの生垣などが村内のあちこちにみられる。この歌は大宝元年（七〇一）九月、文武天皇と祖母持統太上天皇とつれだっての牟婁《むろ》の湯行幸時の作で、この歌より前に作られたと見られる春日蔵首老《かすがのくらおびとおゆ》の、

川上《かはのへ》の　つらつら椿　つらつらに　見れども飽かず　巨勢《こせ》の春野は　（巻一―五六）

の歌をふまえて、秋の日に、春の日の峡谷の点々とつらなり咲く椿のみごとさを思いやったものであろう。巨勢は藤原京からは一二、三キロのところ、当時みちたりた宮廷都人士の、都を出たばかりの浮き浮きした旅心は、こんにちの人の名所意識にも似て、過去の名作の快調をよみがえらせ、名作の心と共鳴して、巨勢路の旅を心ゆくばかり楽しんでいるようである。

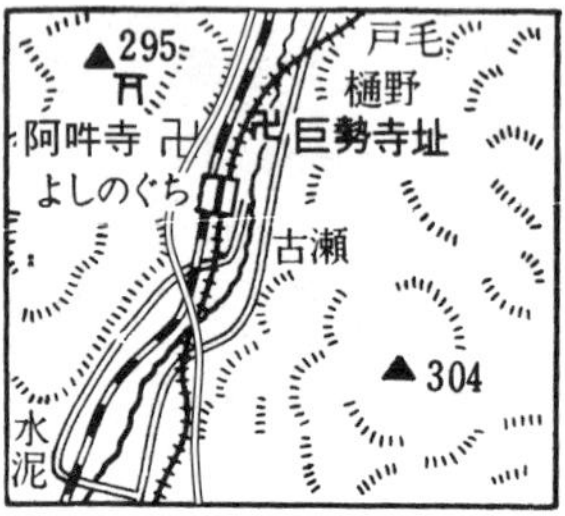

「つらつら椿」はてらてらひかる葉とする説などもある。「つらつらに」はよくよくの意。

●巨勢寺址からみた巨勢山。

宇智の大野

たまきはる　宇智《うち》の大野に　馬並《な》めて　朝踏《あさふ》ますらむ
その草深野《くさぶかの》
――中皇命《なかつすめらみこと》――（巻一―四）

この歌の前の長歌の題詞には「天皇、宇智の野に遊猟《みかり》したまふ時中皇命、間人連《はしひとのむらじ》　老《おゆ》をして献《たてまつ》らしめたまふ歌」とあって、作者は、中皇命か間人老か、中皇命は舒明天皇の皇后（皇極・斉明）か舒明の皇女の間人《はしひと》皇女かなどいろいろ問題が多い。ここではいちおう、皇后が、夫君の狩場の実況を思われての作と考えておく。間人老の作であったとしても中皇命の心にかわってのものであろう。

宇智の野の位置についてもたいへん説が多いが、わたくしには、旧五條町東北方の山野と思われる。北島葭江氏（『万葉集大和地誌』）があげておられるJR北宇智駅西方一帯の高原など、こんにちは多く開墾されているけれども、金剛山南東麓の旧宇智郡の丘陵地帯の山野で、かっこうの狩猟地であったと考えられる。もともと万葉の野は、安騎野の例のように、かならずしもいわゆる平野をいうものでなく、また吉野川畔の平野部は治水の行なわれないむかしには広く河原の状態を呈していたようだから、都からの巨勢路に近い北宇智一帯などその好適地であったろう。夫君の狩に共鳴共感して狩場の幸を祈る作者の心は、主舞台となる宇智の大野を枕詞を冠して提示し、そこに朝猟をする実況をこまかに思い描いて、ふたたびもりあがるように、その山野へのあこがれを、「その草深野」の簡潔鮮明な表現によっておどらせている。

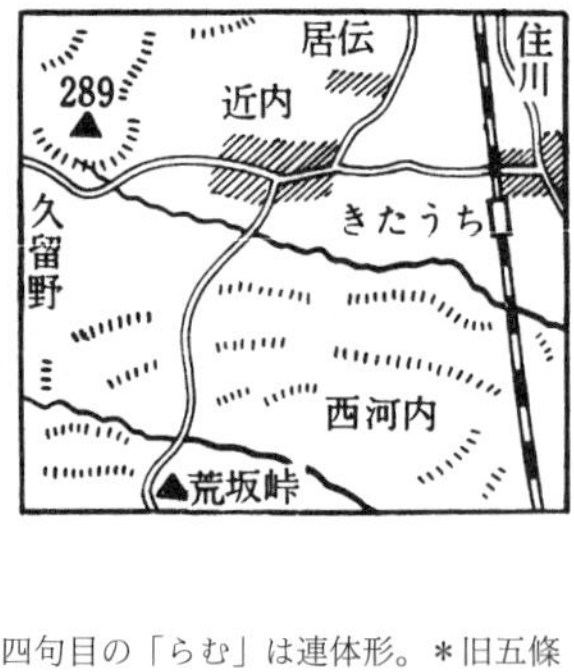

「たまきはる」はウチ・イノチの枕詞。語義未詳。四句目の「らむ」は連体形。＊旧五條町は現五條市。

●宇智の大野。後方金剛山。荒坂峠付近にて。

浮田の社

かくしてや　なほやなりなむ　大荒木《おほあらき》の　浮田《うきた》の社《もり》の
標《しめ》にあらなくに
——作者未詳——　（巻十一—二八三九）

ＪＲ五条駅から東へ一キロほどゆくと、今井町（五條市）に出る。そこの小学校のわきを北にはいって鉄道を横ぎると、すぐ北の丘裾に、見るからにこんもりした宮の森の小山が見える。荒木山といわれて、式内荒木神社の森である。巨勢《こせ》路の奥の重阪《へえさか》峠から南下すること五キロほどのところで、祭神は天児屋根命とも、葛木襲津彦《かずらきのそつひこ》（武内宿禰の子）ともいわれる。「浮田の社《もり》」には異説もあり、ここの「大荒木」を地名と見ない説もあるが、『大和志』に「今称㆓天神森㆒曰㆓浮田㆒」とあるのを信ずれば、この宮の森が大荒木の浮田の社《もり》となる。こんにち鬱蒼《うつそう》と小暗く茂った小丘の中に古びた社があって、鳥居につけた標縄《しめなわ》がひっそりと朽ちかかっているのを見ると、「こうしていつまでも見守っていなければならないのか、わたしは、お宮の標縄ではないのにさ」と、標縄にたとえて、逢えない女を見守りつづけるやりきれなさを訴える実感もわかるようである。単純な類型的な表現は民謡的世界のものであろう。だからいろいろにうたわれて、

かくしてや　なほや老いなむ　み雪降る　大荒木野の　篠《しの》にあらなくに（巻七—一三四九）

のように、似たような発想の歌もあるわけである。昨今の五條市の繁栄をよそにしてうちわすれられた森の中には、小鳥の声だけが、古人のなげきとともに住んでいるかのようである。

ここの「大荒木」を崩御・薨去の時新たに作る仮の墓所の意とする説がある。

● 〝浮田のもり〟五條市今井，荒木神社。

まつち山

あさもよし　紀人《きひと》ともしも　亦打山《まつちやま》　行き来《く》と見らむ
紀人ともしも
——調首淡海《つきのおびとあふみ》——（巻一—五五）

大和には海がないから、大和の宮廷都人士の、黒潮のある明るい紀の国（和歌山県）へのあこがれには強いものがあった。万葉の時代に四回の紀伊行幸がある。この歌は「巨勢《こせ》山」の歌と同じく、大宝元年（七〇一）持統・文武の牟婁《むろ》の湯行幸のときの作で、作者は壬申の乱に天武方に加わったこともある人である。当時の紀伊への道は、巨勢路から旧宇智郡（五條市）の野に出て紀和国境のまつち山を越え、紀ノ川河谷に沿うて西行するものであった。まつち山は葛城の連峯のいちばん南の端が、対岸の山地とともに、吉野川（紀ノ川）をここで南北からふさぐ形をなすところで、一二一メートルにすぎない山だが、これを越えればあさもよし（枕詞）紀ノ国であり、五條市街の東方はやくから旅人に望まれている山だけに、旅人の感慨をひとしおよせられる峠であった。万葉中八首の歌がここに集中している。いまの峠道は五條市上野《こうずけ》から和歌山県橋本市隅田《すだ》町真土《まつち》に大道がつけられているが、古道は相谷《あいたに》からいまの待乳《まつち》山の南側をめぐっていたらしい。「紀の国の人はうらやましい」と二度くりかえしているが、見馴れている土地の人には何の感興もない山も、都のエトランゼにはたまらない魅力をそそられるのだ。ましてみちたりた大宝の宮廷気運を背後にした旅心を思えば、国境の山によせる二回の律動の波もすなおに理解できる。

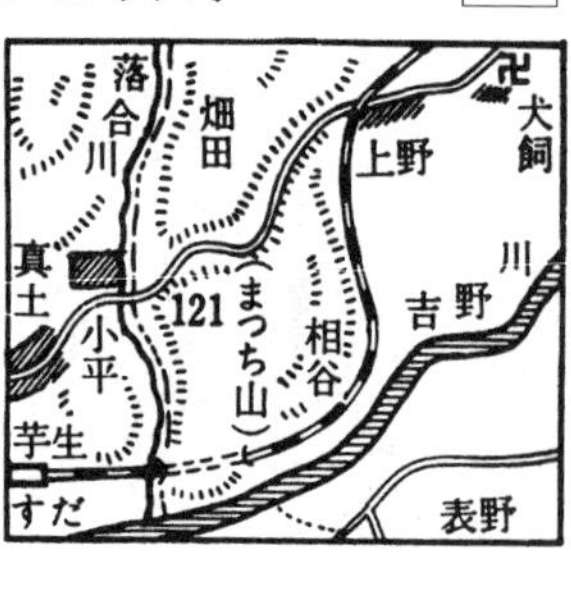

「あさも」は麻裳か，朝裳説もある。藤原京から峠まで約30キロ，徒歩１日行程。

●五條市犬飼よりまつち山をのぞむ。遠景高野山。

吉野

こんにち吉野郡は、奈良県の南大半の山岳地帯をすべていうが、万葉の吉野は北部の吉野川流域を中心とした一帯で、関係地は、吉野町を中心に、下流は下市町・大淀町、上流は東吉野村や川上村の一部にわたり、吉野全郡の中で北の一部である。吉野は古く「えしの（曳之弩《えしの》）」といわれ、大和中央とはまったく別の地域として「吉野の国」ともいわれた。たれしも「よしの」といえば、こんにち、観光地としての花の吉野山を思い出すが、いわゆる吉野山は、万葉の中では、「御金の岳《みかねのたけ》」（金峯山）・「水分山《みくまりやま》」・「高城の山《たかき》」・「青根が嶺《あをねみね》」など出てはくるけれども、桜の吉野山は一首もなく、大半は吉野川の水域に沿ったところであって、山の吉野よりも川の吉野といってよい。万葉の吉野の故地は、同じ土地をも延べて数えると、吉野郡だけで約一三五におよび、奈良県全体のほとんど六分の一に近いほどの多数である。

神武天皇の熊野から大和入の伝説は別として、応神朝以来、雄略・斉明・天武・持統・文武・元正・聖武の各朝にわたってたびたびの行幸があった。中でも持統朝には、在位一一年のあいだだけでも、三一回の行幸を見ている。それらの吉野離宮はすべてが同一地ではなかったろうが、天武朝以後はほぼ同一地であったと思われる。その宮址は確実にはしがたいが、こんにち吉野町宮滝の地と考えられている。そこは近鉄大和上市《やまとかみいち》駅から六キロほど上流で、吉野川が東北から南流してきてさらに西から北へと曲流するところで、山間の水流が大岩盤にあたって奔流《ほんりゅう》・激湍《げきたん》・深淵各種の変化を見せる吉野川屈指の好風のところである。川の北側の台地宮

宮滝について末永雅雄博士に『宮滝の遺跡』の考古学的な研究がある。

滝からは多数の土器類や石葺を発見し、現農協付近一帯は、その宮址といわれている。ほかに、東吉野村大字鷲家口《わしか》の東南、大字小《おむら》の丹生《にゅう》川上中社付近説（森口奈良吉氏『吉野離宮』）や、大淀町大字檜垣本《ひがいもと》付近説（土屋文明氏『続万葉紀行』）その他があるが、宮滝説にしたがっておく。

持統天皇の在位中にあれほどたびたびの行幸があり、多いときには年に五回（持統四・七・九年）もあるのは、いろいろの理由が考えられている。もちろん、時代宮廷の安定期を背後にした天皇のとくべつな旅行癖や、壬申の乱発祥の思い出につながるものもあり、なによりも大和中の平野では見られない山川の清さへのあこがれも大きいことであろうが、やはり丹生川上の水神の威霊《いれい》のゆきわたった地として、祈雨・止雨につけての祈願の心もあり、また大陸の神仙思想も加わって、吉野の水域が心身ともにみそぎの場所として大きな魅力があったものと思われる。ひとつの理由だけで律せられないものがあったようで、初期の諸朝の場合はともかく、以後の行幸にも、多かれすくなかれ、そうした理由があったようである。持統朝には従駕の人麻呂に、すぐれた天皇讃歌、宮ぼめの歌があり、平城京の時代にはいっては、笠金村《かさのかなむら》、山部赤人、大伴旅人、車持千年らが伝統によりながら新しい境地を開拓している。時代による宮廷の気運の変化は、天皇讃歌から自然讃歌への移行を見せていておもしろい。

近鉄の電車が吉野山まで通じていなかったころは、JR吉野口駅が吉野入の起点となって栄えていたが、こんにちは吉野口をすどおりして、吉野川筋は上市《かみいち》まで電車が通じ、吉野川筋の奥地までバスの往復がしきりとなった。わたくしたちは、「阿太《あだ》の大野」を車窓から望見して、六田《むだ》から宮滝の遺址へと、吉野川の万葉故地に歩をはこんでゆこう。

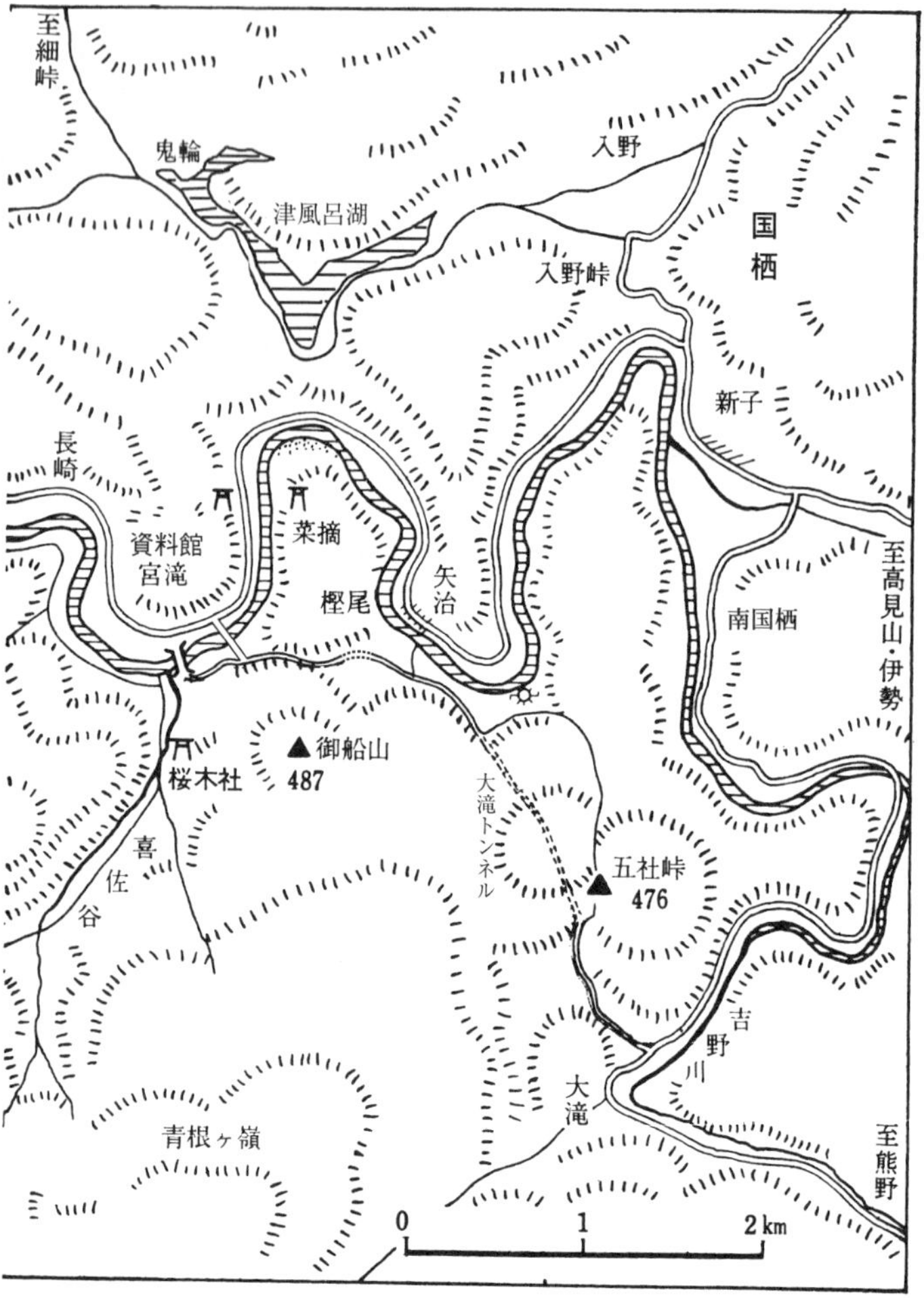
至細峠
鬼輪
津風呂湖
入野
入野峠
国栖
新子
長崎
資料館
宮滝
菜摘
樫尾
矢治
南国栖
至高見山・伊勢
御船山
487
桜木社
喜佐谷
大滝トンネル
五社峠
476
吉野川
大滝
青根ヶ嶺
至熊野
0
1
2 km

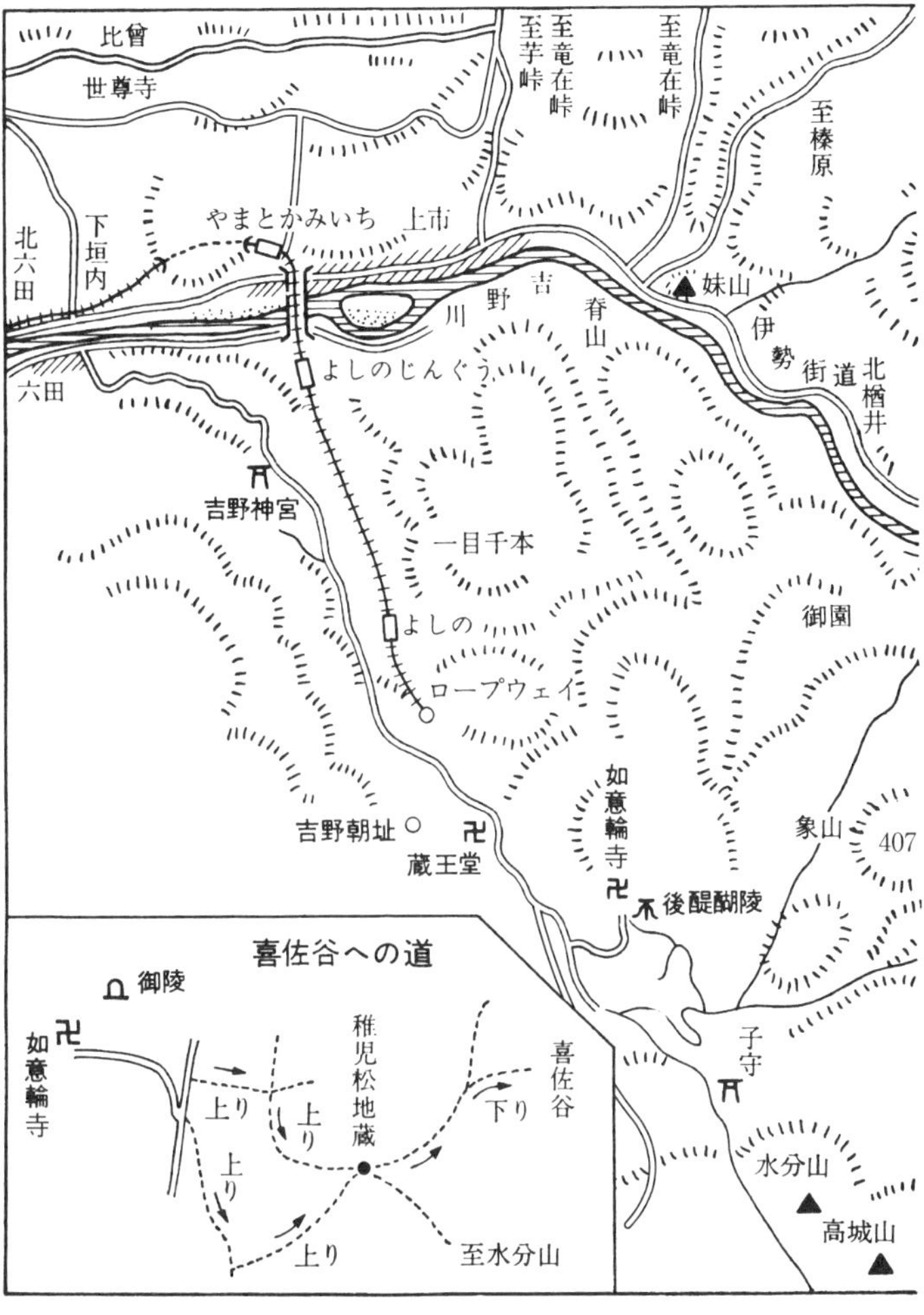
比曾
世尊寺
至竜在峠
至芋峠
至竜在峠
至榛原
下垣内
北六田
やまとかみいち
上市
吉野川
妹山
伊勢街道
北樽井
背山
六田
よしのじんぐう
吉野神宮
一目千本
御園
よしの
ロープウェイ
如意輪寺
象山
407
吉野朝址
蔵王堂
後醍醐陵
喜佐谷への道
御陵
如意輪寺
稚児松地蔵
喜佐谷
上り
下り
至水分山
子守
水分山
高城山

●吉野地図

六田の淀

音に聞き　目にはいまだ見ぬ　吉野川　六田《むつた》の淀を　今日見つるかも　（巻七―一一〇五）

――作者未詳――

近鉄吉野線が吉野川の北岸に沿って下市口《しもいちぐち》・越部《こしべ》駅をすぎて東にすすむと、やがて六田《むだ》駅である。川をはさんで北側は大淀町北六田《きたむだ》であり、南側は吉野町六田である。北六田の川岸におりると、広々とした吉野川の流れで、このあたりで川幅はいちだんと広くなり、南北の山々のあいだをゆっくりと流れている。ここは古くは六田《むつた》といわれた。大和平野の川ではとうてい見ることのできない広大な川幅で、ゆったりと淀みつつ流れてゆく景観は、吉野川ぞいに旅ゆく人たちにきこえていたものであろう。巨勢《こせ》路から今木峠を越えて吉野に入る旅の人には、最初に見る山川の大川淀である。「今日見つるかも」の感慨もそこに発するものであろう。

ここの川岸には古くから楊柳が多かったらしく、後世、花の吉野山への入口となって、柳の宿《しゆく》として栄え、上手の渡は柳の渡とよばれていた。いまは三吉野橋が架かって、材木をつんだトラックの往還がしきりである。「絹（人名の略称か不明）の歌一首」と題詞のある、

かはづ鳴く　六田《むつた》の川の　川楊《かはやぎ》の　ねもころ見れど　飽かぬ川かも　（巻九―一七二三）

の歌も、かじかの声と楊柳の実景をとらえて序とし、川楊の根にかけて「ねもころ」の語をひきおこし、「よくよく見ても見あきない川だ」と、ここの河景を讃歎したものである。

近ごろのように交通機関のそなわる以前には、伊勢街道を旅する人は、ここからはるかに国境の高見山の峻峯を望みつつ、上市・宮滝・国栖《くず》と川岸をさかのぼったのである。上市の東に川をはさんで妹山・背山があるが、万葉のは紀伊であって、この妹山・背山ではない。

柳の渡は近鉄吉野線のできるまでは、吉野山や大峯入の渡河点となっていた。

●六田の淀。遠景は大和伊勢国境の高見山。

吉野行

み吉野の　耳我《みみが》の嶺《みね》に　時なくそ　雪は降りける　間なくそ　雨は降りける
その雪の　時なきがごと　その雨の　間《ま》なきがごとく　隈《くま》もおちず　思ひつつぞ来《こ》し
その山道を
（巻一―二五）

――天武天皇――

この歌の「耳我の嶺」は、こんにち吉野の中のどこか、はっきりわからない。この歌の類歌（巻十三―三二九三）に「御金高《みかねのたけ》」とあるので、誤字説によってこれも「みかねのたけ」とよみ、吉野山の金《かね》の御嶽《みたけ》（金峯山）とする説が古くからあり、また『大和志』には「耳我嶺、在二窪垣内村上方一」として、いまの吉野町窪垣内（国栖《くず》の地方）にもとめ、土屋文明氏の『続万葉紀行』は、吉野町のいちばん北の竜門岳（九〇四メートル）の西方、細峠と竜在峠のあいだの尾根にこれをもとめている。「隈《くま》もおちず」は道の曲り角を一つものこさずの意である。「思ひつつ」の「思ひ」についても、自然の景によせる思い、恋の心、壬申の乱にまつわる思いなど、いろいろの説があり、作歌の年時についても、「念乍叙来《おもひつつぞくる》」とよんで、天武即位以前、大海人《おおあま》皇子時代の天智一〇年（六七一）の吉野入の時と見るもの、即位後、天武八年（六七九）五月の吉野行幸の時と見るもの、また在位中のある日と見るものなどがある。もともと作歌事情の記載が何もないから、いずれも推測の域をでない。わたくしは、やはり壬申の乱にまつわるもので、在位中のある時、当時の苦悩を回想したものと考えている。

天智一〇年一〇月一七日、病床の兄、天智天皇から譲位の話のあったのを固辞して、にわかに僧となって一九日に近江大津宮を出発し二〇日には吉野に入った。この歌は、そのおり飛鳥の地方から山越して吉野におもむく途中、耳我の嶺に絶え間なく雪降り雨降る実景の中で、来《こ》し方行く末の思いが絶え間なく身を苦しめた日のつづらおりの山道を、後の日に回想したものではなかろうか。対句を二回くりかえして実景から譬喩へとはこぶ単純な律動のなかにも、かえって身をしめつけられるような苦悩がしのばれるようである。もっともこの歌には異伝ないし類歌と思われるものがあり（巻一―二六、巻十三―三二六〇・三二九三）、その先後関係にもいろいろ問題があるが、表現の上から明らかに古歌謡をふまえながらも、そこにみずからの苦衷をうち出していると見られる。吉野入の翌年（六七二）六月、ついに壬申の動乱がおこって、ひと月で近江は廃墟となり、天武の治世を見るのである。大海人皇子の吉野越の山道はどこを通ったか、こんにちから定められないが、飛鳥東南方の山地を越える近道がとられたと思われるから、「耳我の嶺」はあるいは土屋氏の推定のところなどであるかもしれない。

　万葉の時代のたびたびの吉野行幸がどのコースを通ったか明らかにしがたいが、こんにち飛鳥藤原の方面から吉野川流域に出る徒歩コースはおよそ五通りがある。一は、細川・上《かみ》・冬野、または阪田・畑《はた》を経て、竜在峠（七五二メートル）を越え、ここから細峠・平尾を経るか、滝畑を経て志賀または千股《ちまた》にくだり上市《かみいち》にでるもの。二は、飛鳥川をさかのぼり稲淵《いなぶち》・栢森《かやのもり》を経て芋《いも》峠（五〇〇メートル）を越え千股・上市に出るもの。三は、高取町清水谷から壺阪峠を越えるもの。四は、同じく清水谷から芦原《あしはら》峠を越えるもの。五は、吉野口

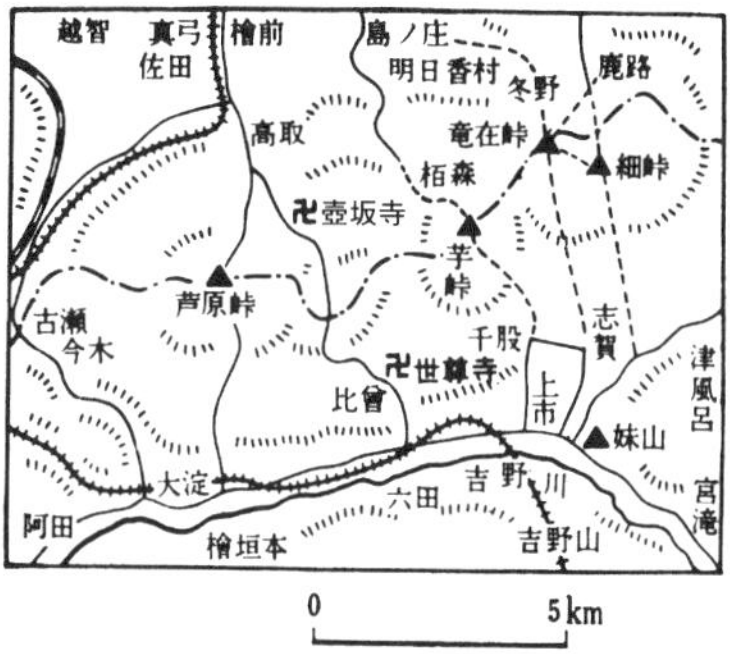

●飛鳥から吉野越地図。

(巨勢)にまわって今木峠を越え下市口にでるもの。いずれも一日行程である。このうち二の芋峠越は山路約一五キロで最短距離であり、五の吉野口まわりはいちばんらくな道だが、いちばん距離は長い。吉野宮の位置のいかんにもより、また道の新古もあってどことも定められないが、いま宮滝を宮址とすれば、一および二のコースなど最適であり、時には五の道がとられたかもしれない。土屋文明氏はこれらの道を実地に踏査して精細に考証しておられる（『続万葉紀行』）。一の細峠は芭蕉の『吉野紀行』に見え、竜在峠は本居宣長の『菅笠日記』に見える。電車がひけるまでは、一も二も、飛鳥地方と吉野をむすぶ重要な交通路となっていたが、こんにちは誰ひとり越えるものはなく、草ぼうぼうで道を見失いがちであり、廃道に帰している実状である。

山道はもちろん、田舎の坦道さえ村から村へと歩く人影は、全国ともにほとんど見られなくなった。旧道は寸断され、旧峠などたいがい草ぼうぼうか、廃絶の姿である。古代から近代までつづいたあるくことによる距離の観念は、交通機関の発達によってみごと変革をとげているといってよい。それだけに、万葉の歌の実相があるくことによってより正しく還元されるところの多いことが、峠の草などかきわけているときに、しみじみ感じられてくる。

写真は、吉野山如意輪寺の横から子守《こうもり》に向う山上で、飛鳥方面をへだてる竜門岳の山なみを望んだものである。中央竜門岳の左方の鞍部は竜在峠にあたる。吉野で考える飛鳥というものの実相も、峠を越え、山の全容を展望してみてはじめて生きた姿によみがえってくる。

＊吉野離宮跡は末永雅雄らによる発掘調査の結果，宮滝の集落の旧道と吉野川の間の河岸段丘に広がるとして，国の史跡に指定された。

●吉野山より竜門岳方面を望む。

宮滝

山川も　依りて仕ふる　神《かむ》ながら　激《たぎ》つ河内《かふち》に
舟出せすかも

——柿本人麻呂——（巻一—三九）

吉野離宮地と伝える宮滝は、近鉄大和上市《やまとかみいち》駅前からバスで二〇分、六キロの上流で、吉野川が東北から南・西・北へと曲流するところである。こころみにこの柴橋の上に立って上流を望めば、南側の御船山《みふねやま》や正面の菜摘《なつみ》の山の緑にかこまれた中から、両岸の絶壁をなした大岩盤の間をとおして流れてくる山川の清さにまず吐息をついてしまう。見おろせばさかのぼってゆく魚の群と水底にうつる魚群の影までも見える。ふりかえって下流を望めば、象《きさ》の小川の落ち口は碧潭をなしてよどみ、左手に象《きさ》の中山、正面に御園《みその》の山の緑がつづき、都会のわたくしたちには万葉のいわれをぬきにしても、山川の秘境の中に身をおいたような驚きをおぼえる。離宮址は河畔の小学校の裏手のあたりと伝えている。柴橋付近は先年の伊勢湾台風で大被害をうけ、その後、護岸工事ができあがって、以前とはだいぶ形をかえている。こんにちは上流地方の森林の伐採と水力電気のダムなどで、ふだんは水量がたいへん減っているが、往時は水量ははるかに多く、岩盤のところで奔湍激流をなしてまさに「激つ河内」を現出し、この離宮地も「たぎのみやこ」ともいわれていた。壬申の乱を勝ちとった天武の皇后である持統天皇に供奉した人麻呂には、時代の宮廷気運をそのまま反映して、山の神も川の神もすべてが奉仕する現人神《あらひとがみ》の出遊として感じられたのだ。この地での天皇讃歌・宮ぼめの歌はほかにも多い。

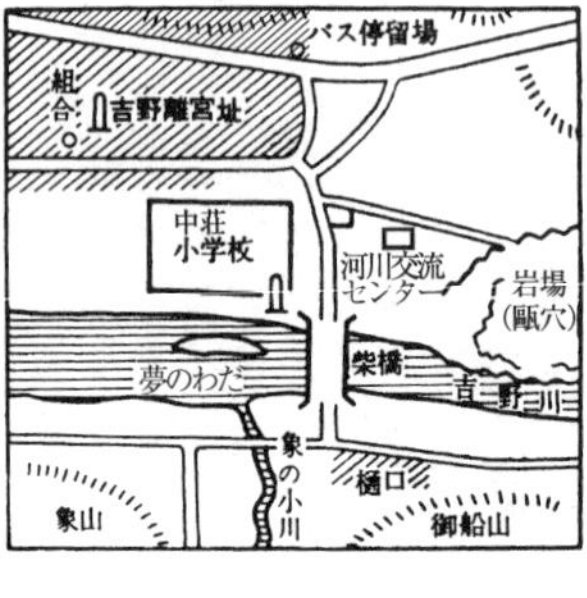

「激つ」は水がさかまき流れること。「河内」は川の行きめぐっているところをいう。

●宮滝の吉野川。柴橋の上から上手を望む。

三船の山

滝《たき》の上《うへ》の　三船《みふね》の山に　居《ゐ》る雲の　常にあらむと　我が思はなくに　（巻三―二四二）

――弓削皇子《ゆげのみこ》――

宮滝の岩場の、かつて激湍《げきたん》をなしていたところの、南側、上方にある山が、「三船《みふね》の山」である。船形をしているので御船山《みふねやま》（四八七メートル）とよばれ、また船岡山ともいわれる。西側は喜佐谷《きさ》をはさんで象山《きさやま》と対しており、宮地からは東南に高く仰がれる山である。それだけに吉野宮に来た人たちには川をへだてて朝夕に親しまれていた山だ。作者の弓削皇子は天武の皇子で母は大江皇女（天智の皇女）、長《なが》皇子の弟にあたり、病弱の人であったらしい。作歌年代はいつのことともわからない。こうした山中の峯には朝などいつも雲がかかっているものだ。「その雲のようにいつまでも変ることなく生きているものとは思わないことだ」と、御船山の大自然の実景を見あげつつ、見あげるほどにわが人世の無常の思いのしみじみわき起る感慨を四・五句にうち出している。上三句の叙を「雲の常なきがごとく」の心にとって四・五句にまでかける説のあるのはいかがであろう。川べりにいると、大きな山容がのしかかってくるようで、大自然の威圧さえ感ずる。

弓削皇子が持統朝の行幸に従ったある夏の日、都にいる額田《ぬかた》王に贈った歌に、

古《いにしへ》に　恋ふる鳥かも　ゆづるはの　御井《みゐ》の上より　鳴き渡り行く　（巻二―一一一）

がある。おりからの鳥の声に託して父君天武の在世の日をよみがえらせ、さまざまの運命の波を泳ぎぬいて今は老年に近い思い出に生きる人、額田王にあたたかい同情をよせている歌だ。ゆずりはの木の傍の御井は、吉野宮の用水だっただろうが、いまはそのあともわからない。

額田王の答歌「古に恋ふらむ鳥はほととぎすけだしや鳴きし我が思へるごと」。＊御船山は現在三船山と表記。

●御船山。象の小川の落ち口付近から。

象山

み吉野の　象山《きさやま》のまの　木末《こぬれ》には　ここだも騒く　鳥の声かも
（巻六―九二四）

――山部赤人――

離宮址と伝えるところから吉野川を挟んで真南に見える左右の傾斜の急な山が象山《きさ》である。東方は喜佐《きさ》谷を挟んで御船山、西方は御園《みその》上方の山との間にあるから象の中山ともよばれ、

大和には　鳴きてか来《く》らむ　呼子鳥《よぶこどり》　象の中山　呼びそ越ゆなる
（巻一―七〇）

の高市黒人《たけちのくろひと》の歌もある。吉野川の谷は渡り鳥の通路でもあって、しぜん鳥の声も多く、宮滝付近の歌にはほととぎす・呼子鳥・千鳥・鴨など、鳥の声が多くよまれている。山部赤人は万葉第三期、聖武天皇の神亀・天平ごろ（平城京）の歌人であって、これも聖武行幸のおりの作である。大きい景から小さい一焦点「木末《こぬれ》」（枝先）へと、「の」の音でかさねてしぼっていってそこにたくさんに騒いでいる鳥の声を描く。そのしぼってゆく呼吸に応じて、作者の心も自然の静寂の中に歩一歩ひそまってゆくようで、そのはてに四三・三四音の律動にのって描かれてゆく鳥の声に、作者の心はもう自然の中にとけこんでいって、大自然の鼓動《こどう》をじかにきいているようである。こんにちこの歌一首でも自然詠の絶唱としてたたえられるのに値するが、作者としては長歌（巻六―九二三）で人麻呂の宮ぼめの歌の伝統をふんで、とくに山と川をよりどころにして、観念的に宮ぼめの気持をうち出せば、反歌では逆に現実的写実的にこの象山の歌と次の吉野川の歌（九二五）とで長歌に対応させているわけで、まったくコンポジションを中心にした旺盛な創作意識による美の構造をもとにしているといえる。行幸供奉に際してこうした純自然の歌を見るのも、人麻呂のころとちがって、時代は移った感が深い。

離宮地付近は秋津野ともいわれた。御園の秋戸河原はその名の名残と見る人もある。

●喜佐谷から象山を見る。

象の小川

昔見し　象《きさ》の小川を　今見れば　いよよ清《さや》けく　なりにけるかも

（巻三―三一六）

――大伴旅人《おほとものたびと》――

象《きさ》の小川は吉野山の金峯《きんぷ》山《せん》と水分山《みくまり》とに発して山裾で合流し、象《きさ》山と御船山とのあいだの喜《き》佐《さ》谷を北流して吉野川にそそぐ小流である。その落ち口から小流にそって喜佐谷道にはいると、〇・三キロほどで、川に沿って杉の巨木にかこまれた桜木社（天武をまつる）の幽邃《ゆうすい》な森がある。この付近、赤人の象山の歌を思うにもふさわしく、架けられた小橋の下は、巨岩のあいだをたぎち、またよどみして流れる清冽《せいれつ》な象の小川だ。せんかんとした川音をききながら、喜佐谷の村はずれの合流点までくると、そこから吉野山に通ずる山道となる。行くほどに杉の密林となって小鳥の声と川音にかこまれたよにもたのしい登り道だ。吉野山まで二度象の小川の源流を渡るが、ここまでくると茂みの中から小滝をなして落下し、すみとおり、岩床を流れして、またげるほどになる。いまもまた「いよよさやけく」幽林にひびきかえっているのだ。

この歌の長歌（三一五）の題詞に「暮春之月」とあっていつの時かわからないが、『続日本紀』によれば、聖武天皇の初年、神亀元年三月のことと推定される。作者大伴旅人は安麻呂の子、当時は中納言であった。これから数年後に、旅人は大宰帥《だざいのそち》となって九州にいっている。六〇歳をすぎた老年であまざかるひなの筑紫ですごす旅人には、大和への郷愁の切なるものがあった。のこりのいのちを思えば、ふつふつとうかんでくるのは、この象の小川の清流だ。

我が命《いのち》も　常にあらぬか　昔見し　象《きさ》の小川を　行きて見むため

（巻三―三三二）

と詠んでいる。旅人は天平二年一二月筑紫から帰った翌年（七三一）六七歳でなくなった。

吉野山から喜佐谷へ下るのもよい。道を如意輪寺あたりでよくきくこと。略地図参照。
＊御船山は現在三船山と表記。

●象の小川。喜佐谷山中にて。

夢のわだ

我が行きは　久《ひさ》にはあらじ　夢《いめ》のわだ　瀬にはならずて　淵にもあらぬかも

——大伴旅人——（巻三—三三五）

大伴旅人が大宰帥となって九州におもむいたのは神亀五年（七二八）ごろと推定される。赴任してまもなく愛妻を失い、老年ではあり、遠い田舎に身をおいて、それだけに大和への望郷の思いはしきりであった。吉野川の水源は日本一の多雨地方であったから、持統天皇ごろの吉野行幸には、祈雨・止雨につけての水の神への祈願も多かったわけだが、聖武天皇のころにはもう遊覧の要素が多かったらしい。文人であった旅人には前の歌でもこの歌でも吉野の風趣への思慕がひとしお強かったようである。「夢《いめ》のわだ」は、象《きさ》の小川が吉野川にそそぐ、大きな岩にかこまれた深淵のところといわれる。当時の漢詩集『懐風藻《かいふうそう》』にも「今日夢淵上。遺響千年流」の句なども見えて、当時の中央人には一種神仙の境とも見られていた。この歌の第五句は原文「淵有毛」で訓に諸説があるが古典大系本の訓による。「他行（九州滞在）は長いことではあるまい、あこがれの夢のわだよ、浅瀬にはならないで、淵のままであってくれ」の心持である。こんにちもここは深淵をなして、水中の渦をぽかりぽかりと水面にただよわせ、ゆったりと気味わるく流れている。深淵に釣糸を垂れる人の姿もときどき見られる。

話は、持統朝の昔にもどるが、在位中三一回の行幸のうち、月にして四月・八月がもっとも多く各四回、四季のうちでは春八回、夏九回、秋八回、冬六回、滞在日数最長二〇日（七月）、最短三日（一二月）におよんでいるのも、この宮滝付近の山川の、幽邃《ゆうすい》神仙の景趣も大きな理由になっていたと思われる。中央人にとって吉野は大きな魅力となっていたわけだ。

なお丹生（にう）川上神社は上社は川上村迫（さこ），中社は東吉野村小（おむら），下社は下市町長谷（ながたに）にある。＊「淵にもあらぬかも」は，「淵にもありこそ」の読みもある。

●夢のわだ。象の小川の落ち口付近。

滝の河内

山高み　白木綿花《しらゆふばな》に　落ち激《たぎ》つ　滝《たき》の河内《かふち》は　見れど飽かぬかも

（巻六―九〇九）

――笠金村《かさのかなむら》――

宮滝付近にはやくから人の住んでいたことは、縄文式や弥生式の土器が発掘されていることでわかる。それらの発掘品は柴橋畔の中荘小学校の一室に陳列されている。万葉の吉野はほとんどこの付近に集中しているといってよく、山川の吉野川を中心として、春秋の花紅葉、白雲や霧の去来、千鳥やかじかの声など景趣はあくことなく、歴代従駕の諸歌人によってたたえられている。しかしなんといってもその中心は、この地の「滝《たぎ》」（激湍）であって、「たぎ」「たぎち」「たぎつ」「たぎのみやこ」「たぎつ河内《かふち》」「たぎの河内」など延べ二十余を数える。その場所は柴橋上手北岸の大岩盤のところであって、悠久の太古から大奔湍をなしていたことは、この岩盤に巨大な甌穴《おうけつ》（渦の穴）がいくつもあることでわかる。万葉の頃もいまよりははるかに水量多く、この付近で激湍をなしていたものであろう。水量のすくなくなったこんにち、岩場の東側、俗称崩《くえ》の鼻《はな》付近に激湍をしのぶことができる。上流菜摘《なつみ》の山あいからおくられてきた水流はここで岩に激突して、まさに白木綿花《しらゆうばな》ととびちるわけだ。「白木綿花」は楮《こうぞ》の繊維をさらした白い緒でつくった造花といわれる。笠金村は平城京の時代の宮廷歌人で、これは元正天皇に従駕のときの作である。ここに定住する人には別に感興もない山川も、奈良の都からはるばる来た都人の作者には、緑の山あいを流下してきて岩にとびちる奔湍は、まるで白木綿花のように珍しく新鮮なおどろきとなって、水の動きとともに心おどらせないではいられないのだ。こんにち激湍の岩鼻に銀鱗を釣りあげる人の姿も見られる。

柴橋の中荘小学校の前に，宮滝遺跡の碑と武田祐吉博士の万葉歌碑がある。＊宮滝遺跡の発掘品は吉野川南岸，山手の吉野歴史資料館に移された。ここからの象山，三船山，青根ヶ峯の眺望がよい。

●宮滝の激湍。

なつみの川

吉野なる　夏実《なつみ》の川の　川淀《かはよど》に　鴨そ鳴くなる　山かげにして　（巻三―三七五）

――湯原王《ゆはらのおほきみ》――

宮滝の柴橋の上から上流真東に見える山地は菜摘《なつみ》（吉野町）であって、吉野川は菜摘の山裾を東側から北側、そして西側と曲流し、さらに宮滝へと西流している。この菜摘の村の西側を流れる部分を「夏実《なつみ》の川」といったのであろう。そこは宮滝の山地と菜摘の山地とにはさまれた両山のせまった幽暗なところで、右岸の岩のところどころは淀をなし、宮滝とはうって変って音もなく流れている。すこし上手の、街道から村に架けた仮橋の上に立ってみると、こんにちでさえ、菜摘の人家も山の傾斜にまばらで、午後になると山かげとなるのもはやく、なんとも静寂の山川である。万葉の歌がそのままそこにいきづいているようなところだ。

この幽暗な山かげの淀みで鴨が鳴くなら、声はせまい谷あいから空へと澄みとおってきこえるだろう。「吉野なるなつみ」「なくなる」の同音のひびきもよく、「かはのかはよどにかもそなくなる山かげ」の同音のひびきも鴨の声をきくようである。上三句の流暢なひびきは音もない流れを思わせているし、「鴨そ鳴くなる」で切って、「山かげにして」と添えた言葉は上の全体にひびきかえって幽邃《ゆうすい》静寂の余韻をただよわせている。作者湯原王は天智天皇の子の志貴《しき》皇子の子で、平城京期の後半にかけて清艶優美な細みのある新風をひらいた人だ。「山かげにして」のように、いいさしのまま、「にして」でとめる叙法にも新しい巧みがある。

菜摘から上流七、八キロで「国栖《くにす》」（巻十―一九一九）の住んでいた国栖《くず》の地方（吉野町）に出、そこで伊勢街道は吉野川の本流とわかれて高見川沿いに国境の高見山に向っている。

巻9―1737の「夏箕」もこの地。「大滝」は諸説があるが，宮滝の激湍であろう。

●夏実の川。左菜摘，中央御船山。

平野南部

大和三山地方の北方はひろびろとした平野部である。東は山の辺の道の地方を除いた磯城《しき》郡の西部から、西は北葛城《かつらぎ》郡の馬見《うまみ》丘陵にいたるまで、北は大和川にいたるこの広大な田園部を平野南部とする。このうち、近年、北葛城郡の一部は大和高田《たかだ》市に磯城郡の一部は橿原《かしはら》市と桜井市にはいった。この平野の東から西にかけては、大和の諸川、初瀬川・寺川（倉橋川・忍阪川・八釣《やつり》川）・飛鳥川・曾我川（檜隈川）・葛城川（百済川）・高田川はみな北流して、平野の中でいちばん低地帯の広瀬川合《ひろせのかわあい》（北葛城郡河合村）付近数キロの間で合流し、北方の佐保川や富雄川をもあわせて、大和川となっている。したがって治水の行なわれないむかしは、川合付近は土砂の堆積で広い瀬となっていたらしく、水害も多いので、ここに広瀬川合神（広瀬神社）がまつられ、竜田の風の神とならんで、平野部の農耕を守る神として知られていた。万葉に、

広瀬川　袖漬《つ》くばかり　浅きをや　心深めて　我《あ》が思へるらむ　（巻七―一三八一）

の一首がある。「広瀬川」は川合付近の大和川の部分称であろう。水利にめぐまれているだけに、この平野はむかしからの耕作地で、こんにちも大化以来の条里制のおもかげをとどめていることは、こころみに二万五〇〇〇分の一の地図「桜井」などをひろげてみるとおどろくほどである。また、当時、南北の道路（東から上つ道、中つ道、下つ道）も通じ、河川の舟楫の便もあって、交通路ともなっていた。万葉の故地がこの地域に数カ所しかないのも、ここがいわば穀倉であり、宮廷人らにとっては、通路にすぎなかったのにも因るところがあろう。

＊磯城郡大三輪町は，昭和38年桜井市に合併編入。河合村は，昭和46年北葛城郡河合町に町制施行。

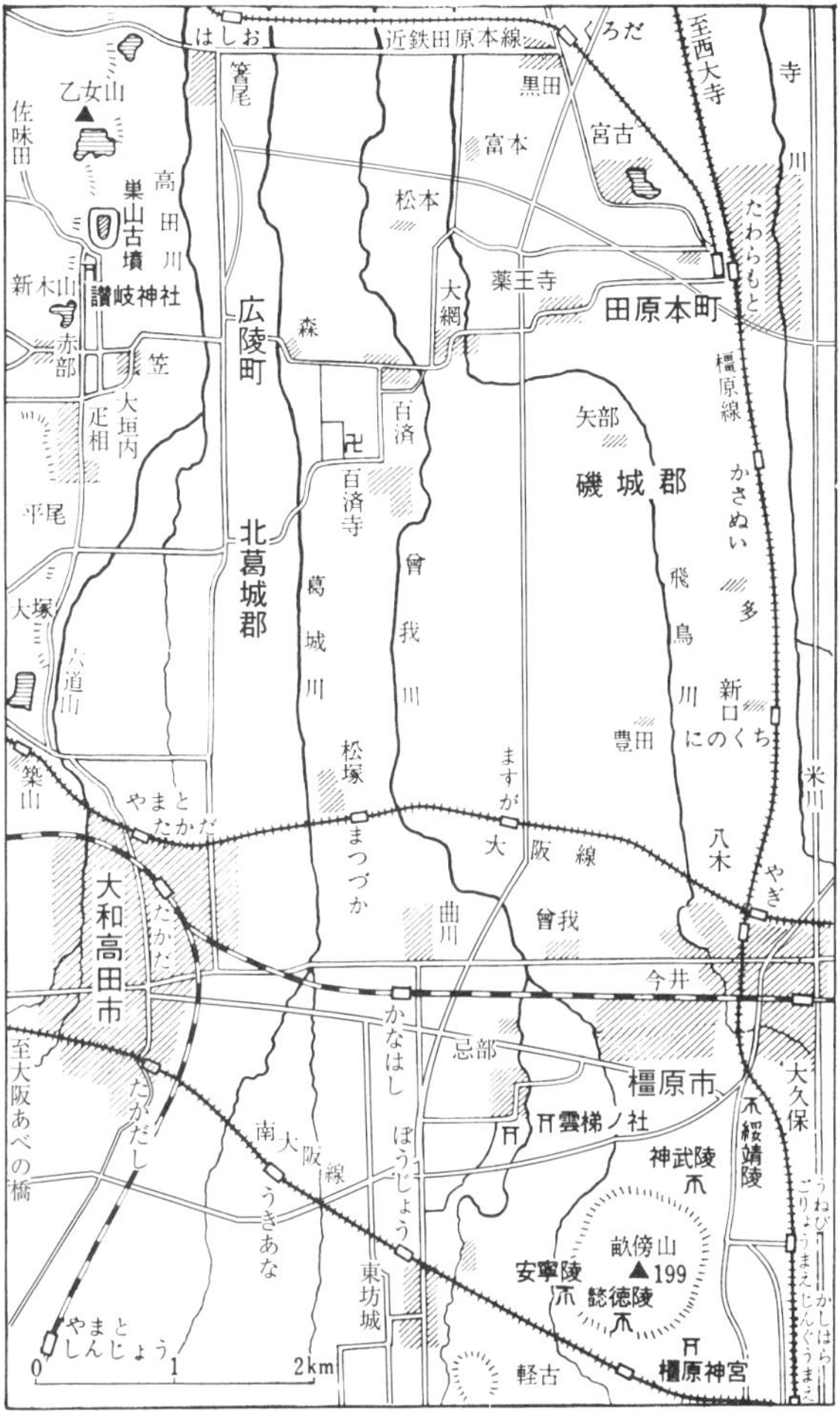
近鉄田原本線
はしお
くろだ
至西大寺
寺川
箸尾
黒田
宮古
富本
乙女山
佐味田
高田川
巣山古墳
讃岐神社
新木山
赤部
笠
松本
たわらもと
大網
薬王寺
田原本町
広陵町
森
大垣内
疋相
百済
百済寺
矢部
磯城郡
畝原線
かさぬい
平尾
北葛城郡
曽我川
葛城川
飛鳥川
大塚
六道山
多
新口
豊田
にのくち
築山
松塚
ますが
米川
やまと
たかだ
まつづか
大阪線
八木
やぎ
大和高田市
たかだ
曲川
曽我
今井
至大阪あべの橋
かなはし
忌部
橿原市
大久保
たかだし
南大阪線
ぼうじょう
雲梯ノ社
綏靖陵
神武陵
うねびごりょうまえ
うきあな
畝傍山
199
安寧陵
懿徳陵
東坊城
かしはらじんぐうまえ
やまと
しんじょう
0
1
2km
軽古
橿原神宮

●平野南部地図

竹田の庄

うち渡す　竹田《たけた》の原に　鳴く鶴《たづ》の　間なく時なし
我《あ》が恋ふらくは
——大伴坂上郎女《おほとものさかのうへのいらつめ》——　（巻四—七六〇）

耳成山の東北二キロほどのところに寺川（竹田川）の小流をはさんで東竹田の村があり、式内竹田神社の小森が村中の川岸にある。このあたりに大伴家の領地があって竹田の庄《たどころ》といわれていた。南に三山をのぞみ、東方はるか三輪巻向の山々をのぞむ平野のただ中でまさに「うち渡す（見渡す）竹田の原」である。こんにち、ひるの村中でも人影もなくひっそりした閑村である。

作者の大伴坂上郎女は旅人《たびと》の妹で、はじめ穂積皇子（天武皇子）に嫁し、その没後、藤原麻呂（不比等《ふひと》の子）の妻となり、後に異母兄大伴宿奈麻呂《すくなまろ》に嫁して、坂上大嬢《さかのうえのおおいらつめ》・坂上二嬢《おといらつめ》を生んだ。坂上大嬢は甥家持《やかもち》の妻となった。この歌は坂上郎女が竹田の庄から娘の大嬢に贈ったもので、おりからこの平野におり立った鶴の声の絶え間のない実景にかけて、遠く佐保にいる娘への思慕をうたったものである。鶴は幕末から明治初年ごろまでは日本中どこにでも来ていたという。郎女は収穫期にこの領地にやってきたようで、

然《しか》とあらぬ　五百代《いほしろ》小田《をだ》を　刈り乱《みだ》り　田廬《たぶせ》に居《を》れば　都し思ほゆ　（巻八—一五九二）

ともうたっている。五百代は一〇段、田廬は田の番小屋である。天平一一年（七三九）秋のことである。万葉の貴族はまだこうして田園ともじかに結びつくところがあった。いまとちがって、歩いた当時には、奈良の都でも、平野のかなたの遠いところに感じられていたのだ。

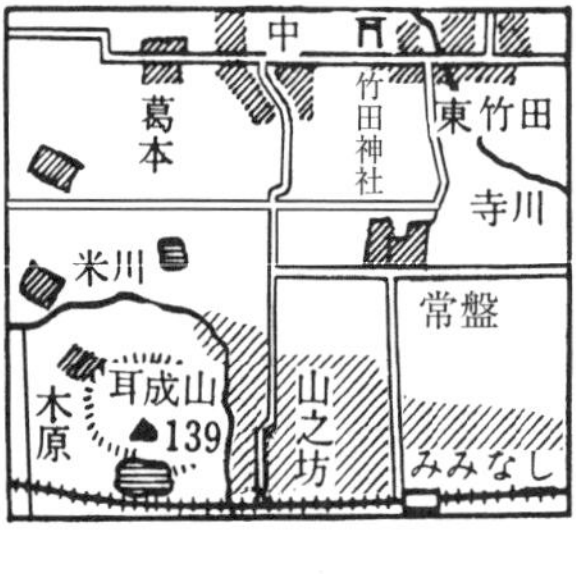

東竹田は近鉄耳成駅の北２キロ，もと磯城郡であったが現在橿原市東竹田町となった。

●東竹田の村。川は寺川，森は竹田神社。

三宅の原

うちひさつ　三宅《みやけ》の原ゆ　直土《ひたつち》に　足踏《ふ》み貫《ぬ》き　夏草を　腰になづみ　いかなるや
人の児故《こゆゑ》そ　通はすも我子《あご》　うべなうべな　母は知らじ　うべなうべな　父は知らじ
蜷《みな》の腸《わた》　か黒《ぐろ》き髪に　真木綿《まゆふ》もち　あざさ結《ゆ》ひ垂《た》れ　大和《やまと》の　黄楊《つげ》の小櫛《をくし》を
抑《おさ》へ刺《さ》す　うらぐはし児《こ》　それぞ我が妻
——作者未詳——（巻十三—三二九五）

「三宅の原を通って、地べたに足をふみこんでさ、夏草を腰でかきわけかきわけしてさ、どういうまあ娘さんだからというので、かよっておいでかねお前さん（親の問の部）。そりゃあそうさ、そりゃあそうさ、おっ母さんなんか知るまい、そりゃあそうさ、そりゃあそうさ、お父つつぁんなんか知るまい。その人というのはね、まっ黒な髪に、真木綿《まゆう》でもってあざさ型に結《ゆ》いたらし、大和産のつげの櫛をおさえさしているすばらしい人、それこそ私の相棒だ（答の部）」というような意味の歌で、一首としては自問自答になっている。「真木綿《まゆふ》」は楮《こうぞ》の繊維のきれ、「あざさ」は髪の形か飾か、植物説もある。古代の演劇風な歌曲としてうたわれた歌であろう。

「みやけ」はもともと屯倉、すなわち皇室御料地の稲穀を収める倉庫の意で、したがってこの地名は各地にあるが、ここの「三宅」は磯城《しき》郡三宅郷、いまの同郡三宅村や田《た》原本《わらもと》町宮古《みやこ》付近といわれている。近鉄田原本駅西北方の農村である。付近に唐古《からこ》（田原本町）の古代遺跡もあり、古くから平野のまん中の穀倉地帯であって、こんにちも見渡す稲田の間々に農家の村里が見られる。夏野の草は田畝にのこるばかりだが、この辺の田園をあるいていると、母親を中心とした古代の農村生活、あこがれの恋人のところに人知れずかよう青年の心いさみも思われて、こうした民謡のひびきが、稲田にも田畝の草にもひっそりと定着しているようである。

「うちひさつ」は「みや」に，「蜷の腸」は「か黒き」にかかる枕詞。＊三宅村は，昭和49年磯城郡三宅町に町制施行。

●田原本町西辺から宮古の村を望む。

曾我川

ま菅《すげ》よし　宗我《そが》の河原に　鳴く千鳥　間《ま》なし我《あ》が背子《せこ》　我《あ》が恋ふらくは

——作者未詳——　（巻十二—三〇八七）

三宅から西南四キロほどのところに百済《くだら》があるが、わたくしたちは、曾我川の堤をさかのぼって曾我《そが》（現橿原市）に向ってみよう。夏など堤防の草いきれは大和中の暑さがここに集まったかのようである。平野をとりまく山々、ほんとうに〝大和は国のまほろば〟だ。こんな田舎はあるく人もなく、ときどき近代的風物に接したり、川はにごっていても、草むらの下の水流のみは千古の夢をさながら流れつづけてやまない。曾我川は巨勢《こせ》の谷重阪《へさか》峠に発して（重阪川）、越智をすぎ、曾我の南で檜隈《ひのくま》川をあわせ、飛鳥川（東）や葛城川（西）とならんで平野を北流し、大和川にそそいでいる。曾我の村は蘇我氏の本拠ともいわれるが、蘇我部の部民による名ではなかろうか。村の西の豊津橋の上に立つと（写真）、南に畝傍山を配して、「ま菅よし（枕詞）宗我《そが》の河原」はここではまだ水清くくりひろげられ、川千鳥の声などもきこえそうである。「千鳥の声の絶え間のないように、わたしはあの男《ひと》を恋いこがれている」。竹田庄での大《おお》伴坂上《とものさかのうえ》郎女の歌もこれに似た表現だった。こうした類歌はたいへん多く、下二句の類型的表現の上に、上三句の序の部分が、土地を変え景物を換えればよいわけで、それだけにそれぞれの土地にむすびついた民謡としてうたわれやすい。この歌の枕詞も、スガ・ソガの音の類似によってかかっているだけでなく、曾我川の実景もほうふつさせて、土地とよく結びついている。大伴坂上郎女の歌もこうした民謡風のものに学んでいるのであろう。わたくしたちは曾我から南にJRをよこぎって一キロ、曾我川のほとりの雲梯《うなで》の村にはいってみよう。

曾我は近鉄真菅（ますが）駅から南2キロ，もとは高市郡真菅村の大字であった。＊旧版では「ま菅（すが）よし」と表記した。

●曾我川。曾我の豊津橋にて。後方は畝傍山。

雲梯の社

真鳥《まとり》住む　雲梯《うなで》の社《もり》の　菅《すが》の根を　衣《きぬ》にかきつけ　着せむ子《こ》もがも

——作者未詳——（巻七—一三四四）

雲梯《うなで》の村なかから曾我川の橋を東へわたると、すぐ橋ぎわにこんもりと大木の茂った森がある。ここが雲梯神社の森で、いま天神社といわれる小さな社である。もとは高市郡金橋《かなはし》村大字雲梯であったがいま橿原市雲梯町となっている。畝傍山から西北二キロほどのところである。もと、出雲の事代主神《ことしろぬし》をまつった社として、真鳥（鷲など）の住む鬱蒼《うっそう》たる森となって、その威霊を恐れられもしたのであろう。「菅《すが》の根を衣《きぬ》にかき付け」は菅の根を染料にして衣にすりつける意とも、菅の根の形を衣に書きつける意ともいわれ、「着せむ児」も、着せてやりたい子・着せてくれる子の両説がある。いずれにしても、その人として恋い思う人の心をつよくもとめようとする心であって、そこに、日ごろ恐れる雲梯の森の神威にかけて恋情をあらわそうとするところがあるのであろう。鬱蒼たる神の森に人々が深い畏怖を感じていたことは、

思はぬを　思ふと言はば　真鳥《まとり》住む　雲梯《うなで》の社《もり》の　神し知らさむ　（巻十二—三一〇〇）

の歌でもわかる。こんにちもまだ相当に茂ってはいるが、森の空もすけて、村人からはまったくうち忘れられた感じで、村の子たちのかっこうな遊び場と化している。お宮の右横から大宮橋の小橋をわたると、曾我川の清流は神域の森かげをうつしてせんかんと流れ、真鳥住むうての神奈備《かむなび》（神の森）のむかしに立ちかえってくる。

わたくしたちは、ふたたび、曾我川の堤をくだること七、八キロ、夏草を腰になずみながら、四周の青垣山をのぞみながら、平野のただ中に出て、百済野をおとずれよう。

雲梯は近鉄吉野線坊城（ぼうじょう）駅からは約２キロの北方になる。＊雲梯町小字宮ノ脇の河俣神社が，上記の天神社のこと。曾我川の西南，小字初穂寺に延喜式内社の河俣神社三座に比定する木葉神社がある。

●うなての森（北より）。曾我川は右手になる。

百済野

百済野《くだらの》の　萩の古枝《ふるえ》に　春待つと　居《を》りし鶯《うぐひす》　鳴きにけむかも
（巻八―一四三一）
――山部赤人――

田原本《たわらもと》の西南四キロほどのところに、北流する曾我川と葛城川にはさまれて、北葛城郡広陵《こうりよう》町百済の村がある。この辺一帯の平野がひろく百済野または百済の原であろう。こんにち、百済の村里は曾我川（百済川）に寄った方にあって、ここの小字二条には百済寺の址がある。百済寺は聖徳太子のころの熊凝《くまごり》精舎（大和郡山市額田部《ぬかたべ》額安寺のところ）を舒明朝に移してここに大寺と大宮を作り、のち天武朝には高市郡に移して大官大寺となり、平城遷都とともに奈良の大安寺となった寺である。いま村なかの春日の小社の森に鎌倉期の三重塔一基が観光の塵をまぬかれてひっそりと址をとどめている。むかしこの地は朝鮮からの帰化人の定住地だったところで、土木や技芸に秀でたものが多く、平野の中で一つの文化圏を形成していたものであろう。

山部赤人のこの歌は、おそらく平城京で迎えた春の日に、かつて通ったであろう百済野を回想して、百済野にも春を告げる鶯の声を思い描いたものであろう。文芸的な意欲がめだつだけに、かつての実体験ではなかったと見る人もある。こんにち萩の古枝などいう風情はなく、集落のほかは、すべて稲田であり、芋や豆の畑であり、百済寺の緑蔭では小学生がひとり絵をかいているといったようなところだ。

持統一〇年（六九六）七月、高市皇子（天武皇子）が亡くなったとき香久山の宮から城上《きのへ》（後述）にむかう葬列が通ったのもここで「……言《こと》さへく　百済の原ゆ　神葬《かむはぶ》り　葬《はふ》りいませて……」（巻二―一九九）とある。香久山ははるかに、皇子の墓所の馬見《うまみ》丘陵は西に近く見えている。

「言さへく」は百済人の言葉がはっきりわからぬ意で「百済」にかかる枕詞。＊百済大寺の建立地については，桜井市吉備で発掘された「吉備池廃寺」説が有力視されている。

●百済の村（北より）。森中の塔は百済寺三重塔。
＊百済寺境内の古池脇に犬養揮毫の歌碑が建ち，萩もひっそり茂る。百済寺公園も整備された。

城上の墓

……言《こと》さへく　百済《くだら》の原ゆ　神葬《かむはぶ》り　葬《はぶ》りいませて　あさもよし　城上《きのへ》の宮を
常宮《とこみや》と　高くしたてて　神《かむ》ながら　しづまりましぬ　然れども　我が大君《おほきみ》の
万代《よろづよ》と　思ほしめして　作らしし　香具山の宮　万代《よろづよ》に　過ぎむと思へや……

——柿本人麻呂——（巻二—一九九）

これは持統一〇年（六九六）七月、天武天皇の皇子の高市皇子（「埴安の池」「吉隠」の項参照）が亡くなったとき、城上《きのへ》の殯宮《あらき》の儀式のおりの、人麻呂の長歌の一節である。この長歌は全篇一四九句から成り、万葉中の最長歌であって、とくに、皇子が指揮にあたった壬申の乱の近江進攻の場面は壮大な叙事詩的な古代戦争文学ともいえる。歌によれば葬列は、皇子の香具山の宮を発して、百済の原（前記）を通過し、城上《きのへ》を永遠の墓所とした趣きであるが、その城上の墓はこんにちどことも定まらない。百済から西方直線距離三キロのあたりから南北にかけて（北葛城郡広陵町《こうりょう》から河合村にかけて）馬見《うまみ》丘陵が低く起伏している。この丘陵地には巣山古墳・広陵町赤部《あかべ》の新木《にき》山や大塚の陵墓伝説地をはじめ、全域にわたって荒墳が累々としている。高市皇子の墓もこの丘陵中にもとめられている。諸陵式には「三立岡。高市皇子。在二大和国広瀬郡一。兆域東西六町南北四町無二守戸一」とある。その三立岡は赤部の南大垣内《おおかいと》から西へ一・五キロの谷首池の南方の果樹畑のところが見立《みたて》山といわれるから、そこかと推定されているがすでに陵墓のおもかげはとどめていない。また、赤部のすぐ北の前記新木《にき》山古墳は周濠を存してすこぶる大きく、これが高市皇子の墓ともいわれている。所在は定められないが、馬見丘陵（土地では豆山《まめやま》）中に鎮まることにはまちがいない。ここには新木山の写真をかかげておいた。

近鉄大和高田駅前から馬見東辺をゆくバスもあるが，古墳をたずねてあるくのもよい。
＊河合村は現河合町。馬見丘陵公園が整備され，多くの古墳が点在。新木山古墳は竹取公園，讃岐神社の南側，近鉄大阪線高田駅からバスで赤部下車。

●新木山古墳。東より。

奈良

こんにち「奈良」といえば、観光の王座のようで、奈良公園の中など、休日には人で埋まる趣きであるが、万葉の故地は人っ子ひとりいないようなところに多く、それだけに古都のおもかげはひとしおで、のこされた風物は、一二〇〇年以前の人の心を、じかに語ってくれるようである。なにしろ元明天皇和銅三年（七一〇）平城《へいじょう》遷都以来、桓武天皇延暦三年（七八四）まで七代七四年の帝都であり、これを万葉の最後の淳仁天皇の天平宝字三年（七五九）にかぎっても、五代四九年になるから、万葉中の地名も、現在の奈良市だけで延べて約二五〇を数え、全県下の四分の一をこえるほどである。万葉では普通、平城遷都から聖武天皇の天平五年（七三三）までを第三期とし、それ以後を第四期とする。万葉が終ってのちも奈良の都は二五年つづくわけである。「なら」の地名は「なら山」に帰因するらしいが、明らかではなく、好字をえらんで、平城、寧楽、奈良などと書かれている。

大和盆地の東北部は、遷都以前から、土師《はじ》氏や春日の一族らを中心に多くの集落があり、畿外への交通路でもあり、また古墳墓も多く、相当の文化水準を保っていたらしい。藤原宮での律令国家完成期を経て、政治文化の進展に伴って対外的にもさらに大きな集権的中央帝都の必要にせまられ、また帰化人ら飛鳥旧勢力からのがれる意図もあって、藤原不比《ふひと》等らの推進力と奈良在地の者の協力を得て、ついに遷都の実現を見た。移転には初瀬川や佐保川の水運が利用されたことが歌（巻一―七九）に見える。平城京はいまの近鉄西大寺駅東方一・五キロにある

奈良市は旧添上郡の大部と生駒郡の一部（都跡・平城・富雄・伏見）が編入された。

平城宮址を北部中央として、東西四・四キロ、南北四・九キロの広大な地域に唐の長安の都を模して営まれた。いまの奈良市街地は外京《げきょう》としてその東側の一部にすぎない。旧都から移建された仏寺のほかに東大寺・法華寺その他の大寺もつくられ、稀に見る文明開化の都を現出したことはあまねく知るところである。帝都にいる官人らに、

　春の野に　心延《の》べむと　思ふどち　来《こ》し今日の日は　暮れずもあらぬか

（巻十―一八八二）

　ももしきの　大宮人は　暇《いとま》あれや　梅をかざして　ここに集《つど》へる

（巻十―一八八三）

この悦楽があれば、帝都をはなれた官人らには、

　沫雪《あわゆき》の　ほどろほどろに　降り敷けば　奈良の都し　思ほゆるかも

（巻八―一六三九）

　海原を　八十《やそ》島隠《しまがく》り　来ぬれども　奈良の都は　忘れかねつも

（巻十五―三六一三）

この郷愁がある。しかしおもては咲く花のにおう如くであっても、事実は、藤原氏をめぐって権臣間の暗闘常なく、造寺造宮・天災飢餓による庶民の疲弊もはなはだしく、ことに一時恭仁《くに》京遷都（七四〇～七四五）以来は、律令国家もすでに内から一歩一歩崩壊の一路をたどりつつあったことは、大伴家持ひとりの生涯をあとづけても実証できる。神はすでに遠く去り人の世の不安のみがのこされた感じである。第三期にひらいたお花畑のような個性の開花も時代へのひとつの在り方を示しているし、第四期の歌風もまた時代の流れと別のものではない。

この期間、天皇は元明（女帝）・元正（女帝）・聖武・孝謙（女帝）・淳仁・称徳（孝謙重祚）と天武の皇統はまもられたが、かつての天武壬申のもつエネルギーはついに救いがたい混迷におちいり、天智の皇統光仁・桓武によって、奈良の都の終末は導かれるのである。

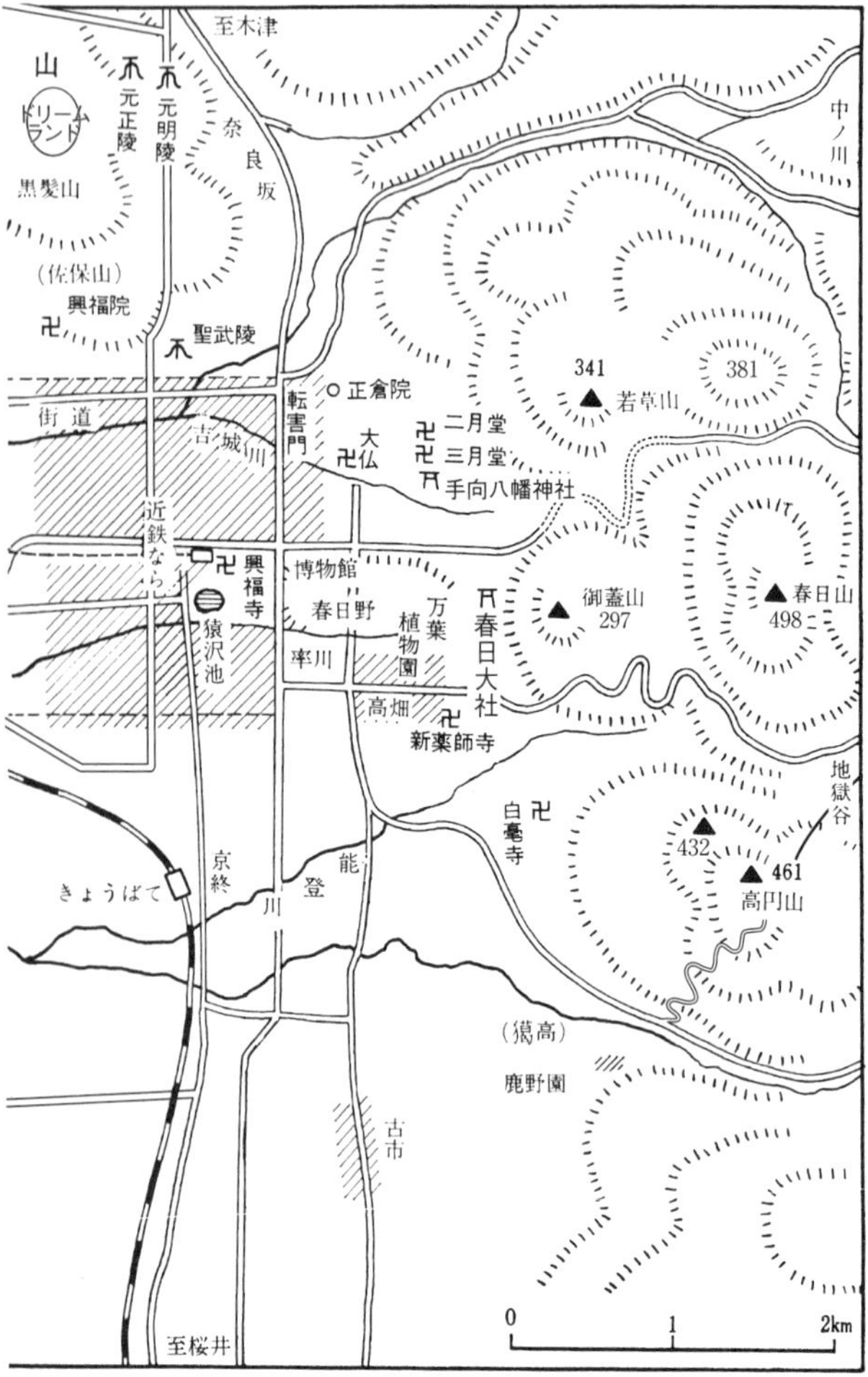

至木津
山
元正陵
元明陵
ドリームランド
奈良坂
黒髪山
中ノ川
(佐保山)
興福院
聖武陵
341
381
正倉院
若草山
街道
転害門
吉城川
二月堂
大仏
三月堂
手向八幡神社
近鉄なら
興福寺
博物館
春日野
御蓋山
297
春日山
498
猿沢池
万葉植物園
春日大社
率川
高畑
新薬師寺
地獄谷
白毫寺
432
461
高円山
京終
能登川
きょうばて
(鵜高)
鹿野園
古市
0
1
2km
至桜井

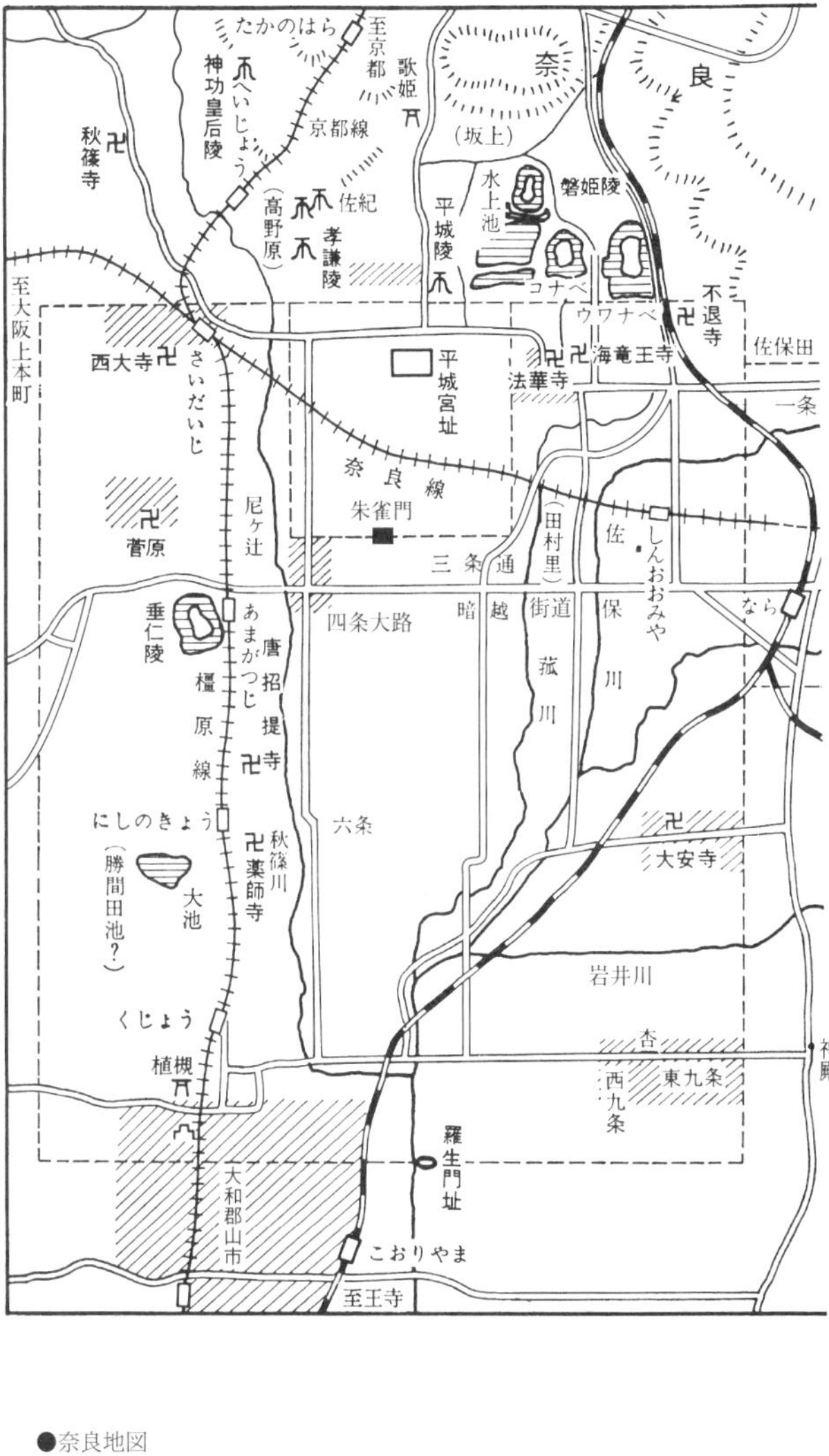
たかのはら
至京都
歌姫
奈
良
神功皇后陵
へいじょう
京都線
(坂上)
秋篠寺
(高野原)
佐紀
孝謙陵
水上池
磐姫陵
平城陵
コナベ
ウワナベ
不退寺
至大阪上本町
西大寺
さいだいじ
平城宮址
法華寺
海竜王寺
佐保田
一条
奈良線
朱雀門
尼ケ辻
(田村里)
佐
しんおおみや
菅原
三条通
垂仁陵
あまがつじ
唐招提寺
四条大路
暗越街道
保川
なら
菰川
橿原線
六条
にしのきょう
秋篠川
薬師寺
(勝間田池?)
大池
大安寺
岩井川
くじょう
杏
植槻
西九条
東九条
神殿
羅生門址
大和郡山市
こおりやま
至王寺

●奈良地図

平城宮

立ちかはり　古き都と　なりぬれば　道の芝草《しばくさ》　長く生《お》ひにけり　（巻六―一〇四八）
――田辺福麻呂《たなべのさきまろ》歌集――

近鉄の西大寺駅から一条北大路を東へ秋篠川をわたってすすむと、北側には佐紀《さき》の民家のうしろに、低い丘陵の佐紀の山がつづき、駅からちょうど一・五キロほどで民家のあいだにこんもりした森の平城天皇陵が見える。その真南にあたって、道路の南側一帯に平城宮址がのこされている。そこは旧二条大路以北の中央にあたる。明治の中期ごろまでは、土壇をのこしてあとは農家の耕すままになっていたが、大正一一年以来、史蹟に指定され、こんにちは朝堂院址は芝地となって保存され、目じるしのように大きな松一本のある大極殿土壇をはじめ、その南に十二堂址、東・西朝集殿の址、廻廊址などをのこし、他はすべて田地と化している。内裏址はこの朝堂院の西方にあたる。宮城正面に朱雀《すざく》門がおかれ、南北にはしる朱雀大路を中心に左右両京にわかれて、各九条四坊にくぎられた平城京がくりひろげられていたわけだ。

こんにち、大極殿の土壇に立って南面すれば、見わたすぼうぼうたる芝草（雑草）の原で、かつて天平一二年（七四〇）恭仁《くに》京遷都のあとの荒廃をうたった田辺福麻呂《たなべのさきまろ》のなげきは、いまもまた「道の芝草長く生ひにけり」そのまま、芝草のかげにいきづいている。東方、法華寺の村や宇奈多理《うなたり》社の森のかなたに、東大寺大仏殿の屋根や春日・御蓋《みかさ》・高円から遠く三輪山を望み、西方矢田の丘陵の背後には、生駒・竜田の連嶺がつづき、南方はるかには大和三山のうすく見える日もある。奈良近郊の俗化のなげかれているこんにちでも、ここばかりは訪う人もまれで、それだけに、奈良の歴史社会の興亡のあとをまざまざとしのばせている。光明子立后を

西の京の唐招提寺の講堂は平城宮の東朝集殿を移建したものといわれる。＊平城宮第１次朝堂院の南に朱雀門を復元。宇奈多理神社の南隣りに東院庭園を復元。遷都1300年の2010年に第１次大極殿正殿を復元。

めぐる長屋王の変も、衆庶をひきいる行基《ぎょうき》の活動も、天平六年二月一日朱雀門外歌垣《うたがき》の場面も、天平九年悪疫流行後の藤原氏にかかわった橘諸兄《もろえ》らの擡頭も、恭仁京遷都から平城復都（天平一七年）、つづいて大仏開眼前後にかけての社会政治の不安も、およそ年表を繰るように、奈良朝の実相は、この芝草の無心のそよぎの中によみがえってくるようである。

大極殿の土壇からは、南西の方（旧右京六条二坊）に薬師寺の三重塔も望まれるし、東方法華寺は、もと藤原不比等の邸宅、かつ、皇后宮の地であり、海竜王寺もまた不比等の邸宅の東北隅の地にあたり、また法華寺南方一キロ余の、菰《こも》川が三条大路と交錯する付近は、藤原仲麻呂の田村の邸宅（孝謙天皇の田村宮）や大伴宿奈麻呂《すくなまろ》の田村の家の地でもあって、大極殿址は、当時の貴族らの明暗の種々相、私生活のすみずみまでを、いながらにして展開させてくれる。元明・元正・聖武にかけての万葉第三期の個性ゆたかな諸歌人や、聖武・孝謙・淳仁にかけての万葉第四期の大宮人らの風雅の歌声は、すこやかにもあわれにも、すべてこの草深い土壇周辺に集約される感がある。

天平一〇年ごろに女官の狭野茅上娘子《さののちがみのおとめ》との恋愛事件によって越前に流罪となった中臣宅守《なかとみのやかもり》は、在京の日をしのんで、

今日もかも　都なりせば　見まく欲《ほ》り　西の御厩《みまや》の
外《と》に立てらまし　（巻十五―三七七六）

とうたった。娘子にあいたく思って、平城宮の西の御馬屋（右馬寮）のそとに立っていた日の心ときめきを、今日のことのように回想して、せつない慕情をうったえているのだ。宮址の雑草をかきわけてあるきまわっていると、草むらの

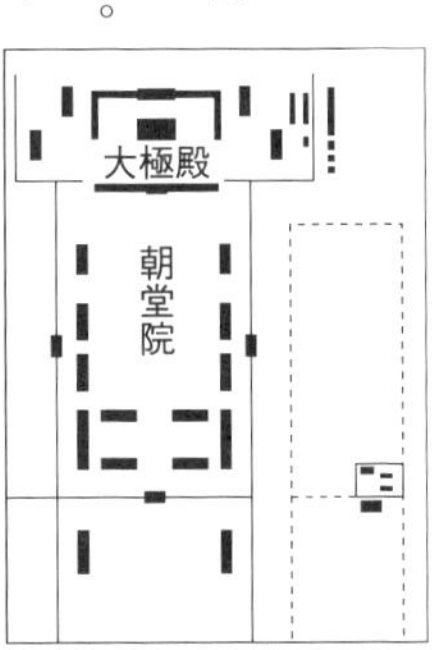

奈良時代後半の
第２次大極殿・朝堂院

当時の平城京の人口は約20万人と推定されている。「狭野茅上娘子」は「弟上（おとがみ）娘子」の誤記とするのが最近の定説。＊平城京の人口はせいぜい10万人と考えられている。

中にひっそりと宅守の吐息もたたまれている。しかし、遠く西の方生駒の峯など見あげていると、宮址ま近くたちまち来る近鉄の特急の車体と轟音は、もののみごとに天平の夢を現実にひきもどしてしまう。もう「道の芝草」はただのあらくさにすぎない。宮址記念碑付近の田地にわたって検車場もできようかというのが、現実である。

宮址はいうまでもなくかつての支配者層の舞台である。同時にまた「宮材《みやぎ》引く　泉《いづみ》の杣《そま》に立つ民の　休む時なく」（巻十一―二六四五）はたらいた産物でもある。よしあしを問わずこの国の古代の人の営為のなまなましいあとであってみれば、あらくさ茂るとも、あえて破壊的な人為を加えずに未来に伝えないではいられない。昭和三〇年以来、奈良国立文化財研究所の手によって、付近地域の発掘調査が未来長年月にわたる計画のもとに行なわれている。増改築の遺構も次第に明らかとなり、出土品も多く、古代史の明らかになるところもきわめて多い。さきごろは多くの木簡（木札）が発掘された。それらはこんにちでいえば、官庁の通信連絡用のものや、物資請求伝票のごときものであり、また諸国から貢献の品物につけた荷札などであるという。また、内裏の北東側の井戸址からは、のろい人形のごときも出土している。古代の歴史社会の闡明《せんめい》の上からも、万葉の理解の上からも、今後どれほど貴重な資料が見出されるかわからない。この国の文化の未来をかけて、宮址のまもられることを願わないではいられない。

なお、「田辺福麻呂歌集」は、第四期の歌人田辺福麻呂の作と考えられる。

福麻呂は伝未詳。短歌13首，ほかに歌集に長歌10首，短歌（反歌）21首がある。＊奈良国立文化財研究所は，現在独立行政法人奈良文化財研究所。

●平城宮大極殿址。南方より。(昭和32年)

奈良の大路

あをによし　奈良の大路《おほち》は　行き良けど　この山道は　行き悪しかりけり
——中臣宅守《なかとみのやかもり》——（巻十五—三七二八）

平城京が、南北にわたる朱雀大路を中心に左右両京にわかれ、各条坊にくぎられていたことは前に述べた。条大路は東西の道で九本、坊大路は南北の道で左右各四本、方四町の坊は小路により方一町の一六個の坪にわかれていた。なお、京東には四条三坊よりなる外京《げきょう》が営まれていた。いまの奈良市街はそれにあたる。興福寺は外京の中であって、興福寺の東方、国立博物館とのあいだに南北に通ずる大道（京都街道）は東の京極大路にあたる。したがって東大寺や春日神社は京域外である。こんにちも興福寺の南側からＪＲの奈良駅の横をすぎ平城京のただなかを横ぎって尼《あま》ケ辻《つじ》にいたる旧三条大路をはじめ、東大寺転害門《てがいもん》から佐保をへて法華寺にいたる旧一条大路その他、むかしの条坊のあとを、田畑のあいだにまでも無数にとどめている。

中臣宅守の越前流罪のことはいつのことともわからないが、天平一二年（七四〇）大赦があったとき、赦免にならなかった者の中に彼の名が見えるから、それより一、二年前のことであろう。流罪の理由は蔵部司の女孺（雑用にあたった下級の女官）狭野茅上娘子《さののちがみのおとめ》との恋愛事件によるが複雑な事情は明らかでない。巻十五に宅守四〇首・娘子二三首の恋愛贈答歌をのこしている。娘子の「君が行く　道の長手《ながて》を　繰《く》り畳《たた》ね　焼き滅《ほろ》ぼさむ　天《あめ》の火もがも」（巻十五—三七二四）は情熱的な歌としてあまりにも有名だが、この歌には、恋人のいるなつかしい都の大路と、越前にむかう山越の悪路とを対比させて、ただのひと足でも都からはなれたくない男ごころの苦しさを、すなおに、地道に、うったえている。

狭野茅上娘子の「茅上」は「弟上」とある本もあり，訓も「おとがみ」となる。

●旧一条大路。遠景は若草山，春日山。(昭和27年)

東の市

東《ひむがし》の　市の植木の　木垂《こだ》るまで　逢はず久しみ
うべ恋ひにけり
——門部王《かどべのおほきみ》——（巻三—三一〇）

平城京の左右両京の南辺八条二坊のあたりには、東西の市《いち》がおかれていた。東市はいまの奈良市杏町《からもも》・西《さい》九条町のあたりで、西市は大和郡山市九条町市田《いちだ》（近鉄九条駅東方）付近といわれる。東市はこんにち、JR奈良駅から国道二四号線をバスで南下し、神殿《こどの》でおりて、九条の道を西に一キロ余りいったところで、まわりは田にかこまれたしずかな農家の集落地である。

この歌の作者の門部王は、天武の子の長《なが》皇子の孫にあたる人ともいわれ、天平六年（七三四）二月の朱雀門の歌垣には頭となり、天平九年には右京大夫となって、後、大原真人《まひと》の姓を賜った人である。当時、市《いち》には橘とか椿とかの街路樹が植えられていた。東市の場合、からももの木であったかもしれない。いまはひっそりとしていて、わたくしたちが、村中をうろうろすると、まだ犬の吠えだすようなところだが、かつては市なかの緑蔭は群衆のよきいこい場としてさかんな交易も行なわれていたのであろう。ながいことその人に逢わないために恋のつのる思いが、市の街路樹の悩ましいほど緑濃くもっくりと茂る実景に誘発されて、時久しい吐息となってうち出されている。「東の市の植木の木垂《こだ》るまで」の「の」の音におくられてゆくはこびも、もくもくと茂る新緑と作者の共鳴してゆく心情のすすみゆきを思わせるようである。村中の木も道も家もいまはなにも知らぬげにしーんとひそまっている。

この歌の「木垂る」には，木の枝葉の垂れさがる・枝葉の充足し茂るの両説がある。

● 〝東の市〟奈良市西九条にて。

春日山

秋されば　春日《かすが》の山の　黄葉《もみち》見る　奈良の都の　荒るらく惜しも

（巻八―一六〇四）

――大原真人今城《おほはらのまひといまき》――

奈良の市街地の東方に老杉の蒼黒く茂った山が春日山である。三条通りを東へすすむと手前の御蓋《みかさ》山と重なってそのうしろに空をくぎっている山で、最高峯は花山《はな》（四九八メートル）といわれ、南は地獄谷、石切峠をへだてて高円《たかまど》山につづいている。平城京の東郊の山だけに、大宮人の朝夕に親しんだ山で、わけて貴族生活の爛熟にむかうにつれて、風雅の対象ともなっていた。春の霞・雲・鶯の声、秋の時雨・もみじの色・雁・月など季節や天候の変化に応じて、恋につけ、景観につけ、抒情のたねとなっており、万葉中「春日の山」は一〇、「春日山」は九を数え、しかもほとんど平城遷都後の歌である。かつて日々の生活の中に親しんだ飛鳥藤原の山河の時代とは異なって、次第に美的生活の対象として、時には歌枕的な趣きさえ見せてくるようになるのは、時代のおもむくところといわねばならない。「秋になるといつも春日の山のもみじを見る」という上三句の言葉の中にも、たくましく対象の中にはいってゆくよりも、味わいながめる余裕を見せている。この歌は恭仁《くに》京遷都後の荒廃をいたんだもので、天平一五年（七四三）秋ごろのものと推定される。

なお、もみじはこんにち紅葉と書くが、万葉中の用字では一字一音式のもののほかは、紅葉（一）赤葉（一）赤（一）で赤系統は計四例のみ、他は黄葉（七六）黄変（六）黄（三）黄色（一）黄反（一）で黄系統に計八八例を数えるのは注目される。これは木々の葉の黄に紅に変ずるのにすべて関心をもった証でもある。また、当時「もみち」と清音によんだとみられる。

ちかごろは万葉ドライブウェイと称して高円山頂を経て春日奥山をめぐるコースがある。

●平城宮址付近より春日山を望む。

春日野

春日野《かすがの》に　煙《けぶり》立つ見ゆ　娘子《をとめ》らし　春野のうはぎ　摘《つ》みて煮《に》らしも

——作者未詳——（巻十—一八七九）

春日野は春日山地西麓一帯の野で、若草山や御蓋《みかさ》山の裾にかけてこんにち奈良公園となっているところである。次第に高台地になっているので、歌の題詞（巻三—三七二）に「登二春日野一」ともある。古くは春日の範囲はいまより広く、高円山麓の方にもおよんでいたらしい。平城京の東郊にあたっていたから、大宮人《おおみやびと》らの絶好の遊楽逍遥の地となっていたようで、雲・霞・時雨・露・雨の天候や、梅・桜・浅茅・藤・尾花・萩の植物など四季おりおりの風趣につけて、抒情のたねとなって、万葉中に、春日野（二〇）春日の野（三）春日の小野（二）を数える。春日大社は通説では称徳天皇の神護景雲二年（七六八）創建となっているが、養老元年の「祠二神祇於蓋山之南一」の記事（『続日本紀』）や天平勝宝三年「春日祭レ神之日云々」の題詞（『万葉』）などもあって、遷都とともに、すでに春日社の前身ともいうべき社があったらしい。神鹿は春日大社が権威をもつようになってからで、春日野の鹿は万葉中にはただ一首、それも実景ではない恋の譬喩歌にでてくるだけである。

乙女たちが春の野に若菜をつんで煮るのは若さをたもつための習俗である。春日野のよめなをつむ乙女たちはすでに都会の行楽と化しているようである。野にあがる煙は、それだけのどかな春の喜びだ。神仙思想のひろまっていた都人には仙女の営みと見えたかもしれない。

このごろの春日野は、塵と紙屑と喧騒に〝春野のうはぎ〟どころではなくなったが、奥の馬《あ》酔木《しび》の森の方では、触れると金属性の音を立てる鈴蘭のような花房に奈良の昔が感じられる。

三句目の「し」は強意の助詞。春日大社前の万葉植物園は雑沓をよそにしずかな憩い場だ。

●春日野の馬酔木の森。

よしき川

我妹子《わぎもこ》に　衣春日《ころもかすが》の　宜寸川《よしきがは》　よしもあらぬか　妹《いも》が目を見む

（巻十二―三〇一一）

――作者未詳――

東大寺南大門の手前の小橋の下を流れる小流が宜寸川《よしき》で、いま吉城川《よしき》と書いている。春日山中若草山と御蓋山のあいだに発して、水谷《みずや》神社・南大門前・氷室神社の北をすぎ、やがて暗渠となって、奈良女子大学の北側、法蓮《ほうれん》南町で佐保川にそそいでいる。川といってもこんにちふだんは流れてもいないような小流で見失いがちである。春日野の域中を西流する川だから、「春日の宜寸川」とあるのだ。「手がかりもないものかなあ、あの女《ひと》にあいたいものだ」という主想をいいたいために、「いとしい女《ひと》に衣を貸す」で「かすが」の音をひき起し、「よしき川」で「よし」の音をひき起しているもので、結局上三句は「よし」の序となっている。主想をいうために、近くの風物をとらえ、しかも恋の情趣をただよわせたもので、序の巧みさにかかっているような歌だ。大仏見学で通りすぎる橋の下にちょろちょろと万葉歌がひそんでいる。

春日野にはもう一つ、率川《いさ》がある。春日若宮の東南紀伊社の南に発して、高畑《たかばたけ》の高地のあいだを西流し、猿沢池・率川神社の南をすぎて、大安寺町で佐保川にそそぐ川だが、こんにち春日野の中など水の流れていないことが多い。

はね縵《かづら》　今する妹を　うら若み　いざ率川《いざかは》の　音のさやけさ

（巻七―一一一二）

「（はねかずらを今つけている恋人がうら若いのでいざとさそいたくなる、その）率川の音のさやかなことよ」と、これも「いざ」までは序になっている。川音のさやけさと、年ごろのおとめのういういしさとかよいあって、率川の音がことのほか清新にきこえる歌だ。

「はね縵」は年ごろの女の髪飾だろう。はねは菖蒲の葉や根とも鳥の羽ともいう。

●吉城川。東大寺南大門前の小橋の右手。

三笠山

大君の　三笠の山の　秋黄葉《あきもみち》　今日の時雨《しぐれ》に　散りか過ぎなむ
（巻八―一五五四）
――大伴家持《おほとものやかもち》――

こんにち三笠山というと一般に若草山を称して名所となっているが、万葉の三笠山は、三条通りから東方真正面に見えるよく茂った円錐形の山で、五万分の一の地図に御蓋山《みかさ》（二九七メートル）とでている山である。春日山の一峯ではあるが、春日大社後方にいちおう独立している。山の形から「み笠」といわれ、「大君の」も天皇のかざす御笠の意から枕詞となっている。こんにち中腹から下は竹柏《なぎ》の巨木の幽暗な純林である。都の東郊だから、「春日山」「春日野」の場合と同じように、四季の変化につけての大宮人らの抒情の場となって、雲・鳥・月・時雨・もみじなどにつけての歌が多く、「三笠の山」（一三）「三笠山」（三）をかぞえる。

この歌も、家持の父旅人《たびと》の腹ちがいの弟大伴稲公《おおとものいなきみ》がうたった、

時雨《しぐれ》の雨　間《ま》なくし降れば　三笠山　木末《こぬれ》あまねく　色付きにけり
（巻八―一五五三）

の歌にこたえた歌で、目にふれた美景による、天平貴族らの風雅の社交の産物である。

御蓋山と春日山とは、遠方からはかさなって区別がつかなくなるが、近づいたり、佐保の方や高畑《たかばたけ》・白毫寺《びゃくごうじ》の方から見ると、まったく独立の山に見える。そこで月の光を待つ人たちに、

雨隠《あまごも》る　三笠の山を　高みかも　月の出で来《こ》ぬ　夜《よ》は降《くだ》ちつつ
（巻六―九八〇）

待ちかてに　我《あ》がする月は　妹《いも》が着《き》る　三笠の山に　隠《こも》りてありけり
（巻六―九八七）

ともうたわれて、月の出をさえぎる山ともなるわけだ。「雨隠る」「妹が着る」はともに枕詞、「夜は降ちつつ」は夜はふけつつの意である。

春日大社前の万葉植物園内からは御蓋山がまぢかに見え，池に影をうつしている。＊「秋黄葉」を旧版は「黄葉（もみちば）は」と読んだ。「夜は降ちつつ」は現在「夜はふけにつつ」と読む。

●御蓋山。白毫寺付近から。

能登川

能登川《のとがは》の　水底《みなそこ》さへに　照るまでに　三笠《みかさ》の山は
咲きにけるかも
——作者未詳——（巻十—一八六一）

春日野の馬酔木《あしび》の森をぬけて新薬師寺の前までくると、高円《たかまど》山は裾をひいてその全容を見せている。そこから田畝に沿ってすこし南へゆくと、白毫《びゃくごう》寺の村にはいり、小橋が架かって村中を小川が流れている。それが能登川だ。源は春日山と高円山のあいだの地獄谷の渓流で、途中春日山妙見堂や御蓋《みかさ》山のうらからくる小流をあわせ、白毫寺町・能登川町をすぎ、国道二四号線の東で岩井川と合し佐保川にそそぐ。こんにち白毫寺から下は小さなドブ川のようだが、上ではまだ細谷川の音のさやけさもきこえ、御蓋山が影をうつしている実景も見られる。この歌の花は桜であろうが、この歌の前の歌が山吹なので山吹の花と見る人もある。水底までも照り輝くほど三笠の山は咲く、といったところに、都の東郊一隅のひそけさも、水の清さも、山ぜんたいが咲き出したように今を盛りと咲く花影への作者のおどろきも感じられる。市街をはなれたこのあたり一帯はひっそりと、まだ天平の香をそこここにのこしているようなところだ。

小橋のところは高砂、その南は尾上《おのえ》という。そこから東に高円山裾の台地へと登ってゆくと白毫寺がある。天智皇子の志貴《しき》皇子の春日宮の址と伝えている。やぶれた築地、荒廃した寺だが、ふりかえると平城京裡は一望のもとに明るく展開し、境内には桜が多く、春のころでも見る人もなく、「桜花散りて流らふ」（巻十—一八六六）風趣が見られる。

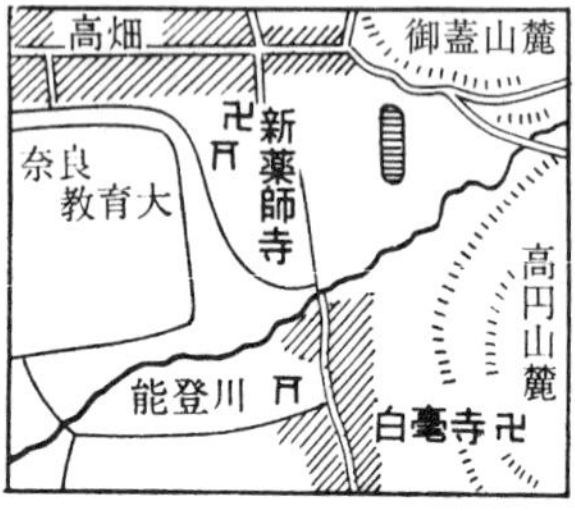

奈良市街から白毫寺をへて高円山の裾をめぐり志貴皇子田原西陵に向うバスがある。

●能登川。白毫寺町高砂にて。後方は御蓋山。

高円山

高円《たかまと》の　野の上《うへ》の宮は　荒れにけり　立たしし君の　御代《みよ》遠そけば

——大伴家持——（巻二十—四五〇六）

高円山《たかまど》は春日山の南に地獄谷をはさんでつづく山（四六一メートル）で、その西麓白毫寺《びゃくごう》付近から鹿野園《ろくやおん》方面にかけての傾斜地の山野が高円の野である。こんにちは「たかまど」とよんでいる。ここもまた平城京裡に近く、奈良の時代を通じて貴族らの遊楽の地であった。「高円山」「高円の山」「高円の野」「高円離宮《たかまとのとつみや》」など高円の名は延べて二七を数える。時には狩が行なわれ、時には壺酒をさげて逍遥し、霧・露・風・月につけ、鶯・雁・鹿など、また桜・なでしこ・おみなえし・葛・萩・尾花・もみじなどにつけて四季の景趣に風雅がつくされていた。

聖武天皇の行幸のあった高円離宮の宮址は不明だが、白毫寺付近の丘陵地であったかもしれない。孝謙天皇の天平勝宝六年（七五四）、当時兵部少輔だった家持は離宮の好風を偲んで、

宮人の　袖付け衣《ごろも》　秋萩に　にほひ宜《よろ》しき　高円《たかまと》の宮　（巻二十—四三一五）

とたたえたが、それから二年後の同八年五月には、家持のあがめる聖武上皇は亡くなられ、藤原仲麻呂の専横のままとなって、一方に橘奈良麻呂ら反仲麻呂派のクーデター計画はすすめられ、翌天平宝字元年には、橘諸兄《もろえ》の死、廃太子事件、仲麻呂の紫微内相《しびのないしょう》（光明皇太后宮の長官）就任、奈良麻呂の事変と、時代は急転直下の政治不安をかもしてきた。はじめの歌は事変に同族の多くを失って孤立無縁においやられた家持の、天平宝字二年二月の作である。もう家持の目にも心にも、荒廃に帰してしまった高円離宮、「立たしし君」聖武の代へのはかない回想のみがよみがえるのだ。こんにちも高円の野の草は世相のうつりを無心に語るようである。

高円山登行はすばらしかったが、道がドライブウェイに寸断されて迷いやすくなった。

●高円山。白毫寺後方山地にて。

田原西陵

高円《たかまと》の　野辺《のへ》の秋萩　いたづらに　咲きか散るらむ
見る人なしに
――笠金村《かさのかなむら》歌集――（巻二―二三一）

万葉中に六首の秀歌をのこしている志貴《しき》皇子（天智皇子）の墓は、高円《たかまど》山の東南、奈良市須山町東金坊《とうこんぼう》（旧添上郡田原村西山）にある。そこから東四キロ日笠町にある光仁天皇（志貴皇子の子）の田原東陵に対して田原西陵といわれる。志貴皇子の没年は万葉には霊亀元年（七一五）九月とあり、『続日本紀』には同二年八月とあって問題をのこしている。光仁朝宝亀元年（七七〇）に春日宮天皇の追尊号がおくられた。万葉には葬送のときの笠金村の挽歌があって、その長歌（巻二―二三〇）には高円山の裾をめぐって野辺送りの火がつづくさまを劇的にうたっているが、これはその反歌である。皇子の亡きあとの高円野辺のむなしさを悼んでいるのだ。

こんにち、バスで高円山の裾を東南にめぐって山の裏側にまわると、隠れ里のように静かな茶畑の多い丘陵地帯に出る。そこの須山口でおりると、陵はすぐ東方にある。奈良の雑音をよそにして、じっとしていると胸の鼓動まできこえそうなところだ。陵の参道の口もとは小山をきりひらいてつけられ、ゆきとどいた掃除もここほどのものは珍しく、陵守の心づかいも思われる。しかも陵はふっくりとした茶畑にかこまれていて、あたたかにしずまる「石《いは》ばしる垂水《たるみ》の上のさわらびの……」の作者もしのばれるようで印象深い墓所である。ある時の午後、近くの雑木林で、ひと声高く空にしみわたるような、さお鹿の声におどろいたことがある。

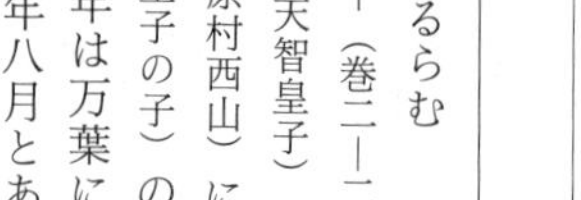

金村の歌の志貴親王を天武皇子磯城皇子とする説はあたらない。「金村歌集」は金村の作。昭和54年墓の北東方，此瀬の茶畑から太安万侶の墓が発見された。

●茶畑にかこまれた志貴皇子の墓。

佐保川

うちのぼる　佐保の川原の　青柳《あをやぎ》は　今は春べと　なりにけるかも　（巻八―一四三三）
――大伴坂上郎女《おほとものさかのうへのいらつめ》――

東大寺の転害門《てがい》から包永町《かねなが》・法蓮を経て法華寺にいたる一条南大路は佐保路または佐保大路ともいわれる。この佐保大路南北の奈良市北郊の地が佐保であって、ことに佐保川右岸から北方佐保山にかけての一帯は当時「佐保の内」ともいわれ、貴族顕官の住宅地であって大伴氏の邸宅もここにあった。したがって万葉中に出る「佐保」の名も延べて四一を数えるほどである。

佐保川は春日山中にでて北方の山麓を西に迂回し、法蓮で吉城川《よしき》をあわせ佐保を西流して、法華寺の南方で南にまがり、大和郡山市をすぎて磯城郡川西村北吐田《はんた》で初瀬川と合流する川である。当時の羅城門址は川筋の変化でいま佐保川の川底になっている。佐保川が佐保をすぎて平城京裡を縦断しているから、四季の風趣につけ抒情のたより場ともなって、

佐保川の　清き川原に　鳴く千鳥　かはづと二つ　忘れかねつも　（巻七―一一二三）
佐保川に　鳴くなる千鳥　なにしかも　川原をしのひ　いや川上《のぼ》る　（巻七―一二五一）

の歌のように、ことに千鳥（七首）かじか（二首）がうたわれている。いまは佐保あたりはまったくのドブ川で川原・川瀬の清さもないが、むかしは水量も多く、かじかの声もきかれるような川だったのであろう。こんにち、法蓮・佐保付近は民家が密集しているが、JRの鉄橋から西の堤に出れば、今は春べの趣きもしのぶことができる。「うち上る」の歌の作者は旅人《たびと》の妹、家持の叔母である。「うち上る」は流れに沿ってのぼってゆく呼吸であろうか。すなおな、春のあゆみを思わせるような、調子をととのえた歌だ。

佐保川は「佐保川」として14，「佐保の川」として４，計18出てくる。＊川西村は昭和50年，磯城郡川西町に町制施行。

●佐保川。遠景は若草山，春日山。

佐保山

さす竹《だけ》の　大宮人の　家と住む　佐保の山をば　思ふやも君　（巻六―九五五）
――石川足人《いしかはのたるひと》――

佐保山は一条南大路（佐保路）の北方に起伏している低山で、広くいえば、東の奈良坂と西のJR関西線との間の丘陵地帯である。この丘陵地の南山麓一帯、こんにちの奈良市多門・法蓮・佐保山・佐保川・佐保田などの各町の地は、前にしるしたように、当時の大宮人の住宅地で大伴氏もここに住んでいた。大伴旅人《たびと》は神亀五年（七二八）ごろ佐保の家をはなれて大宰帥《だざいのそつ》として筑紫に赴任した。この歌は赴任してまもなくのころ大宰少弐《しょうに》の石川足人《たるひと》が新任の長官に対しておくったいわば挨拶の歌である。長官をなぐさめるはずの作者自身の、佐保の邸宅地を思いいえがく気持が見えていておもしろい。これに対して旅人は、

やすみしし　我が大君の　食《を》す国は　大和もここも　同じとそ思ふ　（巻六―九五六）

とこたえている。時に六四歳。あれほど九州で望郷の歌をよんだ旅人が、赴任早々ではあり、公人としての面目を見せるところもおもしろく、両人のあいだに、かえって辺境から見ての都の魅力や佐保の居宅への慕情の大きさがしのばれている。

佐保山丘陵地は当時の墳墓地で、山中に元明・元正などの諸陵があり、佐保川が佐保路と交差するすぐ北側には聖武陵・光明皇后陵がある。亡妻を佐保山に葬った家持は、

昔こそ　よそにも見しか　我妹子《わぎもこ》が　奥《おく》つ城《き》と思《も》へば　愛《は》しき佐保山　（巻三―四七四）

とうたっている。山麓の興福院《こんぶいん》（佐保川西町所在）上方の黒髪山地域一帯は、近ごろドリームランドの遊楽地と化して、むかしのおもかげを完全に失ってしまった。

巻7―1241，巻11―2456の黒髪山は異説もあるが，上記の地であろうか。＊佐保の名は法蓮佐保町，法蓮佐保川東・西・南町，法蓮佐保山町の通称名に残して，全て法蓮町に町名変更。興福院の所在地は，現法蓮町16。

●佐保山。興福院横にて。

佐紀山

春日《かすが》なる　三笠の山に　月も出でぬかも　佐紀山《さきやま》に　咲ける桜の　花の見ゆべく

——作者未詳——（巻十一一八八七）

平城宮の大極殿址の土壇に立って北方を見わたすと、低い丘陵が東西に連亙《れんこう》している。これが佐紀山である。佐保山につづいて、ＪＲ関西線のあたりから西方に起伏する丘陵である。平城宮址のすぐ北側に平城天皇陵を中心に佐紀町があるが、古くは佐紀の地は東西にひろく、西は西大寺の方にまでおよんでいたらしい。西大寺が高野寺ともいわれていたことを思うと、「高野原《たかのはら》」（巻一—八四）というのも佐紀丘陵から西南方一帯のようである。長皇子《ながのみこ》（天武皇子）の佐紀の宮はどこかわからないが、佐紀もまた貴紳の邸宅が多かったようだ。一帯に沼沢に富み、また山ぎわには古墳が多く、東方のウワナベ・コナベの古墳、磐之媛《いわのひめ》陵、西方には遷都以前からの帝陵がある。もと生駒郡に属していたところも近年すべて奈良市にはいった。

佐保山がすっかり形をかえてしまったこのごろは、佐紀丘陵は松林があり竹林があり、思わない起伏のかげに菜畑があったりしてののどかなところだ。丘からの南の展望はまことに明るく平城京裡は一望のもとである。三笠山はうしろの春日主峯にかさなって見える。この歌は旋頭《せどう》歌《か》体（五七七・五七七）で、佐紀山の夜桜の見えるように三笠山の月の出を待つ心をうたっている。こんにちのような夜の照明にはきわめてとぼしい当時では、月の光は人々のなによりも待ちのぞむところだ。天体現象の中では万葉中で月がいちばん多いのを見てもわかる。わたくしたちの月に対する感情とはまったくちがっている。ひとたび三笠山上に月が現われれば、佐紀山の桜はおろか、ひろい平野の西の山に月の没するまで、長い明るい夜が展開するのだ。

佐紀の村中を真北に山城に通ずる歌姫越の道がある。佐紀山の歌はこの一首のみ。

●平城宮址より北方，佐紀山の丘陵をのぞむ。

磐姫陵

かくばかり　恋ひつつあらずは　高山の　磐根《いはね》しまきて　死なましものを

——磐姫皇后《いはのひめのおほきさき》——（巻二—八六）

磐姫《いわのひめ》は武内宿禰の子の葛城襲津彦《かずらきのそつひこ》の娘で仁徳天皇の皇后である。この歌は万葉巻二の巻頭に「思二天皇一御作歌四首」とある第二歌で、もしほんとうに皇后の作とするなら万葉最古の歌となるが、もともと後の民謡風の歌が伝誦の間に四首連作の形をとって皇后の作として伝えられたものである。「こんなにも恋いこがれていないで、高い山の磐を枕として死にましょうものよ」というほどの意である。『古事記』には仁徳天皇をめぐる多くの女性との恋の歌物語が伝えられ、磐姫ははげしい嫉妬の人として描かれている。『日本書紀』によれば仁徳三〇年、磐姫の不在中に天皇が庶妹の八《や》田《た》皇女を宮中に入れたことを怒って山城の筒城《つつき》宮に入り、どんな迎えをも拒絶して難波の皇居に帰らず、三五年六月そのまま山城で没したという。つよい愛情の人であったことが、しぜんこうした恋の苦悩の歌の伝承を生むようになったのであろう。

その磐姫の陵は、平城宮址の東北、ひろい水上池《みずかみいけ》やコナベ古墳の北側の山ぎわに「磐之媛命平城坂上《さかのうえ》陵」としてある。前方後円の大きな陵で幽暗に茂りに茂り、しずまりかえっている。南面二重濠の水面は波紋さえなく浮草をうかべ木々の影をうつして、いまなおうらんでいるような鬼気をただよわせている。背面は暗く正面は水上池を前にしてこの上ない静謐《せいひつ》の趣きである。

この付近を坂上《さかのうえ》というから大伴坂上郎女《いらつめ》やその娘の坂上大《おおいらつめ》嬢の居宅はこの近くだったのではなかろうか。この水上池など「咲沢《さきさは》」（巻四—六七五）「開沼《さきぬ》」（巻十一—二八一八）のひとつかと思われるが、古代の仮名遣いの上から問題があって、にわかには定められない。

坂上大嬢の異母姉，田村大嬢のいた田村の里はここから２キロ余の南である。＊「田村の里」は藤原仲麻呂の居宅・田村第があった左京四条二坊とすれば，奈良市尼辻東町付近か。

●磐姫陵。木々の影をやどす東南面の外堀。

奈良山

君に恋ひ　いたもすべなみ　奈良山の　小松が下《もと》に　立ち嘆《なげ》くかも
（巻四—五九三）
——笠女郎《かさのいらつめ》——

磐之媛《いわのひめ》陵のまうしろから桐《きり》山の上方の丘の頂のひとつに立つと、大和・山城の国境線に低く起伏する佐保山・佐紀山の全容を見わたすことができる。平城京北方につらなるこの両丘陵地が奈良山である。平城京からは朝夕に見える低山だから、もみじにつけ、時雨につけ、また珍しい雪景色につけ歌詠が見られる。桐山上方の丘は小松林が多く、ときどきかなたこなたの松山の上を白鷺の群が舞っている。松の根もとに立って遠い丘の上のドリームランドの建造物に目をつぶれば、佐保・佐紀の低地は目の下になって、そのまま笠女郎の気持になってしまう。笠女郎は万葉第四期、青年期の家持をめぐる多くの女性の中の一人で、家持に二九首の恋の歌をおくっている。この歌も思いあまった恋の悩みを小松の下になげいたものであろう。

丘は松山のほかは栖や櫟や竹林となり、ところどころに畑地がひらかれ、春のころなどぽつんと桃の花が咲いていたりする。北方を望むと木津川（当時は泉川）がひと筋白く流れ、鹿背《かせ》山から恭仁《くに》京・和束《わずか》の山々まで明るく展開している。そこはいま京都府相楽郡だが、大和から見て山背《やましろ》といわれるわけもわかる。恭仁京から見れば奈良山はまったく山一重に見えるから、

一重山《ひとへやま》　隔《へな》れるものを　月夜《つくよ》良み　門《かど》に出で立ち　妹か待つらむ
（巻四—七六五）

の歌のように、恭仁京にいた家持の、奈良にいる坂上大嬢《さかのうえのおおいらつめ》への妻恋の歌も生まれるのだ。

大和から山城・近江や北陸路へゆくのには、この奈良山を越えねばならない。だから旅ゆく人にとっては、道の隈《くま》ごとに離郷の思いもあらたになるところだ。

奈良坂の奈良都比古神社に大きなコノテガシワの木がある（巻16—3836）。

●奈良山，桐山上にて。遠景は鹿背山，恭仁京の山。（開発以前）

奈良の手向

佐保過ぎて　奈良のたむけに　置く幣《ぬさ》は　妹《いも》を目離《めか》れず　相見しめとそ（巻三―三〇〇）
――長屋王《ながやのおほきみ》――

奈良山を越えて山城方面にゆくのには、奈良坂越と歌姫《うたひめ》越とがある。こんにちの主要路は奈良旧市街から般若寺をへてゆく奈良坂越（奈良街道）であるが、古代の奈良山越は、主として下《しも》つ道の延長線でもあり、平城宮址のまうらから北に向う歌姫越であったと思われる。

そらみつ　大和の国　あをによし　奈良山越えて　山背《やましろ》の　管木《つつき》の原……（巻十三―三二三六）

とあるのもそれであろう。佐紀から真北にすすむと歌姫の村に出る。もとは生駒郡平城《へいじょう》村歌姫であったが、いまは奈良市歌姫町となった。この道は奈良山の中でいちばん低いところで、いつのまにかのぼりつめたところに歌姫の添御県坐《そうのみあがたにます》神社の小森がある。ここからはだらだらと山あいをくだって京都府相楽《そうらく》郡に出る。いまは村の人の往還をまれに見るだけのところだ。

この歌の作者の長屋《ながや》王は高市《たけち》皇子の子、天武天皇の孫で、藤原氏を抑え皇親政治をまもろうとした人、また文雅の人でもあったが、光明皇后の立后にからんで藤原氏にはかられ神亀六年（七二九）二月自尽させられた人である（長屋王の変）。邸宅が佐保にあったので佐保の大臣ともいわれた。歌の題詞に「駐二馬寧楽山一作歌」とある。旅の道中の無事を祈って道の神に幣帛《へいはく》を手向《たむ》けること、またその場所が「手向《たむけ》」である。おそらく佐保の家を遠ざかってこの歌姫越で、「妻にいつもいつもあわせてください」と祈った旅中の即興であろう。

歌姫を越えて木津の方を見わたしながらゆく道から、東方の小道にはいり、奈良山の中をうねうねと逍遥しつつ、磐之媛陵のうらに出る道は、迷っても風趣に富んだたのしさがある。

長屋王墓は生駒の平群谷，近鉄平群（へぐり）駅東北0.3キロにある。（奈良山は，のち開発され，造成による変化が多い）

●歌姫の道。社は添御県坐神社。

菅原の里

大き海の　水底《みなそこ》深く　思ひつつ　裳引《もび》き平《なら》しし　菅原《すがはら》の里
（巻二十—四四九一）
——石川女郎《いしかはのいらつめ》——

近鉄の西大寺駅から西大寺の前を南に一・三キロほど田畑のあいだをゆくと、菅原の村に出る。村中のまばらな立木のあいだに、元明天皇の勅願によるといわれる喜光寺（菅原寺）の本堂がぽつんと立っている。行基《ぎようき》は、晩年この寺に住んで、その東南院で天平二一年（七四九）二月八二歳で死んだ。尼《あま》ケ辻《つじ》の駅からは、左手に垂仁天皇菅原伏見東陵を見て西北一キロである。このあたり一帯がもと菅原伏見の里といわれ、さきごろまで、生駒郡伏見村菅原であったが、いま奈良市菅原町になった。平城遷都以前からの土師《はじ》氏（のちに菅原氏）の故地で、喜光寺のすぐ北の式内菅原神社はその祖神をまつっている。平城京右京二条二坊にあたり、藤原宇合《うまかい》（不比等の子）の第二子の藤原宿奈麻呂《すくなまろ》もこの付近に住んでいたようである。

この歌の左註によると、宿奈麻呂の妻の石川女郎が「愛薄らぎ離別せられ、悲しび恨みて」作った歌という。「大きい海の水底のように深く心に思いながら、裳裾《もすそ》をひいていつもゆききした菅原の里よ」とうたって、かつての愛を得ていた日をうらめしく回想している歌だ。平城京裡、貴族生活の索漠《さくばく》とした一断面がここにのこされている感がある。

近ごろ、喜光寺のすぐ南側に阪奈国道ができて、猛スピードの車はひっきりなしだし、寺もしょんぼりとうちすてられたようで、南方の垂仁陵までかけて、そそけだったおちつかなさにつつまれているようだ。「裳引き平しし菅原の里」を思うには景観もまたあまりにも索漠となってしまっている。

垂仁陵の堀の中の一基の塚を田道間守（たじまもり）の墓と伝えている。

●菅原の里。左は喜光寺，右は菅原神社。

勝間田の池

勝間田《かつまた》の　池は我知る　蓮《はちす》なし　然言《しかい》ふ君が　ひげなきごとし
——婦人《をみなめ》——（巻十六—三八三五）

いまの西の京の唐招提《とうしょうだい》寺は万葉の最後の天平宝字三年（七五九）の建立で、寺地は右京五条二坊にあたり、もと天武皇子の新田部《にいたべ》皇子の旧宅であった。皇子は天平七年（七三五）に亡くなっているからこれはそれ以前の歌である。左註によると、皇子が勝間田の池の風趣に感動して、ある婦人に「水影濤々として蓮花灼々たり。可怜断腸、言ふことを得べからず」と絶讃したところ、その婦人がこの戯歌を作って吟詠したものという。あまりに手ばなしで絶讃するので婦人（寵愛《ちょうあい》の人であろう）が逆に戯れて皮肉ったものであろう。皇子は事実ひげが深かったとも、あるいは無かったともいわれ、また蓮はたとえで、二人の愛情の問題だともいわれる。

その勝間田の池は邸宅から遠くないところにあったのだろうが、こんにちどこともわからない。薬師寺では寺の西方の通称七条大池をその池として伝えてきている。薬師寺の前から近鉄の線路を横断するとじきに堤防となり、堤にあがると相当な大池である。池の西側にまわるとすでに当時から建っていた薬師寺東塔も影をうつし、遠く春日山もかすんで、菅原の里とはうってかわった西の京の閑雅な風趣が感じられ、このような池でもあったかと思われてくる。

なお、薬師寺金堂の西南にある仏足堂内の仏足石歌碑は、万葉の歌体を考える上で貴重である。仏足石後方の石に当時の仏足讃歎などの歌二一首がきざまれている。

五七五七七七の歌体を仏足石歌体という。万葉中確実なのは巻16—3884の１首。＊仏足石歌碑は金堂内にある。

●七条大池。中央は薬師寺東塔。西側より。(昭和32年)
＊薬師寺は西塔や金堂が再建され，写真のような景観とは異なる。

生駒・龍田

平城宮址に立って西方を望むと、いちばん手前に西の京丘陵（奈良市）、つづいて南に長く矢田丘陵、そのうしろにひときわ高く生駒山（六四二メートル）が聳え、生駒の尾根は南にのびて遠く竜田の方へとかすんでいる。生駒の山脈はこんにち、奈良県の大和と大阪府の河内とを境する山だが、当時の大和の人には、国のまほろばをまもる自然の城壁のようにも思われたであろう。同時に西に旅する人にはどうしても越えなければならない障害であり、また家郷をへだてるものでもあった。こんにち大阪から近鉄で生駒のトンネルをぬけて奈良まで三〇分、生駒下から奈良間は住宅地として日ごとに近代化されつつある。ことに生駒山を越えて阪奈国道を車が走りつづけるこんにちは、二つの国にたがいに異郷の感など持ちようがない。わたくしたちはしばらく近代文明を忘れて、生駒にしても竜田にしても歩いて山越をしなければならなかったむかしの心に立ちかえって見なければならない。この地方は、いまほとんど生駒郡に属している。万葉の故地は延べてかぞえて約四〇、大半は生駒山や竜田周辺に集中している。

奈良の都から河内・摂津への交通路は二つしかなかった。一つは生駒山越であり、一つは竜田山越である。生駒越は三条大路を真西にすすむ近道だが、山ぎわまでにすでに丘陵の起伏が多く、さて山にかかれば、いまのようなはげ山の遊園地とはことなって、深々とした幽林の中の急峻な山越であり、河内の平野に出れば、大和川が堺に流れていなかった当時は、低湿な沼沢池が多く、思わぬ困難が生ずる。したがって遠いけれども、公道としてはいっぱんに竜田山

＊西の京丘陵はほとんど住宅地となっている。生駒郡生駒町は，昭和46年生駒市に市制施行。三郷村は，昭和41年生駒郡三郷町に町制施行。

越がとられていた。この道は法隆寺の前をすぎて竜田の山ぎわまでは平坦であり、低い山越（最高処でも三一三メートル）をすれば河内国府をへて摂津にむかうことができる。万葉の故地が交通路として生駒や、ことに竜田（延べて一九）にあつまるわけである。

竜田には、当時崇敬をあつめていた神奈備《かむなび》（神の森）があった。その所在についてはこんにちでも諸説があって定まらない。大きくわけて、生駒郡三郷《さんごう》村立《たつ》野《の》の竜田本宮周辺にもとめるものと、同じ斑鳩《いかるが》町竜田新宮の西南、こんにちもみじできこえた竜田川周辺にもとめるものとの二つがある。近世の末にも六人部《むとべ》是香《よしか》が『竜田考』を書いて後者を主張すれば、明治の初年には立野の竜田本宮の宮司だった渡辺重春が『竜田考弁』を著して、是香の説を弁駁《べんばく》し本宮周辺説を主張している。いまにわかに定められないが、万葉の竜田の神奈備は、竜田山麓の古宮の方にかたむくのではなかろうか。

乞食者《ほかいびと》の詠（巻十六—三八八五）に出る「平群《へぐり》の山」は、生駒山南方山地から、平群谷《へぐりだに》を形成する矢田丘陵にかけての山地であろう。古く狩猟地であった。平群谷は平群氏の本拠、生駒町一分《いちぶ》には有間《ありま》皇子の市経《いちふ》の家があったし、また行基《ぎょうき》の墓がある。法隆寺の歌は一首もないが、「斑鳩《いかるが》の因可《よるか》の池」（巻十二—三〇二〇）というのは、その付近にあったどこかの池なのであろう。

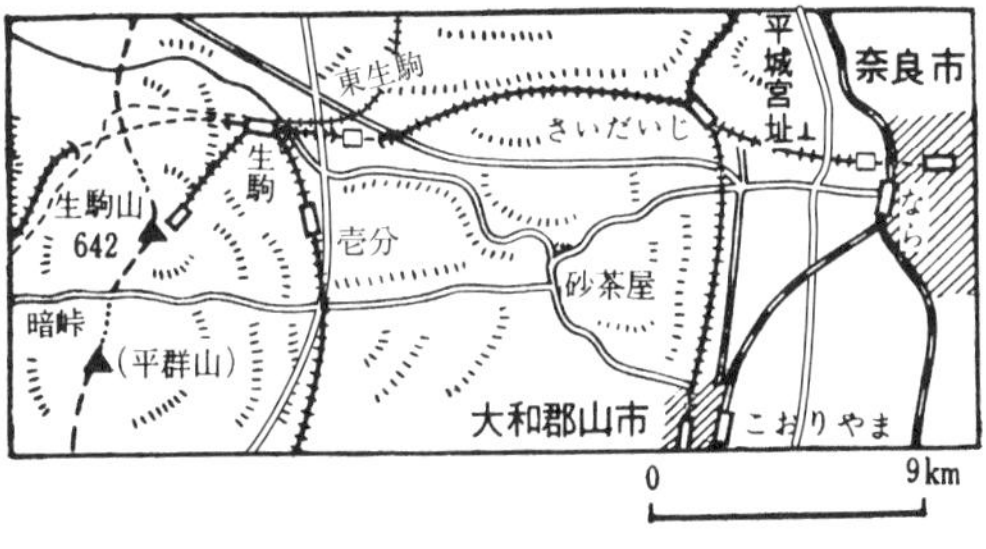

●生駒地図
＊生駒町一分は，現在生駒市壱分町。

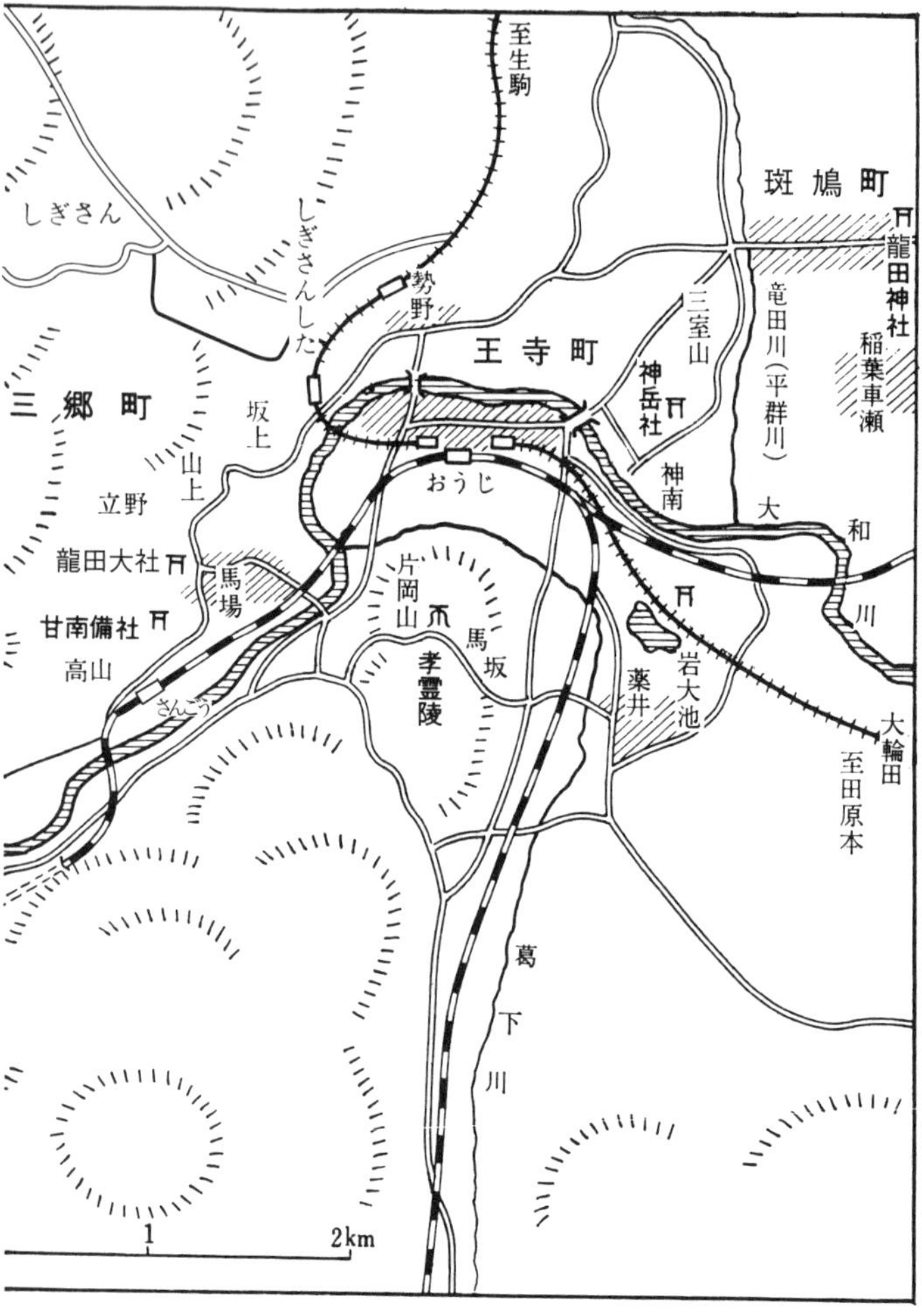
至生駒
斑鳩町
龍田神社
稲葉車瀬
竜田川(平群川)
三室山
神岳社
王寺町
勢野
しぎさんした
しぎさん
三郷町
坂上
山上
立野
龍田大社
馬場
甘南備社
高山
さんごう
おうじ
片岡山
馬坂
孝霊陵
神南
大和川
岩大池
薬井
大輪田
至田原本
葛下川
1
2km

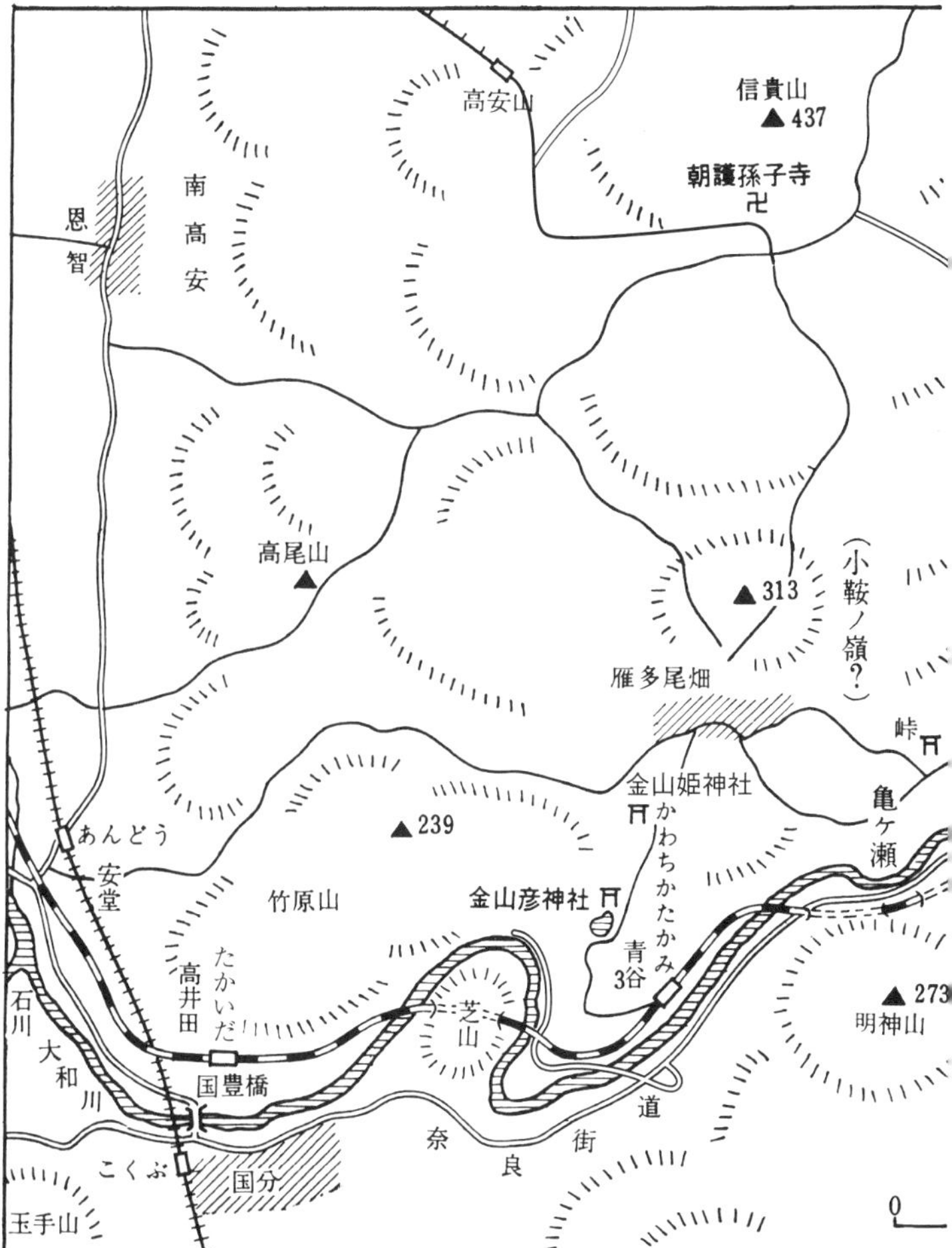

信貴山
437
高安山
朝護孫子寺
南高安
恩智
高尾山
313
（小鞍ノ嶺？）
雁多尾畑
峠
金山姫神社
かわちかたかみ
亀ケ瀬
あんどう
安堂
239
竹原山
金山彦神社
青谷
273
明神山
高井田
たかいだ
芝山
石川
大和川
国豊橋
道
街
良
奈
こくぶ
国分
玉手山
0

●竜田地図

生駒山

夕されば　ひぐらし来鳴《きな》く　生駒山《いこまやま》　越えてそ我《あ》が来《く》る　妹が目を欲《ほ》り
——秦間満《はたのはしまろ》——（巻十五—三五八九）

こんにちの生駒山は山頂一帯がすっかり伐採され遊園地と化し、山頂には航空灯台・天文台・テレビ塔が林立し、阪奈国道からのドライブウェイも通じ、山の東側の生駒町も西側の枚《ひら》岡《おか》市（大阪府）も観光機関と住宅地にとりまかれ、さながら近畿の娯楽場となっている。わたくしたちは、木の鬱蒼《うっそう》と茂った、奈良・難波の間をへだてる、「神《かみ》さぶる生駒高嶺《いこまたかね》」を思わねばならない。万葉のころ、どの道を越えたかははっきりしないが、こんにちは暗《くらがり》峠道のほかは旧道は多く荒廃し、新道に寸断されてまともには通れなくなっている。

この歌は、天平八年（七三六）六月、遣新羅使人の一行の一人秦間満の歌で、おそらく難波津出船までに間のあるのを見て、奈良の妻のもとへ近道の生駒越をして帰ってゆくときのものであろう。「妹が目を欲《ほ》り」は「妻の目を欲して」で、「妻に逢いたくて」の意である。前途はるばるの海路を背負っているこの人が、わずかのあいまを見て奈良の家に帰ってゆくおりからの、幽林のあいだに鳴くひぐらしの声はひとしおに心にしみとおるものがあったであろう。

生駒越が奈良・難波間の要路であったばかりでなく、山頂が東西の見通しをほしいままにするところだっただけに、和銅五年（七一二）には最高峯のすこし南に高見の烽火《とぶひ》台が置かれた。海上からもどこからも望まれる高峯だから、旅の往還につけて抒情の託される山でもあった。

難波津《なにはと》を　漕ぎ出《で》て見れば　神《かみ》さぶる　生駒高嶺《たかね》に　雲そたなびく（巻二十—四三八〇）

と、遠い旅路に向う防人《さきもり》の一人にも、郷愁の山として印象づけられるのだ。

山麓生駒谷の近鉄一分（いちぶ）駅でおりると西北に式内伊古麻都比古神社がある。＊生駒町は現生駒市。枚岡市は現東大阪市。

●平城宮址より生駒山を望む。左の鞍部は暗峠。

暗峠

妹《いも》がりと　馬に鞍置きて　生駒山　うち越え来《く》れば　紅葉《もみち》散りつつ

　　　　（巻十—二二〇一）——作者未詳——

奈良の方から生駒山を見て左手の低いところ、生駒山頂からはすこし南にくだった鞍部が暗峠《くらがり》（四五五メートル）である。この道は奈良の三条大路を西にのびて矢田の丘陵を越え平群《へぐり》川をわたり、峠を越えて枚岡《ひらおか》神社のわきに出る道で、こんにち暗越奈良街道といわれる。歩いて山越をするものが低いところをえらぶのは通例だから、この道は近世はもちろん、近鉄奈良線のできるまでは重要な交通路だった。奈良から大阪へ商品の仕入れにゆくものも徹夜でこの峠を越えたという。戦後にはジープの往来がときどきあった。こんにちは通る人もなく、暗峠には農家が数軒、さきのころまでの旅宿のあとなどがのこって、いまは明るい山道である。

生駒の山越の道は山頂の北方に善根《ぜんごん》寺越、遊園地の北側を越える辻子《ずし》越、それとこの暗越の三つがあるが、当時どれを通ったかは定められない。いわゆる「草香《くさか》の直越《ただごえ》」（中巻参照）について も説がある。また暗峠は中世以後の道だとの説もあるが、確証のあるわけでなく、この暗峠越の道筋なども、当時の重要な路線であったと思われる。

いとしい人のもとへと馬に鞍をつけて山越をしてゆくと、おりからもみじが散りくる旅情旅愁は、歩く山越なればこそ身にしみるものがあるわけだ。いまはしんかんと人気《ひとけ》なく道いっぱいに農作物がほしてあったり、五月ごろにはほととぎすのたいへん多いところでもある。

生駒の山頂から暗峠・十三《じゅうさん》峠を経て信貴《しぎ》山・竜田方面にゆく尾根道は、終日平群の谷から大和平野を見おろし、一方大阪府の東壁をゆくようで、古代東西の実情がうきあがってくる。

万葉中「もちみ」を「紅葉」と表記するのは，この歌１例。（「春日山」参照）＊生駒山の山頂から南へ，峠を越えて信貴山へたどる尾根道は，信貴生駒スカイラインに分断されている。

●暗峠道。峠道の中途西畑にて。後方生駒山頂。

龍田山

夕されば　雁《かり》の越え行く　龍田山《たつたやま》　時雨《しぐれ》に競《きほ》ひ　色付きにけり　（巻十―二二一四）

――作者未詳――

竜田山《たつた》は生駒山脈の南のはしが、大和川の渓谷をはさんで葛城山脈の北のはしと相対する一帯の山地の称で、こんにちこの山名はないが、生駒郡三郷《さんごう》町立野《たつの》の竜田本宮西方の山である。平城京からは斑鳩《いかるが》町竜田をすぎて竜田本宮付近までは平坦な道がつづき、ここから山越をして、河内国府、住吉《すみのえ》・難波方面に通ずるのである。山もいちばん高くても三一三メートル、川に向って次第に低く傾斜している。こんにちは大和川の南岸に国道を通じているが、土木治水の技術が乏しかったむかしは「丘辺の道」をたどらなければならない。天平四年（七三二）藤原宇《うま》合《かい》が西海道節度使となって赴任のときも、高橋虫麻呂がおくってきて絢爛《けんらん》とした別れの歌（巻六―九七一）を作っている。「夕されば」の歌のように秋の雁・時雨・もみじにつけ、また春の桜につけ、大和・河内をつなぐ重要な峠の山として、旅の人の感懐もここに集まるのだ。

古道は、竜田本宮の裏から山越をして八尾《やお》市恩智《おんぢ》に出たとする説もあるが、竜田本宮から南へ高山に出て、やがて登りにかかって柏原《かしはら》市域（もと中河内郡堅上《かたがみ》村）に入り、峠（字名）・亀瀬岩上方の山道・雁多尾畑《かりんどばた》の南方・青谷を経て、高井田方面に出たものではなかろうか。こんにち古道をここと定めることはできないが、歌（巻九―一七五一）に「島山をい行き巡《めぐ》れる川沿《かはそ》ひの丘辺の道」といい、「峯《を》の上《うへ》の桜の花は滝《たぎ》の瀬ゆ落ちて流る」というにふさわしい山の小道はいちおうたどることができる。字峠からさきは、川べりから山の上までほとんどぶどう畑になっていて、山道から大和川や石川の川筋も望まれ、往古の「河内大橋」をも仮想できる。

万葉中「龍田」は延べてかぞえて龍田山（10）龍田の山（6）その他（3）計19。＊竜田本宮は，現在龍田大社と称する。斑鳩町竜田も龍田と書くが，旧版のままとした。

●龍田山。中央の森は峠の神社。

龍田彦

我が行《ゆき》は　七日《なぬか》は過ぎじ　龍田《たつた》彦《ひこ》　ゆめこの花を　風にな散らし　（巻九—一七四八）

——高橋虫麻呂歌集——

JRの王寺《おうじ》駅の西南三キロ、生駒郡三郷《さんごう》村立野《たつの》の閑散な村に竜田本宮がある。境内の桜は満開になっても見る人もなく、ひそやかな美しさにみちあふれている。延喜式にのせた竜田の風の神の祭の祝詞《のりと》には、神の名を天の御柱《みはしら》の命、国《くに》の御柱の命といい、竜田の立野の小野に祭るとある。もともとは風の神の竜田《たつた》比《ひ》古《こ》・竜田《たつた》比《ひ》女《め》であって、国家形態のととのうにつれて、いかめしい名にかわったものであろう。斑鳩町の竜田新宮も祭神は風神であるが、あとから勧請《かんじょう》したもののようである。竜田山の南の大和川の谷あいは、西南からの台風の大和への通路と考えられて、この立野に風神がまつられ、広瀬の神と同様五穀の豊穣が祈られたものであろう。

この歌は、万葉第三期の人、高橋虫麻呂が竜田山の小《お》鞍《ぐら》の嶺《みね》（後述）の桜を見てよんだ歌の反歌で、「私の旅行は七日とはかかるまい。竜田の風の神よ、決してこの花を風に散らさないでください」の意である。同じ作者の竜田の桜をうたった歌（巻九—一七五一）に「名に負《お》へる社《もり》に風祭《かざまつり》せな」ともあって、農事とは関係のない、平城都人の耽美の心を見せている。

竜田本宮西方の高地三室《みむろ》山に竜田古社址がある。これが竜田の神奈備《かむなび》であろうか。天武紀にも見える「懼坂《かしこ》」は峠越の坂路をいうのであろう。いま三郷村高山の大和川の岸に桜の小森があって「磐瀬《いはせ》の杜《もり》」の碑を立てているが、これは諸説のあるところだ。高山から峠にかけては桃林が多く、開花の頃はさながらの桃源境で、菜の花の黄と桃の花との色模様は、村のしずけさと相まってこの世のほかの思いだ。桃林の中で授粉に立ちはたらく人の姿も見かける。

天武 8 年に龍田関がおかれた。高山に関田の地名のあるのはその址であろうか。＊三郷村は現三郷町。「竜田本宮御座峯」碑が雁多尾畑の山中にある。「磐瀬の杜」碑は JR 三郷駅新設に伴い，線路の南から北に移転した。

●竜田本宮。拝殿の内側から。

小鞍の嶺

白雲の　龍田の山の　滝《たぎ》の上《うへ》の　小鞍《をぐら》の嶺《みね》に　咲きををる
桜の花は　山高み　風し止《や》まねば　春雨の　継《つ》ぎてし降れば
秀《ほ》つ枝《え》は　散り過ぎにけり　下枝《しづえ》に　残れる花は　しましくは
散りなまがひそ　草枕　旅行く君が　帰り来るまで

——高橋虫麻呂歌集——　（巻九—一七四七）

大和川の亀が瀬の上方から峠の村にかけては昭和六年に地すべりで大崩壊のあったところ、いまも峠の神社の下方に旧関西本線のトンネルが押しつぶされたままにのこっている。峠付近は桃林が多いが、それから上は全部ぶどう畑で、登りつめた最初の峯（竜田山の最南嶺）にはこんにち桜をたくさん植えている。雁多尾畑《かりんどばた》の東方で、土地では留所《とめしょ》の山と称している。この山が「滝《たぎ》の上《うへ》の小鞍《をぐら》の嶺《みね》」ではなかろうか。万葉の龍田山には桜が多いが、こんにちはすべてぶどうばかりで、この付近では桜はこの留所の山だけである。大和・河内の景観を一望におさめる頂上の台地に、後世の植樹ではあっても、爛漫たる桜花を見るのはうれしい。

「の」の音をかさねて移動風景のように小鞍の嶺を提示し、そこに、咲きたわむ桜花をすえて、さて山風・春雨に秀《ほ》つ枝・下枝のこまかな変化を描き、美しい刹那への耽美をあらわす。それはまたこんにちもそのままに、この山に展開している。わたくしたちは散り流れてくる桜の風のなかで、大和の旅を顧望し、これからの遠い旅路を思うとき、「ゆめこの花を風にな散らし」の願いも、むかしのことではないような気がしてくる。

JR王寺・河内堅上両駅間，竜田越の丘辺の道の逍遥は万葉の竜田を再現させる。＊JR三郷駅が開設されたので王寺駅まで歩かなくてもよい。留所の山から亀ノ瀬間は地滑り対策工事がすすみ，果樹畑が減り，桜公園が下方にできた。

● 〝小鞍の嶺〟の桜。谷をへだてて葛城の連嶺。

万葉全地名の解説　一

――大和――

凡例

○ゴシック体は『万葉集』所出の地名である。
○「泊瀬女《はつせめ》」「竜田彦《たつたひこ》」のように、地名でないものも、その一部に地名をふくむものは全部あげてある。
○標題の地名の用字は、わかりやすい、代表的な文字一例をえらんだ。
○標題の地名の出てくる歌（題詞・左註をふくむ）は全部、『国歌大観』の番号によって、解説のあとにあげた。
「題」は「題詞」の略。「左」は「左註」の略。

例（巻六―九九一題）――この番号の歌の題詞中に地名のあることを示す。
（巻一―八左）――この番号の歌の左註中に地名のあることを示す。

○地名の分類は、新行政区画にしたがった。
○各行政区画の下に、その地に所要の五万分の一の地図名をしるした。
○地名の解説も、新行政区画による。
○万葉所出の地名のふりがなは旧かなづかいによる。
○解説は要点を旨とした。異説紹介の引用書名は簡略にした。詳細書名は参考文献を見られよ。その他の略号の著者は次の通り。

考（賀茂真淵）　略解（橘=加藤=千蔭）
攷証（岸本由豆流）
古義、名処考（鹿持雅澄）
新訓（佐佐木信綱）　講義（山田孝雄）
全註釈（武田祐吉）　私注（土屋文明）
注釈（澤瀉久孝）　古典大系本（岩波書店）
帝都（喜田貞吉）　地名辞書（吉田東伍）
地理考（豊田八十代）

大和万葉歌所出地名分布の表					
県名	行政区画	歌	題詞	左註	計
奈良県（大和）	桜井市	131	11	1	143
	磯城郡	3	0	0	3
	天理市	28	1	0	29
	橿原市	47	16	5	68
	高市郡	120	16	10	146
	宇陀市	7	1	0	8
	御所市	15	0	0	15
	五條市	14	1	0	15
	吉野郡	108	18	11	137
	香芝市	1	0	0	1
	葛城市	4	1	0	5
	北葛城郡	8	3	0	11
	大和郡山市	5	0	0	5
	奈良市	210	28	15	253
	生駒市	7	0	0	7
	生駒郡	28	3	0	31
	総名	6	0	1	7
	未詳	13	0	0	13
	計	755	99	43	897

（備　考）

△数字は，同一称呼の地名でも，すべて延べてかぞえてある。

△「題詞」の中に，標目も註も，歌の前書中の地名をすべて含めてある。

△「左註」の中には，歌のあとの註の中の地名をすべて含めてある。

△行政区画別の数の中に，多少疑問の地名を含めたところもある。

△総名のところは「やまと道」「倭（女）」「大和国（守）」「日本（の黄楊）」だけをかぞえ，その他の「やまと」「やまとのくに」「やまとしまね」など，かならずしもいまの奈良県だけをさすとは限らないものは，あとで別にかぞえる。

△改訂新版にあたり，その後の行政区画変更による地名の数を訂正した。

万葉全地名の解説

『万葉の旅』（現代教養文庫）初版の「万葉全地名の解説」を、新版でも歴史的遺産としてそのまま掲載した。ただし、補遺には二〇〇六年三月末現在の行政地名を記した。一部、市・郡の区分を変更した。「所在未詳」の地名については初版のままとした。

大和

桜井市〔「桜井」・「吉野山」所要〕

泊瀬《はつせ》　桜井市初瀬《はせ》付近ならびに同市の旧、朝倉村地域など、初瀬川流域一帯の峡谷状の地。「隠口《こもりく》の」の枕詞もこの地形による。大和から伊賀、伊勢におもむく通路にあたる。（巻三―四二五　巻十一―二三五三）

泊瀬《はつせ》の国《くに》　この一区画をいう。（巻十三―三三一〇）

泊瀬《はつせ》小国《をぐに》　同じく初瀬の一区画。（巻十三―三三一一・三三一二）

泊瀬道《はつせぢ》　この地をゆく道、また、この地への道の意。

豊泊瀬道《とよはつせぢ》　「豊《とよ》」は美称の接頭語。（巻十一―二五一一）

泊瀬風《はつせかぜ》　この地を吹く風。（巻十―二二六一）

泊瀬女《はつせめ》　この地に住む娘子。（巻六―九一二）

泊瀬越女《はつせをとめ》　この地に住む娘子。（巻三―四二四）

泊瀬川《はつせがは》　桜井市の旧上之郷《かみのごう》村地域に発し、初瀬《はせ》で吉隠《よなばり》よりの小流をあわせて西流し、三輪山の裾をめぐって西北流、末は佐保川をあわせて大和川となる川。（巻六―九九一題・九九一　巻七―一一〇七・一一〇八・一三八二　巻九―一七七〇・一七七五　巻十一―二七〇六　巻十三―三二二六）

泊瀬《はつせ》の川《かは》　「泊瀬川《はつせがは》」に同じ。（巻一―七九　巻十三―三二二五・三二六三・三二九九・三三三〇）

泊瀬山《はつせやま》　「はつせ」の地の山の総称。いま、初瀬の町の西北に初瀬山（高さ、五四八メートル）と称する山があるが、これをさすとは限らない。（巻三―二八二・四二八題）

泊瀬《はつせ》の山《やま》　「泊瀬山《はつせやま》」に同じ。（巻一―四五　巻三―四二〇・四二八　巻七―一二七〇・一四〇七・一四〇八　巻八―一五九三　巻十―二三四七　巻十三―

三三三一)

小《を》泊瀬《はつせ》山《やま》　「小《を》」は美称の接頭語。(巻十六―三八〇六)

始瀬《はつせ》の檜《ひ》原《ばら》　「はつせ」の地のどこかの檜原。これを三輪・巻向の檜原(同条参照)と同地と見る説(全註釈等)もある。(巻七―一〇九五)

泊瀬朝倉宮《はつせのあさくらのみや》　雄略天皇の宮地。その宮址は桜井市黒崎小字天の森付近とも、同市岩坂とも(『帝王編年記』、『大和志』)伝えるが明らかでない。(巻一―一の標目　巻九―一六六四題)

[補遺]　天の森説(『大和志』・谷川士清『日本書紀通証』・飯田武郷『日本書紀通証』)や磐坂谷説(『帝王編年記』・林宗甫『和州旧跡幽考』)は、こんにち否定されている。桜井市脇本の脇本遺跡が有力な説である。稲荷山古墳出土の鉄剣銘の斯鬼宮も同地であろう。朝倉は磯城(斯鬼)の中に含まれていた地名と考えられる。なお、同地から泊瀬斎宮ではないかと推定される、七世紀後半の建物址も発見されている。

吉隠《よなばり》　桜井市吉隠《よなばり》の地。初瀬の峡谷の奥地で、同市初瀬と宇陀郡榛原《はいばら》との中間の山地。むかしは宇陀郡に属していた。原文に「吉魚張《よなばり》」とある方(巻十―二一九〇・二二〇七)を別地として、伊賀の名張に関係あるかとする説(北島葭江)、三重県名張市夏見の辺までの広範囲の地名とする説(土屋文明)、吉野説(阪口保氏)などがある。なお、巻三―二九〇の「夜隠《よごもり》」を「よなばり」とよんで地名とする説(講義)があるが、「夜」「吉」が仮名ちがいであるから、これは「ヨゴモリ」とよむべきである。(巻二―二〇三　巻八―一五六一　巻十―二一九〇・二二〇七・二三三九)

猪《ゐ》養《かひ》の岡《をか》　桜井市吉隠のうちで、但馬皇女の墓所のあった岡であるが、こんにち、所在不明。吉隠東北方の同市角柄《つのがら》の国木山一帯とする説(大井重二郎)もある。(巻二―二〇三)

猪養山《ゐかひのやま》　「猪養《ゐかひ》の岡」に同じ。(巻八―一五六一)

浪柴《なみしば》の野《の》　吉隠の地の中の野であろうが、こんにち、所在不明。角柄《つのがら》から柳《やなぎ》にかけての野とする説(大井重二郎)、普通名詞「並柴」とする説(『古語大辞典』)、「柴」を「柘」と同じく「ツミ」とよんで吉野の「なつみ」(同条参照)かとする説(阪口保)などがある。(巻十―二一九〇)

夏身《なつみ》　吉隠の中の一地名であろうが、こんにち、所在不明。なお、吉隠の北方西ノ谷上方の山か(大井

重二郎）、吉野の菜摘と同地か（阪口保）、三重県名張市夏見か（土屋文明）等の諸説がある。（巻十一二二〇七）

忍坂山《おさかのやま》　桜井市忍阪《おつさか》の東北方の山（高さ、二九二メートル）で、北の三輪山に対して南にあって、初瀬の谷の入口をなす。南麓の山ぶところには舒明天皇陵、鏡王女の墓がある。（巻十三―三三三一）

小《を》**倉**《ぐら》**の山**《やま》　桜井市の中らしいが所在未詳。多武峰の端山、同市倉橋上方の山・同市今井谷のあたり・同市忍阪《おつさか》山などの諸説がある。龍田の小鞍嶺《をぐらのみね》ではない。（巻八―一五一一　巻九―一六六四）

倉椅川《くらはしがは》　多武峰山中に発し、音羽山・多武峰の間の谷を北流し、桜井市倉橋を過ぎて、末は寺川となり大和川に注ぐ川。（巻七―一二八三・一二八四）

倉椅山《くらはしやま》　桜井市倉橋東南方の音羽山（高さ、八五一メートル）をいうものであろうか。多武峰のこととし（『多武峯略記』）、また、倉橋南方、すなわち多武峰北方の山か（澤瀉博士注釈）とする説もある。（巻七―一二八二）

倉橋《くらはし》**の山**《やま》　倉椅山に同じ。（巻三―二九〇　巻九―一七六三）

多《た》**武山**《むのやま》　桜井市多武峰《とうのみね》にある多武峯（高さ、六〇七メートル）。鎌足をまつる談山神社がある。桜井市の南辺、飛鳥の東方の高峯。（巻九―一七〇四）

廻乃《たむの》**里**《さと》　飛鳥の項の「打廻《うちみ》乃《の》里《さと》」の条参照。（巻四―五八九）

猟路《かりぢ》**の池**《いけ》　「猟路《かりぢ》」は桜井市鹿路《ろくろ》の地といわれる。多武峰東南の山地で、吉野上市《かみいち》への道にあたる。池の所在は不明。「猟路乃小野《かりぢのをの》」は、この地の山野であろう。なお「かりぢ」を「軽路」すなわち飛鳥の「軽《かる》」を考える説（『地名辞書』、『童蒙抄』、『私注』）もある。（巻三―二三九題　巻十二―三〇八九）

猟路《かりぢ》**の小**《を》**野**《の》　「猟路《かりぢ》の池《いけ》」の条を参照。（巻三―二三九）

跡《と》**見**《み》　奈良県の中であるが、所在には異説が多く定まらない。桜井市外山《とび》のあたりであろうか。同市吉《よ》隠《ばり》を中心として西は外山《とび》から東は宇陀郡榛原《はいばら》町におよぶ一帯の地とみる説（『大和歌枕考』）、奈良市内にはいった旧富雄《とみお》町地方とみる説（『名処考』、『地理考』）、桜井市吉隠北方の鳥見山の麓の地とする説（金子元臣『評釈』）などがある。

跡《と》**見**《み》**の庄**《たどころ》　「庄」は私有の田園で、ここは跡見の地の大伴氏所領の田庄である。（巻四―七二三題　巻八―一五四九題・一五六〇題）

跡見の岳《とみのをか》「跡見」の地のどこかの丘。（巻八―一五四九）

跡見山《とみやま》　不明だが、「跡見」を外山《とび》とすれば、外山南方の鳥見《とみ》山（高さ、二四四メートル）であろうか。吉隠北方の鳥見《とみ》山（高さ、七三三メートル）とする説（金子『評釈』）もある。（巻十―二三四六）

跡見の茂岡《とみのしげをか》　不明だが、「跡見」の地の丘の名であろう。「茂岡」を地名ではないとする説（『全註釈』）もある（巻六―九九〇題）

始見之崎《みそめのさき》（はつみのさき、とみのさき）　例歌の題詞に「跡見田庄《とみのたどころ》作歌」とあるから、奈良県の「跡《と》見《み》」（前条参照）付近の地ではあろうが、所在未詳。訓にも諸説あって定まらない。「ハツミノサキ」とよむ説（『新訓』、『全註釈』）、「跡見」の誤とする説（考、古義）などがある。（巻八―一五六〇）

磐余《いはれ》　香久山の東北のあたりから、桜井市桜井にかけての一帯の地であろう。（巻三―二八二　巻十三―三三二四）

磐余の池《いはれのいけ》　履中紀二年条に「十一月、作㆓磐余池㆒」とある池だが、その遺址なく、範囲を明らかにしない。桜井市池之内・橿原市池尻を、この池にちなむ名とすれば、香久山の東北、桜井市の西南部にひろがっていた池か。（巻三―四一六題・四一六）

石村の山《いはれのやま》　桜井市谷《たに》の西南方の丘陵であろう。神名帳の磐余山口神社が、大字谷にある。（巻十三―三三二五）

石村之道《いはれのみち》　磐余の地を通る道。（巻三―四二三）

山田の道《やまだのみち》　「山田」は桜井市山田で、蘇我倉山田石川麻呂が最期をとげたという山田寺の寺址のある地であろう。「山田道《やまだのみち》」は、飛鳥方面より東北に向って山田・阿部（ともに桜井市）をすぎ、桜井・三輪方面に向う古道をいうものであろう。『霊異記』にも「阿部山田之道」とある。なお、地名と見ない説もある。（巻十三―三二七六）

高屋《たかや》　諸注多く神名帳の城上《しきのかみ》郡高屋安倍神社の地をあげる。そこは桜井市谷《たに》の若桜神社の境内で平地である。澤瀉博士は、飛鳥の東方山地、多武峰山塊中腹の桜井市高家《たいえ》かとされた（『奈良文化』第六号）が、そこではなかろうか。なお、大阪府羽曳野市に入った古市の高屋村説（考、『古事記伝』）があり、たんに高殿と見る説（『万葉見安』）もあって、いまだ疑問がある。（巻九―一七〇六）

磯城島《しきしま》　「しきしまの」は大和の枕詞であるが、磯《し》城《き》島《しま》の宮のある大和の意でかかるもので、その磯城島は地域を明確にはしないが、三輪山南方、磯城《しき》郡大三輪町金屋付近、長谷の谷の入口をなす一帯の地である。いま、金屋の東南の山崎に小字シキシマの地名がのこる。明治になっておかれた城島《しきしま》村は、いま、桜井市に編入された。金屋の付近に崇神天皇の磯城《しき》瑞籬宮《みずがきのみや》・欽明天皇の磯城島金刺宮《しきしまのかなさしのみや》があった。巻十九—四二八〇の「之奇島《しきしま》」は、この枕詞をただちに「大和」の意に用いたもの。（巻九—一七八七　巻十三—三二四八・三二四九・三二五四・三三二六　巻十九—四二八〇　巻二十—四四六六）

［補遺］　磯城郡大三輪町金屋は、現桜井市金屋。

海石榴《つば》市《いち》　大三輪町金屋付近にあった古代の市《いち》。地は三輪山の西南麓、初瀬谷の北側の入口にあたり、古代において、山辺道《やまのべ》、初瀬道、山田道、磐余《いはれ》道、その他忍坂よりくる道、大和平坦部よりくる道などの相会した四通八達のところで、市道《いちじ》には椿が植えられていたようである。往古、歌垣の風習の行なわれたところ、武烈紀にもその記事が見える。こんにち、椿市観音という小祠を村内にのこしている。（巻十二—二九五一・三一〇一）

三輪《みわ》　磯城《しき》郡大三輪町三輪一帯の地で、東方に三輪山があり、山麓に、山を神体として大物主神をまつる大神《おおみわ》神社がある。

［補遺］　磯城郡大三輪町三輪は、現桜井市三輪。

三輪《みわ》の祝《はふり》　この社の神官をいう。（巻四—七一二　巻八—一五一七）

三輪河《みわがは》　初瀬川が三輪山の南裾を東から西へめぐるあたりをいう。（巻九—一七七〇題　巻十—二二二二）

三輪山《みわやま》　円錐形の端麗な山（高さ、四六七メートル）で、初瀬の谷の北側の入口をなしており、山中に磐境《いわさか》のあと多く、往古からの信仰の山。記紀の三輪山伝説に名高く、南麓には往古、海石榴《つば》市《いち》があり、西麓を山辺道《やまのべ》が北に走っていた。（巻一—一八・一八左・一九　巻七—一〇九五　巻九—一六八四）

三輪《みわ》の山《やま》　「三輪山」に同じ。（巻一—一七）

三諸《みもろ》　「みもろ」は、神の居所・神座をいう語で、「みむろ」とあるのも同じである。「御室」の義によるものであろうか。「みもろ」「みむろ」「みもろのやま」「みむろのやま」は、各地にあり得るわけであるが、本集中のものは、ほとんど奈良県のもので、なかば固有名詞化してその地と定められるものが多い。

磯城郡大三輪町の三輪山をさすと見られるものは、

(巻二―一五六　巻七―一〇九三・一〇九四　巻九―一七七〇　巻十一―二五一二)

高市郡明日香村の神岳《かむおか》(雷丘《いかずち》)と見られるものは、(巻三―三二四　巻九―一七六一　巻十三―三二二七・三二二八・三二三一・三二六八)

三輪山・飛鳥両説のあるもの(巻十三―三二二二)

三輪山と思われるが、生駒郡龍田の神南《かむなび》山説もあるもの(巻十一―二四七二)

三輪山と思われるが、飛鳥説・龍田説もあるもの(巻二―九四)

たんに普通名詞として、神座をいうもの(巻三―四二〇　巻七―一〇九五)

どことも定めがたいもの(巻七―一三七七)

三室《みむろ》「三諸《みもろ》」に同じ。

三諸《みもろ》の山《やま》「三諸《みもろ》」参照。(巻十一―二四七二の一云・二五一二)

三室《みむろ》の山《やま》「三諸《みもろ》」参照。(巻二―九四　巻七―一〇九四　巻十一―二四七二)

三諸《みもろ》の神名備《かむなび》山《やま》「みもろ」および「かむなび」参照。(巻三―三二四　巻九―一七六一　巻十三―三二六八)

三室戸山《みむろとやま》「三室戸山《みむろとやま》」「見諸戸山《みもろとやま》」は「みむ(も)ろ処《と》の山」の意で、「みむろの山」「みもろの山」と同じであろう。「三諸《みもろ》」参照。「と」は「の」の転音とする説(折口博士・『辞典』)もある。なお、これをそのまま山名として、京都府宇治《うじ》市菟道《うじ》の三室戸寺のある山にもとめる説(『地理考』など)がある。(巻二―九四の或本)

見諸戸山《みもろとやま》「三室戸山《みむろとやま》」参照。(巻七―一二四〇)

三諸《みもろ》の山《やま》の離宮《とつみや》「三諸《みもろ》」参照。なお、高市郡明日香村の項の「三諸之山礪津宮《みもろのやまのとつみや》」の条参照。(巻十三―三二三一)

神山《かむやま》(かみやま)例歌の「神山」は、多く「ミワヤマ」(同条参照)とよまれているが、これを「カムヤマ」「カミヤマ」とよんで、奈良県高市郡明日香村の雷丘とする説もある。(巻二―一五七　巻十二―三〇一四)

将見円山《みもろのやま》(みむろのやま、みむまとやま)例歌の「将見円山」は、「みもろのやま」「みむろのやま」の二訓が行なわれている。神をまつる山、ここでは三輪山をさすと見られる。なお、「みむまとやま」の訓によれば、所在未詳。(巻二―九四)

守山《もるやま》　地名ではないと見られるが、これを地名とし

て三輪山とし、あるいは飛鳥の神奈備《かむなび》とする説がある。（巻十一—二三六〇　巻十三—三二二二）

三輪《みわ》の檜原《ひばら》　三輪山の西北麓の、倭笠縫邑《やまとのかさぬひのむら》伝称地となっている檜原《ひはら》と称する丘陵地に擬せられているが檜の原の林相は、巻向にまでわたってひろくひろがっていたようである。（巻七—一〇九二・一一一八・一一一九）

巻向《まきむく》　磯城郡大三輪町穴師《あなし》（旧、纏向《まきむく》村）を中心とした一帯の地で、三輪の北方につづくところ、垂仁天皇の纏向珠城《たまきの》宮、景行天皇の纏向日代《ひしろの》宮がこの地にあったといわれる。（巻七—一一〇〇　巻十二—三一二六）

［補遺］　磯城郡大三輪町穴師は、現桜井市穴師。

巻向山《まきむくやま》　この地の東方の山で、いま三輪山の東北につづく山を巻向山（高さ、五六七メートル）と称している。現巻向山とは小渓をへだてて、穴師の里に近い方の山、穴師山をもこめて巻向山と称したものであろうか。（巻七—一〇九三・一二六八　巻十—一八一五）

巻向之《まきむくの》山《やま》　「巻向山《まきむくやま》」に同じ。（巻七—一二六九）

弓月《ゆつき》が岳《たけ》　現巻向山には山頂が二つ（西面の頂は五六五メートル）あるが、そのいずれかの峯であろう。（巻七—一〇八七・一〇八八　巻十一—一八一六）

巻向《まきむく》の川《かは》　現巻向山と穴師山との小渓および三輪山との小渓からくる小流をあわせて、三輪山の北裾を西流、穴師の南方をすぎて、末は初瀬川に入る纏向《まきむく》川のこと。本集中に「穴師川」というのも同じである。（巻七—一一〇一）

巻向《まきむく》の檜原《ひばら》　「三輪の檜原」（同条参照）につづいて、巻向領にひろがっていた檜原をいうものであろう。三輪山と巻向の弓月が嶽の中間の地とする説（全註釈）がある。なお「檜原」はすでに地名化していたものであろう。（巻十—一八一三・二三一四）

巻向《まきむく》の檜原山《ひばらのやま》　前条参照。（巻七—一〇九二）

巻向《まきむく》の岸《きし》　巻向の山のどこかの崖をさしたもの。（巻十一—二三一三）

巻目《まきもく》　「まきむく」と同じ。「向」の字につくった古写本（元暦本）もある。（巻七—一〇八七）

痛足《あなし》の山《やま》　磯城郡大三輪町穴師（旧、纏向《まきむく》村）東方の山（高さ、四一五メートル）で、竜王山の南裾の隆起部をなし、今も穴師山といわれる。（巻十二—三一二六）

痛足川《あなしがは》　いま巻向川（「巻向の川」参照）とよばれる川。（巻七—一〇八七）

痛足《あなし》の川《かは》　「痛足川《あなしがは》」と同じ。（巻七―一一〇〇）

痛背《あなせ》の河《かは》　「痛足川《あなしがは》」と同じ。（巻四―六四三）

磯城郡〔「桜井」所要〕

三宅《みやけ》　「みやけ」は、もと屯倉の義で、皇室御料地の稲穀を納める倉庫を称する語。したがって三宅の地名は各地にあるが、次の例歌の「三宅」は、磯城郡三宅村・都村（いま田原本《たわらもと》町に入る）の地といわれる。田原本町の西北方一帯にあたる。

三宅《みやけ》の原《はら》　三宅の地一帯の平野。（巻十三―三二九五）

三宅道《みやけぢ》　三宅の地を通る道で、いわゆる中街道の古道などをいったものであろうか。（巻十三―三二九六）

坂手《さかて》　磯城郡田原本町坂手の地であろう。田原本の町の東に接するところである。（巻十三―三二三〇）

敷野《しきのの》　所在未詳。奈良県磯城郡の野、三輪山南麓、初瀬川流域の平野があてられるが、「敷」の「き」（甲類）と「磯城」の「き」（乙類）とは音がちがうので疑問とされる。（巻十一―二一四三）

天理市〔「桜井」所要〕

衾道《ふすまぢ》　未詳の語。地名説・非地名説がある。地名とすれば、竜王山の西麓、天理市中山町に、仁賢天皇の皇女手白香《たしらか》皇女の墓があり、衾田《ふすまだ》墓といわれ、付近の萱生《かよう》町には千塚があり、古代墳墓地と見られるので、このあたりにもとめられる。「衾道を」を枕詞とする説（『攷証』、『講義』など）もある。（巻二―二一二・二一五）

引手《ひきて》の山《やま》　天理市中山の東方の竜王山（高さ、五八五メートル）かといわれる。巻向山の北方につづく山である。なお、これを、巻二―二一〇の「羽易《はがひ》の山」（同条参照）を春日としてそこと同所かと見る説（『代匠記』、『攷証』、『古義』など）もある。（巻二―二一二）

引出《ひきで》の山《やま》　「引手の山」に同じ。（巻二―二一五）

穂積《ほづみ》　天理市新泉《にいずみ》町の地かといわれる（地名辞書）。地は大和《おおやまと》神社の西南方にあたる。なお磯城郡田原本町保津説・奈良市東九条《とう》町説がある。（巻十三―三二三〇）

長屋原《ながやのはら》　天理市永原町・長柄町一帯の平野であろうか。地は大和神社の西北にあたる。（巻一―七八題）

石上《いそのかみ》　天理市の旧市街およびその東方一帯の地。いま石上《いそのかみ》町、布留《ふる》町の名があり、布留に石上神宮がある。なお、巻六—一〇一九は、人名と地名とをかけたもの。（巻三—四二二　巻六—一〇一九　巻七—一三五三　巻九—一七六八・一七八七　巻十一—一九二七　巻十一—二四一七　巻十二—二九九七・三〇一三）

石上《いそのかみ》　石上の地の中に布留《ふる》があるので、やがて転化して、地名でない「降る」の語の枕詞となったものがある。（巻四—六六四）

振《ふる》（布留）　天理市布留町一帯の地。市街の東方、山裾の地で、石上神宮がある。由緒深い土地として崇敬をあつめていた上に、広い地名の石上《いそのかみ》の中に含められていたから、「石上布留《いそのかみふる》」といい慣らされてきた。次第に石上は枕詞化し、布留は「古」の感をあらわすように変化していった。（巻六—一〇一九　巻七—一三五三　巻九—一七六八　巻十一—一九二七　巻十一—二四一七）

振里《ふるのさと》　「振《ふる》」に同じ。（巻九—一七八七）

振山《ふるやま》（布留山）　石上神宮付近から東方の山地をいう。神宮から東方三キロの桃尾山に布留滝がある。（巻四—五〇一　巻九—一七八八　巻十一—二四一五）

振《ふる》の山《やま》　「振山《ふるやま》」に同じ。（巻三—四二二）

振河《ふるかは》（布留川）　東方の山中の水をあつめて、布留町より市街の南側をすぎ、西流して初瀬川に注ぐ。今も布留川という。（巻七—一一一一　巻十二—三〇一二・三〇一三）

振《ふる》の高橋《たかはし》　布留川に架せられた人目をひく高い橋であったのであろう。こんにちのどこか不明。なお、石上神宮の神庫にかけた高梯とする説（北島葭江氏）がある。（巻十二—二九九七）

袖振河《そでふるかは》　「袖振川」という川の名ではなく、「袖」は布留川をひき起すための序。（巻十二—三〇一三）

袖振山《そでふるやま》　「袖振山」という山の名ではなく、布留山をひき起すための序。（巻四—五〇一　巻十二—二四一五）

高市郡《たかいち》　〔「吉野山」所要〕

明日香《あすか》（飛鳥）　高市郡明日香《あすか》村飛鳥《あすか》を中心に、ひろくは、東は多武峰の西方の支脈、南は稲淵山、檜前《ひのくま》、西は軽にかけての丘陵地、北は香久山に近い一帯の地といってよく、その間の飛鳥川流域地などはその中心部にあたる。持統天皇八年（六九四）、三山の間の藤原京遷都まで、長い間にわたって政治・文化の中心となっていたところ。藤原・平城に遷都後も古京（「明日香のふるき都」）と呼ばれて別都の感があった。なお「飛ぶ鳥の」の枕詞から、「あすか」に「飛鳥」の字をあてるようになった。（巻二―一九九　巻三―二六八・二六八左・三二四　巻六―九九二　巻十六―三八八六）

明日香《あすか》の里《さと》　「明日香」参照。（巻一―七八）

明日香風《あすかかぜ》　明日香の地を吹く風。（巻一―五一）

飛鳥壮《あすかをとこ》（飛鳥男）　明日香の土地の男の意。（巻十六―三七九一）

明日香川《あすかがは》　高市郡畑の山中に発して、稲淵山の裾を廻り、細川（同条参照）をあわせて、大字飛鳥の西で雷丘の南西を廻り、藤原京址を北西に流れ去って、末は大和川に注ぐ飛鳥川。（巻二―一九六・一九七・一九八　巻三―三二五・三五六の或本　巻七―一一二六・一三六六・一三八〇　巻八―一五五七　巻十―一八七八　巻十一―二七〇一・二七〇二・二七一三　巻十二―二八五九　巻十三―三二六七　巻十四―三五四四・三五四五　巻十九―四二五八）

明日香《あすか》の川《かは》　「明日香川」に同じ。（巻二―一九四・一九六　巻三―三五六　巻四―六二六　巻七―一三七九　巻十三―三二二七・三二六六）

清之河《きよみのかは》　飛鳥川が飛鳥清御原宮付近を流れるあたりをとくに「きよみの川」といったものであろう。たんに清い川の意かとする説（私注）もある。（巻三―四三七）

七瀬《ななせ》の淀《よど》　「瀬」は水が浅く早く流れるところ。「七瀬」は多くの瀬。「七瀬の淀」は、その瀬ごとに瀬を越した水の淀んでいるところをいう。大和飛鳥川の場合飛鳥の樹《こ》葉《な》堰《いで》（川原付近）から石堰《いしで》（雷付近）間の称呼かとする説（『高市郡志料』、辰巳利文氏）があるが、地名ではなかろう。（巻七―一三六六）

遠飛鳥宮《とほつあすかのみや》　允恭天皇の宮地で、飛鳥地方最初の帝都であるが、その宮址は明らかでない。飛鳥の鳥形山説（『書紀通証』）、藤原宮付近説（福山敏男）などがある。（巻二―九〇左）

飛鳥岡本宮《あすかのをかもとのみや》　舒明天皇の皇居。「高市ノ岡本宮」ともいう。宮址は、舒明紀に「天皇遷二於飛鳥岡傍一是謂二岡本宮一」とあるが、飛鳥岡の範囲についても諸説があり、定まらない。古くは、岡寺（竜蓋寺）の麓とされていたが、こんにち、雷丘付近か明日香村奥山の北に擬せられている（帝都）。（巻一―八左）

高市岡本宮《たけちのをかもとのみや》　「飛鳥岡本宮」に同じ。（巻一―二の標

目　巻四—四八七左）
明日香川原宮《あすかのかはらのみや》　斉明天皇の元年（六五五）飛鳥板蓋《いたぶき》宮火災後一時、皇居となったところ。宮址は、飛鳥川のほとり明日香村川原の川原寺址付近かとされている。（巻一—七の標目）
後岡本宮《のちのをかもとのみや》　斉明天皇の皇居。舒明天皇の飛鳥岡本宮と同地。前と区別して「後《のちの》」という。『書紀』には「後《ノ》飛鳥《ノ》岡本《ノ》宮」としるす。（巻一—八の標目・八の標目の註　巻二—一四一の標目　巻四—四八七左）
岡本宮《をかもとのみや》　「飛鳥岡本宮」「後岡本宮」参照。（巻九—一六六五題）
崗本天皇《をかもとのすめらみこと》　飛鳥岡本宮を皇居とした天皇、すなわち、舒明天皇か斉明天皇かにあたり、歌の作者として両説がある。（巻四—四八五題・四八七左　巻八—一五一一題　巻九—一六六四左）
明日香清御原宮《あすかのきよみはらのみや》　壬申の乱（六七二）後、天武天皇から持統天皇八年（六九四）までの皇居。宮址は古く明日香村上居《じょうご》の地が擬せられたが、こんにちは、喜田博士の説（帝都）によって、明日香村飛鳥の飛鳥小学校付近、雷丘の東方の地にもとめられている。（巻一—二二の標目　巻二—一〇三の標目・一五六の標目・一六二　巻八—一四六五題の註）
［補遺］「伝板蓋宮跡」の発掘調査結果、同地の遺構は下層（Ⅰ期）・中層（Ⅱ期）・上層（Ⅲ期）からなり、Ⅰ期は飛鳥岡本宮、Ⅱ期は飛鳥板蓋宮、ⅢA期は後飛鳥岡本宮、ⅢB期は飛鳥浄御原宮の遺構と考えられている（小澤毅『日本古代宮都構造の研究』）。旧飛鳥小学校付近の石神遺跡は斉明朝の饗宴施設の遺構であり、同地を飛鳥浄御原宮とする説は否定された。
浄之宮《きよみのみや》　「明日香清御原宮」のこと。（巻二—一六七）
明日香宮《あすかのみや》　「明日香清御原宮」に同じ。（巻一—二二題の註）
清御《きよみ》**原**《はら》**の宮**《みや》　「明日香清御原宮」参照。（巻二十—四四七九題の註）
明日香《あすか》**の旧京都**《ふるきみやこ》　天武天皇の都された飛鳥の古都をさす。（巻三—三二四）
橘《たちばな》　高市郡明日香村橘一帯の地で、東方飛鳥川をへだてて、明日香村島庄《しまノしょう》と対している。当時は、ひろく島庄をも含めていたものであろう。巻七—一三一五の「橘」もこの地であろうが、歌に「河遠み」とあるので、これを否定すればこの「橘」は所

在不明となる。(巻二―一七九　巻七―一三二五)

橘寺《たちばなのてら》　明日香村橘にある橘寺。聖徳太子の創建と伝える大寺であったが、いまは、川原寺の真南の丘陵に小寺をとどめている。(巻十六―三八二二)

河原寺《かはらでら》　明日香村川原の弘《ぐ》福《ふく》寺がその遺址である。橘寺と道をはさんで北側。寺域に当時の東塔址や寺堂の礎石を多くのこす。(巻十六―三八五〇左)

島宮《しまのみや》　明日香村島庄の地にあった草壁皇子(天武天皇の皇子、日並皇子)の宮。もと島大臣と称された蘇我馬子の林泉邸宅が離宮となり、皇子の宮となったものであろう。石舞台の下方、小学校のあるあたり一帯はその遺址と見られる。「島」はもと林泉・庭園の意。(巻二―一七〇・一七一・一七二・一七九)

島《しま》**の御門**《みかど》　島の宮殿。島の宮をさす。(巻二―一七三・一八九)

島《しま》**の御橋**《みはし》　島の宮の階段とも、また、島の池に架した橋ともいわれる。(巻二―一八七)

滝《たぎ》**の御門**《みかど》　水のたぎち流れるほとりの御門で、例歌では、島の宮の東口の、水の落ち口のあたりにあった御門であろう。(巻二―一八四)

勾《まがり》**の池**《いけ》　島の宮の庭園にあった池の名。その形から出た名であろう。島庄の小字池田の名をそのなごりかともいう。(『高市郡志料』)。(巻二―一七〇)

島《しま》　巻七―一二六〇および巻十一―一九六五の「島」も、島の宮のあったあたりであろうか。(巻七―一二六〇　巻十一―一九六五)

[補遺]　東橘遺跡の発掘によって、飛鳥川左岸にも島宮に関係する施設、「橘の島の宮」があったと考えられる。島庄遺跡からは石組暗渠・曲溝・川跡、さらに方形池や小池が発掘されており、「勾の池」・「上の池」はこれらの池ではないかと推定する説がある。

南淵《みなぶち》　明日香村稲淵《いなぶち》の地一帯。飛鳥川の上流にあたる山地。(巻七―一三三〇)

南淵山《みなぶちやま》　多武峰の南方、明日香村冬野のあたりから稲淵にかけて西走している山帯をいう。(巻九―一七〇九　巻十―二二〇六)

細川《ほそかは》　多武峰の南に発して、南淵山の北側の谷を西流し、明日香村細川をすぎて、同村祝戸《いわいど》で飛鳥川に合する小川。いまは多く冬野川と呼ぶ。(巻九―一七〇四)

細川山《ほそかはやま》　明日香村の岡寺の東方、同村細川の北方の山(高さ、五二二メートル)で、多武峰の西の支脈にあたる。南淵山と、あいだに細川の小谿をはさんで相接しているので、巻七―一三三〇の歌は「南淵の」を冠したものであろう。（巻七―一三三〇）

真神《まがみ》の原《はら》 高市郡明日香村飛鳥の法興寺址（いまの安居《あんご》院、飛鳥大仏のところ）を中心に、その付近一帯の平野をいう。崇峻紀に「始作二法興寺一此地名二飛鳥真神原一」とある。おそらく甘樫《あまがし》丘陵の東方、飛鳥川に沿う南北にわたる平野を称したものであろう。なお、地域をさらに南西にのばして橿原市見瀬町にいたる野と見、また、檜隈大内陵（天武・持統合葬陵、明日香村野口）をも、その中に含める説（折口博士・『辞典』など）もある。（巻二―一九九　巻八―一六三六　巻十三―三二六八）

大原《おほはら》 高市郡明日香村小原《おうばら》の地で、飛鳥神社のある鳥形山の東南の丘陵地。清御原宮址から一キロもない近距離である。藤原鎌足誕生地と伝えて小祠をまつり、丘の上に鎌足生母大伴夫人の墓、畑中に藤原寺址などがある。（巻二―一〇三　巻四―五一三　巻十一―二五八七）

矢釣山《やつりやま》 明日香村八釣《やつり》の東北にある山、同村小原《おうばら》の北東にあたる。山の大半は桜井市に属している。なお、古写本に「矢」の字を「矣」に、「釣」の字を「駒」とするものがあって、これを「矣《い》駒山《こまやま》」とする説（『全註釈』など）がある。八釣に顕宗天皇近《ちかつ》飛鳥八釣宮址を伝える。（巻三―二六二）

八釣川《やつりがは》 桜井市高家《たいえ》に発して、八釣山の裾を流れ、明日香村飛鳥で北折、香久山の西麓、耳成山の東麓をめぐって、寺川に入る小流。（巻十二―二八六〇）

雷岳《いかづちのをか》 明日香村雷《いかづち》にある低い丘で、『書紀』および『霊異記』に地名起原伝説を伝えている。飛鳥川は丘の裾をめぐって流れ、いま、丘の中央東西に道がつけられ、大字雷の村落がある。なお雷丘の位置を、甘樫丘《あまがしのおか》（折口博士など）また南淵山の一峯（北島葭江氏）にもとめる説もある。（巻三―二三五題）

雷《いかづち》「雷岳《いかづちのをか》」に同じ。（巻三―二三五）

伊加土山《いかづちやま》「雷岳」に同じ。（巻三―二三五の或本）

神岳《かむをか》（かみをか） 明日香村飛鳥の鳥形山にある飛鳥坐神社の旧鎮座地（天長六年、八二九、現位置に遷座―『日本紀略』）で、飛鳥の神奈備山、三諸の神奈備山、神奈備の三諸山ともいわれたところである。その位置は明日香村雷の岡と同地と見られる。甘橿丘とする説もある。（巻三―三二四題）

神岳《かむをか》の山《やま》（かみをかのやま）「神岳」に同じ。（巻二―一五九　巻九―一六七六）

逝廻丘《ゆきみるをか》（ゆきたむをか）　原文「逝廻丘」の訓については「ユキタムヲカ」その他いろいろの訓があって、諸説があるが、全註釈の「ユキミルヲカ」の訓に従うべきであろう。川がゆきめぐって流れている丘の意。題詞及び現地の地形から見て雷丘をさすものであろう。他に、飛鳥の岡寺付近（『代匠記』、地名辞書）また甘樫丘（『大和志考』）を考える説もある。（巻八―一五五七）

打廻《うちみ》**乃**《の》**里**《さと》（うちわのさと　うちたむのさと）　原文「打廻乃里」は、旧訓「ウチワノサト」であるが、武田博士の全註釈が「ウチミノサト」とよんだのに従うべきであろう。所在は明らかでないが、明日香川付近の里の名か（武田博士）といわれ、また、雷丘のあたりか（澤瀉博士）といわれる。「ウチタムノサト」とよんで、「ウチ」までは序、「タム」は多武峰とする説（佐佐木博士『評釈』）もある（巻四―五八九）

打廻前《うちみのさき》（うちたむのさき）　全註釈などの「ウチミノサキ」の訓に従うべく、所在は明らかでないが、「打廻《うちみ》の里《さと》」と同所の崎と見られる。「ウチタムノサキ」の訓もある。（巻十一―二七一五）

神奈備《かむなび》　「かむなび」は、神座となる山や森をいう語であるから、どこにでもあり得るわけであるが、本集中では、飛鳥の神奈備をさすものを最多数とし、次に龍田のものがあり、その他のものもあるかもわからない。飛鳥の神奈備は神岳《かむをか》と同所である。「神《かむ》名備山《なびやま》」「神名火乃山《かむなびのやま》」「三諸乃神名備山《みもろのかむなびやま》」「甘南備《かむなび》乃三諸山《のみもろのやま》」はいずれも神岳をさし、「甘嘗備《かむなび》乃三諸《のみもろ》乃神《のかみ》」はその地の神をさす。「甘南備乃里《かむなびのさと》」「神名火《かむなび》乃淵《のふち》」また巻十一―二七一五の「神名火《かむなび》」も、この神岳の地をさすものであろう。その他、巻八―一四三五の「甘南備河《かむなびがは》」、巻九―一七七三、巻十―二一六二、巻十一―二六五七、巻十一―二七七四の「かむなび」は、飛鳥のものもあると思われるが確とは定めがたい。なお、龍田の「神奈備」の条参照。（巻八―一四一九・一四六六　巻九―一七七三　巻十―二一六二　巻十一―二六五七・二七一五・二七七四　巻十三―三二二三・三三〇三）

【補遺】　飛鳥浄御原宮南方「ミハ山」説（岸俊男）は、この地が橘なので否定されている（井村哲夫）。

神名備山《かむなびやま》（巻十―一九三七・一九三八　巻十三―三二三〇・三二六六）

神名火乃山《かむなびのやま》（巻十三―三二二四）

三諸乃神名備山《みもろのかむなびやま》（巻三―三二四　巻九―一七六一

巻十三―三二六八）

甘南備乃三諸山《かむなびのみもろのやま》（巻十三―三二二七）

神奈備能三諸之山《かむなびのみもろのやま》（巻十三―三二二八）

甘嘗備乃三諸乃神《かむなびのみもろのかみ》（巻十三―三二二七）

甘南備乃里《かむなびのさと》（巻七―一一二五）

神名火乃淵《かむなびのふち》（巻六―九六九）

甘南備河《かむなびがは》（巻八―一四三五）

いずれも「神奈備《かむなび》」の条参照。「三諸《みもろ》」については、磯城郡大三輪町の条の「三諸《みもろ》」の条参照。

三諸之山礪津宮《みもろのやまのとつみや》　巻十三―三二三〇の歌および巻十三―三二三一の左註によって、飛鳥の神奈備山すなわち神岳《かむをか》にあった離宮であることがわかる。宮の由縁と宮址は明らかでない。（巻十三―三二三一）

三《み》**垣**《かき》**の山**《やま》　地名か、あるいは斎垣《いがき》をなしている山の意か明らかでない。歌中の「三諸の神奈備山」が飛鳥の神奈備すなわち雷丘だとすると、それに「立ち向ふ」あるいは斎垣をなすと見られる甘樫丘をさすものであろうか、または付近の山地をさすものであろうか。（巻九―一七六一）

垣津《かきつ》**田**《た》**の池**《いけ》　垣の内の田の池の意。これを池の名として、明日香村の中にもとめる説（『大和志』、折口博士・辞典など）もある。（巻十三―三二二三）

小墾田《をはりだ》　飛鳥地方の北部の地名。推古紀一一年（六〇三）条に豊浦《とゆら》宮より小墾田宮に移遷のことがみえる。明日香村飛鳥・豊浦・雷等一帯の地の総称のようであるが、その範囲を明らかにしない。（巻十一―二六四四）

小治田《をはりだ》　例歌の「小治田《をはりだ》」は飛鳥の小墾田であろう。尾張とみる説もある。（巻十三―三二六〇）

［補遺］　雷岳東方遺跡から「小治田宮」と記された墨書土器が発見された。これは奈良時代の淳仁朝の小治田宮に関わるものであったが、推古朝の小墾田宮も、飛鳥川右岸、雷丘東方にあった可能性が高い。小治田は飛鳥・豊浦などを含む総称ではない。

板田《いただ》**の橋**《はし》　小墾田の中であるが所在未詳。「坂田」の誤として、明日香村坂田の地にもとめる説（考）があるが、諸本はいずれも「板田」である。（巻十一―二六四四）

年魚道《あゆぢ》（あゆち）　所在明らかでないが、『多武峯略記』に多武峰の北限として鮎谷、阿由谷の名をあげているので、そこへゆく道であろうかという（奥野健治）。尾張の愛知郡とする説もある。（巻十三―三二六〇）

豊浦寺《とゆらのてら》　明日香村豊浦《とゆら》にあった寺。縁起は複雑多岐であるが、往古蘇我稲目の邸宅を寺とした向原寺の旧地で、後、推古天皇の豊浦宮がたてられ、その址に建立された尼寺。地は甘樫丘の北東麓にあたり、いま太子山向原寺があり、寺のすこし前を飛鳥川が西北流している。題詞に「故郷」とあるのは飛鳥の古都をさす。（巻八―一五五七題）

置勿《おきな》　飛鳥付近の地であろうが、所在未詳。明日香村奥山《おくやま》に擬する説（阪口保）がある。（巻十六―三八八六）

檜隈《ひのくま》　高市郡の旧阪合《さかあい》村の地で、今、明日香村に入った。近鉄線岡寺駅東南一帯の地にあたり、欽明・天武・持統・文武諸帝の檜隈諸陵もこの地にある。いま、明日香村大字檜前《ひのくま》の名がのこる。当時、帰化人の多かったところ。

佐日之隈廻《さひのくまみ》　「さ」は接頭語。「廻《み》」は、まがったところの意であるが、ここではあたりというにひとしい。檜隈のあたり。（巻二―一七五　巻七―一一〇九　巻十二―三〇九七）

檜隈川《ひのくまがは》　高市郡の高取山中に発して、高取町より檜前の地を、ほぼ近鉄線に沿って北流し、畝傍山の西を廻って、末は曾我川に入る小川。（巻七―一一〇九　巻十二―三〇九七）

真弓の崗《まゆみのをか》　高市郡明日香村真弓の地一帯の岡、すなわち、近鉄飛鳥駅西南方一帯の丘陵をいうものであろうが、丘陵は西南の同郡高取町佐田につづき、佐田のほとりにある岡宮天皇（草壁皇子）陵を「真弓丘陵」というから、往古はこの辺までかけて、真弓の岡といったものであろう。（巻二―一六七・一七四・一八二）

旗野《はたの》　『和名抄』に「高市郡波多郷」とある地の野であろうが、所在は定まらない。同郡高取町の中であるといい、また同郡明日香村畑（南淵山の奥）といい、諸説がある。（巻十一―二三三八）

佐太の岡《さだのをか》　高市郡高取町佐田（くわしくは大字森にある岡宮天皇（草壁皇子）陵のある一帯の丘陵をいう。御陵を「真弓丘陵」というから、古昔はこの付近まで真弓の岡（同条参照）とも称し、御陵付近の丘を、とくに佐田の岡と称したものであろう。同岡異名と見る説（『大和志考』）もある。（巻二―一七七・一七九・一八七・一九二）

［補遺］　佐太の岡辺に葬られた草壁皇子の真弓丘陵は、高市郡高取町佐田にある束明神古墳と考えられている。

越《をち》　高市郡高取町車木《くるまき》に斉明天皇の越智岡上陵《おちのおかのうえ》があ

りその北に同町越智《おち》、さらに東北に北越智（橿原市）があるから、「越《をち》」はこれら一帯の地であろう。丘陵地で西方は曾我川に沿う平野となる。「越野《をちの》」「越《をち》の大野」は、これらの山野をいうものであろう。河島皇子墓は所在不明。なお、越《をち》を明日香村越《こし》（近鉄飛鳥駅の西）に擬する説（『大和志料』、『大和志考』）がある。

越野《をちの》　「越《をち》」参照。（巻二―一九五・一九五左・一九五の一云）

越乃《をちの》大野《おほの》　「越《をち》」参照。（巻二―一九四）

橿原市〔「吉野山」・「桜井」所要〕

藤原京《ふぢはらのみやこ》　もとの高市郡鴨公《かもきみ》村、現、橿原市高殿町を中心とした帝都。持統天皇八年（六九四）一二月より文武天皇を経て、元明天皇和銅三年（七一〇）三月平城遷都まで、前後一六年間の都城。京域は、高殿を中心に、北に耳成山、東に香久山、西の畝傍山を望む三山鼎立の、中央よりやや東寄りの広大な平地である。（巻一―七九題　巻十三―三三二四）

藤原宮《ふぢはらのみや》　藤原京の皇居。宮地は諸説があったが、昭和九年以来近年の発掘調査によって、ほぼ明らかとなった。すなわち、高殿の鴨公《かもきみ》小学校南側に、大宮土壇（大極殿址）を中心に十二堂址の全貌が見出された。こんにち、土壇は森となってのこり、他は田畑と化している。土壇に立って南面すれば、藤原京の規模と景観を一望のうちにおさめることができる。なお、文武天皇の時、高殿から近くの醍醐町（橿原市）に移建されたとする説がある。（巻一―二八の標目・五〇題・五〇左・五一題・五二題・七八題　巻二―一〇五の標目・一六三の標目　巻三―二六八左・四一六左）

藤原《ふぢはら》の大宮《おほみや》　「藤原宮」に同じ。（巻一―五三）

藤原宮御《ふぢはらのみやのみ》井《ゐ》　御井の址は不明。なお斎藤茂吉に、高殿小字メクロ所在の三つの井泉をあわせて、三五間ほどの一大井泉の遺址とする推定説（『柿本人麻呂雑纂篇』）がある。（巻一―五二題）

藤原宮地《ふじはらのみやどころ》　「藤原京」「藤原宮」参照。（巻一―五〇左）

藤原《ふぢはら》　藤原京のあった地。もと、よい井泉があったところから「藤井が原」とよばれ、略して「藤原」といわれたものであろう。飛鳥の「大原」（同条参照）一名藤原の名をうつしたと見る説（折口博士・『辞典』）もある。（巻一―五〇）

藤井《ふぢゐ》が原《はら》　「藤原」参照。（巻一―五二）

藤原古郷《ふじはらのふりにしさと》　平城遷都後に、旧都となった藤原の古京をいったものであろう。なお、飛鳥の「大原」(同条参照)を藤原ともいったので、その地をさすとする説(『地理考』、阪口保)がある。(巻十—二二八九)

香具山《かぐやま》　畝傍山、耳成山とともに大和三山の一つの香久山(高さ、一五二メートル)。もと磯城郡香久山村に属していたが、現在、橿原市と桜井市に分れて、村名を失った。(巻一—二題・一三・一四　巻三—二五七題・二五九・三三四・四二六題　巻十一—二四四九)

天《あめ》**の香具山**《かぐやま》　『古事記』に「阿米能迦具夜麻《あめのかぐやま》」とあって、「天」は「アメ」とよむ。この山だけ「天《あめ》の」を冠らせるのは、古代、天から降って来た神聖な山として仰がれていたためである。『伊予風土記』逸文にその伝説がある。(巻一—二・二八　巻三—二五七　巻七—一〇九六　巻十—一八一二)

神《かみ》**の香具山**《かぐやま》　香具山の神性を貴んで「神の」を冠する。(巻三—二六〇)

青香具山《あをかぐやま》　青々とした香具山の意。(巻一—五二)

香具山《かぐやま》**の宮**《みや》　天武天皇の皇子、高市《たけち》皇子の宮で、香久山の麓、埴安《はにやす》の池に近くあったらしいが、宮址は不明である。(巻二—一九九)

御門《みかど》**の原**《はら》　「御門《みかど》」は、高市皇子の「香具山の宮」をさす。「御門の原」は、地名ではなく、御門前の原をいったもの。(巻二—一九九)

三山《みつのやま》(さんざん)　香久山(東)、畝傍山(西)、耳成山(北)の三つの山をいう。『播磨風土記』に三山妻争の伝説がある。三山の性別については、古来諸説があって定まらない。(巻一—一三題)

埴安《はにやす》　香久山付近の地であるが、こんにち、その名をのこさない。「埴安《はにやす》の池」は、池域を明らかにしないが、香久山の北麓から西麓にわたってひろがり、一部は南側の南浦町(橿原市)のあたりまで及んでいたようである。「埴安《はにやす》の堤《つつみ》」は、埴安の池の堤をさす。

埴安《はにやす》**の池**《いけ》　「埴安」参照。(巻二—二〇一)

埴安《はにやす》**の堤**《つつみ》　「埴安」参照。(巻一—五二)

埴安乃御門《はにやすのみかど》　埴安の池のほとりにあった高市皇子の香具山の宮をさす。(巻二—一九九)

哭沢之神社《なきさはのもり》　橿原市木之本町にある、神名帳の畝尾《うねをの》都多本《つたもと》神社。イザナミノミコトが亡くなった時のイザナギノミコトの涙から生まれた泣沢女《なきさわめ》神をまつる(『古事記』)と伝える。いま、香久山の西麓の、こ

んもりした小森の中に、その小社がある。(巻二―二〇二・二〇二左)

耳梨《みみなし》　本集中に、たんに「みみなし」とあるのは、耳成山《みみなしやま》をさしている。(巻一―一三・五二)

耳梨山《みみなしやま》　橿原市の北部で、近鉄八木駅と耳成駅との中間の北側にある耳成山。藤原京の北辺にあたり、大和三山の一つ。いま梔子《くちなし》山・みみなり山(高さ、一三九メートル)ともいわれる。(巻一―一四)

青菅山《あをすがやま》　地名ではなく、青々とした菅の生えた耳成山をいう。なお、「菅」を借字とみて、「すがすがし」の意とする説(略解)がある。(巻一―五二)

無耳《みみなし》の池　耳成山の麓にあった池だが、その址不明。いま、南麓にある池は、古来のものではなかろう。

橿原《かしはら》　橿原市畝傍町にあたり畝傍山東南麓一帯の地。(巻十六―三七八八)

橿原《かしはら》の畝傍《うねび》の宮《みや》　橿原の地におかれたと伝えられる神武天皇の皇居。明治二二年(一八八九)地を相して橿原神宮が建てられた。(巻二十―四四六五)

橿原《かしはら》の日知《ひじり》の御世《みよ》　神武天皇の御代。(巻一―二九)

畝傍《うねび》山《やま》　橿原市畝傍町の西北の山(高さ、一九九メートル)、大和三山の一。慈明寺山ともいう。

雲根火《うねび》(畝火《うねび》)　「雲根火《うねび》」「畝火《うねび》」は畝傍山のこと。(巻一―一三・五二　巻四―五四三)

畝火《うねび》の山《やま》　「畝傍山」に同じ。(巻一―二九　巻二―二〇七　巻七―一三三五)

軽《かる》　橿原市大軽《おおがる》・見瀬《みせ》・石川・五条野諸町一帯の地。懿徳・孝元・応神三朝の皇居のあったところと伝え、往古、大陸文化を背景にした文化の中心地であった。

軽市《かるのいち》　軽の聚落にひらかれた交易の市《いち》。近鉄岡寺駅の北の見瀬の地とも、大軽の地ともいわれる。(巻二―二〇七)

軽路《かるのみち》　軽の地の道路。近鉄橿原神宮前駅から岡寺駅に向う近鉄線東側の南北に走る道(いわゆる下《しも》つ道)は、その名残かといわれる。(巻二―二〇七　巻四―五四三)

軽池《かるのいけ》　応神紀一一年条に、この池を作ったことが見える。こんにち、その位置不明。(巻三―三九〇)

軽《かる》の社《やしろ》　神名帳の「軽樹村坐神社《かるのこむらにます》」をさすか。いま所在不明。橿原市池尻町の軽古の社を擬する説(『大和志』、『地名辞書』)もある。(巻十一―二六五六)

桜児《さくらこ》　妻争伝説上の娘子の名。橿原市畝傍町大久保の民家の間の畑中に、桜児塚と伝える小墳があるが、

伝説に付会されてもとめられたものであろう。（巻十六―三七八六題）

剣池《つるぎのいけ》　橿原市石川町にある孝元天皇剣池島上陵の周囲の池。応神紀に「作二剣池一」と見え、舒明紀・皇極紀に一茎二花の瑞蓮の記事がある。橿原神宮前駅の東方丘陵地にあって、明治にも灌漑用に大修理が加えられた。（巻十三―三二八九）

竹田《たけだ》　「竹田」は、橿原市東竹田町の地で、神名帳の竹田神社があり、耳成山の東北にあたる所である。「竹田庄《たけだのたどころ》」は、この地にあった大伴氏の田庄。「竹田の原」は、この地の平野をいう。なお、宇陀郡榛原《はいばら》町上井足《かみいだに》の高田垣内の名にもとめる説（山田弘通・『万葉』第一五号）がある。

竹田庄《たけだのたどころ》　「竹田」参照。（巻四―七六〇題　巻八―一五九二題・一六一九題）

竹田《たけだ》の原《はら》　「竹田」参照。（巻四―七六〇）

宗我《そが》の川《かは》　御所《ごせ》市重阪《へえさか》より北流（重阪川）して、橿原市曾我で檜隈川を合し、さらに北上、広瀬川に入ってのち、大和川に注ぐ川。（巻十二―三〇八七）

卯名手之神社《うなてのもり》　橿原市雲梯《うなて》にある雲梯神社。畝傍山の西北方で、曾我川に沿う。（巻七―一三四四　巻十二―三一〇〇）

宇陀市〔「桜井」・「吉野山」所要〕

住坂《すみさか》　宇陀《うだ》郡榛原《はいばら》町萩原の西方、西峠の旧道の坂であろう。いま榛原の市街の宇陀川南岸にある墨坂神社は中世までは西峠にあったという（『大和志科』）。宇陀から初瀬方面への要路にあたる。（巻四―五〇四）

［補遺］　宇陀郡榛原町は現宇陀市榛原。

八十《やそ》隈坂《くまさか》（やそすみさか）　幾まがりも曲り角の多い坂道の意。なお、「八十」までを序として、「スミサカ」とよみ、宇陀の墨坂とする説（全註釈）がある。（巻三―四二七）

宇陀《うだ》の野《の》　宇陀郡の野であるが、大宇陀町を中心に榛原《はいばら》町にかけての一帯の山野をさすもので、狩猟地たる安騎野《あきの》（同条参照）と同一地であろう。（巻八―一六〇九）

［補遺］　宇陀郡大宇陀町は現宇陀市大宇陀。

宇陀《うだ》の大野《おほの》　「宇陀の野」に同じ。（巻二―一九一）

宇陀《うだ》の真赤土《まはに》　宇陀の地方が古来赤土を産出していたのによる。榛原町に赤埴《あかばね》の地名があり、菟田野《うたの》町大沢には、現在水銀鉱山がある。（巻七―一三七六）

［補遺］　宇陀郡菟田野町は現宇陀市菟田野。大沢の

大和金属鉱業は、昭和四〇年に操業を停止した。

安騎野《あきの》（あきのの）　宇陀郡大宇陀町のあたりの山野。いま市街の西方の迫間《はざま》に阿紀神社があり、宇太阿貴宮の址を伝えているが、この付近から大宇陀町一帯、宇陀川の流域に沿って榛原町にかけての山野であろう。（巻一—四五題）

【補遺】　宇陀郡大宇陀町の中之庄遺跡は、軽皇子の安騎野狩猟時に使用されたのではないかと推定されている。

阿騎《あき》**の野**《の》　「安騎野」に同じ。（巻一—四六）

阿騎《あき》**の大野**《おほの》　「安騎野」に同じ。（巻一—四五）

室原《むろふ》　宇陀郡室生《むろう》村の地であろう。室生寺のあるところ。なお、『和名抄』にいう城下郡室原郷（磯城郡田原本町唐古《からこ》か）とする説（『地名辞書』、『大和志』）、御所《ごせ》市室《むろ》とする説（大井重二郎）などもある。（巻十一—二八三四）

【補遺】　宇陀郡室生村は現宇陀市室生。

御所《ごせ》市　〔「五條」・「大阪東南部」・「吉野山」所要〕

葛木山《かづらきやま》　北葛城郡から御所市・五條市におよび、大和・河内国境の連山の称で、金剛・葛城《かつらぎ》・二上の諸山をふくみ、金剛山（高さ、一一二五メートル）をその主峯とする。（巻四—五〇九　巻十一—二四五三）

葛城《かづらき》　「葛木山《かづらきやま》」参照。（巻二—一六五題　巻七—一三三七）

葛木山《かづらきのやま》　「葛木山《かづらきやま》」に同じ。（巻十一—二二一〇）

朝妻《あさつま》　御所《ごせ》市朝妻の地の山地で、金剛山の東麓にあたる。広く金剛山をさしたと見る説もある。（巻十—一八一八）

朝妻山《あさつまやま》　「朝妻」参照。（巻十—一八一七）

高間《たかま》　御所市高天《たかま》の地で、朝妻の西、金剛山中腹の高原状のところ。（巻七—一三三七）

巨勢《こせ》　御所《ごせ》市古瀬《こせ》を中心に、南西から北東にかけての重阪《へえさか》川（曾我川上流）流域のせまい峡谷一帯の地。紀伊および吉野への通路にあたる。なお、北方を高市郡の広域にひろげる説（『大和志』、『大和志考』）もある。

巨勢道《こせぢ》　飛鳥から古瀬《こせ》を通って五条に向う道で、巨勢へゆく道、また巨勢の土地の意。（巻一—五〇　巻十三—三二五七・三三二〇）

巨勢山《こせやま》　巨勢の峡谷の東西の山地をさすものであろう。近鉄吉野口駅西方の巨勢山口神社のある山（高《たか》社《やしろ》の山）を、いま巨勢山と称している。（巻一—五

四　巻七―一〇九七)

巨勢《こせ》の春野《はるの》　「春野」は春の野。巨勢の野は、南北に細長い峡谷の平地であろう。(巻一―五四・五六)

乞許世山《こちこせやま》　「此方来《こちこ》せ」(こちらによこせ)の意をかけて序とし、「こせ(巨勢)」をひき出したもの。(巻七―一〇九七)

五條市〔「五條」・「高野山」・「吉野山」所要〕

阿太《あだ》　五條市の東部、吉野川に沿う一帯で、旧大阿太村・南阿太村の地のあたり、いまその一部に東・西・南の阿田町の名がのこる。「安太人《あだひと》」は、漁業に秀でていたこの地の住民で、「作《リ》レ梁《ヲ》取《ル》レ魚者」のことは神武紀にも見える。いま原町に阿太鵜飼部の祖神をまつる阿多比売神社がある。

安太人《あだひと》　「安太《あだ》」参照。(巻十一―二六九九)

阿太《あだ》の大野《おほの》　東・西・南の阿田町にわたっての、吉野川沿いのいま田となっている野であろう。(巻十―二〇九六)

内野《うちの》(うちのの)　もとの宇智郡、いまの五條市の地の野であるが、旧北宇智村(JR北宇智駅付近)方面から、五條の市街地方面にかけての一帯の山野を称したものであろう。なお、北宇智駅西南方の高原(北島葭江氏)・大野町(山田博士『大和志』)付近と限定する説、その他諸説がある。(巻一―三題)

内《うち》の大野《おほの》　「内野《うちの》」に同じ。(巻一―四)

大荒木《おほあらき》　五條市の市街の東方、今井町の荒木山南方の地といわれる。「大荒木野《おほあらきの》」は、いま田畑となっているこの辺の野であろう。なおこの「おほあらき」を、崩御・薨去に際して新たにつくる仮の墓所とする説(古典大系本)もある。(巻十一―二八三九)

大荒木野《おほあらきの》　「大荒木」参照。(巻七―一三四九)

荒木之小田《あらきのをだ》　「新墾《あらき》の小田」、新たに開墾した田の意で、地名ではない。(巻七―一一一〇)

荒城田《あらきだ》　「新墾田《あらきだ》」、新たに開墾した田の意で、地名ではない。(巻十六―三八四八)

浮田之社《うきたのもり》　五條市今井町の荒木山の南の荒木神社の地といわれる。鬱蒼たる森をなしている。(巻十一―二八三九)

亦打山《まつちやま》　五條市上野《こうづけ》町から和歌山県橋本市隅田《すだ》町真《ま》土《つち》に越える山(待乳峠《まつち》)。葛城山脈の南端の端山(高さ、一二一メートル)で、古昔の道は今よりも南に寄っていたらしい。大和から山を越した西に真《ま》土《つち》川(現、落合川)が南流し、紀の川(吉野川)に注いで、現在県境をなしている。(巻一―五五　巻

三—二九八　巻四—五四三　巻九—一六八〇　巻十二—三〇〇九・三一五四）

信土《まつち》の山川《やまがは》　右の落合川の小流をいうものであろう。（巻七—一一九二）

又打山《まつちのやま》　「亦打山《まつちやま》」に同じ。（巻六—一〇一九）

吉野郡〔「吉野山」・「高見山」所要〕

吉野《よしの》　吉野郡の地であるが、本集中のものは、主として、河畔に吉野離宮のあった吉野川を中心として流域一帯の山河をさしている。古く、エシノといわれ、応神天皇以来、聖武天皇までしばしば行幸があり、持統天皇のごとき、三十余回におよんだ。後世のいわゆる花の吉野山ではない。（巻一—二七　巻二—一一三題　巻三—二四二題・三七五題・三七五・三八五左・四二九題　巻七—一一三〇題　巻九—一七三六題　巻十三—三二三〇）

吉野《よしの》の国《くに》　「国」は一定の区域をいう語で、「吉野の国」は吉野地方をいう。（巻一—三六）

吉野《よしの》の山《やま》　吉野地方の山地をさす。後世のいわゆる吉野山をさすとは限らない。（巻一—五二　巻三—四二九　巻十六—三八三九）

六田《むつた》　吉野郡吉野町上市《かみいち》の西に、吉野川をはさんで、南に吉野町六田《むだ》、北に大淀町六田のある地方で、今は南北に三吉野橋を架しているが、以前は楊柳の多いところから柳の渡と称する渡があった。

六田《むつた》の川《かは》　吉野川の六田《むだ》の地を流れるところをいう。（巻九—一七二三）

六田《むつた》の淀《よど》　六田の地の川淀をいう。（巻七—一一〇五）

吉野宮《よしののみや》　吉野にあった離宮で、応神・雄略・斉明・天武・持統・文武・元正・聖武の諸天皇の行幸があったから、その宮址も一カ所に固定しては考えられないけれども、本集中の吉野宮は、吉野郡吉野町宮滝（上市より六キロ上流）の地域内とみられる。もとの中荘村役場付近はその宮址と伝えられる。南に御船《みふね》山・象《きさ》山をひかえ、吉野川は東方菜摘より屈曲し来り、いわゆる河内《かふち》をなす地形で、小学校前にかけた柴橋の上から見れば、上流の両岸は大岩床をなして、往時の大激湍（滝《たぎ》）を想像させ、「滝《たぎ》の河内《かふち》」「滝《たぎ》の宮処《みやこ》」が現前するのを覚える。なお、宮址を、丹生川上中社のある地（東吉野村黒田）にもとめる説（森口奈良吉）、大淀町説（土屋文明）その他の説がある。（巻一—七左・二七題・二七左・三六題・三九左（六回）・七〇題・七四題　巻二—一一

一題　巻三—三一五　巻六—九二三・一〇〇五・一〇〇六　巻十八—四〇九九　巻十九—四二二四左）

吉野離宮《よしののとつみや》　「吉野宮」に同じ。（巻三—三一五題　巻六—九〇七題・九一六左・九二〇題・九六〇題・一〇〇五題　巻九—一七一三題　巻十八—四〇九八題）

［補遺］　宮滝遺跡の発掘調査によって、離宮跡のⅠ期は斉明朝、Ⅱ期は天武・持統朝、Ⅲ期は元正・聖武朝の遺構であることが判明した。離宮の位置をめぐる論争が決着した。

弓絃葉《ゆづるは》**の三井**《みゐ》　ゆずりはがかたわらに茂っていた井泉。吉野離宮地付近にあったものであろうが、井の址はこんにち不明。（巻二—一一一）

吉野川《よしのがは》　大台ケ原山に発して西北流し、吉野町国栖《くず》で高見川をあわせ、さらに屈曲西流して、離宮地の宮滝・上市・下市・五条市を経て、紀ノ川となる川。（巻一—三八　巻二—一一九　巻七—一一〇五・一一三四　巻九—一七二一・一七二四　巻十八—四一〇〇）

吉野《よしの》**の川**《かは》　「吉野川」に同じ。（巻一—三七　巻三—四三〇　巻六—九一六・九二〇　巻九—一七二〇・一七二五　巻十—一八六八）

三《み》**芳野**《よしの》**の大川淀**《おほかはよど》　吉野川のどこの淀をさしたか不明。「三」《み》は美称。（巻七—一一〇三）

逝副川《ゆきそふかは》（**遊副川**《ゆふかは》）　諸本に「遊副」とあり、「ユフカハ」とよまれて、川の名とされていたが、元暦校本に「逝副」とあり、『古葉略類聚鈔』の訓によって「ユキソフ」とよんで、吉野宮の前を流れる吉野川をさすとみられる。（巻一—三八）

滝《たぎ》　本集中、大和吉野の「滝《たぎ》」は、主として、吉野離宮のそばの宮滝の、岩に激する奔湍をさす。

滝上《たぎのうへ》　右の激湍の上方、またはあたりの意。（巻三—二四二　巻六—九〇七・九一四　巻九—一七一三　巻十—一八六八）

滝之宮子《たぎのみやこ》　吉野離宮をさす。（巻一—三六）

滝《たぎ》**つ河内**《かふち》　激湍のほとりの吉野離宮地一帯をさす。「河内《かふち》」は川の行きめぐった一帯の地形。（巻一—三八・三九　巻六—九二一）

滝《たぎ》**の河内**《かふち》　「滝つ河内」に同じ。（巻六—九〇九・九一〇）

芳野《よしの》**の滝**《たぎ》　宮滝の激湍をいう。（巻六—九六〇）

三《み》**吉野**《よしの》　「三吉野」の「三」は美称の接頭語。「吉野」と同じ。（巻一—二五・二六　巻二—一一三　巻三—二四四・三一五・三五三　巻六—九〇七・九〇八・九一〇・九一一・九一三・九二一・九二四・

九二六　巻七―一一二〇・一一三〇・一一三一　巻十一―二一六一　巻十一―二八三七　巻十二―三〇六五　巻十三―三二九一・三二九三　巻十八―四〇九八）

三《み》吉野《よしの》川《がは》　「吉野川」に同じ。「三《み》」は美称。（巻六―九一五　巻七―一一〇四）

三《み》吉野《よしの》の滝《たぎ》　「滝《たぎ》」の条参照。「三《み》」は美称。（巻三―三一三　巻六―九一〇・九一二・九二一　巻十三―三二三二・三二三三）

見《み》吉野《よしの》の山《やま》　「吉野《よしの》の山《やま》」に同じ。「見《み》」は美称。（巻一―七四）

秋津《あきづ》野《の》　吉野関係の「秋津」は吉野町宮滝付近から、吉野川をはさんで、対岸の同町御園《みその》にかけての地をいったものであろう。秋津の名はいま残らないが、御園の小字に秋戸《あきと》の名がある。なお、宮址に諸説があるのにしたがって、この所在にも諸説がある。また、歌から吉野関係と見られるもの以外については、別に和歌山県田辺市秋津町説もある。（巻四―六九三　巻七―一三四五・一四〇五・一四〇六　巻十―二二九二　巻十二―三一七九）

秋津《あきづ》の野《の》　「秋津野」に同じ。（巻一―三六）

秋津《あきづ》　「秋津野」参照。（巻七―一三六八）

秋津《あきづ》の小野《をの》　「秋津野」に同じ。（巻六―九二六　巻十二―三〇六五）

秋津辺《あきづべ》　秋津のあたり。「秋津野」参照。（巻九―一七一三）

蜻蛉《あきづ》の宮《みや》　吉野離宮のこと。（巻六―九〇七）

秋津《あきづ》の川《かは》　秋津野を流れるあたりの吉野川をいう。（巻六―九一一）

三船《みふね》の山《やま》　離宮地宮滝と吉野川をはさんで、東南にそびえる山（高さ、四八七メートル）。御船山、船岡山とも呼ぶ。北の山裾（柴橋上流）は激湍部にあたり、西方象山《きさ》との間には喜佐谷《きさだに》を作っている。なお、宮址とともに他にもとめる説もある。（巻三―二四二・二四三・二四四　巻六―九〇七・九一四　巻九―一七一三　巻十―一八三一）

象山《きさやま》　離宮地宮滝と吉野川をはさんで、南に相対した山。喜佐谷の西側の山彙である。「象《きさ》の中山《なかやま》」ともいう。「中山」の意は、御船山と御園上方の山との中間にあるからか、あるいは宮滝の正面中央にあたるゆえか。なお、離宮地とともに他にもとめる説もある。（巻六―九二四）

象《きさ》の中山《なかやま》　「象山《きさやま》」に同じ。（巻一―七〇）

象《きさ》の小川《をがは》　吉野山金峯神社東方から発して、喜佐谷

を北流し、宮滝柴橋の下方で吉野川に入る小流。他にもとめる説もある。（巻三―三一六・三三二）

夢《いめ》の和《わ》太《だ》　「和《わ》太《だ》」は曲湾・曲淵の地形。「夢《いめ》の和《わ》太《だ》」は、象の小川の吉野川に入るあたりの深淵をいうものであろう。なお、下市町新《あたら》住《すみ》説・丹生川上説などがある。（巻三―三三五　巻七―一一三二）

夏実《なつみ》　吉野町菜《な》摘《つみ》の地で、宮滝とは吉野川をはさんで一キロほど東の上流。吉野川は菜摘の山を北に迂回し、村の西側を南下して宮滝へと西流する。「夏《なつ》実《み》の川《かは》」は、この地をすぎるあたりの吉野川の呼称であろう。両岸の山が迫り、水流も彎曲して淀瀬が多く「河門《かはと》」（両岸相寄っているところ）の地形も多い。なお、この地を疑う説（土屋文明）もある。（巻九―一七三七）

夏実《なつみ》の川《かは》　「夏実《なつみ》」参照。（巻三―三七五）

夏身《なつみ》の河門《かはと》　「夏実《なつみ》」参照。（巻九―一七三六）

大滝《おほたぎ》　離宮地宮滝の激湍をさすものであろう。なお、上流の吉野郡川上村大滝の地とする説（『大和志』、『名処考など』）もある。（巻九―一七三七）

御《み》金《かね》の嶽《たけ》　吉野郡吉野町吉野山東南の金峯神社上方の山で、金峯山、金《かね》の御《み》嶽《たけ》（高さ、八五八メートル）をいう。南方の大峰の山口にあたる。（巻十三―三二九三）

吉野《よしの》の嶽《たけ》　例歌の場合、前条「御《み》金《かね》の嶽《たけ》」をさす。（巻十三―三二九四）

水分山《みくまりやま》　吉野町吉野山の蔵王堂から約三キロの東南にある水分神社（いま、子守明神）のある山。上の千本の上方にあたる。（巻七―一一三〇）

高城《たかき》の山《やま》　吉野山の水分神社から少し登ったところに俗に城山という山があり、そこが高城山といわれているが、明らかでない。そこは金峯神社から約一キロ余の北。あるいはこの山か。（巻三―三五三）

青根《あをね》が峯《みね》　離宮地宮滝の三船山の南方で、金峯山の東北につづく山をいう。これを地名でないとする説もある。（巻七―一一二〇）

耳我嶺《みみがのみね》　吉野郡中の山名であろうが所在未詳。この歌の類歌（巻十三―三二九三）に「御《み》金《かね》の嶽《たけ》」とあるので誤字説によって、この山と同地とみる説が多く、また吉野町窪垣内《くぼがいと》にありといい（『大和志』）、吉野町南国栖《くず》の天皇社（浄御原神社）は大海人皇子隠棲の地と伝え、あるいは国樔《くず》から竜門山にかけての山路にもとめ（北島葭江）、あるいは細峠・竜在峠間の尾根にもとめる（土屋文明）が、いずれも確かでない。（巻一―二五）

耳我山《みみがのやま》　「耳我嶺《みみがのみね》」に同じ。（巻一―二六）

宇治《うぢ》間山《まやま》　吉野郡吉野町上市の北二キロ余の、同町千《ち》股《まち》の地の山といわれる（『大和志』）。飛鳥の稲淵・栢森《かやのもり》（ともに高市郡明日香村）を経て、郡境の芋が峠（高さ、五〇〇メートル）を越え、上市に出る近道にあたる。なお、旧宇智郡経由の吉野路にもとめる説（土屋文明）もある。（巻一―七五）

国栖《くにす》　往古、吉野川上流に住んでいた土民の称。古くクニスといい、後、クズといった。いま、吉野郡吉野町の宮滝の東方上流に、国樔《くず》、南国栖《みなみくず》の字名が残っている。（巻十―一九一九）

司《し》馬《ま》の野《の》　吉野郡吉野町国樔《くず》、南国栖《くず》など一帯の中の地名であろうが所在未詳。なお、島の野の意とする説（『古義』）がある。（巻十―一九一九）

去《い》来《ざ》見《み》の山《やま》　奈良県吉野郡東吉野村杉谷から三重県飯南《いいなみ》郡飯高《いいたか》町波瀬《はぜ》に越える高見峠の北の高見山（高さ、一二四九メートル）であろう。大和・伊勢の国境の山で、古昔、紀伊から大和をへて伊勢に通ずる交通の要路にある。その円錐形の高峯は、吉野川筋はもちろん各所から望まれる。なお、古く、「いざ」までを「見」にかけたものとして「箕の山」とする説（『僻案抄』）、「い」を発語とみ、「佐美の山」として二見が浦にもとめる説（『槻落葉別記』）などがある。（巻一―四四）

丹《に》生《ふ》の川《かは》　吉野川の支流丹生川のことであろうか。この川は吉野郡の大天井ケ岳の北西方に発し、下市町長谷《ながたに》で丹生川上下社の前をすぎ、末は賀名生《あのう》の谷をすぎて、五条市で吉野川に注ぐ川である。こんにちでも上流山地は檜などの良材に富み、筏流しも見られる。なお、丹生川上上社方面（川上村）（全註釈、大井重二郎氏）・丹生川上中社方面（東吉野村）にもとめる説（『地理考』、阪口保）もあり、明らかでない。巻七―一一七三の「爾布乃河《にふのかは》」を、大和と見る説がある。（巻二―一三〇　巻七―一一七三）

丹《に》生檜《ふのひ》山《やま》　吉野丹生川の上流の檜の山。なお、「丹生の川」参照。（巻十三―三二三二）

今城岳《いまきのをか》　どことも定めがたいが、吉野郡大淀町今木付近の岡であろうか。地は古瀬《こせ》から吉野へ越える道にあたる。巻七―一七九五の「今木の嶺」は題詞の「宮所」を宇治市とすれば、宇治市付近の山であろう。（巻十―一九四四）

今木《いまき》の嶺《みね》　「今城岳《いまきのをか》」参照。（巻九―一七九五）

香芝市　〔「大阪東南部」所要〕

大坂《おほさか》　大和（北葛城郡香芝《かしば》町）から河内（大阪府南河内郡）へ越える坂道で、二上山の北側をゆく穴虫越であろうか。香芝町に大字逢坂《おうさか》の名がのこり、同町穴虫に大坂山口神社がある。なお、穴虫越より北の関屋越、二上山の南側の竹内《たけのうち》越の道も考えられる。（巻十―二一八五）

【補遺】　北葛城郡香芝町は、現香芝市。

葛城市〔「大阪東南部」所要〕

二上山《ふたかみやま》　北葛城郡當麻《たいま》村の西嶺で、葛城山脈の北のつづきにあたり、大和・河内の国境をなす。いま「にじょうさん」という。南の雌岳（高さ、四七四メートル）北の雄岳の二峯にわかれ、雄岳の山頂に大津皇子の墓がある。（巻二―一六五題・一六五　巻七―一〇九八）

【補遺】　北葛城郡當麻村は、現葛城市當麻町。二上山雄岳山頂の大津皇子墓は明治五年に宮内省が治定したものであり、墓とする根拠はない。當麻町染野にある鳥谷口古墳を治定する説がある。

二上《ふたかみ》　「二上山《ふたかみやま》」に同じ。（巻十―二一八五　巻十一―二六六八）

北葛城郡〔「大阪東南部」・「桜井」所要〕

城上《きのへ》**（木𤭢《きのへ》）**　ともに同地と見られる。『和名抄』に「大和国広瀬郡城戸郷」とある地で、今の北葛城郡広陵《こうりよう》町大塚・三吉のあたりといわれる。諸陵式に「三立岡墓。高市皇子。在二大和国広瀬郡一云々」とあって、いま、三吉の小字大垣内に三立山の名をのこすところがあるが、このあたり荒墳多く、所在不明である。広陵町赤部の新木山《にきやま》古墳を高市皇子墓に擬する説もある。なお飛鳥（折口博士・『辞典』）また北葛城郡河合村にもとめる説、「木𤭢」を別地とする説（北島葭江氏）などがある。

城上殯宮《きのへのあらきのみや》**（木𤭢殯宮**《きのへのあらきのみや》**）**　「殯宮」は、崩御・薨去に際し、本葬までの間、仮に新宮にまつるところ。「きのへ」は右、参照。（巻二―一九六題・一九九題）

城上宮《きのへのみや》　「きのへ」の殯宮をさす。（巻二―一九六・一九九　巻十三―三三二六）

城上《きのへ》**の道**《みち》　「きのへ」へゆく道、その地の道。（巻十三―三三二四）

百済《くだら》**の原**《はら》　北葛城郡広陵《こうりよう》町百済あたりを中心に曾我川（東）葛城川（西）流域一帯の平野。往古帰化民

による一つの文化圏をなしていたところ。百済に百済寺がある。（巻二―一九九）

百済野《くだらの》　「百済の原」に同じ。（巻八―一四三一）

【補遺】　百済大寺を百済寺のある北葛城郡広陵町とする説に対して、桜井市吉備で発掘された「吉備池廃寺」とする説が有力となった。

広瀬川《ひろせがは》　北葛城郡河合村川合に神名帳の広瀬神社があり、この東傍を葛城川・高田川が合して北流し、大和川に注ぐ。広瀬川はこの葛城川の下流をいったものであろう。なお、合流点（奥野健治）、また、合流点から龍田にかけての大和川の称とする説（『大和志』）もある。（巻七―一三八一）

【補遺】　河合村は、現河合町。

片岡《かたをか》　地形からいえば、一方が傾斜になった岡をいうものであるが、諸注多く、北葛城郡の片岡をさすとする。片岡は同郡王寺町南方の丘陵地帯で、その間に聖徳太子伝説地片岡山、片岡坐神社、片岡馬坂陵（以上、王寺町）、傍丘磐坏《かたおかいわつき》丘北陵・同南陵（以上、香芝《かしば》町）などがあり、王寺町の南部および香芝町一帯にわたる地である。（巻七―一〇九九）

大和郡山市〔「桜井」・「大阪東南部」所要〕

殖槻《うゑつき》　大和郡山市の郡山城址の北に殖槻八幡宮があり、天武天皇ごろの殖槻寺址と伝えるところもある。この地であろうか。（巻十三―三三二四）

西市《にしのいち》　平城京の東西に置かれた市のうち、その西のもの。右京八条二坊にあった。大和郡山市九条町字市田のあたり。なお、これを藤原京の西市と見る説（大井重二郎）もある。（巻七―一二六四）

沙額田《さぬかた》　「さ」は接頭語で、奈良県大和郡山市の額田部寺町・同南町・同北町のあたりかと見られる。（巻十―二一〇六）

八田の野《やたの》　「八田《やた》」は、大和郡山市矢田の地で、郡山市の西部にあたる。「八田の野」は、この地の野。富雄《とみお》川流域の山野をいうものであろうか。なお、これを福井県（『名所方角抄』）・石川県（『私注』）にもとめる説がある。（巻十―二三三一）

櫟津《いちひづ》　旧、櫟井《いちひゐ》村の地は、天理市櫟本《いちのもと》町の西方で横田村と合して治道《ちどう》村と称されていたが、現在、大和郡山市に編入され、櫟枝《いちえだ》町に名をとどめている。「櫟津《いちひづ》」はこの地の川沿いのどこかをさすものであろうか。（巻十六―三八二四）

奈良市〔「奈良」・「桜井」・「大阪東南部」所要〕

奈良《なら》（寧楽《なら》）　好字をえらんで寧楽・平城などと書いた。東の春日・高円の連山を、北に奈良山を負う奈良盆地北部の地。元明天皇和銅三年（七一〇）以降七十余年間、平城京のいとなまれたところ。（巻三―二六〇左　巻六―一〇四七題　巻七―一二一五　巻八―一六〇四題　巻十―一九〇六　巻十三―三二三〇　巻十七―三九一六題・三九二一左・三九七八・四〇〇八　巻十八―四〇四八・四一〇七　巻二十―四四六一）

奈良路《ならぢ》　奈良への往還の意。（巻五―八六七　巻十七―三九七三）

平城里《ならのさと》　奈良の地の里。（巻六―九五二　巻十一―二二八七）

寧楽《なら》の家《いへ》　奈良にある家。（巻一―八〇　巻四―七六五題　巻六―九六九題　巻八―一四六四左・一六三二題　巻十七―三九一〇左）

寧楽人《ならひと》　奈良にいる人の意。（巻八―一五四九　巻十九―四二二三）

平城京《ならのみやこ》　元明天皇の和銅三年（七一〇）三月、藤原京より遷都してから、桓武天皇の延暦三年（七八四）一一月まで、八代七四年間の帝都。ただし、その間、天平一二年より一七年にかけては、一時、恭《く》仁《に》・紫香楽《しがらき》・難波の造京遷都があった。京師は、旧奈良市をも含めてその西方平野に展開し、朱雀大路を中心に左右両京にわかれ、東西を九条、南北を左右各四坊にわかち、これに京東の四条三坊を加え、長安の都を模する大規模な都市計画がなされた。旧奈良市内は平城京東偏の一部である。平安遷都後は、七十余年にしてすべて田畝となっていたという（『三代実録』）。こんにちも、京東を除く旧京域の大半は、おおむね田園に帰している。（巻一―七九巻三―三二八・三三〇・三三一　巻五―八〇六・八〇八・八八二　巻六―一〇四四題・一〇四四・一〇四五・一〇四六・一〇四七（二回）・一〇四九　巻八―一六〇四・一六三九　巻十五―三六〇二・三六一二・三六一三・三六一八・三六七六　巻十七―三九一九　巻十九―四二四五・四二六六）

奈良《なら》の大路《おほぢ》　「平城京《ならのみやこ》」参照。（巻十五―三七二八）

寧楽宮《ならのみや》　平城京の皇宮。宮域は京城の中央北部にあたる。こんにち、奈良市佐紀東・佐紀中町の南、近鉄線北側に、大極殿土壇をはじめ、宮域地をのこしている。（巻一―七八題・七九題・八四の標目　巻二―二二八の標目）

西《にし》の御馬屋《みまや》　西方の馬屋で、寧楽宮の西南隅にあっ

た右馬寮のこと。（巻十五―三七七六）

西池《にしのいけ》　寧楽宮の中の池。『続紀』天平一〇年七月の条に、天皇大蔵省で相撲を見てのち、夕方、西《ノ》池《ノ》宮に出御して梅花を指して文人らに詩を作らせたとある。西《ノ》池《ノ》宮の遺址は、関野博士の説（『平城京及大内裏考』）によれば、宮城域内西南隅の谷田と称するところかという。また、池址は谷田の中の金池とよぶところかという。（巻八―一六五〇題）

靫負御井《ゆげひのみゐ》　寧楽宮の中の靫負府のあたりにあった井か。『続紀』に光仁天皇がここで曲水の宴を行なわれたことが見える。なお、磯城郡田原本町蔵堂にもとめる説（『大和志』など）がある。（巻二十―四四三九題）

田村里《たむらのさと》　奈良市法華寺町付近の地であろう。佐保川の支流で、法華寺の東から来る菰川が暗《くらがり》峠道と交叉するほとり、三町歩ばかりの広さをもつ「田村川」と称する地区があるという（石井庄司）。地はおおむね平城京の左京三条一坊付近にあたる。「田村里《たむらのさと》」はこの付近の地と見るべきであろう。なお、天理市田町にあてる説（豊田八十代）がある。（巻四―七五九左）

東市《ひむがしのいち》　平城京の東西に置かれた市のうち、その東のもの。左京八条二坊にあった。いまの奈良市杏《からもも》町・西《さい》九条町のあたり。市には街路樹が植えられていた。なお、古くは奈良市古市《ふるいち》の地にあてられていた。（巻三―三一〇題・三一〇）

奈良山《ならやま》　平城京の北郊に連亘する丘陵性の山（高さ、一〇〇メートル内外）で、おおむね奈良市北郊の奈良坂以西、山陵《みささぎ》町にいたる低山の総称である。崇神紀にすでに「那羅山」と見える。奈良から山城へおもむく奈良山越の道は、古昔の下《しも》つ道の延長線たる、平城宮址背面の佐紀よりする歌姫越によったもので、今の奈良坂越の道は、後の発達によるもののようである。（巻一―二九・二九の或云　巻三―三〇〇題　巻四―五九三　巻八―一五八五・一五八八　巻十―二三一六　巻十一―二四八七　巻十三―三二三六・三二三七・三二四〇　巻十六―三八三六　巻十七―三九五七）

奈良《なら》**の山**《やま》　「奈良山」に同じ。（巻一―一七　巻八―一六三八　巻十二―三〇八八）

寧楽《なら》**の手向**《たむけ》　「たむけ」は、山または渡海の津などで、道祖神または海神などに幣《ぬさ》を手向けて旅の平安を祈ること、またその場所をいう。「寧楽の手向」は、大和から北方へ奈良山を越える時の「たむけ」

で、奈良市佐紀町から同市歌姫を越える峠（歌姫越）をさすものであろう。（巻三―三〇〇）

佐紀《さき》　奈良市佐紀町を中心に、二条町、山陵町《みささぎ》などにおよぶ、平城宮址北方の地である。

佐紀山《さきやま》　奈良山の西部。ほぼ、京都からくるＪＲ線路の西側の一群の丘陵地であって、平城宮址から真北に奈良山を越える歌姫越は、この山地を縦断している。（巻十―一八八七）

咲野《さきの》　佐紀山の南裾一帯の平地。往古は低湿地で沼沢が多かったらしく、「咲沢《さきさは》」「開沢《さきさは》」「生沢《さきさは》」「開《さき》沼《ぬ》」もその沼沢をいったものであろうか。こんにち、佐紀東町の東方に、磐之姫命陵を北にして、大きな水上池《みずかみ》があるのもその一つであろう。なお仮名遣の上から、「佐紀」の「紀」は乙類、「咲《さき》」「開《さき》」「生《さき》」の「き」は甲類であるから、これらを佐紀の地名と見ない説（古典大系本など）もあるが、これらがいずれも上句とかけ言葉の関係にあって、類似音を用いたものと考えれば、上記の地をさしたものとなる。（巻十―一九〇五・二二〇七）

咲沢《さきさは》　「咲野《さきの》」参照。（巻四―六七五）

開沢《さきさは》　「咲野《さきの》」参照。（巻十二―三〇五二）

生沢《さきさは》　「咲野《さきの》」参照。（巻七―一三四七）

開沼《さきぬ》　「咲野《さきの》」参照。（巻十一―二八一八）

佐紀宮《さきのみや》　佐紀の地にあった宮。長皇子《ながのみこ》（天武天皇の皇子）の宮であろう。宮址は不明。（巻一―八四題）

高野原《たかのはら》　佐紀西町の西北の山陵町《みささぎ》にある孝謙天皇陵を高野山陵といい、また、西大寺が高野寺ともいわれたから佐紀丘陵から西南方にかけての一帯を高野原といったものであろう。（巻一―八四）

坂上里《さかのうへのさと》　大伴坂上郎女の住地。その所在は、奈良市法華寺の西北に、磐之姫命陵があり、平城坂上陵と称されているので、その付近かといわれる（石井庄司）。なお、生駒郡三郷《さんごう》村立野《たつの》の東北、坂上《さかね》とする説（豊田八十代）がある。（巻四―五二八左・七五九左）

佐保《さほ》　平城京の東北郊。いまの奈良市街地の西北郊で奈良市法蓮・佐保・佐保山・佐保田などの諸町から法華寺町におよぶ、おおむね佐保川の北側一帯の地である。（巻三―三〇〇　巻四―六六三　巻六―九七九題）

佐保《さほ》**の内**《うち》　佐保一帯の地を「佐保の内」とも称したものであろう。佐保川と佐保山との間の地と限定する説（折口博士『辞典』、『地理考』）もある。（巻六―九四九　巻十―一八二七・二二二一　巻十一―二

六七七)

佐《さ》保《ほ》の内《うち》の里《さと》　「佐保の内」参照。(巻十七—三九五七・三九五七の註)

佐《さ》保宅《ほのいへ》　当時、佐保には大宮人の邸宅多く、大伴氏邸もこの地にあった。「佐《さ》保宅《ほのいへ》」はそれらをいう。(巻八—一四四七左・一六三八左)

佐《さ》保《ほ》道《ぢ》　佐保の地をゆく道、また、佐保へゆく道。歌中のは東大寺転害門より西への旧一条南大路をいうとはかぎらない。(巻八—一四三二　巻二十—四四七七)

佐《さ》保《ほ》風《かぜ》　佐保の地を吹く風の意。(巻六—九七九)

西宅《にしのいへ》　佐保の大伴氏邸よりも西にあった別邸であろう。こんにち所在不明。坂上郎女の住んでいた坂上《さかのうへ》里《のさと》であろうとする説(石井庄司)もある。(巻六—九七九題)

佐《さ》保《ほ》山《やま》　奈良市法蓮町・佐保田町などの北に東西に連亘する一群の丘陵地で、おおむねJR線路の東方から奈良坂にいたる一帯の山地である。元明・元正・聖武の諸天皇の陵があり、その他古墳墓が多い。西方、佐紀山とともに奈良山の一部をなす。(巻三—四七三・四七四　巻七—一三三三　巻十二—三〇三六　巻十七—三九五七の註)

佐《さ》保《ほ》の山《やま》　「佐保山」に同じ。(巻三—四六〇　巻六—九五五　巻八—一四七七　巻十—一八二八)

佐《さ》保《ほ》川《がは》　奈良市東方春日山の山中に発し、北の山裾を迂回して、市街の北郊で、吉城川《よしき》をあわせ、法蓮佐保をすぎ、法華寺南方で南折し、途中、率川《いざ》・能登川の小流をあわせ、初瀬川に合して大和川に注ぐ川。(巻一—七九　巻三—三七一・四六〇　巻四—五二五・五二九　巻六—九四八・一〇〇四　巻七—一一二三・一一二四・一二五一　巻八—一六三五　巻十二—三〇一〇　巻二十—四四七八題・四四七八)

佐《さ》保《ほ》の河《かは》　「佐保川」に同じ。(巻四—五二六・五二八・七一五)

佐《さ》保《ほ》の河原《かはら》　佐保川の河原。(巻八—一四二三)

黒髪山《くろかみやま》　奈良市街地の北方、佐保山の一部で、興福《こんぶ》院《いん》の東の道を登っていったところ、黒髪山町一帯の山地であろう。近年はまったく遊園地と化した。なお、栃木県日光市(『古義』)・岡山県新見市《にいみ》(『地名辞書』)にもとめる説がある。(巻七—一二四一　巻十一—二四五六)

【補遺】　池田末則『古代地名紀行』は、黒髪山を春日山頂上の高山とする。

阿保山《あほやま》　奈良市佐保田町の西の不退寺の丘陵かといわれる（『古義』、『地名辞書』など）。なお、三重県名賀郡青山町にもとめる説もある。（巻十―一八六七）

一隔山《ひとへやま》（一重山《ひとへやま》）　一重の山の意。恭仁《くに》京方面より見れば、平城京との間に、浅いひとつづきの奈良山一重《ひとへ》をへだてている感があるのでいう。（巻四―七六五　巻六―一〇三八）

元興寺《ぐわんごうじ》　元興寺は、崇峻天皇元年（五八八）蘇我馬子によって高市郡の飛鳥の地に建てられた法興寺（飛鳥寺）の別号であるが、平城遷都後、養老二年（七一八）左京五条七坊、すなわち、今の奈良市芝《しば》新屋《しんや》町の地に遷され、旧地は本元興寺（今、安居《あんご》院《いん》）と称された。本集中の「元興寺」はいずれも平城移転後のものをさす。もとは広大であったが、こんにちは町の一隅に塔址と小字をのこすのみである。（巻六―一〇一八題・一〇一八左）

元興寺《ぐわんごうじ》の里《さと》　右の寺地の里をさす。（巻六―九九二題）

平城《なら》の明日香《あすか》　高市郡の飛鳥から移ってきた元興寺（飛鳥寺）のところをいう。（巻六―九九二）

東大寺《とうだいじ》（ひむかしのおほでら）　現在、奈良公園にある東大寺。天平一三年（七四一）聖武天皇の発願による寺。（巻十八―四〇八五題）

春日《かすが》　奈良市の東方、春日・御蓋《みかさ》・若草などの山地を含めた山野をいう。今は春日神社一の鳥居より東をいうが、古昔はもっと広域におよんでいた。（巻七―一二九五　巻八―一五七〇　巻十―一八二七・一八八七・一九五九・二二二二　巻十二―三〇一一・三二〇九　巻十九―四二四〇題）

春日里《かすがのさと》　春日の地の里。（巻三―四〇七　巻八―一四三四・一四三七・一四三八）

春日山《かすがやま》　奈良市街地の東方の山彙の総称。南は高円山に連なり、主峯を花山（高さ、四九八メートル）とする。（巻四―五八四・六七七・七三五　巻六―一〇四七　巻七―一〇七四・一三七三　巻八―一五一三　巻十―一八四五　巻十一―二四五四）

春日《かすが》の山《やま》　「春日山」に同じ。（巻三―三七二　巻六―九四八　巻八―一五六八・一六〇四　巻十―一八四三・一八四四・二一八一・二一九五・二一九九）

春日野《かすがの》　奈良市街地東方、奈良公園地域の広野。むかしはもっと広域にわたっていた。（巻三―三七二題・四〇五・四六〇　巻四―五一八・六九八　巻六―九四九左　巻七―一三六三　巻八―一五七一　巻

十一—一八七九・一八八〇・一八八一・一八九〇・一九七四・二二二五・二二六九　巻十二—三〇〇一・三〇五〇・三一九六　巻十六—三八一九　巻十九—四二四一）

春日《かすが》の野《の》「春日野」に同じ。（巻三—四〇四　巻十—一八七二・一九一三）

春日《かすが》の小野《をの》「春日野」に同じ。（巻十二—三〇四二）

羽易《はがひ》の山《やま》　巻十—一八二七に「春日なる羽《は》買之《がひの》山《やま》」とあって、奈良市春日の地域内の山であろうが所在不明。鳥が羽をひろげたような山形から春日山をいうともいい、春日水屋峯・白毫寺上方のヲドリ山・若草山また、春日山の一峯など諸説がある。また巻二の方はこれとは別に、巻向山の北につづく竜王山とする説（澤瀉博士『注釈』）もある。（巻二—二一〇・二一三　巻十—一八二七）

三笠山《みかさやま》　春日山の主峯の前面西方にある円錐形の御《み》蓋《かさ》山（高さ、二九七メートル）。俗にいう三笠山（若草山）とは別。西麓に春日神社があり、その境内に万葉植物園が設けられている。（巻二—二三二・二三四　巻八—一五五三）

三笠《みかさ》の山《やま》「三笠山」に同じ。（巻三—三七二・三七三　巻六—九八〇・九八七　巻七—一一〇二・一二九五　巻八—一五五四　巻十—一八六一・一八八七・二二一二　巻十一—二六七五　巻十二—三〇六六・三二〇九）

御笠《みかさ》の野辺《のべ》　御蓋山麓の野辺。（巻六—一〇四七）

笠《かさ》の山《やま》　御蓋山をこう呼んだものであろう。なお、桜井市笠《かさ》の地の山とする説（『講義』）もある。（巻三—三七四）

率川《いざかは》　春日山に発して、猿沢池の南を西流し、大安寺地区の西で佐保川に注ぐ小流。（巻七—一一一二）

宜寸《よしき》川《がは》　春日山の水屋峯に発し、東大寺南大門の前をすぎ、奈良女子大学の北側で佐保川に合する吉城《よしき》川。（巻十二—三〇一一）

能登《のと》川《がは》　春日山と高円山との間の石切峠付近に発して御蓋山と高円山との間を西流し、能登川町を経て、後、岩井川と合し、八条町で佐保川に注ぐ小川。（巻十—一八六一・巻十九—四二七九）

細谷川《ほそたにがは》　細い谷川の意で、例歌では、能登川をさしている。（巻七—一一〇二）

高円《たかまと》　平城京東郊の春日の南につづく地域で、奈良市街地の東南、同市白毫寺町《びゃくごうじ》・高円山・鹿野園町《ろくやおん》など一帯の地。たんに「高円《たかまと》」という時は、山にも野

にもいわれている。（巻六―九四八　巻八―一六一〇　巻十―一八六六　巻二十―四二九五・四二九六・四三一九）

高円山《たかまとやま》　春日山の南に、峠道をへだててつづく山（高さ、四六一メートル）で、白毫寺の東方にあるところから白毫寺山ともいわれている。なお、高円山の東南麓、奈良市須山町東金坊《とうこんぼう》に志貴皇子の墓（田原西陵）がある。（巻二―二三〇　巻六―九八一・一〇二八）

高円《たかまと》**の山**《やま》　「高円山」に同じ。（巻八―一四四〇・一五七一・一六二九）

高円《たかまと》**の野**《の》　高円山の西麓、白毫寺町・鹿野園町など一帯の野。（巻二―二三一・二三三　巻六―一〇二八題　巻八―一六〇五・一六三〇　巻十―二一二一　巻二十―四二九五題・四二九七・四五〇六・四五〇八・四五一〇）

高円辺《たかまとのべ》　高円のあたりの意。（巻十―一八六六）

高円離宮《たかまとのとつみや》　高円山の西麓の傾斜地の岡にあった聖武天皇の離宮。本集中に、「高円の野の上《うへ》の宮」「高円の峯《を》の上《うへ》の宮」ともある。こんにち、その宮址は不明。（巻二十―四五〇六題）

[補遺]　奈良市白毫寺町の奈良県立高円高等学校の工事現場で発見された建物と庭園の遺構を、離宮遺跡とする説がある。

高円《たかまと》**の宮**《みや》　「高円離宮《たかまとのとつみや》」参照。（巻二十―四三一五・四三一六）

高円《たかまと》**の野**《の》**の上**《うへ》**の宮**《みや》　「高円離宮」参照。（巻二十―四五〇六）

高円《たかまと》**の峯**《を》**の上**《うへ》**の宮**《みや》　「高円離宮」参照。（巻二十―四五〇七）

獦高《かりたか》　高円山付近の旧名であろう。狩をする高原の意として高円山の山地とする説（北島葭江）がある。（巻六―九八一）

借高《かりたか》**の野**《の》　『大和志』に「在二鹿野苑《ろくやおん》一」とあって、高円山の西麓、奈良市鹿野園町一帯の野、高円の野と同じあたりをいうものであろう。（巻七―一〇七〇）

山村《やまむら》　奈良市山村町の地であろう。市街の南方、JR帯解《おびとけ》駅東方の山沿いの地である。（巻二十―四二九三題）

菅原《すがはら》**の里**《さと》　奈良市菅原町一帯の地。西大寺の南方で、平城京の右京三条南北の地にあたる。付近に菅原伏見東陵（垂仁陵）・西陵（安康陵）・菅原神社・菅原寺などがある。この地に藤原宿奈麻呂の家があった

ものであろう。(巻二十—四四九一)

勝間田《かつまた》の池《いけ》 奈良市六条町に、薬師寺から電車線路を越えて西方にあたって俗称大池があり、薬師寺ではこれを勝間田池として伝えて来たが、この池であろうか。唐招提寺は新田部皇子の旧宅址であるから、ほぼ両寺付近の地に往古あった池であろう。(巻十六—三八三五・三八三五左(二回))

生駒市・生駒郡 〔「大阪東南部」・「大阪東北部」・「桜井」所要〕

生駒山《いこまやま》 奈良県生駒郡と大阪府枚岡市との間に連亙する生駒山(高さ六四二メートル)。当時、南の龍田越とともに、大和から河内に通ずる交通路であった。生駒越の道は、山頂の北に善根寺越、辻子《ずし》谷越があり、南に暗《くらがり》峠越があるが、当時の主要路はいずれか明らかでない。あるいは暗越か。暗峠の北方高見山(高さ、六三七メートル)には和銅五年(七一二)烽火《とぶひ》がおかれた。なお、巻六—一〇四七の「射駒山」を古写本の文字を変えて、春日山の一峯・春日野の小山・八釣山などとする諸説がある。(巻六—一〇四七 巻十—二二〇一 巻十二—三〇三二 巻十五—三五八九)

[補遺] 生駒山が奈良県生駒郡と大阪府枚岡市との間に連亙しているという記述は、現在では奈良県生駒市・生駒郡と大阪府東大阪市との間に連亙しているという記述になる。

生駒《いこま》の山《やま》 「生駒山」に同じ。(巻十五—三五九〇)

生駒高嶺《いこまたかね》 「生駒山」に同じ。(巻二十—四三八〇)

飛火《とぶひ》が嵬《たけ》 「とぶ火」は烽火で、事ある時に狼火をあげて中央に急報する設備。「飛火《とぶひ》賀《が》嵬《たけ》」は、『続紀』、和銅五年(七一二)正月の条に「始置二高見烽及大倭国春日烽一以通二平城一也」とあるように、前記、生駒山の高見山(生駒天文台のあるところ)におかれた烽火。すでに地名化している。(巻六—一〇四七)

平群《へぐり》の山《やま》 生駒郡生駒町の南部(旧、南生駒村)から同郡平群《へぐり》村を通って今の龍田川(旧、平群川)が流れ平群谷を形成しているが、「平群《へぐり》の山《やま》」は、平群谷をはさんだ一帯の山地をさしたものであろう。生駒山の南につづく平群山のみをさしたものではない。往古は狩猟地であろう。(巻十六—三八八五)

[補遺] 龍田川(旧、平群川)が生駒郡生駒町の南部から同郡平群村を通って流れているという記述は、現在では生駒市の南部から生駒郡平群町を通って流

れているという記述になる。

斑鳩《いかるが》　生駒郡斑鳩《いかるが》町の地で、旧、法隆寺村・富郷《とみさと》村一帯の地にあたる。聖徳太子の斑鳩宮もこの地にあった（巻十二―三〇二〇）

因可《よるか》**の池**《いけ》　斑鳩の中であるが、所在不明。法隆寺東北の天満池（『略解』）、法隆寺内の池（『旧跡幽考』）、斑鳩町興留《おきどめ》の池（阪口保）など諸説がある。（巻十二―三〇二〇）

龍田《たつた》　生駒郡斑鳩町の西南部（もと龍田町）・三郷《さんごう》村等の地で、諸川をあつめた大和川が、大阪府へと西流する北側の地を占め、大和・河内の交通の要路にあたっていた。なお、「龍田川」は、本集中に所出なく、こんにちの龍田川（旧、平群川）の紅葉は後世の植樹による。（巻四―六二六の一云）

［補遺］　三郷村は、現三郷町。

神奈備《かむなび》　例歌の「神奈備《かむなび》」は、龍田の神奈備であろう。その所在は定まらないが、一般に生駒郡斑鳩町神南《じんなん》の三室山（神奈備山）といわれる。いまの龍田川の西側にあたる。また三郷村立野の龍田本宮の地、とくに字高山上方の古社の山ともいわれる（阪口保）。なお高市郡の項の「神奈備《かむなび》」参照。（巻八―一四一九・一四六六）

三室《みむろ》**の山**《やま》　磯城郡の項の「三諸《みもろ》」および、前記「神《かむ》奈備《なび》」参照。（巻二―九四　巻七―一〇九四　巻十一―二四七二）

龍田山《たつたやま》　三郷村の西嶺で、生駒の山脈の南部、信貴《しぎ》山の南につづき、大阪府柏原市にまたがる山地であるがいまこの名を称する山はない。（巻一―八三　巻三―四一五題　巻五―八七七　巻七―一一八一　巻十―二二一一・二二一四・二二九四　巻十七―三九三一　巻二十―四三九五題・四三九五）

龍田《たつた》**の山**《やま》　「龍田山」に同じ。（巻六―九七一　巻九―一七四七・一七四九　巻十―二一九四　巻十五―三七二二　巻二十―四三九五題）龍

竜田道《たつたぢ》　右の龍田山越の道であって、おそらく三郷《さんごう》村立野《たつの》の龍田神社付近から峠にむかい亀ケ瀬の上方を越えて、大阪府柏原市高井田方面に出るものであろうがいまその古道を明らかにしない。（巻六―九七一）

龍田彦《たつたひこ》　神名帳大和国平群郡に「龍田比古龍田比女神社二座」と見え、龍田神社の祭神で風の神である。この神社は生駒郡斑鳩町龍田の龍田神社とされている。一方、延喜式龍田風神祭の祝詞に、天御柱命・国御柱命を、龍田の立野の小野にまつるとある。こ

の神社は同郡三郷村立野の龍田神社である。祭神については古来異論各説が行なわれ、両社の社地についても諸説があるが、本集中の「龍田彦《たつたひこ》」は、龍田山越にかかる立野の神の方をさすとみるべきであろう。（巻九―一七四八）

磐瀬《いはせ》の社《もり》　龍田の地方にあった森であろうが、その所在は諸説があって定まらない。一般には、生駒郡斑鳩町龍田の西南の同町稲葉車瀬にある森とされる。いまの龍田川（旧、平群川）の東側で、川をはさんで西の三室山に対する土俗シホダの森と称するところ。また生駒郡三郷村立野の龍田神社の南、大和川の北岸にも磐瀬の森を伝えている。なお、高市郡飛鳥説、その他がある。（巻八―一四一九・一四六六・一四七〇）

小鞍嶺《をぐらのみね》　龍田山越の中途にある山で、こんにち明らかではないが、三郷村立野の西南方から山に入って、大阪府柏原市大字峠の西方、大和川亀ケ瀬上方にあたる山（留所《とめしよ》の山）をいったものであろうか。昭和六年来の地すべりによる崩壊のため地形は変じているといわれる。なお、信貴山寄りの山とみる説もある。（巻九―一七四七）

射行相《いゆきあひ》の坂《さか》　「射《い》」は接頭語。「人々が行きあう坂」の意。なお、地名説（『袖中抄』）や、「いゆきあひの」を枕詞とする説（『略解』）がある。（巻九―一七五二）

所在未詳

安幡《あは》　巻二―二〇三の原文「安幡爾勿落《あはになふりそ》」の「安幡《あは》爾《に》」は「たくさんに」の意であろう。諸説がある。なお、これを「粟原」の地名とし（『攷証』）、また「阿婆の野《あばの》」（同条参照）と同一として、藤原京・吉隠間の一地かとする説（『私注』）がある。（巻二―二〇三）

阿婆乃野《あばのの》　奈良県のうちであろうが所在未詳。神名帳の率川《いざがわ》阿波神社のある地か（『代匠記』）ともいわれる。その位置は、奈良市街三条通の南にある率川神社のあたり（西城戸町《にしじようど》）になる。他に飛鳥・初瀬・吉野説がある。（巻七―一四〇四）

池神《いけがみ》　奈良県の中であろうが所在未詳。香久山の東北の地（『略解』、『大和志料』）、また磯城郡田原本町法貴寺《ほうき》の地（『古語大辞典』）にもとめる説がある。（巻十六―三八三一）

大島嶺《おほしまのね》　従来多く、大和郡山市額田部《ぬかだべ》町の地にもとめるが、所在未詳。龍田の神南《かむなび》山（三室山）に擬す

る説（『大和志』）、また信貴《しぎ》山、あるいはそのあたりの一峯に推定する説（澤瀉博士）がある。（巻二—九一）

大野《おほの》川原《かはら》　「大野《おほの》川《がは》」は所在未詳。大和郡山市から生駒郡斑鳩町に流れる富雄《とみお》川にもとめる説（『大和志』）があるが明らかでない。このほか、橿原市和田町にもとめる説（『代匠記』など）、宇陀郡室生村大野の宇陀川に擬する説（阪口保）などがある。（巻十一—二七〇三）

清隅《きよすみ》の池《いけ》　奈良県の中であるが、所在未詳。奈良市高樋《たかひ》町（ＪＲ櫟本《いのちのもと》駅東北四キロ）とも（『大和志』）、大和郡山市の旧東大寺領の荘園清澄荘とも（『大和志料』）、また清く澄んだ池として橿原市の剣池をさすか（古典大系本）ともいわれる。（巻十三—三二八九）

栗栖《くるす》の小《を》野《の》　奈良県の中であるが所在未詳。『和名抄』の「大和国忍海郡栗栖郷」にしたがって、北葛城郡新庄町付近とする説、飛鳥地方とする説、栗の林の意とする説などがある。（巻六—九七〇）

高松《たかまつ》（たかまと）　所在未詳。一般に「タカマト」とよんで、奈良市東郊の高円山・高円野の地といわれ、また、「タカマツ」とよんで、高円と同地とする説もある。なお、愛知県一宮市萩原町高松の地とする説もある。（巻十—二二三三）

高松《たかまつ》の山《やま》（たかまとのやま）「高松」参照。（巻十—二三一九）

高松《たかまつ》の野《の》（たかまとのの）「高松」参照。（巻十—一八七四・二一〇一・二一九一・二二〇三）

都《つ》久《く》怒《の》　大和の中であるが、所在明らかでない。橿原市鳥屋《とりや》町の地にあてる説（『大和志』、『大和志料』）がある。鳥屋には、宣化天皇の身狭《むさの》桃花鳥坂《つきさか》上陵があり、桃花鳥坂の地の野か。他に飛鳥島荘、多武峰口付近説（折口博士）、飛鳥元興寺の槻の見える所の野説（阪口保）などがある。（巻十六—三八八六）

飛《と》羽《ば》山《やま》　奈良県の中であろうが、所在未詳。『大和志』に「奈良坂村北、鳥羽谷上方」とあり、また、奈良市奈良坂道の東に鳥羽山の名を存するという（大井重二郎）。生駒郡龍田の神南備山説（『地名辞書』など）、高市郡説（折口博士など）もある。（巻四—五八八）

奈良《なら》思《し》の岳《をか》　奈良県の中であろうが所在未詳。生駒郡斑鳩町龍田東南方（『竜田考』、『大和志』）・同郡三郷村坂上《さかね》方面（辰巳利文、『三郷村史』）・高市郡

（『代匠記』）・明日香方面（『私注』）・奈良方面（阪口・北島）など諸説がある。（巻八―一五〇六）

毛無《ならし》の岳《をか》（けなしのをか）奈良県の中であろうが所在未詳。諸注は多く前記巻八―一五〇六の「奈良《なら》思《し》の岳《をか》」を同地とみている。また、「毛無」を「ケナシ」と訓む説（春日博士『万葉』一七号、澤瀉博士『注釈』）もあり、その所在を生駒郡三郷村坂上《さかね》から東北数町の台地にケナシの名がのこる（辰巳利文）のによって、この地とする説（『注釈』）もある。（巻八―一四六六）

屋部坂《やべさか》 奈良県の中であろうが所在未詳。磯城郡田原本町矢部・高市郡明日香村小山・橿原市四分《しぶ》町・御所《ごせ》市重阪《へさか》峠・奈良市秋篠寺町矢部・信貴山越の河内への道等の諸説がある。（巻三―二六九題）

総名

秋津島《あきづしま》 日本国および大和国の古名であるが、本集中では「やまと」の枕詞として用いられている。もとはいまの奈良県御所《ごせ》市室《むろ》の地付近を秋津村と称し、この地に孝安天皇の「室之秋津島宮」があったが、この一地方名が次第にひろがり、「やまと」の枕詞ともなり、大和また日本の総称ともなったものであろう。神武紀の地名起原伝説は名高い。なお、みのり豊かな「秋つ島」、また現にある美しい「明《あき》つ島」の義とみる説もある。（巻一―二　巻十三―三二五〇・三三三三　巻十九―四二五四　巻二十―四四六五）

倭《やまと》 大和朝廷の勢力のおよんだ範囲をあらわす語で、もと奈良県山辺郡大和《おおやまと》村（いま天理市に入る）あたりの地方名より起ったらしく、ついで大和中央平原部、さらに奈良県全体の称となり、やがて近畿一帯から日本全国の総名へと発展したものであろう。本集中には歌によって、総名・大和国・大和中央平原部など、広狭種々をさして用いられている。なお、本集中「やまと」の用字は、字音仮名以外は、倭・日本・山跡・山常・八間跡が用いられ、大和の字は一例（巻十九―四二七七の左註）だけである。（巻一―二・二九・二九の或云・三五・四四・五二・六三・六四・七〇・七一・七三　巻二―九一・一〇五　巻三―二八〇・三五九・三六七・三八九　巻四―四八四題・五七〇　巻五―七九四題・八九四　巻六―九四四・九五四・九五六　巻七―一一七五・一二一九・一二二一・一三七六　巻九―一六七七　巻十―一九五六・二一二八　巻十一―二八三四　巻十三―

三二九五・三三三三　巻十四—三三六三　巻十五—三六八八）

日本国《やまとのくに》　「倭《やまと》」参照。（巻一—一・二　巻三—三一九　巻五—八九四　巻六—一〇四七　巻九—一七八七　巻十三—三二三六・三二四八・三二四九・三二五四・三三二六　巻十九—四二四五・四二五四・四二六四　巻二十—四四六五・四四六六）

倭島《やまとしま》　「島《しま》」は水に臨んだ美しいところをいう語で、やまと島は海上から望んだ大和の山々、すなわち大和の国をさしていう。こんにち、淡路島北端に近い津名郡淡路町岩屋に大和島と称する島のあるのは後人の付会命名にすぎない。なお、歌によっては（巻二十—四四八七のごとき）大和一国でなく、総名としての日本国をさす場合もある。（巻三—二五五　巻十五—三六〇八・三六四八）

山跡島根《やまとしまね》　「根」は接尾語で、「やまと島」（前記）に同じ。（巻三—三〇三・三六六　巻二十—四四八七）

山跡道《やまとぢ》　大和地方へ行く道の意。（巻四—五五一　巻六—九六六・九六七　巻十二—三一二八）

大和国守《やまとのくにのかみ》　大和国（いまの奈良県）の長官。（巻十九—四二七七左）

倭女《やまとめ》　大和女。すなわち大和国の女の意。（巻十四—三四五七）

日本の黄楊《やまとのつげ》　大和国産の黄楊《つげ》。なお、「黄楊」は植物名であるが、同時に奈良県山辺郡都祁《つげ》にかけたとする説（阪口保）がある。（巻十三—三二九五）

［補遺］　山辺郡都祁村は現奈良市都祁。

参考文献目録

万葉全国各地にわたるもの

万葉名処考　鹿持雅澄　天保一三年成　『万葉集古義』に所収
万葉地理考　豊田八十代　昭和七年　大岡山書店
万葉図録文献篇・地理篇　佐佐木信綱 新村　出編　昭和一五年　靖文社
万葉紀行　土屋文明　昭和一八年　改造社
続万葉紀行　土屋文明　昭和二一年　養徳社
新修万葉紀行　土屋文明　昭和二七年　創元社
万葉の遺跡を探る　諸家　昭和二七年一月　『解釈と鑑賞』特集
万葉集大成　風土篇　諸家　昭和三〇年　平凡社
万葉地理研究書解題　犬養　孝　昭和三二年　至文堂『国文学研究書目解題』所収
写真でみる万葉集　朝日新聞社編　昭和三五年　朝日新聞社
万葉集の郷土　諸家　昭和三七年五月　学燈社『国文学』特集
万葉百碑　本山桂川　昭和三七年　新樹社

万葉大和に関するもの

大和万葉地理研究　辰巳利文　昭和二年　紅玉堂書店
大和雑記　辰巳利文　昭和五年　紅玉堂書店
大和万葉古蹟巡礼　辰巳利文　昭和五年　紅玉堂書店

万葉集大和歌枕考　大井重二郎　昭和八年　曼陀羅社
万葉大和志考　奥野健治　昭和九年　大阪府立図書館内同人会
万葉集大和地理辞典　阪口　保　昭和一〇年四月　『短歌研究』付録。一九年　創元社
万葉集大和地誌　北島葭江　昭和一六年　関西急行鉄道。一九年　近畿日本鉄道
三一年　筑摩書房
万葉大和　大井重二郎　昭和一七年　立命館出版部
万葉大和風土記　堀内民一　昭和一八年　天理時報社
新稿万葉大和風土記　堀内民一　昭和二七年　岡倉書房新社
万葉地理案内　朝日新聞社編　昭和三〇年　アサヒ写真ブック
大和山河抄　山本健吉　昭和三七年　人文書院
定本万葉大和風土記　堀内民一　昭和三七年　人文書院
帝都　喜田貞吉　大正四年
昭和一四年　日本学術普及会
竜田考　六人部是香　弘化二年成
嘉永二年　三都書林
竜田考辨　渡辺重春　昭和六年　三郷村竜田神社
藤原京研究　諸家　昭和一一年　鵤故郷舎
藤原宮趾伝説地高殿の調査　昭和一一年　日本古文化研究所
平城京及大内裏考　関野　貞　明治四〇年　東京工科大学紀要
建国聖地めぐり　逸崎貞三　昭和一四年　平凡社
上代帝都の史蹟　佐藤善治郎　昭和一五年　三教書院
聖蹟大和　北尾鐐之助　昭和一五年　創元社
藤原京　喜田貞吉　昭和一七年　鵤故郷舎出版部

飛鳥古京　大井重二郎　昭和一八年　立命館出版部
上代の帝都　大井重二郎　昭和一九年　立命館出版部
飛鳥誌　佐藤小吉　昭和一九年　天理時報社
宮滝の遺跡　末永雅雄　昭和一九年　桑名文星堂
飛鳥の古都　北島葭江　昭和二二年　河原書店
畝傍・飛鳥　大和路新書　昭和二七年　綜芸舎
三輪・石上　大和路新書　昭和二九年　綜芸舎
佐紀・佐保　大和路新書　昭和二九年　綜芸舎
生駒・平群　大和路新書　昭和三四年　綜芸舎
飛　鳥　岩波写真文庫　昭和二八年　岩波書店
大和巡礼　小島貞三　昭和三〇年　大和史蹟研究会
中荘管見　水本正二・吉岡斉一郎　昭和三〇年　吉野郡中荘小学校
吉野離宮　森口奈良吉　昭和三〇年　丹上川上神社
平城宮跡　文化財保護委員会　昭和三二年
飛鳥路の旅　岸　哲男　昭和三八年　秋元書房
古　都　亀井勝一郎編　昭和三七年　有紀書房

万葉風土に関するもの

万葉の風土　犬養　孝　昭和三一年　塙書房
万葉集評論　三宅　清　昭和三五年　自家
（書中の第二部）
古典文学の風土　畿内編　長谷章久　昭和三八年　学燈社

古典文学の風土　諸国編　長谷章久　昭和三八年　学燈社
（両書中に数篇）

〔追　加〕

万葉全国各地にわたるもの

万葉歌枕抄　大井重二郎　昭和二五年　初音書房
万葉地理三題　奥野健治　昭和三四年　佐紀発行所
万葉地名小考　奥野健治　昭和四一年　自家謄写
万葉地名寸見　奥野健治　昭和四四年　自家謄写
文学遺跡辞典　詩歌篇　竹下数馬編　昭和四三年　東京堂出版
万葉情調―歌枕を訪ねて―　瀬古　確　昭和四三年　桜楓社
味覚万葉の旅　井上鶴子　昭和四三年　大法輪閣
万葉の旅　ハイカー特集　昭和四五年　山と渓谷社
万葉の心―風土と共に―（上・下）（カセット・レコード）　犬養　孝　昭和四六年　テイチク
万葉旅情　若浜汐子　昭和四六年　愛育出版
万葉遠足（上・下）　橋本哲二　昭和四六年　新潮社
万葉の碑　田村泰秀　昭和四七年　誠文館
万葉の歌碑をたずねて（近畿）　犬養孝監修　昭和四九年　タイムス

万葉大和に関するもの

万葉のふるさと　高田　昇　昭和三八年　保育社
カメラ紀行　万葉の歌　山本健吉(文)　葛西宗誠(写真)　昭和三八年　淡交新社
大和万葉旅行（上・下）　堀内民一　昭和三九年　角川書店
鑑賞　奈良　野間清六　昭和四〇年　至文堂
ほろびゆく大和　寺尾　勇　昭和四三年　創元社
滅びゆく万葉大和路　中西進・石川忠行（写真）　昭和四三年　角川書店
大和万葉―その歌の風土―　掘内民一　昭和四四年　創元社
古色大和路　入江泰吉　昭和四五年　保育社
大和路をめぐる（正・続）　山路麻芸　昭和四六・四八年　春秋社
万葉の旅・大和路　山口博・入江宏太郎　昭和四七年　主婦と生活社
大和の万葉　和田嘉寿男　昭和四七年　桜楓社
万葉の大和　中西進・石川忠行（写真）　昭和四七年　毎日新聞社
歌の大和路　土屋文明・猪股静弥・田中真知郎（写真）　昭和四八年　朝日新聞社
大和の古道　宗　弘容　昭和四八年　木耳社
万葉　大和の風土　金本朝一　昭和四八年　綜文館
万葉歌碑―大和路の拓本―　山住信夫　昭和四九年　自家版
万葉大和の旅　宮柊二・中山礼治　昭和四九年　保育社

万葉大和路　入江泰吉　昭和四九年　保育社
神話と万葉　児玉幸多・奈良本辰也・和歌森太郎監修　昭和五〇年　小学館
あすかめぐり　猪熊兼繁　昭和一六年　関西急行鉄道
飛　鳥　近鉄創業五十周年記念出版編集所　昭和三九年　近鉄
飛鳥の道　吉村正一郎・堀内民一・葛西宗誠（写真）　昭和三九年　淡交新社
飛鳥京藤原京考証　田村吉永　昭和四〇年　綜芸社
飛鳥古京　岸　哲男　昭和四五年　写真評論社
飛鳥路　諸家　昭和四五年　人文書院
飛鳥―その古代史と風土―　門脇禎二　昭和四五年　日本放送出版協会
飛鳥―その歴史の問題点―　杜沢健次郎　昭和四六年　逝水書林
奈良県史跡名勝天然記念物調査報告、第二十六冊
　飛鳥京跡一　橿原考古学研究所編　昭和四六年　奈良県教育委員会
飛鳥歴史散歩　寺尾　勇　昭和四七年　創元社
永遠の飛鳥川―万葉故郷紀行―　徳永隆平　昭和四七年　日本交通公社
高市京　志賀　剛　昭和四七年　雄山閣
飛鳥の里　寺尾勇・入江泰吉（写真）　昭和四七年　朝日新聞社
カラー大和路の魅力・飛鳥　奈良本辰也・山本健三（写真）　昭和四七年　淡交社

飛鳥　河内と大和　門脇禎二・今駒清則　昭和四七年　淡交社
歴史と文学の旅　飛鳥路　田中日佐夫　昭和四七年　平凡社
飛鳥と難波（カラーブックス）　鳥越憲三郎　昭和四八年　保育社
飛鳥への道　金本朝一　昭和四八年　綜文館
飛鳥　児玉幸多・奈良本辰也・和歌森太郎監修　昭和四九年　小学館
飛鳥―その史跡と文学―　飛鳥古京を守る会編集・発行　昭和四九年
明日香村史　中巻　辰巳利文編　昭和四九年　明日香村史刊行会
天香山と畝火山　真弓常忠　昭和四六年　学生社
大和三山　池田源太　昭和四七年　学生社
丹生川上と鳥見霊畤・吉野離宮　森口奈良吉　昭和三一年　丹生川上神社
二上山　田中日佐夫　昭和四二年　学生社
竜田越　山本　博　昭和四六年　学生社
大和川　藤岡謙二郎　昭和四七年　学生社
山辺の道　田中日佐夫・入江泰吉　昭和四四年　三彩社
万葉路　山ノ辺の道　保田与重郎　昭和四八年　新人物往来社
桜井市歴史散歩　栢木喜一　昭和四八年　桜井市
山の辺の歌碑をたずねて　犬養孝監修　昭和四八年　タイムス
奈良歴史散歩　林屋辰三郎編　昭和四〇年　河出書房
平城京と条坊制度の研究　大井重二郎　昭和四一年　初音書房
奈　良　直木孝次郎　昭和四六年　岩波書店

平城古誌　大井重二郎　昭和四九年　初音書房

万葉風土に関するもの

日本文学の環境　高木市之助　昭和一三年　河出書房
日本文学の風土と思潮　久松潜一　昭和四三年　至文堂
万葉風物誌　瀬古　確　昭和四五年　教育出版センター
万葉の風土・続　犬養　孝　昭和四七年　塙書房
万葉とその風土　森　淳司　昭和五〇年　桜楓社

〔追加二〕

万葉全国各地にわたるもの

万葉の道　扇野聖史　昭和五一年　クリエイト大阪
万葉山河　岸　哲男　昭和五一年　集英社
万葉葉の歴史地理的研究　夏目隆文　昭和五二年　法蔵館
続万葉集の歴史地理的研究　夏目隆文　昭和五六年　法蔵館
万葉のふるさとカメラ紀行―文芸と歴史風土―　稲垣富夫　昭和五三年　右文書院
万葉地理の世界（万葉夏季大学第6集）　諸家　昭和五三年　笠間書院
万葉の時代と風土（万葉読本1）中西　進　昭和五五年　角川書店
万葉集歌枕の解疑　大井重二郎　昭和五五年　双文社出版
万葉紀行　松見正憲　昭和五七年　近代文芸社
わたしの万葉歌碑　犬養　孝　昭和五七年　社会思想社

万葉の碑　田村泰秀　昭和五七年　創元社
万葉の道　巻の四（総集）　本多義憲　扇野聖史　昭和五八年　福武書店
万葉の山旅　楠目高明　昭和五九年　草思社
万葉地理研究論集（全6冊）　奥野健治　昭和六〇〜六一年　秀英書店
万葉の碑―資料編―　田村泰秀　昭和六二年　萬葉の碑を訪ねる会
万葉千碑　田村泰秀　平成六年　万葉の碑を訪ねる会
万葉千碑　増補版　田村泰秀　平成九年　万葉の碑を訪ねる会
萬葉千六百碑　田村泰秀　平成一三年　万葉の碑を訪ねる会
万葉のふるさと―文芸と歴史風土―　稲垣富夫　昭和六二年　右文書院
万葉山河紀行　岸　哲男　昭和六三年　三彩社
万葉の跡をたずねて　宮本喜一郎　平成三年　万葉の跡をたずねて刊行会
万葉の跡をたずねて　続　宮本喜一郎　平成五年　（私家版）
万葉旅情　熊谷幸男　平成三年　東京経済
万葉のふるさとを歩く　朝倉喜久子　平成四年　（私家版）
万葉集地名歌総覧　樋口和也　平成八年　近代文芸社
旅と絵でたどる　万葉の道　永井　郁　平成九年　日本教文社
旅と絵でたどる　万葉心の旅　永井　郁　平成一四年　日本教文社
わが人生の萬葉遠足　橋本哲二　平成九年　新潮社
「万葉集」を旅しよう　大庭みな子　平成九年　講談社
萬葉―歌碑でたどる世界―（上・下）　露木悟義　平成一一年　渓声出版
犬養孝　万葉歌碑　犬養　孝　山内英正　平成一一年　「野間教育研究所特別紀要」

日本文学地名大辞典　詩歌編（上・下）　大岡　信（監修）　平成一一年　遊子館
万葉散策　橋本哲二　菊池昌治　桑原英文　平成一一年　新潮社
心の原風景　万葉を行く　米田　勝　平成一四年　奈良新聞社

万葉大和に関するもの

万葉の道　巻の一（明日香編）　扇野聖史　昭和五六年　福武書店
万葉の道　巻の二（山辺編）　扇野聖史　昭和五七年　福武書店
万葉の道　巻の三（奈良編）　扇野聖史　昭和五六年　福武書店
万葉の大和路　犬養　孝(文)　田中真知郎(写真)　昭和五八年　講談社
万葉の歌─人と風土─1　明日香・橿原　清原和義　昭和六〇年　保育社
万葉の歌─人と風土─2　奈良　中西　進　昭和六一年　保育社
万葉の歌─人と風土─3　大和東部　山内英正　昭和六二年　保育社
万葉の歌─人と風土─4　大和南西部　岡野弘彦　昭和六二年　保育社
万葉の大和路　犬養　孝(文)　入江泰吉(写真)　昭和六二年　旺文社
奈良萬葉　奈良市教育委員会　昭和六三年　奈良市教育委員会
万葉大和を行く　山本健吉　平成二年　河出書房新社
万葉風土記（1）大和編　猪股静彌　平成二年　偕成社
万葉の旅─大和路─　吉野正美(文)　藤田浩(写真)　犬養　孝(監修)　平成二年　創元社

山の辺の歌碑をたずねて（改訂版）　犬養　孝（監修）　平成七年　タイムス
大和古代地名辞典　日本地名学研究所　平成一〇年　五月書房
奈良万葉（全6冊）　井上博道　平成一〇〜一一年　光村推古書院
奈良大和路の万葉歌碑　山崎しげ子（編）　高橋襄輔（写真）　大川貴代（文）　平成一〇年　東方出版
古代の歴史をひもとく旅—飛鳥・山の辺・斑鳩、感動と発見の旅　キークリエイション（編）　平成一三年　学習研究社
万葉集を歩く—〝大和、近江、難波、紀伊万葉ゆかりの地へ〟—　駒　敏郎（巻頭エッセイ）　藤井金治（写真）　平成一三年　JTB
中西進と歩く万葉の大和路　中西　進　平成一三年　ウェッジ
奈良　大和路—歴史と万葉の舞台を歩く—　羽田　敦　平成一四年　実業之日本社

万葉風土に関するもの

万葉集の風土文芸論　新垣幸得　昭和五一年　桜楓社
万葉の歴史と風土　森脇一夫　昭和五一年　桜楓社
万葉風土　明日香風　犬養　孝　昭和五一年　社会思想社
万葉風土　明日香風　続　犬養　孝　昭和五三年　社会思想社
万葉風土　明日香風　第三　犬養　孝　昭和五九年　社会思想社
万葉集の風土　桜井　満　昭和五二年　講談社
万葉の風土　続々　犬養　孝　昭和六一年　塙書房

万葉―花・風土・心―8特装版）　犬養　孝　昭和六二年　社会思想社
万葉の歌びとと風土　犬養　孝　昭和六三年　中央公論社
万葉の風土と歌人　犬養　孝　平成三年　雄山閣出版
万葉の風土・文学　犬養孝博士米寿記念論集刊行委員会　平成七年　塙書房
万葉集の風土的研究　清原和義　平成八年　塙書房
万葉空間　清原和義　平成九年　世界思想社
万葉風土―写真で見る万葉集―　清原和義（写真）大森亮尚（編）　平成一一年　求龍堂
万葉集の風土（桜井満著作集第六巻）　櫻井　満　平成一二年　おうふう

〔追加三〕

万葉全国各地にわたるもの

美ジュアル日本　万葉集　名歌の風景―時代を超えた心の旅―　鉄野昌弘（解説）・牧野貞之（写真）　平成一五年　学習研究社
万葉を行脚する　楠　臣男　平成一六年　文芸社
完全踏査　古代の道―畿内・東海道・東山道・北陸道―　武部健一（著）・木下　良（監修）　平成一六年　吉川弘文館
万葉を旅する　中西　進　平成一七年　ウェッジ
萬葉千八百碑　田村泰秀（編）　平成一七年　萬葉の碑を訪ねる会
全國萬葉歌碑　三井治枝（編著）　平成一七年　渓声出版

完全踏査　続古代の道―山陰道・山陽道・南海道・西海道―
武部健一（著）・木下　良（監修）　平成一七年　吉川弘文館
高岡市万葉歴史館論集9　道の万葉集　高岡市万葉歴史館
平成一八年　笠間書院

万葉大和に関するもの

飛鳥―歴史と風土を歩く―
和田　萃　平成一五年　岩波書店
山の辺の道を歩く―万葉歌碑・寺社・史跡めぐり
二川曉美　平成一六年　雄山閣
万葉体感紀行―飛鳥・藤原・平城の三都物語―
上野　誠　平成一六年　小学館
大和万葉旅行
堀内民一　平成一八年　講談社

万葉風土に関するもの

万葉びとのまなざし―万葉歌に景観をよむ―
村瀬憲夫　平成一四年　塙書房
万葉のひびき―言葉と風土―
櫟原　聰　平成一五年　竹林館

万葉集とその歌風

万葉集

『万葉集』の読み方は、上代にどう発音されていたかは、はっきりわかっていない。マニエフスとでもよまれていたものであろうか。中世には、連声《れんじょう》とよばれる言語現象によって、マンネフシュウ（マンニョウシュウ）とよまれていた。こんにちもマンニョウシュウとよむ人もある。普通にはいっぱんにマンヨウシュウと発音されている。正しいよみ方がわからないのだから、どちらによんでもよい。「万葉」の書名の意味も、むかしからいろいろの説があり、定まらない。「万《よろず》の言の葉」「万代（万世）」「万の草木の葉（多くの歌のたとえ）」などの説の中で、「万代（万世）」の意が有力とされている。

『万葉集』は全部で二〇巻、総歌数約四五〇〇首、長歌・短歌のほかに旋頭歌《せどうか》（五七七五七七、六二首）、仏足石《ぶっそくせき》歌体（五七五七七七、一首）、連歌体（五七五七七、一首）がある。二〇巻は、はじめから統一のある一つの歌集として一時につくられたものではなく、したがって編纂の体裁も巻々によっていろいろちがっている。歌の部類わけは、雑歌《ぞうか》・相聞《そうもん》・挽歌《ばんか》の三つを基本的な分類としているが、他に正述心緒《せいじゅつしんしょ》・寄物陳思《きぶつちんし》・譬喩《ひゆ》歌・羈旅《きりょ》歌・問答・旋頭歌などと、表現態度や内容・歌体などによる分類も見られる。その成立や撰者についてもこんにちまでいろいろの説がある。もともと成立を異にした巻々が大伴家持《おおとものやかもち》の手もとで整理され、それに家持のあつめた歌巻や家集をあわせて編纂したものを原形として、その後も後の人の手が加わって、こんにち見るような形となったと考えられ、こんにちのような秩序を見るまでに、家持の手が大きくはたらいたことだけは、たしかであろう。巻々の編纂にあたって、「古歌集」「人麻呂歌集」「田辺福麻呂《たなべのさきまろ》歌集」「高橋虫麻呂《たかはしのむしまろ》歌集」「笠金村《かさのかなむら》歌集」などという当時あった歌集が、その材料の一部となっていることが、『万葉集』中の記載によってわかる。全体の成立の年代も、はっきりしたことはわかっていないが、最後の歌の天平宝字三年（七五九）よりは後の、奈良朝の末ごろと考えられている。これを平安朝初期とみる説もある。

まだ片仮名も平仮名もない時代のことだから漢字の音や訓を借りて表記し、「真《ま》草苅荒野《くさかるあらの》者雖有《にはあれど》」「乱《みだれて》出所見海人釣船《いづみゆあまのつりふね》」のように漢字の意味を生かして用いた場合と、「知里比治能可受爾母安良奴和礼由恵爾《ちりひぢのかずにもあらぬわれゆゑに》」のように意味とは関係なしに用いた場合とがある。巻五・十四・十七以下の四巻では、この一字一音の仮名を主とする書き方が行なわれている。この漢字の表音的な用法は万葉仮名とよばれる。ほかに「十六」をシシ（鹿猪）、「喚鶏」をツツ（つつ）、「山上復有山」をイデ（出）とよむような戯訓（戯書）とよばれるものもある。もちろん、当時の『万葉集』の原本は伝わっていない。現存するものでいちばん古いものは、平安朝中期ごろの写本で、完本ではないが、桂本《かつらぼん》・藍紙本《らんし》・金沢本《かなざわ》・天治本《てんじ》・元暦《げんりやく》校本などがある。

もともと成立を異にする巻々だから、その性質もいろいろ異なっている。巻一・二は宮廷を中心とした、時代も古いもので、整然とした体裁をそなえており、勅撰説も立てられている。巻三・四・六その他には、家持による増補や撰の考えられるものが多く、巻五は、大宰府中心の大伴旅人《おおとものたびと》や山上憶良《やまのうえのおくら》の作が大半を占め、巻八や巻十には四季による歌の分類がなされ、巻九は「高橋虫麻呂歌集」その他諸歌集からの採録が多い。巻七・十・十一・十二・十三・十四および十六の一部は、作者未詳であって、これらの中には無名の庶民の歌謡も含まれ、文芸以前のゆたかな民謡的世界を展開するものが多い。ことに巻十三は、記紀歌謡にかさなりつながる古歌謡を含み、巻十四は、大部分東国の歌謡と見られる東歌《あずまうた》を集録していて異色である。巻十五は、天平八年（七三六）の遣新羅使人の一行の歌と、中臣宅守《なかとみのやかもり》と狭野《さの》茅上娘子《ちがみのをとめ》の恋愛贈答歌の二つの歌群から成り、巻十七から巻二十までは、年代順におおむね家持の歌日記の体をなしており、その中で、巻二十に東国出身の防人《さきもり》の歌を九十余首も採録しているのはこれまた異色である。

作者として大和の宮廷を中心とした貴族層のほか、社会の各層にわたり、ことに無名の庶民のあいだの歌謡がたくさんふくまれていること、また地域的に中心の大和ばかりでなく、ほとんど日本全土の各地にわたり、しかも実地の風土と密着した万葉美を構成するものの多いことは後の時代の歌集に見られない特色である。

万葉貴族
和歌の展開

『万葉集』のなかのいちばん古い歌は、仁徳天皇の皇后磐姫《いわのひめ》の歌（巻二—八五〜八八）とされているが、仁徳朝から推古朝ごろまでの歌は伝承的な色彩がつよくて、年代も作者も記載のままには信じられない。この期間はいわば万葉貴族和歌の成立への萌芽期といえよう。ほんとうに万葉といえる時代は、舒明朝（六二九〜六四一）以後、万葉のおわりの八世紀中葉（七五九）までで、この間約一三〇年間になる。この間の時代の区分については、これまでにいろいろの説があるが、いっぱんに四期にわけるのが適当であろう。

万葉全期の歌風の展開を考えるとき、留意しておかなければならないことがある。いうまでもなく歌風は個人だけの力によっては生まれない。個人が生きる歴史社会の推移とのつながりをはなれては考えられない。大化改新（六四五）このかたの律令国家の建設・完成・爛熟・頽廃の過程は、歌風の展開の上にもそのまま重なりあっている。記紀に見るような集団的な非個性的な歌謡から、万葉に見る個人的抒情詩への展開にあたって、すくなくも次の四つのことは考えておかなければならない。

第一は、文字使用の問題である。文字（漢字）の使用がおおむね宮廷周辺のような支配者層にかぎられ、したがってあくまでも貴族文芸としての文字による個性化の方向にむかい、それに大陸の思想文芸の影響もこれに拍車をかけて、和歌の表現技法や形態その他の発展をうながすことである。

第二は、律令国家の建設にともなって貴族社会のあいだに必然的に生まれてきた個人意識の問題である。律令制度のできあがるのにともなって、個我の自覚は次第に個性を生み、やがて律令社会の矛盾の激化と、帝都の都会化につれて、個性は多彩に分裂してその内面の心情をうちだすようになり、個性的な創作意識をうながすことである。

第三は、民謡的な世界とのつながりの問題である。律令社会の貴族化や、貴族の都会人化にともなって、かつては民謡とともにあった世界から、時とともにはなれてゆく過程を考えなければならないことである。

第四は、叙事詩的精神とのかかわりあいの問題である。律令国家の確立にともなって、ひとたびもりあがった貴族社会の叙事詩的精神も、律令国家の展開の過程に内在する矛盾と、その専制機構のために、のびなやみゆがめられ、かえって個人的抒情詩への展開に拍車をかけるにいたったことである。

この四つは互いにからみあって、万葉全期にわたる貴族和歌の歌風形成の上の大きな誘因となっている。しかもその底流に、大和をはじめ各地の風土が、陰に陽に、深々とからみあっていることも見のがすことができない。

第一期

第一期は、舒明朝から壬申の乱（六七二）まで約四〇年間で、いっぱんに初期万葉ともよばれる時期である。大化改新以来の皇権の確立にむかう政治的激動期にあたり、『日本書紀』の歌謡の終りともかさなって、伝誦的非個性的な歌謡から個人的抒情詩としての長歌短歌による和歌独立への発足の時代である。みずからの秩序をつくりだそうとする貴族層は、多く、歴史的風土的環境とむすびついて、おのずからのはつらつと健康な人間的情感を表出し、歌謡的な要素と個人的教養的な要素とはとけあいながら、まだいわゆる歌人的な意識がないだけにかえって、力強い心情のひびきは、清朗雄渾の声調に託されて個の情感のみずみずしさをあらわし、新しい文芸への発足をしめしている。とくに天智天皇の近江の宮廷を中心にして文運の盛んなものがあった。

この期には、舒明天皇・斉明天皇・天智天皇・大《おお》海人皇子《あまのみこ》（後の天武天皇）・有間皇子《ありまのみこ》・額田王《ぬかたのおおきみ》・鏡《かがみ》王女《のおおきみ》などの皇族の秀作が見られる。中でも、額田王は、転変する時代と、悲劇的運命に身をゆだねて、理智と情熱のないあわされた純粋抒情の世界に、絢《けん》爛《らん》とした才気と風格をしめし、貴族和歌の先駆的な開花を見せている。

第二期

第二期は、壬申の乱ののち、飛鳥浄《あすかのきよ》御原宮《みはらのみや》（天武・持統朝）を経て、藤原宮（持統・文武・元明朝）のおわり、平城遷都（七一〇）までの約四〇年間で、律令国家の充実完成期にあたる。この期以後、万葉末期までの天皇が、すべて天武天皇の皇統につながる皇族であって、貴族和歌がこれを主軸として、いわば壬申の乱のもつエネルギーの消長過程において、とらえられることは、注目されなければならない。壬申の乱を勝ちとって絶対君主となった天武天皇にはじまるこの期の宮廷貴族層には、民族的伝統への回想を背景にして、浪漫的な叙事詩的精神のあふれるものがあり、大宝律令の成立（七〇一）のころにかけては、この上ない安定期となって和歌も最盛を誇ることのできる時となった。このような時代の雰囲気は、和歌に、浪漫的な気魄や、取材内容の拡大、構想の整備、表現技巧の洗練、形式の完成をもたらして、宮廷人の気持を代表した公的な讃歌や挽歌を生ませており、一方、貴族社会の展開にともなって、個人的自覚にうながされた私的な抒情詩への道もきりひらかれていった。それも、この期のおわりに近づいて律令社会のくずれるきざしの見えてくるのに応じて、しだいに公的叙事詩的詠風は後退して、より個性的な抒情の世界へと展開してゆく。総じていえば、この期の貴族層の多くが、一方ではまだ伝統的な民謡的世界とともにある部面をもっているだけに、文芸意識は見えながらもまだはっきりとした意識形態をとらずに、いわば渾沌《こんとん》をやどしたまま、健康な人間的情感をうちだすところに、この期の歌風の実相があるといえよう。

この期には、皇族に、天武天皇・持統天皇（天武皇后）・大伯皇女《おおくのひめみこ》・大津皇子・志貴《しき》皇子などの諸作があるが、時代社会と密着してこの期の歌風をもっとも代表するものは柿本人麻呂《かきのもとのひとまろ》であり、鮮明透徹の歌境に、すでに独自の個性を展開しはじめたものに、高市黒人《たけちのくろひと》がある。またほかに、長奥麻呂《ながのおきまろ》・春日老《かすがのおゆ》などがある。

第三期

第三期は、平城遷都後から、天平五年（七三三）にいたる約二〇年間で、奈良朝の前期にあたる。国家体制は整備され、壮大な大都の平城京が出現し、「咲く花のにほふがごとく」といわれるが、事実は、律令体制の矛盾は激化しつつあって、都を舞台に藤原氏をめぐって貴族間の政治的陰謀はしきりに行なわれ、人民の労苦は増大して社会不安は深刻化してゆく時期である。こうした社会が貴族層間の個人の内的世界への覚醒に拍車をかけて、多彩に分裂した個性の自覚をもたらすようになる。この期は、まさに個性の自覚にもとづく文芸の花々の一時にひらいた時である。すでに官僚貴族は都会人と化して民謡的世界からははなれ貴族化の一路をたどっているし、はやくからの大陸的教養は貴族間にいよいよしみとおって批判的内省的となった知識人の個性化をたすけ、文芸の創作意識をよびおこして、ときには文人的な風雅の趣味さえ発揮されるようになる。

人麻呂の歌に内在していた非個性的・民謡的・叙事詩的・伝統的な一面は後退して、他の一面の個性的・創作的・抒情詩的・開化的な面が自覚されてきた形で、ここにはじめて文芸として意識され作られた、貴族的個人的抒情詩の花園があらわれる。自然美に対するとき情熱をおぼえて清明優美の世界を緻密に構成して見せた山部赤人にしても、宮廷社会の現実肯定と帝都の官人としての誇りの上に立って、時に格調の高い詠作をのこしている笠金村にしても、筑前大宰府にあって、老年、ゆたかな大陸的教養を駆使して、情趣や風騒の世界に人生の寂寥や憂悶をはらした大伴旅人にしても、これとは反対に人間への愛着と執念に徹して人生苦・社会苦にじかにぶつかって見せた山上憶良にしても、現実には背をむけて空想的浪漫美の世界の劇的構築に専念し、病める孤愁をもほの見せた高橋虫麻呂にしても、いずれの個性も、それぞれ時代社会に反応した異色のある在り方をしめしている。なお、この期からつぎの期にまでかけて女流として量質ともに第一の人に大伴坂上郎女《おおとものさかのうえのいらつめ》があり、ほかに、沙弥満誓《さみのまむせい》・車持千年《くるまもちのちとせ》・湯原王《ゆはらのおおきみ》など、多くの歌人がある。

第四期

第四期は、天平六年（七三四）から、天平宝字三年（七五九）にいたる二五年間で、律令貴族社会の爛熟頽廃期にあたる。表面は、いわゆる天平の文化と称されて、大陸文化の浸透もいちじるしく、はなやかなものがあるが、裏面は、律令政治の破綻矛盾と社会不安はいよいよつのり藤原氏・橘氏をめぐっての政争陰謀はしきりに行なわれ、貴族社会の動揺もはげしく、天武天皇にはじまる壬申のエネルギーもついにその終末期にきた感がある。この期のおわりにむかうほど、往年の意気を失った宮廷は、頽廃の淵におち、藤原仲麻呂ひとり専横をきわめて、万葉最後の天皇の淳仁天皇（天武天皇の孫）も、万葉が終ってのち仲麻呂の反乱（天平宝字八年）とともに、淡路に廃帝として配せられ、あわれな最期を閉じるのである。雄略天皇の歌と伝える春の野の明朗闊達な求婚歌にはじまる万葉も、天《あま》ざかる鄙に孤立無援の身で正月一日を迎える大伴家持の賀歌をもって、さびしい終焉を見るのである。

貴族和歌も、こうした時代を反映して、概して、往年の情熱を失い、抒情の泉は枯れて智巧的遊戯的傾向をおび、情趣による社交風雅の具に化する趣きがあった。一面また、深められた個の内面の心情を繊細な抒情に託するのもこの期であり、ことに大伴家持は、暗い時代に処するみずからの内省された孤独の鬱情を繊細優艶な歌風に託して独自の境地をもひらき、この期の歌風を代表する歌人である。なお、この期に哀切な恋の贈答に気をはいた中臣宅守と狭野茅上娘子の恋愛贈答歌、巧緻な恋歌をのこした笠《かさの》女郎《いらつめ》をはじめ家持をめぐる多くの女性の歌、長歌を多くのこした田辺福麻呂《たなべのさきまろ》、海路苦難の旅愁望郷を訴えた天平八年（七三六）遣新羅使人らの歌がある。

万葉集の民謡的世界

貴族層の歌が、民謡とともにある世界からはなれて個性化・貴族化の一路をたどっているときに、各地方の民衆のあいだには、民謡乃至民謡的世界が、各期にわたって根強く展開していたとみられる。作者未詳の巻の中には民謡的性格の濃いものが多く、これらは歌謡として民衆のあいだにうたいつがれていた歌であるから、作者も制作年時も明らかでない。巻十四の東歌《あずまうた》は、多少の例外を除いておおむね、東国の庶民のあいだにうたわれていた歌で、ほとんどが恋の情感をうたっている。いずれも、東国民衆の土の生活に密着した素朴純真な情感が卒直にあらわされ、かれらの生活環境や地方色に方言さえまじえて、健康な野趣に満ちている。民衆の共同作業や各種の生活のあいだに非個性的類型的表現を通して共通感情があらわされ、したがって同じような歌が、ところをかえてうたわれてもいる。個人によって作られる歌ではなくて、文芸意識以前の、いわば生活の中から生まれた歌である。

東歌と同じ地盤に立つ天平勝宝七年（七五五）の東国防人《さきもり》の歌（巻二十所収）は、防人交替の特殊事情に際しての個人の詠作であるが、中央人の発想とはいちじるしく異なって、東歌にかよう生活に密着した素朴な情感に真情の輝きを見せている。巻十三には、古代歌謡にかよう小長歌がある。巻十六には、北陸その他の民謡があり、ことに能登の歌謡は、非文化的日常的生活における被治者間の愛情の生むところとして注目され、中には能登のわらべ歌とみるべきものがある。「人麻呂歌集」にも民謡的のものは多く、巻十一・十二にも近畿を中心として民謡的性質のゆたかなものが見られる。

このような、文芸以前の民謡的世界のものが『万葉集』中にたくさんあることは、貴重な遺産であることはもちろん、万葉貴族和歌が、まだ底流としての民謡的世界と絶縁していない証拠であって、時代がさがるにつれて民謡的世界からはなれながらも、文芸創作の栄養源として学びとられていることは、貴族和歌の民謡的世界とのかかわりあいの在り方をしめしていて注目される。

万葉集の参考文献

『万葉集』の参考文献（単行本）はおびただしい数にのぼる。ここには、いっぱんの方々の参考を主眼として、なるべく昭和以降の入手しやすいものをあげたが、過去のものでも重要なものはあげてある。さらに詳しく、研究にすすまれる場合は、『**万葉集大成**　第二二巻　**研究書誌篇**』（平凡社）『**国語国文学研究史大成　万葉集**　上下』（三省堂）や、『**万葉集研究文献総覧**（単行本の部）』（学燈社『国文学』昭和三三年一月号）同じく「（雑誌の部）」（学燈社『国文学』昭和三四年一月号）などを参照していただきたい。なお、地理関係書は本書各巻に、作家については本書中巻にあげたので、ここには省く。

〔**本文刊本**〕『**校本万葉集**』増訂普及版　一〇冊（佐佐木・橋本・千田・武田・久松　昭和六〜七　岩波書店）『**新校万葉集**』改訂版（澤瀉・佐伯　昭和二四　創元社）『**新訂新訓万葉集**』岩波文庫　二冊（佐佐木信綱　昭和二九）『**万葉集**』日本古典全書　五冊（石井・佐伯・藤森・森本　昭和二二〜三〇　朝日新聞社）『**万葉集**』角川文庫　二冊（武田祐吉　昭和二九〜三〇）『**万葉集**』日本古典文学大系　四冊（高木・五味・大野　昭和三二〜三七　岩波書店）など。

〔**本文改編本**〕『**分類万葉集**』（佐佐木信綱　昭和五　岩波書店）『**万葉集年表**』（土屋文明　昭和七　岩波書店）『**作者類別年代順万葉集**』（澤瀉・森本　昭和七　新潮社。昭和一八　新潮文庫　二冊）など。

〔**全註釈**〕『**万葉拾穂抄**』三〇冊（北村季吟　貞享三成　元禄三以後刊）『**万葉代匠記**』（契沖　初稿本　貞享末頃成　契沖全集一〜四。精撰本　元禄三成　契沖全集一〜四）『**万葉考**』（賀茂真淵　宝暦一〇頃成　真淵全集三〜四　増訂真淵全集一〜四）『**万葉集略解**』（橘＝加藤＝千蔭　寛政八成　日本古典全集・博文館叢書など所収）『**万葉集古義**』（鹿持雅澄　天保一三成　宮内省蔵版・図書刊行会本など）『**万葉集新考**』八冊（井上通泰　昭和三〜四　国民図書）『**万葉集全釈**』六冊（鴻巣盛広　昭和五〜一〇　大倉広文堂）『**万葉集総釈**』一二冊（諸家　昭和一〇〜一一　楽浪書院）『**万葉集評釈**』一二冊（窪田空穂　昭和一八〜二七　東京堂）『**増訂万葉集全註釈**』一四冊（武田祐吉　昭和三一〜三二　角川書店）『**評釈万葉集**』

七冊（佐佐木信綱　昭和二三〜二九　六興出版部）『**万葉集私注**』二〇冊（土屋文明　昭和二四〜三一　筑摩書房）『**万葉集全講**』三冊（武田祐吉　昭和三〇〜三一　明治書院）『**万葉集注釈**』二一冊（澤瀉久孝　昭和三二〜四五　中央公論社）

〔**全訳**〕『**口訳万葉集**』三冊（折口信夫　大正五〜六　文会堂。折口全集四・五所収）『**訳万葉**』古典日本文学全集（村木清一郎　昭和三一　筑摩書房。昭和三四）『**万葉集**』日本国民文学全集（土屋文明　昭和三一　河出書房）など。

〔**抄註・選釈**〕『**万葉集講義**』三冊（山田孝雄　巻一〜巻三　昭和三〜一二　宝文館）『**万葉集評釈**』四冊（金子元臣　巻一〜巻九　昭和一〇〜二〇　明治書院）『**万葉集選釈**』新訂版（佐佐木信綱　昭和二八　明治書院）『**改訂増補万葉集新解**』三冊（武田祐吉　昭和一四〜一五　山海堂）『**万葉集新釈**』改訂版　二冊（澤瀉久孝　昭和二二〜二三　星野書店）『**万葉集新注**』（澤瀉久孝　昭和三〇　白楊社）など。

〔**鑑賞・批評**〕『**万葉集の鑑賞及び其批評前篇**』（島木赤彦　大正一四　岩波書店）『**万葉秀歌**』岩波新書　二冊（斎藤茂吉　昭和一三。茂吉全集三六所収）『**万葉集研究**』二冊（斎藤茂吉編　昭和一五　岩波書店）『**古代和歌**』日本文学教養講座（五味智英　昭和二六　至文堂）『**万葉名歌**』教養文庫（土屋文明　昭和三一　社会思想社）『**万葉集**』日本古典鑑賞講座（高木市之助・田辺幸雄　昭和三三　角川書店）『**文芸読本万葉集**』（山本健吉　昭和三八　河出ペーパーバックス）など。

〔**研究**〕『**万葉集伝説歌考**』（川村悦麿　昭和二　甲子社書房）『**古代研究　国文学篇**』（折口信夫　昭和四　大岡山書店。折口全集一所収）『**増訂万葉集の新研究**』（久松潜一　昭和四　至文堂）『**増補改訂万葉集の文化史的研究**』（西村真次　昭和九　東京堂）『**万葉集の芸術性**』（森本治吉　昭和一六　修文館）『**吉野の鮎　記紀万葉雑攷**』（高木市之助　昭和一六　岩波書店）『**万葉集序説**』（澤瀉久孝　昭和一六　楽浪書院）『**万葉集の自然感情**』（大西克礼　昭和一八　岩波書店）『**万葉集伝説歌謡の研究**』（西村真次　昭和一八　第一書房）『**貴族文学としての万葉集**』（西郷信綱　昭和二一　丹波書林）『**万葉研究史**』（久松潜一　昭和二三　要書房）『**万葉美の展開**』（森本治吉　昭和二四　清流社）『**古文芸の論**』（高木市之助　昭和二七　岩波書店）『**万葉の世紀**』（北山茂夫　昭和二八　東京大学出版会）『**万葉の時代**』　岩波新書（北山茂夫　昭和二九）『**日本文学史　上代**』（久松潜一編　昭和三〇　至文堂）『**万葉―その異伝発生をめぐって**』（吉永登　昭和三〇　万葉学会）『**万葉集と日本文芸**』（山田孝雄　昭和三一　中央公論社）『**万葉の風土**』（犬養孝　昭和三一　塙書房）『**万葉集作品と批評**』（土橋寛　昭和三一　創元社）『**万葉歌人の誕生**』（澤瀉久孝　昭和三一　平凡社）『**初期万葉の世界**』（田辺幸雄　昭和三二　塙書房）『**万葉の伝統**』（大久保正　昭和三二　塙書房）『**日本抒情詩論**』（青木生子　昭和三二　弘文堂）『**万葉私記**』　二冊（西郷信綱　昭和三三～三四　東京大学出版会）『**万葉集相聞の世界**』（伊藤博　昭和三四　塙書房）『**万葉風の探究**』（岡崎義恵　昭和三五　宝文館）『**日本古代文芸における恋愛**』（青木生子　昭和三六　弘文堂）『**万葉集**』　国語国文学研究史大成　二冊（武田・久松・森本　昭和三六～三八　三省堂）『**万葉集の民俗学的研究**』（中山太郎　昭和三七　校倉書房）『**上代日本文学と中国文学**』　三冊（小島憲之　昭和三七～四〇　塙書房）『**万葉集の比較文学的研究**』（中西進　昭和三八　桜楓社）など。

〔**染色・動植物**〕『**万葉染色考**』（上村六郎・辰巳利文　昭和五　古今書院）『**万葉染色の研究**』（上村六郎　昭和一八　晃文社）『**万葉動物考**』　正・続（東光治　昭和一〇～一八　人文書院）『**万葉動物写真と解説**』（東光治　昭和一八　三省堂）『**万葉草木考**』　四冊（岡不崩　昭和七～一二　建設社）『**万葉植物新考**』（松田修　昭和九　春陽堂）『**万葉植物　写真と解説**』（小清水卓二　昭和一六　三省堂）『**万葉花譜**』（鴻巣盛広　昭和一七　創元社）『**万葉植物全解**』（若浜汐子　昭和三四　潤光社）など。

〔**国語・文法**〕『**古代国語の音韻に就いて**』（橋本進吉　昭和一七　明世堂。著作集四所収）『**奈良時代の国語**』（佐伯梅友　昭和二五　三省堂）『**新訂増補枕詞の研究と釈義**』（福井久蔵　昭和三五　有精堂）『**奈良朝文法史**』　改版（山田孝雄　昭和二九　宝文館）など。

〔**索引・辞典**〕『**万葉集総索引**』　四冊（正宗敦夫　昭和四～六　白水社万葉閣。昭和二八～三〇　万葉集大成所収）『**古文献所収万葉和歌索引**』（渋谷

虎雄　昭和三八　文教書院）『**万葉集辞典**』（折口信夫　大正八　文会堂。昭和三一　折口全集六所収）『**万葉集大辞典**』ア行（正宗敦夫・森本治吉　昭和一八　日本古典全集刊行会）『**増訂万葉辞典**』（佐佐木信綱　昭和二七　有朋堂）『**万葉集事典**』（佐佐木信綱　昭和三一　平凡社）など。

〔**講座**〕『**万葉集講座**』六冊（昭和八～九　春陽堂）『**万葉集講座**』四冊（昭和二七～二九　創元社）『**万葉集大成**』二二冊（昭和二八～三一　平凡社）など。

〔追　加〕

〔**本文刊本**〕『**万葉集**』日本古典文学全集　四冊（小島憲之・木下正俊・佐竹昭広　昭和四六～小学館）『**現代語訳対照万葉集**』三冊（桜井満訳注　昭和四九～五〇　旺文社）

〔**研究**〕『**万葉の色相**』（伊原昭　昭和三九　塙書房）『**万葉集　時代と作品**』（木俣修　昭和四一　日本放送出版協会）『**万葉集必携**』（五味智英　昭和四二　学燈社）『**万葉研究　新見と実証**』（松田好夫　昭和四三　桜楓社）『**万葉史の研究**』（中西進　昭和四三　桜楓社）『**日本文学の争点**　上代編』（五味智英編　昭和四四　明治書院）『**万葉集の研究**』（一）（二）（久松潜一　昭和四四　至文堂）『**万葉　通説を疑う**』（吉永登　昭和四四　創元社）『**万葉集Ⅰ・Ⅱ**』日本文学研究資料叢書（昭和四四・四五　有精堂）『**万葉集の文学論的研究**』（久米常民　昭和四五　桜楓社）『**万葉論集**』（清水克彦　昭和四五　桜楓社）『**万葉長歌考説**』（岡部政裕　昭和四五　風間書房）『**万葉集叢攷**』（高崎正秀　昭和四六　桜楓社）『**万葉集・時代と作品**』（久米常民　昭和四八　桜楓社）『**万葉集と上代文学**』（久松潜一　昭和四八　笠間書院）『**万葉集の表現**』（瀬古確　昭和四九　教育出版センター）『**万葉律令考**』（滝川政次郎　昭和四九　東京堂出版）『**万葉集の構造と成立**』上・下（伊藤博　昭和四九　塙書房）『**万葉の美意識**』（森脇一夫　昭和四九　桜楓社）『**万葉の精神構造**』（松原博一　昭和五〇　桜楓社）

〔**植物**〕『**万葉植物原色図譜**』（若浜汐子　昭和四〇　高陽書院）『**万葉の草・木・花**』（小清水卓二　昭和四五　朝日新聞社）『**原色万葉植物図鑑**』（小村昭雲　昭和四三　桜楓社）『**万葉の花**』（松田修・大西邦彦　昭和四七　芸艸堂）

〔**国語・文法**〕『**万葉仮名の研究**』（大野透　昭和三

七　明治書院）『万葉集語法の研究』（木下正俊昭和四七　塙書房）

〔索引〕『万葉集各句索引』（佐竹・木下・小島　昭和四一　塙書房）

〔講座〕『講座日本文学』上代編Ⅰ・Ⅱ（昭和四三　三省堂）『和歌文学講座』第四・五巻（昭和四四　桜楓社）『万葉集講座』六冊（昭和四七・四八　有精堂）

〔追加二〕

〔本文刊本〕『万葉集』新潮日本古典集成　五冊（青木生子・井手至・伊藤博・清水克彦・橋本四郎　昭和五一～五九　新潮社）『万葉集　全訳注原文付』五冊（中西進　昭和五三～六一　講談社）『万葉集』校注古典叢書　四冊（稲岡耕二　昭和五四～　明治書院）『万葉集』完訳日本の古典　六冊（小島憲之・木下正俊・佐竹昭広　昭和五七～平成一　小学館）『万葉集全注』二〇冊（諸家　昭和五八～　有斐閣）『万葉集』新編日本古典文学全集　四冊（小島憲之・木下正俊・東野治之　平成六～八　小学館）『校訂　万葉集』一冊（中西進　平成七　角川書店）『万葉集本文篇補訂版』一冊（佐竹昭広・木下正俊・小島憲之　平成一〇　塙書房）『万葉集』新日本古典文学体系　四冊（佐竹昭広・山田英雄・工藤力男・大谷雅夫・山崎福之　平成一一～　岩波書店）

〔本文改編本〕『万葉集歌人集成』（中西進・辰巳正明・日吉盛幸　平成二　講談社）

〔全注釈〕『万葉集釈注』一三冊（伊藤博　平成七～一二　集英社）

〔抄注・選訳〕『万葉集』鑑賞日本古典文学　一冊（中西進　昭和五一　角川書店）『万葉秀歌』五冊（久松潜一　昭和五一　講談社）『万葉開眼』二冊（土橋寛　昭和五三　日本放送出版協会）『注釈万葉集〈選〉』一冊（井村哲夫・阪下圭八・橋本達雄・渡瀬昌忠　昭和五三　有斐閣）『万葉集』鑑賞日本の古典　一冊（稲岡耕二　昭和五五　小学館）『万葉の秀歌』二冊（中西進　昭和五九　講談社）『万葉秀歌評釈』一冊（井上豊　昭和六二　古川書房）『新選　万葉集抄』一冊（小野寛　平成五　笠間書院）『作者別時代順　万葉秀歌選集』一冊（猪股静彌　平成六　和泉書院）『テーマ別万葉集』一冊（鈴木武晴　平成一三　おうふう）

〔索引・辞典〕『万葉集八代集歌末語索引』一冊

〔古典講話会・遠藤嘉基〔監修〕　昭和五四　洛文社〕『**万葉集表記別類句索引**』一冊（日吉盛幸　平成四　笠間書院）『**万葉集歌句漢字総索引**』二冊（日吉盛幸　平成四　桜楓社）『**万葉集各句索引**』一冊（高田昇　平成四　桜楓社）『**万葉集漢文漢字総索引**』一冊（日吉盛幸　平成六　笠間書院）『**類聚古集訓読総索引　類聚万葉抜書索引**』一冊（片桐洋一〔監修〕・ひめまつの会　平成一二　大学堂書店）『**満葉集索引**』一冊（古典索引刊行会　平成一五　塙書房）『**必携万葉集要覧**』一冊（桜井満　昭和五一　桜楓社）『**万葉仮名音韻字典**』二冊（大塚毅　昭和五三　勉誠社）『**万葉集必携**』別冊国文学　一冊（稲岡耕二　昭和五四　学燈社）『**万葉集必携Ⅱ**』別冊国文学　一冊（稲岡耕二　昭和五六　学燈社）『**万葉集歌人事典**』一冊（大久間喜一郎・森淳司・針原孝之　昭和五七　雄山閣出版）『**万葉の歌ことば辞典**』一冊（稲岡耕二・橋本達雄　昭和五七　有斐閣）『**時代別日本文学史事典　上代編**』一冊（有精堂出版部　昭和六二　有精堂出版）『**万葉集事典**』別冊国文学　一冊（稲岡耕二　平成五　学燈社）『**万葉集辞典**』一冊（尾崎暢殃・森淳司・辰巳正明・多田一臣・烏谷知子　平成五　武蔵野書院）『**万葉事始**』一冊（坂本信幸・毛利正守　平成七　和泉書院）『**上代文学研究事典**』一冊（小野寛・桜井満　平成八　おうふう）『**万葉集を知る事典**』一冊（尾崎富義・菊池義裕・伊藤高雄　平成一二　東京堂出版）『**万葉ことば事典**』一冊（青木生子・橋本達雄〔監修〕　平成一三　大和書房）

〔**講座**〕『**万葉集を学ぶ**』八冊（伊藤博・稲岡耕二　昭和五二〜五三　有斐閣）『**万葉・歌謡**』研究資料日本古典文学　一冊（大曽根章介・久保田淳・檜谷昭彦・堀内秀晃・三木紀人・山口明穂　昭和六〇　明治書院）『**万葉集**』古代文学講座　一冊（古橋信孝・三浦佑之・森朝男　平成八勉誠社）『**万葉の歌人と作品**』一二冊（神野志隆光・坂本信幸　平成一一〜一七　和泉書院）『**うたの発生と万葉和歌**』（和歌文学論集編集委員会　平成五年　風間書房）

〔**追加三**〕

〔**全注釈**〕『**萬葉拾穂抄　影印・翻刻**』四冊（古典索引刊行会　平成一四〜一八　塙書房）文庫版『**萬葉集釋註**』一〇冊（伊藤博　平成一七　集英

社）『**萬葉集　全歌講義**』一〇冊（阿蘇瑞枝　平成一八〜　笠間書院）
〔**抄注・選訳**〕『**傍注　万葉秀歌選**』三冊（中西進　平成一五　四季社）
〔**索引・辞典**〕『**萬葉集索引**』（古典索引刊行会　平成一五　塙書房）『**萬葉集索引**』新日本古典文学大系別巻（佐竹昭広［等］編　平成一六　岩波書店）
〔**講座**〕『**必携　万葉集を読むための基礎百科**』別冊国文学（神野志隆光編　平成一四　学燈社）『**万葉民俗学を学ぶ人のために**』（上野誠・大石泰夫編　平成一五　世界思想社）『**萬葉集歌人研究叢書**』一〇冊（青木周平・谷口雅博・城崎陽子・倉住薫編・解説　平成一六　クレス出版）『**高市黒人・山部赤人―人と作品―**』（中西進編　平成一七　おうふう）『**笠金村・高橋虫麻呂・田辺福麻呂―人と作品―**』（中西進編　平成一七　おうふう）『**女流歌人　額田王・笠郎女・茅上娘子―人と作品―**』（中西　進編　平成一七　おうふう）

万葉の諸歌人

額田王

額田王《ぬかたのおおきみ》は、鏡王の子というだけでその出生についてははっきりしたことはわからない。斉明朝ごろから天智朝、さらに壬申の乱（六七二）にかけての変転する政治的激動期にあたって、その中心人物となっていた天智天皇と大海人皇子《おおあまのみこ》（後の天武天皇）の兄弟の愛恋に身をゆだねる悲劇的な運命のただ中から、万葉貴族和歌の先駆的な開花をしめした人である。王の作としては長歌三首短歌九首があるが、そのうちの四首は左註によって他の作者とする説もある。はやく斉明朝のころに大海人皇子の愛をうけて十市《とおちの》皇女《ひめみこ》（後に天智天皇の皇子の大友皇子の妃となる）を生んでいるが、やがて天智天皇の後宮にはいったようである。

　斉明天皇（舒明天皇の皇后）の七年（六六一）一月六日、新羅征討の船は、女帝・諸皇子・額田王らをも乗せて筑紫へむけ難波津を船出してゆく。船団は同一四日、伊予の熟田津石湯行宮《にきたつのいわゆのかりみや》（いまの道後温泉付近）に泊まって滞留し、やがて出船を前にしたとき、額田王は、

熟田津《にきたつ》に　舟乗《ふなの》りせむと　月待てば　潮も　かなひぬ　今は漕ぎ出でな

（巻一—八）

とうたった。準備はすっかりととのって、全団は浜辺に集合しているが、宵闇《よいやみ》は長く、船も人の顔も見えず、武具の音や話声ばかり。いらいらする待ち遠しさ。やがて山の稜線が明るくなったかと思うと、もう武具にも人々の顔にも船の上にも、船ばたをうつ小波にさえも、きらきらする月の光。〃待っていた月も出たし、待っていた潮もちょうどよくなった。さあ今こそは漕ぎ出《だ》そうよ〃。張りみちた弦が時を得ていままさに放たれようとするような緊張と期待の頂点。それはひとり王の心であるだけでなく全員の心でもある。一句から三句まで句ごとに助詞（に、と、ば）をふまえて明快に進行してゆく律動は、そこで小休止を得て、さらに四句目に集中してくる。しかも三、四句は〃月待てば月もかなひぬ潮待てば潮もかなひぬ〃を簡潔に圧縮して、あふれ出なければやまない弾力をはらんで結ばれる。この四句までの、進んでやまない満ちきった心情の律動は、ここにひといきついて、八音の字あまりの結句に思うさまあふれでる。「今は」の「は」こそ、心情をのび

のびと解放させるかぎとなっている。この清朗雄渾な律動は、記紀歌謡末期の抒情性にはみられないすでに初期万葉の世界のものである。個の心情が力強くうちだされているようで、集団全員の心ともなっているところ、あるいは進発の際の祭祀の応詔歌（谷馨氏説）であるかもしれない。なおこの歌を、左註によって斉明天皇の作とみる説（澤瀉博士説）がある。

天智六年（六六七）三月、朝夕に見なれたなつかしい三輪山をはなれて近江の大津に遷都をみてからは、政局の不安にもかかわらず、天皇は「遊覧是好む」（鎌足伝）状況で、近江の宮廷には大陸にならった詩酒の宴がさかんになった。額田王はすでに天皇の寵姫として近江にある。

七年（六六八）五月五日、近江蒲生野《かもうの》に遊猟の行事のときの大海人皇子との贈答歌、

あかねさす　紫野《むらさきの》行き　標野《しめの》行き　野守は見ずや
君が袖振る　（巻一―二〇）
紫の　にほへる妹を　憎くあらば　人妻故に　我
恋ひめやも　（巻一―二一）

はあまりにも有名である。自分に対して袖を振って夏の野をか行きかく行く皇子の生動する姿を描くうちに、よみがえる甘美な恋情のゆらぎをしめし、四、五句の顚倒形の表出によって、いわばスリルを通した恋情の奔出を見せる。あふれる情熱をおさえたこの表出にこそ、かえって夏の野にまばゆいくらいの絢爛《けんらん》とした情愛の展開がみられる。個のみずみずしさをしめした絶唱といえよう。

そのころ、近江の宮廷で「春山万花之艶」と「秋山千葉之彩」とを争ったときの「秋山我は」の歌（巻一―一六）は、並《な》みいる聴衆を意識しつつ春の味方にも秋の味方にも、堪能させたりはらはらさせたりして、波動的にせりあげられた興奮の絶頂で「秋山我は」の結びを下すみごとな建築的構成をしめし、それによって春秋両面にゆれうごくみずからの微妙な女性心理をあらわしている。ここでも、理知と情熱に綯《な》いあわされた抒情の世界に特異の才気と風格をみせている。

天智天皇が亡くなられてのち、壬申の動乱を経ておよそ二〇年前後のころ、吉野に行った弓削皇子《ゆげのみこ》（天武天皇の皇子）から王のもとへ贈られた歌への答歌、巻二―一一三の歌と、

古《いにしへ》に　恋ふらむ鳥は　ほととぎす　けだしや鳴
きし　わが思《も》へる如《ごと》　（巻二―一一二）

の歌とをもって、最後とする。いまは回想こそ老後の生の糧ともなっている。しかも波瀾の生涯のゆえに、先駆的な開花をもたらしたまさに初期万葉屈指の才媛であった。

柿本人麻呂　柿本人麻呂《かきのもとのひとまろ》は、生没や閲歴などはっきりしないが、持統・文武朝に仕えた宮廷歌人とみられ、和銅初年ごろには石見《いわみ》（島根県）で没している。万葉第二期の貴族社会をめぐる時代気運とよくむすびついて、第二期の歌風をもっともよく代表する、量質ともにすぐれた歌人である。長歌約二〇首短歌約七〇首。取材の範囲もひろく、天皇や皇子に供奉しての宮廷讃歌、皇族の死によせる挽歌など公的立場の作歌のほか、亡妻・行路死者によせる私的挽歌、別離、恋情、羇《き》旅《りょ》、近江荒都をいたむ歌などにわたっている。

時代を具現する人麻呂の歌風には、いつも二つのもの、すなわち、非個性的集団的と個性的個人的、民謡的口誦的と創作的記載的、叙事詩的と抒情詩的、伝統的と開化的、これらの二つの面が未分化渾融の姿をとって、これらを奔騰するような浪漫的な情熱をもって統一しており、そこに独自な人麻呂美が形成されている。すべて、壬申の乱以後の、飛鳥・藤原京にもたらされた強力な律令体制化の気運と、人麻呂の天分・努力・教養との出会いに発するものといえる。そのはげしい情熱は、対象を客体化するよりも前に対象にとびこんで共鳴共感し、かえって強烈な主観によって、みずからの心情の波動的弾力的な展開をとげて、対象の核心にいたる趣きである。

近江《あふみ》の海《うみ》　夕浪千鳥　汝《な》が鳴けば　心《こころ》もしのに古《いにしへ》思ほゆ　（巻三―二六六）

にしても、湖水の大景から岸辺の千鳥によびかけられた主観は、「夕浪千鳥」のすぐれた造語力にささえられて凝集化し、第三句ですっかり対象を主観の揺蕩のなかにいだきこんで、心もうちしおれてゆく近江荒都への湖畔の悲しみをうたいあげている。これが西からの瀬戸内海の船旅にしても、

天《あま》ざかる　夷《ひな》の長道《ながち》ゆ　恋ひ来《く》れば　明石の門《と》より　大和島見ゆ　（巻三―二五五）

遠い船路を背後にもって長い播磨路の岸ぞいにゆく倦怠と焦燥の感を上の三句までにあらわし、助詞の「ば」を心情展開のはずみとして、四、五句の二つの地名による移動風景的な表現は、すでにみずからの心情の波動的な躍出をとげさせている。

これが、長歌になると、情熱の奔騰はしぜんと序

破急をそなえた波動的弾力的な展開をしめして対象の核心にいたることは、「石見国《いはみ》より妻を別れて上り来る時の歌」（巻二―一三一）を見てもわかる。ここでは、激情は、荒涼とした石見の海から玉藻へ、玉藻から妻へと奔騰してきて、「妹が門《かど》見む　なびけこの山」にうちあげている。しかもその反歌、

石見《いはみ》のや　高角山《たかつのやま》の　木《こ》の間《ま》より　我が振る袖を妹見つらむか　（巻二―一三二）

笹《ささ》の葉は　み山もさやに　さやげども　われは妹思ふ　別れ来ぬれば　（巻二―一三三）

も、樹間と山間に妻を思い、妻を思うみずからを見つめる寂寥に終っている。

いっぱんに長歌・反歌は、たがいに有機的構成をとげて、主観の奔騰は、句々のおかれ方、声調のすみずみにまで躍って、対象はつねに立体的動的につかまれている。とくに長歌の場合、対象を時間的経過による漸層的な発展においてとらえ、一方には口誦性のゆたかな伝統的な詞句により、一方には枕詞や比喩・造語・造句などの独創をたもって、枕詞・対句・序詞・同音同韻の反復などのいわば人麻呂音楽の楽器ともいうべきものを、ゆきとどいた言語感覚にもとづいて自由に使いこなし、連綿としてつきない強靭な弾力に富む格調美・韻律美・声調美をつくりだして、壮大多力な人麻呂音楽をつくりあげている。反歌もまったくこれと呼応して、ひとつの構想力のなかに統率されている。「近江の荒れたる都に過《よき》る時」の歌も、同じようで、長歌（巻一―二九）が、遠く神武天皇からときおよんで天智天皇の大津の宮にいたり、春の日の春草のみ生い茂る荒都の現実に悲しみをあらわせば、反歌では、

楽浪《ささなみ》の　志賀の唐崎《からさき》　幸《さき》くあれど　大宮人の　船待ちかねつ　（巻一―三〇）

楽浪《ささなみ》の　志賀の大わだ　淀《よど》むとも　昔の人に　またも逢はめやも　（巻一―三一）

と詠んで、現実の視点をさらに湖辺の唐崎に、湖上の大景にと転じて、歴史の日の幻想にかえり、〝湖畔回想の悲歌〟を奏し終るというぐあいである。

現実が歴史的現実としてとらえられることは、公的な挽歌や宮廷讃歌においてとくにいちじるしいものがある。天武天皇の皇子で、壬申の乱の立役者の高市皇子《たけちのみこ》の亡くなったときの挽歌（巻二―一九九）では、全編一四九句の万葉集中の最長歌として、その中に壬申の戦闘の場面も述べられ、時代の叙事詩的精神のあふれるものがある。〝雄渾〟といわれ、

〝沈痛〟といわれる調べも、こうした浪漫的精神のあり方によるところが多い。公的挽歌はいずれも、宮廷の集団の心を述べて、霊前に誦詠されたらしく、事を叙し心を述べて、霊前に誦詠されたらしく、宮廷の集団の心を代表するものである。吉野宮の讃歌（巻一―三六～三九）も宮廷人の心を背負って誦詠されたものであろう。集団を代表しながら、たくましい人間心情をあらわし得るところに、人麻呂がある。

なお、人麻呂には「人麻呂歌集」所出の歌が約三七〇首ほどある。この中には他人の作や民謡的世界のものもあり、人麻呂の作も多くふくむとみられ、人麻呂の歌風を考える上の有力な資料である。その中のひとつ、

あしひきの　山川《やまがは》の瀬の　鳴《な》るなへに　弓月《ゆつき》が岳に　雲立ち渡る　（巻七―一〇八八）

は、大和の三輪山の北、穴師《あなし》の山川が急に音高くなるとともに、山頂の弓月が岳に雲のぐっと動く趣きをとらえ、格調の高さ、山河の気韻の生動する力感、そのまま人麻呂の世界のものである。

人麻呂美に見るたぐいまれな浪漫的情熱の奔騰のこのあり方が、かれの天分素質と、得がたい時代との出会いにあることは、公的挽歌や吉野宮讃歌などがもっともよくこれを実証している。すべては、天武天皇の一系につながるさかんな宮廷気運との共鳴にある。人麻呂は初期万葉をうけついで、時代にふさわしい稀有《けう》の完成をもたらしたが、貴族社会の精神の分岐点もこの時代にやどると同じように、渾沌をはらんだ人麻呂美のかげに、やがて個性分化の意識化されてゆく過程のひそんでいることを思わねばならない。

高市　黒人

人麻呂と同じように、藤原京期の宮廷に仕え、人麻呂のもっている二つの面のうち、個性的・創作的・開化的の方向に伸びて、しかもまだその自覚をともなわずに、人間個我のさりげない抒情をしめし、鮮明透徹の歌境に、独自の個性を展開しはじめたものは、高市黒人《たけちのくろひと》である。

黒人は閲歴も不明で、歌数も短歌ばかり一八首（疑問のあるもの五首をふくむ）。すべて旅の歌であって、人麻呂にくらべて狭い視野ではあるが、珠玉の作をのこしている。人麻呂が近江の荒都に壮大な悲歌を展開すれば、黒人は、

古《いにしへ》の　人に我あれや　楽浪《ささなみ》の　古《ふる》き京《みやこ》を　見れば悲しき　（巻一―三二）

楽浪《ささなみ》の　国つ御神《みかみ》の　うらさびて　荒れたる都《みやこ》
見れば悲しも　（巻一—三三）

と詠む。〝自分は近江大津宮の昔の人でもあるのか〟といぶかしみ、あるいは、眼には見えない国をまもる神の御心のすさびを感得して、ともに実在の背後にしみとおる内省された主観が、狭いけれども深く句々の律動を追うてきざみこまれ、黒人のみの知る孤愁の悲傷をしめしている。

近江の海（琵琶湖）の湖西、高島郡の旅路をゆけば、

いづくにか　我が宿りせむ　高島の　勝野《かちの》の原に
この日暮れなば　（巻三—二七五）

とあたかも沈潜的下降的な湖西湖岸の景観のそれのように、旅の寂寥の心情は、三句以下に、句を追うて沈潜し定着してゆくようである。こうした旅そのものの寂寥感があればこそ、

旅にして　もの恋しきに　山下《やまもと》の　赤《あけ》のそほ舟
沖に漕ぐ見ゆ　（巻三—二七〇）

のように、山の下《もと》の赤《あけ》のそほ舟（赭土を塗った舟）が蒼海の沖に漕がれてゆく鮮明な実景への心情の定着をみるのである。

桜田へ　鶴《たづ》鳴き渡る　年魚市潟《あゆちがた》　潮干《しほひ》にけらし
鶴《たづ》鳴き渡る　（巻三—二七一）

桜田も年魚市潟もいまは名古屋市内である。二つの地名は映発しあって距離と空間があたえられ、そこへ二句で切り、四句で切り、「鶴《たづ》鳴き渡る」をくりかえす。ちょうど額ぶちにくっきりとはめこんだように、鶴群は鮮明に飛びわたってゆき、音楽的諧調さえともなっている。前の歌といい、この歌といい、自然観照ないし叙景は、ここに一線を画して新風の誕生をしめしており、後の山部赤人《やまべのあかひと》につながる先蹤《せんしょう》といえるが、叙景の自覚に発するものではなく、他の歌にも見られる沈潜した澄明透徹の心情のゆえに、清潔明快にうつった心象風景であることは、自己内奥の心情の陰影のみごとな律動化によみとれる。そこに黒人によってはじめて個性的といえる世界の出発がみられる。

持統太上天皇の三河行幸の時の、

いづくにか　舟泊《ふなは》てすらむ　安礼《あれ》の崎　漕ぎたみ
行きし　棚《たな》なし小舟《をぶね》　（巻一—五八）

にしても、安礼の崎海上に、漂々と小さくなってゆく一点としてうち出された舟は、それと共存共鳴してゆく黒人の心情の、こきざみにたたみこまれ漂ってゆく姿でもあって、舟の漂泊がそのまま黒人の心

情の漂泊となっている。ここにかれの、ただならぬ個我の寂寥感・漂泊感の律動を見とることができる。

黒人の清澄孤愁の心情とその律動美が、まだ都人的・貴族的・歌人的な臭気をともなわないで、清澄に明るくさりげない表出を見せ、そこにしぜんと新風をひらくもののあるのは、第三期への過渡期にひらいた貴族教養人によるすなおな意識されない個性の花として、得がたいものがある。

山部　赤人

山部赤人《やまべのあかひと》は、歌数約五〇首（うち長歌一三首）、年代明記のものが神亀元年（七二四）から天平八年（七三六）にわたり、主として聖武朝に仕えた宮廷歌人と考えられ、第三期に開花したすぐれた個性である。総じてこれを見れば、現実の実生活には背をむけて自然美に対するとき情熱をおぼえて、多く実景を精緻な都会人的感覚でとらえ、人麻呂とちがってみずからの主観をしずかに対象に浸透させ、そこに清明優美な世界を構成し、あるいは温雅な抒情をただよわせている。自然愛にみちているところから自然詩人といわれるのも当を得ているが、なによりも造形にあたって旺盛な文芸意識を駆使して特異な構成美の世界をつくりあげた歌人である。いっぱんに長歌は類型的観念的のそしりが多く、短歌こそ絶唱としてたたえられ、たとえば富士の長歌（巻三―三一七）の反歌、

田子《たご》の浦ゆ　うち出でて見れば　ま白にぞ　富士《ふじ》の高嶺に　雪は降りける　（巻三―三一八）

をみると、富士の高嶺は立脚地の田子の浦によって映発され、「うち出でて」といい、「ま白にぞ」によって弾力をはらんで、きらきらと雪の霊峯はそこにおどり出るようである。しかしこの〝絶唱〟は赤人にしてみれば、短歌のみで見られるためにあるものではない。長歌との寸分すきのない有機的構成の一環として発するものであって、長歌が日・月・雲をおさえて時空に聳え立つ富士の霊性を、ちょうど映画のモンタージュのように立体的に構成して、あくまでも観念としての讃歎に終始するのに対してこそ、反歌に、現実的なあまりに現実的な詠出を見せるのである。しかも「日の影も」「月の光も」「白雲も」否定しながら、雪だけは「時じくぞ雪は降りける」と肯定されるところに、この反歌の生まれでる必然的な連結点がある。ひと組のこの歌に、同じ「富士の高嶺」の語が三回表出されているところだけでも、長歌反歌あわせての造形によって、赤人美の構成を

つくりあげてゆくわけが理解できる。

吉野讃歌（巻六―九二三）の反歌

み吉野の　象山《きさやま》の際《ま》の　木末《こぬれ》には　ここだも騒く鳥の声かも　（巻六―九二四）

ぬばたまの　夜《よ》のふけゆけば　久木《ひさき》生《お》ふる　清き川原に　千鳥しば鳴く　（巻六―九二五）

にしても、玉津島行幸の時の歌（巻六―九一七）の反歌、

沖つ島　荒磯《ありそ》の玉藻　潮干《しほひ》満ち　い隠《かく》りゆかば思ほえむかも　（巻六―九一八）

若の浦に　潮満ち来れば　潟《かた》をなみ　葦辺《あしべ》をさして　鶴《たづ》鳴き渡る　（巻六―九一九）

にしても、長歌との関係は富士の歌の場合と同型で、長歌の観念性と反歌の現実感とは、緊密な相互映発の関連をたもって赤人美が形成される。しかも長歌の「山」と「川」、「満潮」と「干潮」とは、象山と吉野川、荒磯の干潮と若の浦の満潮との、それぞれ二本立ての実景（反歌）をもって応ぜられる。これは赤人の長歌・反歌の構成のひとつの型であって、ほかに、長歌が現実の抒情に統一すれば反歌も同じくこれをもって応ずる型（一例、巻三―三七二・三七三）、長歌が移動風景的に現実の心情を展開すれば反歌も数首をもって同じく応ずる型（一例、巻六―九四二～九四五）がある。行幸供奉の長歌などに人麻呂の模倣が見られ類型味の多いことは、人麻呂のころとは宮廷社会のなりゆきを異にするからやむを得ないが、それを覆《おお》うて均整のとれた緻密の美をつくりあげるのは、かれの構成意識である。反歌が、現実の実景に即した絶唱を見、あるいは〝精緻な叙景〟を見るのもこの関連によるところが多い。

独立した短歌の

武庫《むこ》の浦を　漕ぎ廻《み》る小舟《をぶね》　粟島《あはしま》を　そがひに見つつ　ともしき小舟　（巻三―三五八）

も、ひとつの小舟によせる慕情は、二つの地名による映発の効を借りて角度をかえた投影による構成が行なわれており、しかも黒人の時代ならば、あるいは結句も二句目をくりかえしかねないところを「ともしき小舟」として、こまかなあたたか味を出し、一幅の心情の絵画とするところに、第三期の作家赤人の細みともいうべきものがある。「島隠《がく》り我が漕ぎ来《く》ればともしかも大和へ上《のぼ》るま熊野の舟」（巻六―九四四）の心情の場合も同様で、こうした温雅な細みが、

春の野に　すみれ摘《つ》みにと　来《こ》し我そ　野をなつ

かしみ　一夜寝《ひとよね》にける　　（巻八―一四二四）

の、繊細優美な世界をもつくりあげてゆき、のちの伝統をひらくこととともなる。まったく第三期の貴族社会を生きる洗練された都会的教養人の個性の所産といわなければならない。とともに、自然詩人としての多くの讃辞の生まれる根源に、コンポジションによる縦横の文芸意識にみちびかれた赤人美の構造のあることを思わなければならない。

笠金村

　赤人とほぼ同じころ、元正朝・聖武朝にかけての宮廷歌人的な存在だったとみられる作家に笠金村がある。

金村作と明記のある歌のほかに、「金村歌集」の歌があって、「歌集」の歌も金村の作と考えられている。あわせて歌数約四五首、うち長歌は一一首、その制作は霊亀元年（七一五）から天平五年（七三三）にいたる一九年間にわたっている。生没ははっきりしない。行幸に従ったときの歌の配列からみると、あるいは当時、赤人よりも重きをなしていたのかもしれない。全作歌がほとんど行幸の供奉に関連したものか、あるいは君命による地方の旅か、またはなんらか宮廷に関連しての制作事情によるもので、まったく当時の宮廷生活にささえられていた歌人といってよい。

　第三期の著名歌人たちがなんらか時代に対する反撥の姿勢をしめし、行幸に従う赤人にしてさえ、帝威に対する讃頌よりもより多く自然の世界に情熱をしめすときに、金村は終始、帝威への讃仰と随順をしめして、あくまでも貴族社会の現実肯定に徹する作家といえる。

石上大夫《いそのかみのまえつきみ》におくる歌の、

もののふの　臣《おみ》の壮士《をとこ》は　大君の　任《ま》けのまにまに　聞くといふものぞ　　（巻三―三六九）

を見ても、こうした現実肯定を背後にしてこそ成り立つ歌で、一見、散文的な叙述のようでありながら、「もののふの」「臣《おみ》の」「壮士《をとこ》」と壮重にたたみかけて、相手によせる悠揚せまらない友愛と信頼とをうち出してゆくところ、この人なりの主観の流動が生み出す声調ということができる。

　格調の高い明快闊達な表現や一貫した気魄の流動的な表現はこの人の持ち味といってよく、霊亀元年九月志貴皇子《しきのみこ》の亡くなったときの挽歌（巻二―二三〇）などには、これに劇的構成のたくましさを加えて異色のある挽歌をのこしており、また、近江湖北の塩津山越のときの歌、

ますらをの　弓末《ゆずゑ》振り起《お》こし　射つる矢を　後《のち》見む人は　語り継ぐがね　（巻三―三六四）

を見ても、〝ますらを〟の希望と自信に張りみちて、ひそかな山間に放たれてゆく矢を通しての悠久への願いを表出するその気魄や、生動味のあふれる颯爽としたその声調には、かれの持ち味がよく生かされている。

帝威の讃仰や貴族社会の現実肯定のはげしさは、平城《なら》以外の旅先にあっては、いつも帝都としての平城の意識がかれからはなれないこととなって、ひとたび平城をはなれれば、難波宮におともをしても、

海人娘子《あまをとめ》　棚なし小舟《をぶね》　漕ぎ出《づ》らし　旅の宿りに　楫《かぢ》の音聞こゆ　（巻六―九三〇）

のように、〝旅の宿りに〟と、あらわさないではいられなくなる。かれの歌に多い「旅にしあれば・旅にして見れば・旅をよろしと・旅にはあれども・旅ゆく人も」の語句はこのことを証している。

現実に対して反撥するところのないだけに、時には常凡に堕したり、また人麻呂らの流風を学んで独創味にとぼしいものもないではないが、かえって平明寛容な叙述のうちに対象をながめたのしむ余裕も生まれてきて、都人の意識にもとづいた風雅への志向ともいうべき、いわば〝都人の風雅〟の新風をも生みだすこととなる。たとえば、「伊香山《いかご》作歌」の二首、

草枕　旅行く人も　行き触《ふ》れば　にほひぬべくも　咲ける萩かも　（巻八―一五三二）

伊香山《いかごやま》　野辺に咲きたる　萩見れば　君が家なる　尾花し思ほゆ　（巻八―一五三三）

この両歌に見られる萩への愛は、たんに自然の存在物としての萩ではなくて、帝都からはなれた旅人の意識において眺められた萩であり、その自然にのみつかないかれの余裕のある態度は「旅行く人も行き触れば」の仮想をもとめたり、「君が家なる尾花」の回想をこれにかさねて、ここに旅愁を背景としたなごやかな情趣的美化がはかられ、しかもそれへのあたたかい陶酔をしめすにいたって、〝都人の風雅〟は実現するのである。

奈良前期（第三期）の宮廷人としての自覚による現実肯定の強さも異色ある個性だが、そこから〝都人の風雅〟を生みはじめていることも注目されねばならない。人麻呂流風を追うところがありながらも、すでにいわゆる宮廷歌人的な伝統からはなれるものがあって、時代の宮廷にふさわしい変貌をとげ、の

ちの貴族和歌の展開につながるもののある金村の個性を見すごすことはできない。

大伴　旅人

　第三期の神亀年間から、天平のはじめにかけて、筑紫大宰府を中心に、大宰帥大伴旅人《おおとものたびと》と筑前国守山上《やまのうえの》憶《おく》良《ら》をめぐって、筑紫歌壇ともいうべきものが展開された。旅人の歌は、筑紫赴任前のものは吉野の行幸にしたがったときの長歌一首（巻三―三一五、長歌はこれのみ）短歌一首だけで、ほかに短歌約七〇首、大半は筑紫在任中のものである。

　旅人は古来の名門大伴家に安麻呂の子として生まれ（天智四、六六五）、長じて宮廷に仕えた生粋の官僚貴族であり、大陸の教養、とくに老荘・神仙の思想文芸に明るい都会的教養人である。かれの歌はすべて六〇歳以後のもので、神亀四、五年（七二七、七二八）ごろには大宰帥として赴任したらしい。そだちと教養と老齢とはかれの歌の造形に深く関連しているし、その上筑紫での歌は、新興藤原氏の権勢におされて政治的に不遇な状況にあることと、なによりも「あまざかる鄙《ひな》」の風土におかれているものであることを考えねばならない。

　老齢になって、こういう状況で、都から遠い異境におかれてみれば、

我が盛《さかり》　またをちめやも　ほとほとに　奈良《なら》の都《みやこ》を　見ずかなりなむ　（巻三―三三一）

わが命《いのち》も　常にあらぬか　昔見し　象《きさ》の小川《をがは》を　行きて見むため　（巻三―三三二）

浅茅原《あさぢはら》　つばらつばらに　物思へば　古《ふ》りにし里《さと》し　思ほゆるかも　（巻三―三三三）

と、いのちへの省察と回想がまさに「つばらつばらに」（こまかにの意）ふつふつと湧いて、帝都も、かつて遊んだ吉野も、年少の日の故郷まで走馬灯のようにうかんでくる。冬の日、あわ雪がぱらぱらと散ったのを見てさえ、

沫雪《あわゆき》の　ほどろほどろに　降り敷けば　奈良《なら》の都《みやこ》し　思ほゆるかも　（巻八―一六三九）

と、雪の帝都がしのばれる。旅人の歌には「ほどろほどろ」のように畳語が多いが、それが心情のすなおな淡々とした表出を助けている。

　神亀五年（七二八）の初夏には、同伴してきていた愛妻の死に遭遇した。鄙《ひな》の憂悶に加えて老いてひとりとなった身のなげき、

世間《よのなか》は　空《むな》しきものと　知る時し　いよよますます　悲しかりけり　（巻五―七九三）

〝すでに仏説によって「世間虚仮《せけんこけ》」を知ってはいるが、それがわが身の上のこととなって体感する今は、かえって悲しみが新たにわきあがってくる〟と、いつわらぬ人間心情をすなおにあらわすところ、人間孤独のなげきが流出してくる感がある。以後の歌の造形の背後には死ぬまで亡妻へのなげきがはなれていない。有名な讃酒歌、

験《しるし》なき　物を思《おも》はずは　一坏《ひとつき》の　濁れる酒を　飲むべくあるらし　（巻三―三三八）
賢《さか》しみと　物言ふよりは　酒飲みて　酔《ゑ》ひ泣きするし　まさりたるらし　（巻三―三四一）

などの一三首は、けっして明るい享楽主義の哄笑ではなく、旅人の心情をとりまく幾多の衝撃のなかから発した老いのひとり身の自嘲諧謔であって、

この世にし　楽しくあらば　来《こ》む世《よ》には　虫に鳥にも　我はなりなむ　（巻三―三四八）

などといって、日ごろの教養を背景に一見洒脱をよそおうようでありながら、真実は虚無的な哀調に通うものがある。

「梧桐日本琴《ごとうのやまとこと》」の歌（巻五―八一〇・八一一）のように、琴が娘子《おとめ》に化して夢にあらわれ歌の贈答をしたり、松浦河《まつらがわ》（佐賀県玉島川）仙媛《やまひめ》の歌（巻五―八五三～八六三）のように、川に魚を釣る女子《おとめ》を神仙の美女にみたて、贈答歌によって愛恋ユートピアを物語風に展開したりして、フィクションにみちた超現実的世界を表出するのも、以上のような筑紫生活の心情の逆の反応が、『文選《もんぜん》』『遊仙窟《ゆうせんくつ》』などの大陸文芸の教養との出会いによってもたらす世界である。人生を情趣化し風雅の世界を展開して文人趣味を発揮するのは、かれとしては、きわめてしぜんな生の反応のあり方であった。同じ時、同じ土地で、憶良が実人生へのはげしい執念を見せるとき、旅人が寂寥と憂悶からの逃避の姿勢をしめして、あくまでも風雅に遊ぶのは、相互の反撥（高木市之助博士説）によるところもすこぶる多いことであろう。

旅人は、天平二年（七三〇）正月、九国二島の官僚を自邸に招いて、盛んな梅花の宴（巻五―八一五～八四六）に風雅をつくしたが、同年一二月、大納言となって、幸いにも上京の時をむかえた。帰路、亡妻を思う一連の歌（巻三―四四六～四五三）は、思い出の風物につけ真情をまおもてからうたい出し、哀切をきわめている。佐保の家に帰ってみれば、

人もなき　空《むな》しき家は　草枕　旅にまさりて　苦しかりけり　（巻三―四五一）

妹《いも》として　二人作りし　わが山斎《しま》は　木高《こだか》く繁く
なりにけるかも　　　（巻三—四五二）

あこがれたわが庭は、自然の木々のみ亭々と、不幸な空しさばかりが待ちかまえていた。翌三年（七三一）七月、六七歳をもって没している。

歌による風雅の世界の創造に新風をしめし、なによりもみずからの生活感情を平淡に表出して心にしみる抒情味をあらわすところ、その高貴な抒情詩人の風格には、得がたい個性が見られる。

山上　憶良

赤人は自然へ、旅人はみずからの風雅抒情の世界へと、ともに実社会から、上昇の方向をとるときに、あくまでも実社会へと下降して人間生活への愛着と執念を見せた個性は山上憶良《やまのうえのおくら》である。憶良は、儒仏の思想をはじめ、大陸の学にくわしい知識人として、卑姓無位から立って遣唐少録にえらばれ（七〇一）入唐し、帰国後、伯耆守、東宮侍講を経て齢六〇のなかばをすぎて、神亀三年（七二六）ごろ筑前国守となり、長官の旅人と筑紫生活を共にした。

天《あま》ざかる　鄙《ひな》に五年《いつとせ》　住まひつつ　都の風習《てぶり》　忘
らえにけり　　（巻五—八八〇）

老齢望郷の思いは憶良もかわらない。天平三、四年（七三一、七三二）ごろ帰京したらしく、天平五年（七三三）には不治の床について七四歳をもって没したとみられる。

旅人とはおよそ異なる家柄と、苦学力行の人柄と、儒教的教養にもとづく知性とは、あくまでも人生の現実生活に題材をとらえさせ、社会の矛盾・生活の苦難に目をむけて、道義的情熱の表出に、社会詩人・思想詩人の面目を発揮させた。長歌約一〇首、短歌七〇首前後、大半の作は筑紫生活以後のものである。恋歌も、自然詠も、風雅の作もきわめて乏しく、多くは、妻子、貧、生老病死など「すべもなき」苦難の人間生活に関連している。

筑紫での酒宴に出ても、

憶良らは　今は罷《まか》らむ　子泣くらむ　それその母
も　我《わ》を待つらむそ　　（巻三—三三七）

とうたって、酔泣きに心を遣る旅人とは異なって、さっさと妻子のもとに帰ってゆく憶良である。あえて「憶良らは」とみずからいい、「らむ」を三度かさねて調子をとり、「その母も」とそらして、諧謔をたたえた即興をなしているが、底には憶良の筋金が通っており、逆に旅人などからは「賢《さか》しら」の常習として公認されてもいたであろう。

「子等を思ふ歌」の長歌（巻五―八〇二）のごとき、「瓜食《は》めば子ども思ほゆ　栗食《は》めばまして偲《しぬ》はゆ」のように、きわめて日常的な現実感に即して子の人間像を造形しており、その反歌では、

銀《しろかね》も　金《くがね》も玉も　何せむに　優《まさ》れる宝　子に及《し》かめやも　（巻五―八〇三）

とうたって、旅人が「価無《あたひな》き宝」も「夜光《よる》る玉」（共に讃酒歌）も酒には及ばぬというのに対して、子の現実的な愛をもってうったえるところに憶良がある。だから、のちに子（憶良の子か否か不明）を失えば、

若ければ　道行き知らじ　賂《まひ》は為《せ》む　したへの使ひ　負ひて通《とほ》らせ　（巻五―九〇五）

と、愛は死後の世界にまで、現実生活と密着して表出される。「世間《よのなか》の住《とど》み難きを哀《かな》しぶる歌」（巻五―八〇四・八〇五）、老身重病の歌（巻五―八九七～九〇三）なども、世の中の「すべなき」苦悩を現実に即してうったえないものはない。これは憶良の資質と教養によることはもちろん、旅人の抒情美の造形への反撥のもたらすところも大きいとみられる。旅人が松浦河上流を舞台に恋のユートピアを創造すれば、博多湾口志賀島《しかのしま》に、還《かえ》らぬ白水郎《あま》の夫を待つ貧しい妻子の心情を、一〇首の連作に構成する（巻十六―三八六〇～三八六九）。この歌には作者に異説もあるが、表現構成すべて憶良の作とみとめられる。

人間苦への省察は、しいたげられた民衆の苦悩、社会苦に発展して、かの「貧窮問答歌」（巻五―八九二・八九三）にきわまる。もともと憶良の歌には他の人に見ない生活相や口語的日常生活的な語彙《ごい》が多いが、この歌には数多くこれを使って、貧者と極貧者との問答形式によってリアルに立体的に人間像を造形し、社会悪へのはげしい怒りの情熱をうったえている。憶良の代表作でもあり、また長い文学史上に稀有《けう》に近い世界でもある。

憶良は、その題材からいっぱんに思想詩人・社会詩人と規定されて、その特異性が賞揚されているが、第三期の他の個性がそれぞれすぐれた造形力をもつと同じように、憶良もまた独自の文芸的造形力をよりどころとして、それによってはじめて憶良の文芸をつくりあげていることを思わなければならない。もともと他の立場に身をおいて歌作することはしばしばであって、人麻呂や民謡の伝統をふまえ、大陸文芸の教養によって、七夕の歌（巻八―一五二〇

～一五二二）などにみるように、空想力・構成力も他に劣らないのが憶良である。「貧窮問答歌」も憶良の情熱とその造形力にささえられてこそ、稀有の歌となりうるのである。

　人の世の苦悩に徹した憶良は、晩年、老身重病の歌（巻五―八九七～九〇三）に病老悲泣の煩悩の真情を告白して、最後には、

士《をのこ》やも　空《むな》しくあるべき　万代《よろづよ》に　語り継《つ》ぐべき
名は立てずして　　（巻六―九七八）

の歌をのこして世を去っている。無位から立って、七四歳の老いのはてまで、現世への愛と執着を絶たなかった憶良一代の、生の意欲の文芸化は、珍重というのにはあまりに高貴でさえある。

　憶良の世界とは、まったく異なって、

高橋虫麻呂　現実には背をむけ、浪漫美の構築によって作家の描いたいわば第二の現実をつくりあげ、ロマンチストの本領を発揮したのは高橋虫麻呂《たかはしのむしまろ》である。虫麻呂の歌は、天平四年（七三二）の明記のある二首（巻六―九七一・九七二）のほかは「虫麻呂歌集」所出のもの三二首（長一三、短一九）で、これらはすべて虫麻呂の作と考えられている。その閲歴は明らかでない。

浦島（巻九―一七四〇・一七四一）や真間手児奈《ままのてこな》（巻九―一八〇七・一八〇八）、菟原処女《うないおとめ》（巻九―一八〇九～一八一一）などの伝説を材として事柄の次第を精細に叙述してゆくところから、いっぱんに、伝説歌人また叙事詩人と称されているが、社交の歌、旅の歌も多く、かならずしもすべてをいい得ていない。浪漫美の世界の美的構築こそかれの本領であって、そのためには多く人事的物語的恋愛情趣的世界を、空想を自由にのばして、時・所・人を明確にした劇的構成にしあげ、土地へのエキゾチシズムをゆたかに盛り、憶良の道義的なものとはおよそ異なって耽美的頽廃美の世界さえ描き出し、あくまでも作られた美の世界を展開する。精細な写実はまったく美の造形のための手法である。

　伝説歌はもちろんのこと、たとえば、「河内の大橋を独り行《ゆ》く娘子《をとめ》を見る歌」でも、

しなでる　片足《かたし》羽川《はがは》の　さ丹《に》塗《ぬり》の　大橋の上ゆ　紅《くれなゐ》の
赤裳《あかも》裾引き　山藍《やまあゐ》もち　摺れる衣《きぬ》着て　ただ
ひとり　い渡らす児は　若草の　夫《つま》かあるらむ
橿《かし》の実《み》の　ひとりか寝《ぬ》らむ　問はまくの　欲《ほ》しき
我妹《わぎも》が　家の知らなく　（巻九―一七四二）

反　歌

大橋の　頭《つめ》に家あらば　うら悲しく　独り行く児
に　宿貸さましを　（巻九―一七四三）

舞台は河内の片足羽川（旧、大和川の一部）の朱塗の大橋、橋を渡ってゆく女の服装は精細に描かれ全体にきわめて色彩的であり、さてその人物への好奇と陶酔の心を女の人の既婚か未婚かの微妙な点においてとらえ、終りの慕情の表出によって、橋上の人物は、美しい背景の中におかれた美女として浮きあがらせる。反歌で、さらに橋づめの家の空想によって全篇に耽美的な美化をもたらす。ほんとうに、橋上に美女のあるなしは別として、あたかも万葉〝浮世絵〟ができあがるようである。

これが社交の歌、たとえば、年代明記の、藤原宇《うま》合《かい》卿との竜田山の送別の歌（巻六―九七一・九七二）でも、また、常陸鹿島の苅野橋《かるののはし》での大伴卿と別れる歌（巻九―一七八〇・一七八一）でも、事柄は空想ではない現実のことながら、述べられた世界は、竜田山の長歌は「白雲の竜田の山の　露霜《つゆしも》に色づく時に…」ではじまり、「…竜田《たつた》道《ぢ》の岡辺《をかべ》の道に　丹《に》つつじのにほはむ時の　桜花咲きなむ時に　山たづの迎へ参《ま》ゐ出む　君が来まさば」で結び、苅野橋の歌も同様色彩的に絢爛《けんらん》とした〝舞台装置〟であって、〝舞台効果〟もしくまれており、現実のこととしては作られたよそよそしさをまぬかれないが、作者には、現実を抽象した浪漫美の世界こそ目標であって、あたかも、〝竜田山（または苅野橋）別れの段〟の美的構築はみごとにできあがっているのをみる。

歌に恋愛情趣を多くただよわせて、「妹」「我妹《わぎも》」の語を多用しながら、自己の恋歌の一首もないところにも、徹底した浪漫性がみられ、また、対象とのあいだにつねにはっきりと距離をおいた美的構築のあり方には、歌から物語の世界への因子さえみられて、きわめて特異である。他の作家のように自己の心情をじかに表出することは稀有《けう》に近いから、その点からはまさに自己韜晦《とうかい》的でもある。

こうした心情の姿勢がどこからくるか。一言でいえば、孤愁であり病める魂である。爛熟した第三期が、多かれ少なかれ文学的個性にもたらしたものである。虫麻呂の場合、作られた第二の現実が、一見明るくにぎやかに絢爛として多彩に見えるだけに孤愁は深い。筑波山に登ったときの、

草枕　旅の憂《うれ》へを　慰《なぐさ》もる　こともありやと　筑《つく》
波嶺《はね》に　登りて見れば　尾花散る　師付《しづく》の田居《たゐ》に
雁《かり》がねも　寒く来鳴きぬ　新治《にひばり》の　鳥羽《とば》の　淡海《あふみ》

も　秋風に　白波立ちぬ　筑波嶺の　良けくを見れば　長き日に　思ひ積《つ》み来《こ》し　憂《うれ》へは止《や》みぬ
（巻九—一七五七）

反　歌

筑波嶺の　裾廻《すそみ》の田居《たゐ》に　秋田刈る　妹《いも》がり遣《や》らむ　黄葉《もみち》手折《たを》らな
（巻九—一七五八）

の歌は、一見、晩秋筑波の秋風落莫の感をうたったものに見えるが、虫麻呂にしてみれば、抑えていた自己内奥の孤愁の心情が、うっかり露呈を見たものである。造形のすじみちをたどれば、倦怠にみちた否定的心情の姿勢は、蕭条《しょうじょう》落莫とした否定的景観にみごと定着して、それゆえにこそ深い落着に達する。その孤愁寂寞からくる人恋しさが、あえて「妹《いも》がり遣《や》らむ黄葉《もみち》手折《たを》らな」の表出をもとめさせるので、筑波の麓に「妹《いも》」がいるわけでも、みやげ用の黄葉を手折るわけでもない。この長歌・反歌の関係のなかから、すでに現実ならざる世界、現実を抽象したもうひとつの現実への、飽くことをしらぬ美の追求への心情の姿勢の秘密をよみとることができる。

大伴坂上郎女

第三期から第四期にまでおよんで、量質ともに第一の女流は大伴《おおともの》坂《さかの》上郎女《うえのいらつめ》である。郎女は大伴安麻呂の娘で、旅人の異母妹にあたり、はじめ穂積皇子《ほづみのみこ》（天武天皇の皇子）の寵を得、のち藤原麻呂《ふじわらのまろ》（不比等第四子）に愛され、やがて異母兄宿奈麻呂《すくなまろ》に嫁して大嬢《おおいらつめ》（家持に嫁す）・二嬢《おといらつめ》を生み、のち夫と別れたらしく、旅人の没後は、佐保の大伴宗家にあって遺族の後見として一族の世話を女手の双肩にになっていた。男まさりの才色兼備の人のようで、その社交的地位と多彩な生涯がもたらす歌材は、恋愛・母性愛はもちろん、大伴家の種々の公的和歌にまでおよび、女性として長歌六首をのこすこともめずらしく、短歌七七首旋頭歌一首計八四首の多数の作がある。

女性らしいこまかな情感をたたえた聡明才気に富む老巧な作が多いが、練達にすぎてしみ入る力に乏しいうらみもある。藤原麻呂に答えた、

来《こ》むと言ふも　来《こ》ぬ時あるを　来《こ》じと言ふを　来《こ》むとは待たじ　来《こ》じと言ふものを
（巻四—五二七）

は「コ」の音の頭音を反復し、意味もねばりにねばってからみつき、待つ人の来ないじれったさとうらめしさを表出する。「来《こ》ぬ」ことに執念した怨みを、こうした捻転反復の手法で愛情に転化する技巧は、

まことに才女の練達を思わせる。三一音中二三音までがOとUの母音によって構成されている。意識的にすぎる遊戯感は承知の上の巧みといえる。天武天皇の「良き人の良しとよく見て……」（巻一―二七）を学び、巻十一の「梓弓《あづさゆみ》引きみ緩《ゆる》へみ来《こ》ずは来《こ》ず来《こ》ば来《こ》そをなぞ来《こ》ずは来《こ》ばそを」（二六四〇）を学んでいるようである。郎女が巻十一・十二・十三などの作者未詳のものを作歌のひとつの栄養源とすることは甥の家持と同様である。

家持に対してはつねに母親代りとなって温かい叔母の愛情をしめしており、家持が佐保の家から「西《にし》の宅《いへ》」に帰るときにも、

我が背子《せこ》が　着《け》る衣《きぬ》薄し　佐保風は　いたくな吹きそ　家に至るまで　（巻六―九七九）

の歌に、二句で切り四句で切りやさしい女心の波動を見せて、恋に通う真情でいたわっている。家持に大嬢《おおいらつめ》をとつがせて慈愛はいよいよ深く、また、家持の歌への開眼から発展にかけて与えた影響も大きい。愛娘をとつがせた（二嬢を同族駿河麻呂にとつがせた時か）あとの、

玉守《たまもり》に　玉は授けて　かつがつも　枕と我は　いざ二人寝む　（巻四―六五二）

には、まさに掌中の玉を手ばなしたあとの女親の、安堵と寂寥の交錯が具象化されている。

夏の野の　繁みに咲ける　姫百合《ひめゆり》の　知らえぬ恋は　苦しきものそ　（巻八―一五〇〇）

「知らえぬ恋」（片恋）の表出に、上三句の序は、新鮮な感覚と鮮明な印象をともなって密着し、いかにも可憐純情そうな片恋の苦悩を助けており、

恋ひ恋ひて　逢へる時だに　愛《うつく》しき　言尽《ことつく》してよ　長くと思はば　（巻四―六六一）

には、せめて会った時だけでも恋人の言葉に酔おうとする甘美な女心の媚態的表出がみられ、

心ぐき　ものにそありける　春霞　たなびく時に　恋の繁きは　（巻八―一四五〇）

たなびく春霞も恋のやるせない切なさの媒体として感傷され、いずれもゆたかな感性にもとづく巧者な造形をみせている。素朴な恋とは異なって細みにうらづけられた世界であり、ことに「心ぐき…」の歌には、やがて家持の春愁（巻十九―四二九〇）にも通うものがあり、時代の流れとともに、資質と教養と修練との生むところであることを知る。

これらの甘美な恋情の裏には、「恋」が貴族社会の社交場裡の、ひとつの観念として普遍化されてゆ

くきざしをはらみ、すでに「万葉」の「恋」を逸脱して、平安貴族社会の「恋」の世界につらなってゆくものがある。

大伴　家持

平城京後期の、貴族社会の動向と密接に関連して、第四期を代表する歌人は大伴家持《おおとものやかもち》である。旅人の子として養老二年（七一八）に生まれ（異説もある）、内《う》舎人《とねり》としての在京生活、越中国守、上京後の政治生活を経て因幡国守をもって万葉の時代の生活を終り、以後没年まで二六年間の歌は一首も伝わらない。名門の出ながら、藤原氏の勢威に抗しえずに悲劇的生涯を終った人で、歌数は四七七首（内、長歌四六首）、『万葉集』中もっとも歌数の多い歌人である。

すでに天平五年（七三三）、一六歳のとき詠んだ

振《ふ》り放《さ》けて　三日月見れば　一目《ひとめ》見し　人の眉《まよび》引き　思ほゆるかも　（巻六—九九四）

に、後年の発展を思わせる繊細多感な少年のすなおなあこがれを見せ、青年期には名門の貴公子として多くの女性とのあいだに恋愛贈答歌を交わし、その間、叔母坂上郎女の娘大嬢《おおいらつめ》を妻としている。

家持の歌が大きな進展をみたのは天平一八年（七四六、二九歳）越中守として「しなざかる越」の環境に身をおいてからで、青年国守として事につけて行なう饗宴・遊覧は望郷の心遣《や》りにつながる作歌の技をみがかせ、のみならず、鄙《ひな》の風土は人生と自然へのゆたかな開眼をもたらしている。天平二〇年（七四八）春の出挙《すいこ》（春、官稲を農民に貸し、秋、利を添えて返させる制度）のための地方巡行のときの歌など、雄神《おがみ》川（今の庄川）のほとりで、

雄《を》神川《かみがは》　紅《くれなゐ》にほふ　娘子《をとめ》らし　葦付《あしつき》取ると　瀬に立たすらし　（巻十七—四〇二一）

めずらしい葦付《あしつき》（海苔の一種、特産）を川瀬に採る地方のおとめらの春日の景観に新鮮な詩情を見せ、ことに早月《はやつき》川（富山県中新川郡）渡河のときの

立山《たちやま》の　雪し消《く》らしも　延槻《はひつき》の　川の渡《わた》り瀬《ぜ》　鐙《あぶみ》漬《つ》かすも　（巻十七—四〇二四）

の歌には、雪国の春のよみがえりと、清冽な早瀬を渡る緊張感とがとけあって、力感にみちた律動を見せている。遠景に雪の立山連峯をおき、目前に水量を増して澎湃《ほうはい》とおどりくる力感が、上二句にあらわされ、「延槻《はひつき》の、川の渡り瀬」の律動に乗って、うねりくる奔流は、馬のあぶみにぶち返し散る。「消《く》らしも」「漬《つ》かすも」のひびきあいは、そのまま雪国の春の清冽新鮮な鼓動でもある。越中の風土にあっ

てはじめて見出すことのできた新境地というべきである。また射水川河口近くの国府（高岡市伏木町）生活も、四年目の春（天平勝宝二年三月）ともなれば、望郷と文雅の情趣とはとけあい円熟して、国府の台地の下をゆく船頭の鄙《ひな》びた歌声がきこえても、

朝床《あさどこ》に　聞けば遥《はろ》けし　射水川《いみづかは》　朝漕ぎしつつ　唱《うた》ふ舟人　（巻十九—四一五〇）

の歌に、はろばろとした春の朝のうつつなさを表出し、雪国の雪もとけて桃の開花を見れば、

春の園《その》　紅《くれなゐ》にほふ　桃の花　下照《したで》る道に　出で立つ娘子《をとめ》　（巻十九—四一三九）

と、「春の園」と、赤く美しい「桃の花」と、その赤く映える道に点出された「娘子」とのコンポジションに、艶麗甘美な一幅の〝春日夢〟を見せ、湧泉のほとりの黒土に、ひなの花、赤紫のかたかご（かたくり）の花を見出せば、

もののふの　八十《やそ》娘子《をとめ》らが　汲《く》みまがふ　寺井の上《うへ》の　堅香子《かたかご》の花　（巻十九—四一四三）

と、大勢の水汲みのおとめたちのはつらつ嬉々とした実景をとらえて、そのほとりの黒土の上にすっくとおどりでた可憐な花の構図を描く。このみやびと鄙びがやわらかにとけあった清らかに甘い美しさは、都をはなれていたればこその収穫で、それだけに後年になってみれば、えがたい越路の思い出ぐさである。

天平勝宝三年（七五一、三四歳）八月少納言となって待ちに待った都へ帰ってからの七年間は、藤原仲麻呂対反仲麻呂派のいきづまる政争のただ中にあって、年ごとに傾く大伴家の命運に対決をせまられ、しかも宗家の重責と性格とから、軽々と決断しかねる傷心憂悶の日々であった。かの天平勝宝五年（七五三、三六歳）二月の、有名な三歌、

春の野に　霞たなびき　うら悲し　この夕影に　うぐひす鳴くも　（巻十九—四二九〇）

我がやどの　いささ群竹《むらたけ》　吹く風の　音のかそけき　この夕《ゆふ》へかも　（巻十九—四二九一）

うらうらに　照れる春日《はるひ》に　ひばり上がり　心悲しも　ひとりし思《おも》へば　（巻十九—四二九二）

は、いずれも、やわらかい神経の琴線にふれたみずからの春愁孤独の心情を、洗練された優美繊細な造形によってあらわし、純粋独自の抒情の境地をきりひらいたものだが、終りの歌の左註に「春日遅々《ちち》に、鶬鶊《うぐひす》正に啼く。悽惆《せいちう》の意、歌に非ずしては撥《はら》ひ難きのみ。仍《よ》りてこの歌を作り、式《もち》て締緒《ていしよ》を展《の》べた

り」とあるように、憂悶にうらづけられてこそ到達しえた世界である。

防人交替の時（天平勝宝七年、七五五）には兵部少輔として防人らの真情の輝きにすこやかな感動をおぼえたが、やがて政情の窮迫とともに、心情の不安動揺ははなはだしく、天平勝宝八年（七五六）六月一七日などは、「族《うがら》を喩《さと》す歌」（巻二十—四四六五〜四四六七）を詠んで名門の誇りを説き一族の自重を望みながら、その同じ日に、

うつせみは　数なき身なり　山川の　さやけき見つつ　道を尋ねな　（巻二十—四四六八）

と、仏道へのはかない逃避を思うありさまである。

橘奈良麻呂の変（天平宝字元年、七五七）以後は、まったく孤立無援、翌年にはあまざかる鄙の因幡に国守として落魄《らくはく》の身をかこたねばならなかった。青春時はもちろん、越中在任中にも思いもかけない運命の変転である。こうして僻地にはじめてむかえる雪の日の新年（天平宝字三年、七五九）賀宴の歌、

新《あらた》しき　年の初めの　初春の　今日降る雪の　いや頻《し》け　吉事《よごと》　（巻二十—四五一六）

をもって、家持の歌も「万葉」も終焉をつげる。部下にはたんなる賀歌と見えても、その律動のなかには、元日の今日降りつもってゆく雪に託した家持の切なる祈りを見すごすことはできない。

衰弱してゆくいっぱんの歌風のなかにあって、先人への学びと修練をつづけ、幾多の試練と苦悩を越えてみずからを確立していった家持の歌風は、たとえ歌わぬ人となっても、「万葉」から数歩を出て、後代の貴族和歌にゆたかにつらなるものがある。

参考文献　『万葉集』の諸作家についての研究または鑑賞等の参考文献（単行本）は数多く、ことに人麻呂についてのものは多い。ここには一部を除いてほとんど昭和以降のもののなかからあげておく。

『**皇室歌人**』（武田祐吉　昭和一〇　非凡閣）『**万葉皇室歌人**』（森本健吉　昭和一七　青梧堂）『**額田王**』（谷馨　昭和三五　早稲田大学出版部）『**天武天皇**』（川崎庸之　昭和二七　岩波新書）『**持統天皇**』（直木孝次郎　昭和三五　吉川弘文館）『**光明皇后**』（林陸朗　昭和三六　吉川弘文館）『**柿本人麿**』五冊（斎藤茂吉　昭和九〜一八　岩波書店）『**柿本人麿**』（窪田空穂　昭和一〇　非凡閣）『**柿本人麻呂**』（武田祐吉　昭和一三　厚生閣）『**人麿の世界**』（森本治吉　昭和一八　昭森社）

『**国文学研究　柿本人麻呂攷**』（武田祐吉　昭和一八　大岡山書店）『**人麻呂抄**』（吉村貞司　昭和一八　鎌倉書房）『**人麿の歌集とその成立**』（後藤利雄　昭和三六　至文堂）『**柿本人麻呂**』（山本健吉　昭和三七　新潮社）『**高市黒人**』（田辺幸雄　昭和一九　青梧堂）『**山部赤人**』（森本治吉　昭和一三　厚生閣）『**山部赤人**』（武田祐吉　昭和一八　青梧堂）『**山部赤人の研究**』（尾崎暢殃　昭和三五　明治書院）『**笠金村**』（犬養孝　昭和一九　青梧堂）『**山部赤人　高市黒人　笠金村**』（佐佐木信綱　昭和一一　非凡閣）『**山上憶良**』（谷馨　昭和一三　厚生閣）『**憶良の悲劇**』（森本治吉　昭和二一　生活社）『**山上憶良　大伴旅人**』（尾山篤二郎　昭和一〇　非凡閣）『**旅人と憶良**』（土屋文明　昭和一七　創元選書）『**大伴旅人　大伴家持**』（佐佐木信綱　昭和一四　厚生閣）『**高橋虫麻呂**』（森本治吉　昭和一七　青梧堂）『**大伴家持　高橋虫麿**』（谷・窪田・都筑　昭和一一　非凡閣）『**評釈大判家持全集**』（小泉苳三　大正一五　修文館）『**大伴家持の研究**』（瀬古確　昭和一〇　青々館）『**大伴家持の研究**』（尾山篤二郎　昭和三一　平凡社）など。

『**万葉集に現れたる女流歌人とその歌**』（関みさを　昭和四　博文館）『**女流歌人**』（川田順　昭和一一　非凡閣）『**万葉集女性の歌**』（日本女子大学桜楓会学芸部　昭和一五　高陽書院）『**女子万葉**』（高藤武馬　昭和一九　三国書房）『**万葉女人**』（樋口清之　昭和二三　蒼明社）『**万葉の女たち**』（高藤武馬　昭和二九　朝日新聞社）など。

『**万葉集人物伝**』（鹿持雅澄　古義所収）『**万葉作家の系列**』（五味保義　昭和一七、二七　弘文堂）『**万葉歌人の思想と芸術**』（小沢正夫　昭和二四　新泉書房）『**万葉集十三人**』（都筑省吾　昭和三七　河出書房新社）『**万葉作家と風土**』（佐野正巳　昭和三八　桜楓社）『**上古の歌人　日本歌人講座**』第一巻（諸家　昭和三六　弘文堂）『**作者別万葉集評釈**』八冊（諸家　昭和一〇〜一一　非凡閣）『**万葉集講座**』第一巻作者研究篇（諸家　昭和八　春陽堂）『**万葉集講座**』第四巻作家篇（諸家　昭和二七　創元社）『**万葉集大成**』第九・一〇巻作家研究篇　上・下（諸家　昭和二八　平凡社）など。

『**作者別万葉集**』（土岐善麿　大正一一　改造文庫）『**作者類別年代順万葉集**』（澤瀉・森本編　昭和七　新潮社　昭和一二　二冊　新潮文庫）

〔追加〕

『**初期万葉の女性たち**』（神田秀夫　昭和四四　塙書房）『**額田姫王**』（谷馨　昭和四二　紀伊國屋書店）『**万葉宮廷歌人の研究**』（橋本達雄　昭和五〇　笠間書院）『**柿本人麻呂—作品研究—**』（清水克彦　昭和四〇　風間書房）『**人麻呂歌集と人麻呂伝**』（神田秀夫　昭和四〇　塙書房）『**柿本人麿の研究**』（尾崎暢殃　昭和四四　北沢図書出版）『**柿本人麻呂**』（中西進　昭和四五　筑摩書房）『**柿本人麻呂論考**』（阿蘇瑞枝　昭和四七　桜楓社）『**柿本人麻呂**』（北山茂夫　昭和四八　岩波書店）『**柿本人麻呂研究　歌集篇**』上（渡瀬昌忠　昭和四八　桜楓社）『**水底の歌—柿本人麿論—**』上・下（梅原猛　昭和四八　新潮社）『**山部赤人の研究—その叙景表現—**』（尾崎暢殃　昭和四四　明治書院）『**高市黒人・山部赤人**』（池田弥三郎　昭和四五　筑摩書房）『**さまよえる歌集—赤人の世界—**』（梅原猛　昭和四九　集英社）『**大伴旅人・山上憶良**』（高木市之助　昭和四七　筑摩書房）『**万葉集研究—憶良・家持を中心に—**』（川村幸次郎　昭和四八　教育出版センター）『**憶良と虫麻呂**』（井村哲夫　昭和四八　桜楓社）『**山上憶良**』（中西進　昭和四八　河出書房新社）『**貧窮問答歌の論**』（高木市之助　昭和四九　岩波書店）『**大伴家持**』（山本健吉　昭和四六　筑摩書房）『**大伴家持**』（北山茂夫　昭和四六　平凡社）『**大伴家持**』（加倉井只志　昭和四九　短歌研究社）『**万葉作家の世界**』（川口常孝　昭和四一　さるびあ出版）『**万葉歌人の研究**』（山崎良幸　昭和四七　風間書房）『**万葉研究・作者と作品**』（松田好夫　昭和四八　桜楓社）『**万葉歌人の美学と構造**』（川口常孝　昭和四八　桜楓社）『**万葉の歌人たち**』（古代文学会編　昭和四九　武蔵野書院）『**万葉集の歌人と作品**』上・下（伊藤博　昭和五〇　塙書房）『**和歌文学講座**』第五巻（諸家　昭和四四　桜楓社）『**万葉集講座**』第五・六巻（諸家　昭和四七、四八　有精堂）

（以上）

万葉の時代区分略表

区分	都	天皇	年号・期間	事　　項	万葉作者
	難　波	仁徳			
	初　瀬	雄略			
第	飛　鳥	舒明	629～641		
	飛　鳥	皇極	642～645		
1	難　波	孝徳	大　化　645～650	大化改新　645	舒明天皇
			白　雉　650～654		天智天皇
	飛　鳥	斉明	655～661	有間皇子の反　658	額田王
期	飛　鳥	天智	661～667	白村江大敗　663	鏡王女
	大　津		667～671		など
	大　津	弘文	671～672	壬申の乱　672	
	飛　鳥	天武	672～686		天武天皇
			朱　鳥　686		
第	浄御原宮	持統	687～694	藤原京遷都　694	持統天皇
			694～697		大伯皇女
		文武	697～701		大津皇子
2	藤原宮		大　宝　701～704	大宝律令　701	柿本人麻呂
			慶　雲　704～707		高市黒人
期		元明	慶　雲　707～708		志貴皇子
			和　銅　708～710	平城京遷都　710	など
第			和　銅　710～715	古事記　712	大伴旅人
		元正	霊　亀　715～717		山上憶良
	平城宮		養　老　717～724	養老律令　718	山部赤人
3	(前期)			日本書紀　720	笠金村
				三世一身の法　723	高橋虫麻呂
期		聖武	神　亀　724～729	長屋王の変　729	大伴坂上郎女
			天　平　729～733		など
			天　平　733～749	恭仁京遷都　740	
第				墾田永世私財法　743	中臣宅守
				平城復都　744	狭野茅上娘子
	平城宮		天平感宝　749		大伴家持
4	(後期)	孝謙	天平勝宝　749～757	大仏開眼供養　752	笠女郎
			天平宝字　757	橘奈良麻呂の変　757	田辺福麻呂
期		淳仁	天平宝字　758～759	万葉の終焉　759	防人ら
				(巻20—4516)	など
			天平宝字　759～764	藤原仲麻呂の反　764	
		称徳	天平宝字　764～765		
			天平神護　765～767	道鏡法王となる　766	
	平城宮		神護景雲　767～770		
		光仁	宝　亀　770～780		
			天　応　781～782		
		桓武	延　暦　782～784	長岡京遷都　784	
	平　安		延　暦　784～806	平安京遷都　794	

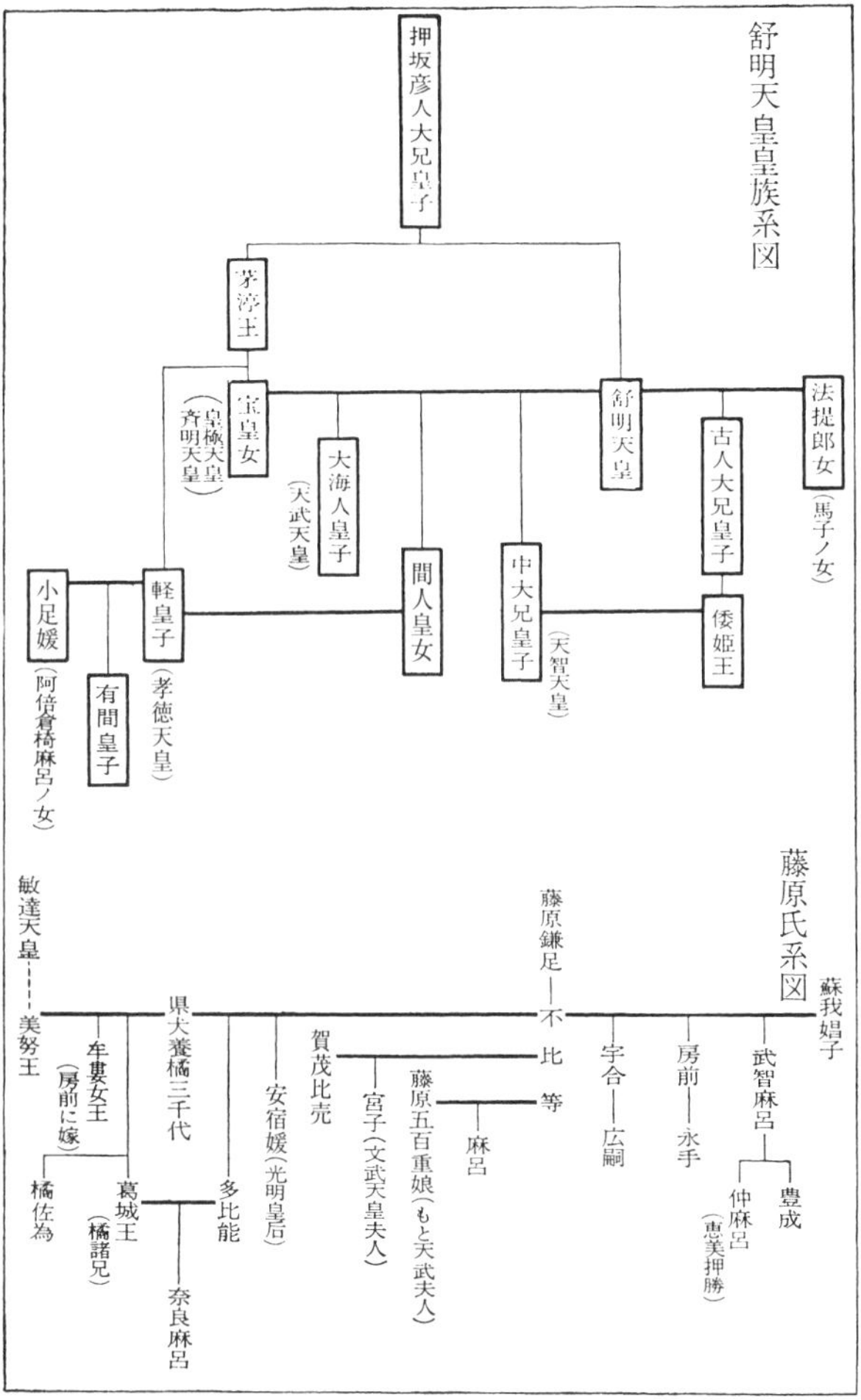
舒明天皇皇族系図
押坂彦人大兄皇子
茅渟王
宝皇女
（皇極天皇 斉明天皇）
舒明天皇
法提郎女
（馬子ノ女）
古人大兄皇子
倭姫王
大海人皇子
（天武天皇）
間人皇女
中大兄皇子
（天智天皇）
軽皇子
（孝徳天皇）
小足媛
（阿倍倉椅麻呂ノ女）
有間皇子
藤原氏系図
蘇我娼子
藤原鎌足
不比等
武智麻呂
豊成
仲麻呂
（恵美押勝）
房前
永手
宇合
広嗣
等
麻呂
藤原五百重娘（もと天武夫人）
賀茂比売
宮子（文武天皇夫人）
安宿媛（光明皇后）
多比能
県犬養橘三千代
奈良麻呂
敏達天皇
美努王
牟婁女王
（房前に嫁）
葛城王
（橘諸兄）
橘佐為

天智天皇系皇族系図

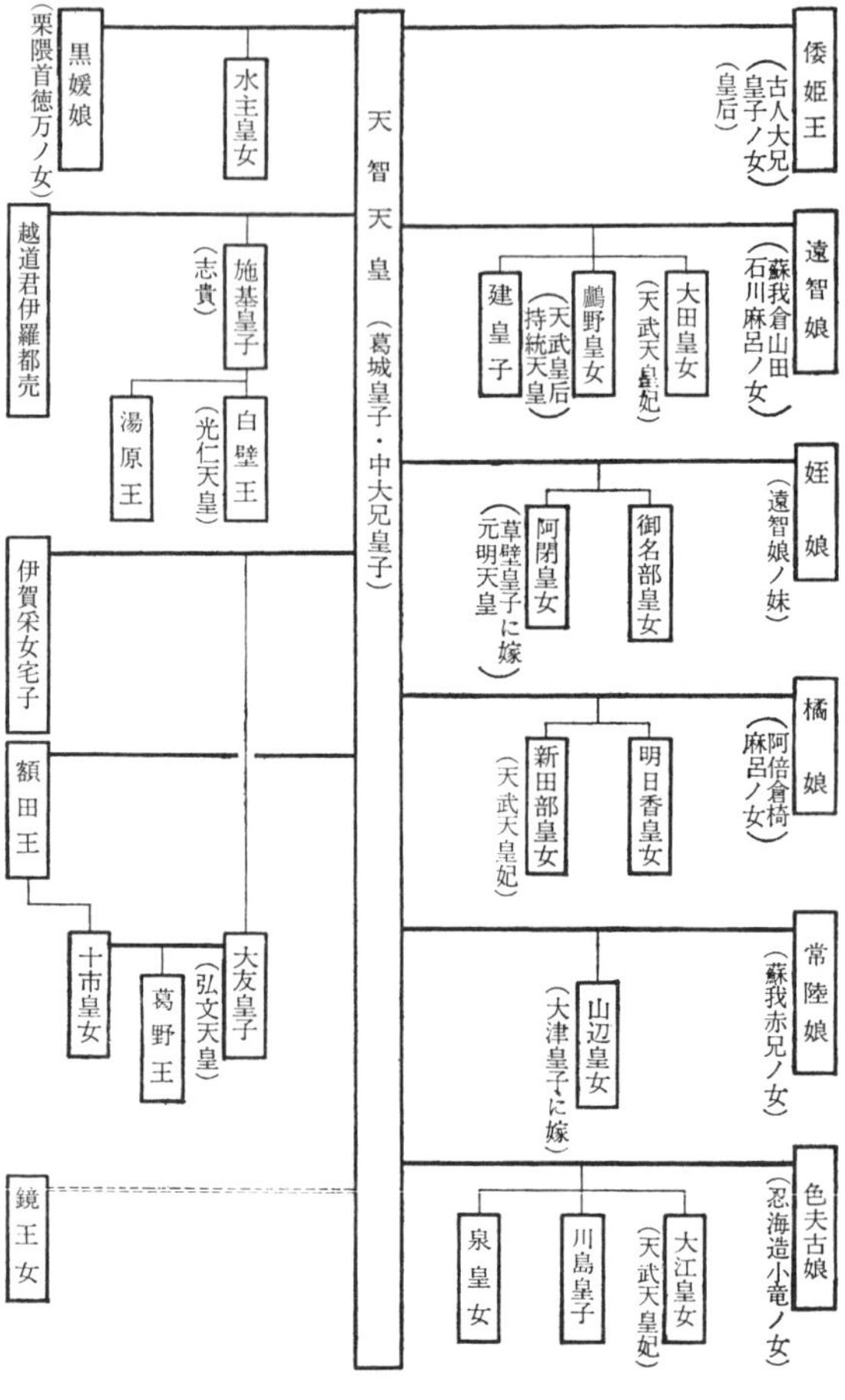
天智天皇
（葛城皇子・中大兄皇子）
倭姫王
（古人大兄皇子ノ女）
（皇后）
遠智娘
（蘇我倉山田石川麻呂ノ女）
大田皇女
（天武天皇妃）
鸕野皇女
（天武皇后 持統天皇）
建皇子
姪娘
（遠智娘ノ妹）
御名部皇女
阿閇皇女
（草壁皇子に嫁 元明天皇）
橘娘
（阿倍倉梯麻呂ノ女）
明日香皇女
新田部皇女
（天武天皇妃）
常陸娘
（蘇我赤兄ノ女）
山辺皇女
（大津皇子に嫁）
色夫古娘
（忍海造小竜ノ女）
大江皇女
（天武天皇妃）
川島皇子
泉皇女
黒媛娘
（栗隈首徳万ノ女）
水主皇女
越道君伊羅都売
施基皇子
（志貴）
白壁王
（光仁天皇）
湯原王
伊賀采女宅子
額田王
大友皇子
（弘文天皇）
十市皇女
葛野王
鏡王女

天武天皇系皇族系図

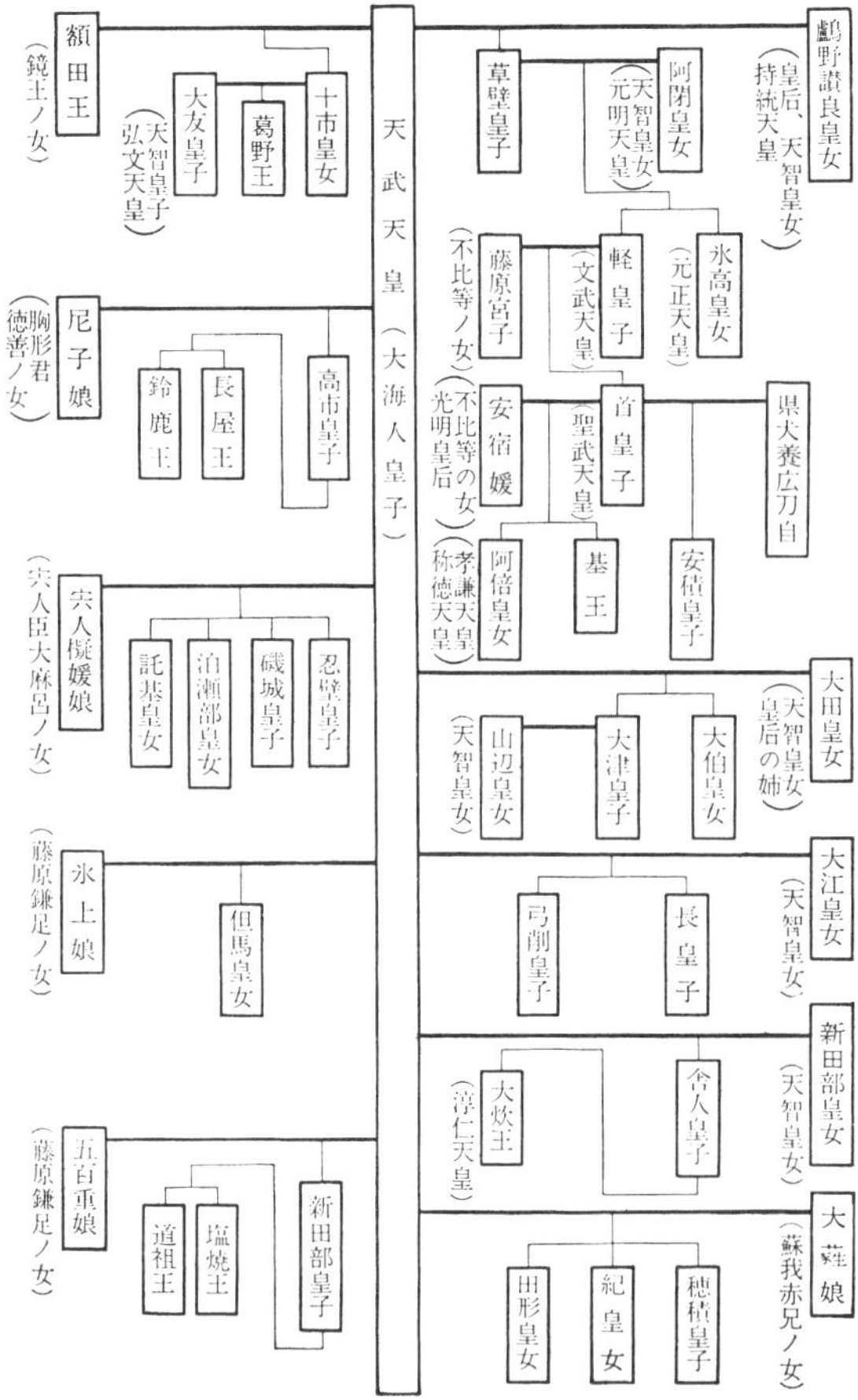
天武天皇（大海人皇子）
鸕野讃良皇女（皇后、持統天皇、天智皇女）
草壁皇子
阿閉皇女（天智皇女、元明天皇）
氷高皇女（元正天皇）
軽皇子（文武天皇）
藤原宮子（不比等ノ女）
県犬養広刀自
首皇子（聖武天皇）
安宿媛（不比等の女、光明皇后）
安積皇子
基王
阿倍皇女（孝謙天皇、称徳天皇）
大田皇女（天智皇女、皇后の姉）
大伯皇女
大津皇子
山辺皇女（天智皇女）
大江皇女（天智皇女）
長皇子
弓削皇子
新田部皇女（天智皇女）
舎人皇子
大炊王（淳仁天皇）
大蕤娘（蘇我赤兄ノ女）
穂積皇子
紀皇女
田形皇女
額田王（鏡王ノ女）
十市皇女
葛野王
大友皇子（天智皇子、弘文天皇）
尼子娘（胸形君徳善ノ女）
高市皇子
長屋王
鈴鹿王
宍人梶媛娘（宍人臣大麻呂ノ女）
忍壁皇子
磯城皇子
泊瀬部皇女
託基皇女
氷上娘（藤原鎌足ノ女）
但馬皇女
五百重娘（藤原鎌足ノ女）
新田部皇子
塩焼王
道祖王

上巻　大和のおわりに

この本は計画があってからもう数年が立つ。出版社の皆さんもどんなに気をもまれたかと深くおわびする。全国の写真をこんど全部あらたにとりなおしをするのに、すでに何年か、かかっている。幸い大和は大阪から近いので写真も季節をかえてはとりにいった。

写真では伊藤銀造さん、川口朗さんは公務のかたわら、高橋三知雄君は学業のかたわらせっせと気のすむまでやって下さった。また鈴木光雄・吉本昌裕・桃谷晃平・若尾久雄の皆さんにもお世話になった。皆しろうとの方々だが、それだけにまたすなおなよさをみとめていただけるかと思う。伊藤さんは安騎野《あきの》の「東《ひむがし》の野に炎《かぎろひ》の……」を何回もこころみられ、ついに昭和三六年一二月二四日（旧暦一七日）午前三時半から現地に待機してうつされた。その手記に、

「東の空がしらみはじめたのかなと思われ出したのは四時すぎごろで、それがはっきりしてきたのは五時ごろ、そのころには月は西の空三〇度位の高さまで傾き、蔭が長くなるためか、それまで比較的あかるかった地表が一段と暗さを増し、それに対比して東の空の白さがきわだって来た。実際の日の出は六時四〇分すぎ、四時ごろから見られた最初の微光は黄道光によるものであったのだろう。」

とある。わたくしは大阪大学で学生諸君と万葉旅行をこころみ、昨秋で七〇回、参加学生延べ一万二〇〇〇名となった。この会の学生委員諸君（沢田卓彦君ら）も骨身を惜しまず応援して下さった。まったく多くの方の心一つのご支援のおかげと有難く思っている。

著者

改訂新版にあたって

犬養孝著『万葉の旅』（現代教養文庫）三巻は、平成一四年出版元の社会思想社が営業を停止して絶版となったが、この度、関係者の同意を得て平凡社より改めて出版することとなった。なにぶんにも『万葉の旅』は昭和三九年の発刊以来、三九年を経て、万葉故地の現実とそぐわないところが多々生じている。改訂するにあたり、本文はそのまま生かし、モノクロームの写真も歴史的事実としてそのまま使用した。この本を持って現地を訪ねる読者の利便を考え、現実とそぐわない点は可能な限り補注を加え、本書がもつ「万葉風土にたって万葉歌をあじわう」という犬養の意図を尊重し、この書のもってうまれた使命を後世に伝えたいと考える。

主な改訂点は次のとおり。

1、本文は初版のまま、本文中の脚注は初版最終刷のままとした。ただし、その後の研究成果や行政地名の改変によって補訂しなければならない点については、下段に注記を施した。進行中の平成の市町村合併については、改訂時点で確定したものを除き、今回の改訂には反映させなかった。なお、本文中に国鉄とあったものはJRとした。

2、本文のモノクローム写真は初版のままとし、撮影者及びその関係者の承諾を得て、巻末に撮影者名を掲載した。表紙及び口絵のカラー写真については、初版のものは退色も激しいので、過去三年内を目途に新たに撮影した写真を掲載することとした。

3、万葉歌の掲出については、原則として木下正俊校訂『萬葉集CD－ROM版』（塙書房）により改めた。ただし、本文の意味が損なわれてしまう場合は、初版の万葉歌の訓みを残したところもある。

4、巻末の「万葉全地名の解説」については初版のままとし、補訂が必要な項目については、解説の末尾に〔補遺〕を付記することとした。ただし、磯城郡のうち大三輪町は現在桜井市に属しており、この地域は行政地区分類をかえることとした。

5、地図については、現状に即して改訂を加えた。ただし、斜線で囲んだ集落表示を新たに書き加えると、地図としてわずらわしくなるので、大方は初版のままにした。

6、「参考文献目録」は最近のものを追加して、編集し直した。

7、『万葉の旅』（上中下）三巻は社会思想社の現代教養文庫として、左記の通り刊行された。「**上巻**」初版第一刷、昭和三九（一九六四）年七月一五日〜第八〇刷、平成一三（二〇〇一）年六月三〇日。「**中巻**」初版第一刷、昭和三九（一九六四）年七月三〇日〜第六二刷、平成一三（二〇〇一）年六月三〇日。「**下巻**」初版第一刷、昭和三九（一九六四）年一〇月三〇日〜第五九刷、平成一三（二〇〇一）年六月三〇日。「特装本」（文庫本三巻をまとめたもの）初版第一刷、昭和四〇（一九六五）年六月一五日〜第五刷、昭和四九（一九七四）年八月三〇日

8、上巻「大和」の改訂委員は坂本信幸・新谷秀夫・富田敏子・山内英正。カラー写真撮影は石川正明。

この書を犬養孝没後、五年目の霊前にささげたい。

平成一五年一〇月三日　犬養孝先生の命日に

企画監修委員　坂本信幸、富田敏子、山内英正

カラー写真撮影者

箸墓と三輪山（表紙　平成15年８月撮影）…………石川正明
畝傍山と耳成山（平成15年８月撮影）………………石川正明
飛鳥古都（平成15年６月撮影）………………………石川正明
吉野川（平成15年５月撮影）…………………………石川正明
東大寺大仏殿（平成13年11月撮影）…………………石川正明

写真撮影者一覧

平凡社ライブラリー　483

改訂新版《かいていしんぱん》 万葉《まんよう》の旅《たび》 上

大和

発行日…………2003年11月10日　初版第１刷
2019年４月25日　初版第７刷

著者……………犬養孝
企画監修委員…坂本信幸・富田敏子・山内英正
発行者…………下中美都
発行所…………株式会社平凡社
〒101-0051　東京都千代田区神田神保町3-29
電話　東京(03)3230-6579［編集］
東京(03)3230-6573［営業］
振替　00180-0-29639

印刷……………三松堂印刷株式会社
製本……………株式会社東京印書館
装幀……………中垣信夫

ISBN978-4-582-76483-3
NDC 分類番号914.6
B 6 変型判(16.0cm)　総ページ370

平凡社ホームページ http://www.heibonsha.co.jp/

平凡社ライブラリー　既刊より

【日本史・文化史】